二見文庫

ウエディングの夜は永遠に

キャンディス・キャンプ／山田香里＝訳

Treasured

by

Candace Camp

Translated from the English
TREASURED
by Candace Camp

First published in the United States by Pocket Books,
a division of Simon & Schuster, Inc.
Japanese translation published by arrangement with
Maria Caravainis Agency, Inc
through The English Agency(Japan) Ltd.

ステイシーに

大いなる感謝を――

まずは〝ハイランド放逐〟について教えてくれたコリンと、スコットランドで出会ったすばらしき人たちすべてに。わたしはこれまでスコットランドを舞台にしようと考えたことがなく、美しくも動乱の悲劇的な歴史を数多く経てきた彼の地を描ききれるかどうか、自信もありませんでした。けれど霧のなかに残る城塞跡をひと目見た瞬間、次はここを舞台にお話を書こうと心が決まりました。

次に、いつもわたしを応援し、助けてくれるアナスタシア・ホプカスに感謝を。あなたがいなければこの本は書けませんでした。

さらに、類まれなる編集者であるアビー・ジドル、ポケット社のすばらしき皆々さま、とくにまちがいをすべて見つけだしてくれたスティーヴ・ボールドに感謝を送ります。

そして、すばらしきわが代理人マリア・カルヴァニス。いつもわたしを支えてくれて、ほんとうにありがとう。

ウエディングの夜は永遠に

登　場　人　物　紹　介

イソベル・ローズ	スコットランドの地主の娘
ジャック・ケンジントン	ロンドンから来た紳士
アンドリュー・ローズ	イソベルの弟
エリザベス・ローズ	イソベルのおば
ロバート・ローズ	イソベルのいとこおじ。エリザベスのいとこ
グレゴリー・ローズ	ロバートの息子
メグ・マンロー	イソベルの幼なじみ。助産師兼治療師
コール・マンロー	メグの弟。イソベルの幼なじみ。猟場の番人
ハミッシュ	ローズ家の執事
マルコム・ローズ	イソベルの祖父
ファーガス・ローズ	マルコムの弟。ロバートの父親
ミリセント・ケンジントン	ジャックの母親
サットン・ケンジントン	ジャックの父親
アンガス・マッケイ	小作人

プロローグ

一七四六年　四月

男は早足で進んでいた。泥道で足音はくぐもり、周囲のぬれた岩壁には目もくれない。金貨はもうだいじょうぶだ。あれは安全なところにある――自分の命さえ預けられるほど安全なところに。これで、王子とその配下のハイランダーたちを捜しにいける。大敗をきっしたとはいえ、時間と、強い意志と……そして彼らのために確保したあの軍資金があれば……かならずや勢力を取り戻せるはずだ。彼らを見つけだす自信はある。ここは自分の土地だから、身を隠せるようなくぼみひとつ、洞窟ひとつ、茂みひとつにいたるまで熟知している。血まなこになって追ってくるイングランド兵をかわし、彼らを見つけだすこともできないようなら、〈ベイラナン〉の地主《レアード》の名折れだ。

しかし、王子たちを捜すのは明日になってからだ。いまマルコム・ローズの頭にあるのは、まったくべつのことだった。ただひとりの人間。ただひとつの場所。今宵を過ぎれば、また離れなければならない相手。はやる気持ちを抑えて地下道の出口に向かう。彼女に会えると思うと想いはつのり、いつものように、胸から心臓が飛びだしそうになる。これだけの年月を経てもなお、たとえ昨日も会っていたとしても、若いころのように会いたくてたまらない。

地下道の端まで来ると低い木の扉を開け、身をかがめてくぐった。頭をあげたとたん、予想だにしなかった光景が目に飛びこみ、一瞬、しゃべることも考えることもできなかった。

「おまえは！」

敵意のにじむ、勝ち誇ったような笑みが、相手の顔に浮かんだ。

「おまえがここでなにをしている？」なにもかも知られたのか。ああ、そうなのか。しかし、知られたことに安堵する気持ちもあった。これで、すべてが終わる……。

彼は一歩、前に出た。目の前のことに気を取られ、うしろで起きたほんのささいな音と動きには気づかなかった。トレドで打たれた剣の薄い刃《やいば》が肋骨をぐぐり抜け、彼の心臓を貫くまで――。

1

一八〇七年　四月

雨が降っている。いったいいつまで降るんだと、ジャックはうんざりした。この未開の地に足を踏みいれてから、ずっとではないか。横殴りの土砂降りになると雨粒は鉄つぶてのように打ちつけるし、弱まったかと思えば陰鬱なまでにしとしととそぼ降る。しかし雨がつかのまやんだときでさえ、ここではどこもかしこも湿気がまとわりついていた。まるで空気そのものが湿気をふくみすぎて、飽和状態になっているかのようだ。

冷たい水滴が衣服と肌のあいだにすべりこみ、背中を伝っていった。ジャックは外套《がいとう》の襟を立て、わびしげな風景を見わたした。道が――これほどでこぼこでせまいものを道と呼んでいいのかわからないが――一面に広がるヒースの丘に向かって伸びている。数本の木の向こうは灰色の霧のカーテンにけぶり、茶色と緑色をした土地と、いくばくかの低い茂みが見えるだけだ。右手の少し離れたところには深い溝が掘られ、黒い土の壁がむきだしになっている。ごつごつとした地面に転がるあらゆる大きさの岩が、荒れ果てた雰囲気をいっそう醸《かも》しだしていた。

いったいどうして、自分はスコットランドくんだりまで来てしまったのだろう？

昨夜も、キンクランノッホの陰気で小さな宿の薄っぺらいわらのベッドに寝そべり、同じことを自問した――いや、この一週間、ほぼ毎晩同じことを考えているが、いまだに満足な答えは見つかっていない。自分のものになった屋敷を見たり、地所内で働く人々と話をしたりする理由などないというのに。彼としては、土地が売れればそれでいい。熟したスモモが自然と落果するように、この手に転がりこんできた土地だ。なんとなく所有者としての務めを果たさねばとか、土地持ちの紳士になるのもいいじゃないかとか、ふと思い立ってこんなところまで土地を見にきたのがばかだった。カード賭博に自分の家屋敷を賭けた、考えなしのスコットランド人に劣らぬ大ばか者ではないだろうか。

だが、目指す場所の目と鼻の先まで来ておきながら、いまさら引き返すのはさらにばかげている。宿屋の主人のひどいスコットランド訛《なま》りを理解できていたとすれば、屋敷はそう遠くないところにあるはずだ。

吹き抜けた突風に馬がいななき、たたらを踏んだ。ジャックの顔にも雨粒が吹きつけ、帽子がさらわれそうになる。極上品だったがいまやぐしょぬれになった帽子をひっつかみ、頭に押さえつけると、彼は馬の首をやさしくなだめるようになでてやった。「しっかり頼むぞ、ファラオ」

いまの突風で少し霧が晴れ、細長い湖と、目指す屋敷がようやく見えた。湖畔の岩棚のような場所に建つ屋敷は、丸みや装飾のまったくない直線的な石造りの家だった。灰色で陰鬱な湖やその上に広がる空と同じように、屋敷もこの風景そのものからつくりだされたかのようだ。

ベイラナン。

新たに自分のものとなった屋敷を見れば気分が上向くかもしれないと考えていたが、完全に期待はずれで終わりそうだった。歓迎される雰囲気などみじんもない。彼はため息をこらえ、かかとから踏みこむようにして歩きだした。

あと少しで完成する刺繡の針を慎重に抜き刺ししていると、おばが急に大声をあげたのでイソベルはびくりとした。「お客さまよ！　すてきだわ！　バ、バーバラ、お客さまがいらっしゃることは知っていた？」

「イソベルです」とっさに訂正すると、おばはぼんやりとうなずいた。

「ああ、そうね、そうだったわ」

「どなたでしょう？」刺繡をおいて立ちあがったイソベルのなかに、にわかに期待が湧いてきた。「アンドリューかしら？」

おばのエリザベスは目をすがめ、下の庭を覗きこんだ。「知らないかたのようだわ」

「知らないかた？」イソベルも窓辺のおばのところに行ったが、客の姿はすでに消えていた。

見慣れない鹿毛《かげ》の馬を引いていく馬丁しか見えない。

「びしょぬれのようだったわ、お気の毒に」エリザベスが気遣わしげに言った。「雨やどりの場所を探してこられた、旅のかたではないかしら」

「旅だなんて、どこへ行くというの？」イソベルはもっともなことを言った。「道に迷われたんじゃないかしら。きっとハミッシュが教えてさしあげるでしょう」

「お客さまだったらよかったのに」おばは残念そうに言った。「みんないなくなって、なかなか人にも会えなくなったもの」

「そうね、〝ハイランド放逐《クリアランス》〟が始まってからというもの、いまではいちばんのご近所さんが羊ですものね」イソベルはとげのある口調で言った。

「マッケンジー家も、ローランドが生きていたら土地を手放さなかったでしょうに。かわいそうなアグネス。息子さんがいくら稼いでくれても、エディンバラの暮らしは楽しくないそうよ」

アグネス・マッケンジーはおばのエリザベスがいちばん親しくしていた友人で、彼女がいなくなってからというもの、おばはさびしい思いをしていた。いや、さびしいだけでなく、おばの精神にまで影響しているのではないかとイソベルは思わずにいられなかった。この数カ月で、おばの物忘れはめっきりひどくなってしまった。

おばにとって楽しくない話はやめようと、イソベルはあいまいに相づちを打つだけにした。

ソファに戻って、刺繍を手に取る。「刺繍がめちゃくちゃになってしまったわ。どうしましょう?」

イソベルに助けを求められ、エリザベスはマッケンジー家のことを忘れて姪のほうへ行きかけた。しかし足を踏みだす間もなく階下から言いあうような声が聞こえ、ふたりは驚いてドアを見やった。すぐに階段をぱたぱたとあがる音がして、召使いが飛びこんできた。

「イソベルお嬢ざま!」召使いの顔は紅潮し、興奮で声が震えている。「ハミッシュざんが、ずぐにいらじてくだざいって言ってまず。男のお客さんが来て、ベイラナンは自分のもんだって言ってるぞうで」

「なんですって?」イソベルは召使いを見つめた。あまりにばかげた内容で、聞きまちがえたかと思ったのだ。

「男の人が来てんでず、お嬢ざま、玄関に。イングランドから。その人がベイラナンは自分のもんだって言って。ばがなこと言うなってハミッシュざんが言ったんでずけど、ぞうじたらぞの人が〝いや、わたしのものだ〟って書類を見ぜてました。ぞんでハミッシュざんがお嬢ざまを呼んでぐるようにって」

「イソベル……」エリザベスは眉根を寄せて姪に顔を向けた。「どういうことかしら。イングランドのかたがここへ? いったいどなたが、どんなご用で?」

「わからないわ。もちろん、なにかあるなんて思えないけれど」イソベルは玄関ホールに足を向けた。「心配しないで、おばさま、はっきりさせてきますから」

階段をおりたところでハミッシュが見えた。イソベルが生まれたときからローズ家の執事を務めている人物だ。体を張ってでも男を階段に近づけないつもりなのか、腕を組んで仁王立ちしている。しわだらけの、いつもはまじめくさっていかめしい顔は真っ赤で、ぼさぼさの眉を引き絞り、焦げ茶色の瞳を敵意でぎらつかせていた。

その真向かいに、見知らぬ男性が立っていた。長身で黒髪の男性は、困ったようなしかめ面だ。びしょぬれで襟巻き《クラヴァット》は首にへばりつき、糊をきかせたはずの襟の先も曲がっていて、そうでなければきっとハンサムだったろうにと思わせる。上等そうなウールの上着も、吸った水の重みで型崩れしている。片手にぐしょぬれの帽子を持ち、同じ腕に幾重もケープがついた灰色の外套をかけているが、そこから水が滴《したた》りおちて、足もとの石の床に水たまりができていた。ブーツは泥がこびりつき、前を開けた上着から覗くシャツもぬれて肌に貼りついている。上等なローン生地のシャツは雨にぬれたせいで透け、胸や腹の線がすべてわかってしまう。彼は手をあげたかと思うと、固まった髪の毛をうしろに押しやって水を払った。豊かな髪もいまのようにうしろになでつけられると顔の輪郭がくっきりと浮かびあがり、角張ったあごの線や高い頰骨が強調された。ふと、こめかみから雫がひと粒垂れて頰を流れ、あごを伝ってクラヴァットのなかに消えた。

彼を見つめていたことに気づいたイソベルは、あわてて目をそらしたが、頰がほんのり上気していた。「ハミッシュ？　どうかしたの？」

顔を上げて彼女を見た男性は、あからさまに安堵の表情を浮かべていきなりまくしたてた。「奥さま！　よかった、あなたは英語を話されるのですね」

イソベルは両眉をあげ、ほんの少し愉快そうに言った。「ええ、たしかに。うちのたいていの者はそうだと思いますけれど」

「いや、そうでもないようです」男性は暗い顔で執事を見やった。

「ごんなにはっぎりお話しじてますのに、わがっでいただけんどは」ハミッシュがむっつりと言った。

男性は執事の言い分に耳を貸さず、イソベルに向かって話した。「僭越ながら、自己紹介させてください。ジャック・ケンジントンと申します、どうぞお見知りおきを」さっと丁重なおじぎを披露する。ずぶぬれでありながら、優雅なものだった。

あきらかに彼は紳士だった。話し方も、礼儀作法も、イソベルの弟やまたいとこと同じくらい――いえ、それ以上に――洗練されている。雨にぬれていなければ、着衣も同じくらい立派なのではないだろうか。

イソベルは心惹かれるものと戸惑いの両方を感じながら、残りの階段をおりて握手の手を差しだした。「イソベル・ローズです。お目にかかれてうれしく思います」

ミスター・ケンジントンはぎょっとしたようだったが、すぐに立ち直って彼女の手を取り、その上にうやうやしく身をかがめた。「ミセス・ローズ。このように美しい女性にふさわしいお名前です」

「ミス・ローズですわ」イソベルは訂正して手を引っこめた。彼の言葉はあまりにあからさまで、形ばかりのお世辞だとわかっているのに、それでもほめられてうれしいことは否定できなかった。

「真に受けちゃあいげません、イソベルお嬢ざま」執事が注意し、主人を守るかのように一歩前に出た。「ごのイングランド人は、お嬢ざまをだまぞうとじでんです。あるいは、頭がおがしいか。ベイラナンは自分のもんだなんて言って」

「わたしたちをだますおつもりはないと思うわ」イソベルは答えた。「おそらく勘ちがいをされているのでしょう」そう言ってケンジントンに向き直った。「すみませんが、なにかのおまちがいかと思います。ベイラナンはローズ家の持ち物ですわ」

「以前はね」ケンジントンはそっけなく返した。丁重さが鳴りをひそめ、いらだちが顔を出す。「でも、いまはぼくのものです。サー・アンドリュー・ローズから譲り受けました」

「まさか!」イソベルは驚きに彼を見つめた。「アンドリューはベイラナンを売ったりしません」

「売ったのではありませんよ。ホイストの勝負に賭けたのです」

「まさか」同じ言葉をくり返したが、顔からは血の気が引いていた。一瞬、気を失うのではないかとイソベルは思った。「そんなこと、信じられません」

「それなら、これをごらんください」彼はイソベルの手に紙きれを押しつけた。「サー・アンドリューの書きつけです」

見慣れた文字を、イソベルは食いいるように見つめた。大胆な曲線を描いたAの字。今度こそ、階段の柱に寄りかからなければ立っていられなかった。

「イソベルお嬢ざま？」ハミッシュが心配そうに進みでて、彼女のひじをつかんだ。「どうなずったんです？　若ざまがよもや――」

「いいえ」イソベルは目の前の字を見つめつづけていた。いまではその字が揺れている。「残念だけれど。アンドリューの書いたものにまちがいないわ。ベイラナンを賭けの担保にしたのよ」つらそうに締めくくった。

「証書も持っています」イングランド人の男性はおだやかに言い添えた。

「そうですか」イソベルの内面は荒れ狂っていた。大声をあげて書きつけを破り捨て、男性の顔に投げつけ、執事に言いつけて彼を雨のなかに放りだしてやりたかった。けれども彼女はローズ家の一員だ、背筋を正していなければならない。イソベルは目をしばたたいて涙を引っこめた。泣いているところを彼に見られるわけにはいかなかった。

イソベルは男性が差しだした証書を受け取り、目を走らせて読んではみたが、ひと文字も頭に入ってはこなかった。恐怖と言ってもいいような感情で胸が圧倒されてしまっている。

どうすればいいのかわからず、ベイラナンの女主人たる行動だと世間で思われていることをするしかなかった。つまり、冷静になって、内面の動揺を見せないようにするということだ。「ベイラナンへようこそ、ミスター・ケンジントン」かたい口調で言いながら書きつけと証書を返したが、彼の顔を見ることはできなかった。「ハミッシュ、ミスター・ケンジントンを部屋にご案内して。お体を乾かされたいでしょうから。それと、お茶もお出ししてちょうだい」

「イジーお嬢ざま!」ハミッシュの顔色がさらに赤くなり、目まで飛びだした。「まさか、あなたざまのお屋敷をぐれてやるおつもりじゃあないでしょうね! あなたのお父ざまは……おじいざまは……」

「ハミッシュ」イソベルはぴしゃりと言った。「アンドリューがしてしまったことは取り返しがつかないわ。ベイラナンは、どうやらいまはミスター・ケンジントンのものらしいの」

ハミッシュはかたくなに顔をこわばらせていたが、しばらくして首を縦に振った。「がじこまりました、お嬢ざま」

ケンジントンの外套と帽子を取り、彼の足もとにあった旅行鞄をひっつかむと、執事は召使いたちを厨房に追いやるようにしながら指示を出した。

気まずい沈黙の流れるなか、イソベルはぎこちなく客に向き直り、やおら口をひらいた。

「お部屋のご用意が遅れてすみません」

「いや、謝る必要はない。むしろ、あなたたちを驚かせてしまって、謝るのはこちらのほうだ。サー・アンドリューから手紙で事情を聞いているものと思っていたんだが、どうやら手紙よりも早く着いてしまったようだね」

「そのようですわ。では、少し失礼して……」イソベルはできるかぎり笑顔に見えるような表情をつくり、背を向けた。

「いや、待って」男性は階段の上がり口までついてきた。「待ってください」

イソベルは一段あがったところで止まり、しぶしぶ振り返った。一段低いところにいる彼と目の高さが同じになり、数インチしか離れていないところで向きあうことになる。彼の瞳は黒か茶色と思っていたけれど、じつは深い青だった。黒の濃いまつげで影ができ、いっそう深みのある色になっている。その不思議な色は、高い頬骨とあいまって、どこか異国情緒を感じさせた。なぜだか胸が騒ぐ。

「きみは――さっきの男性の言っていることはよくわからなかったんだが、もしかして――サー・アンドリューとなにか関わりのある人なのだろうか」

「わたしは姉です」

「姉!」男性は目を見ひらいた。「それは申し訳ない。サー・アンドリューからはなにも……そんなことはまったく……」

「無理もありませんわ」今度は笑みをつくろうという努力すらできなかった。勢いよく背を向けて、階段を駆けあがる。

「イソベル？」おばが、困惑ぎみな顔で居間のドアの外に立っていた。

イソベルははたと足を止め、うめき声をもらしそうになった。この数カ月でおばはずいぶんと物忘れがひどくなっていた。どうやら思いがけないことが起きると悪化するらしいのだ。しかし、いまは自分でさえ泣き崩れそうな気分でいるというのに、冷静に状況を説明することなどできそうにない。

「イソベル、あの殿方はどなた？　アンドリューの話をしていたのかしら？」おばの顔が明るく輝いた。「アンドリューが戻ったの？」

「いいえ、アンドリューはロンドンよ。少なくともわたしはそう思っているわ。なかなか便りをくれないからわからないけれど」

「そういう気遣いをあまりしてくれないものね」エリザベスは鷹揚に微笑んだ。「まあ、若い殿方には、家に手紙を書くよりもたくさんすることがあるもの」

「それで、羽目をはずしすぎたようね」

「イソベル？　あなた、アンドリューに腹を立てているの？」

「ええ、そうよ」そう言ったあと、彼女は口調をやわらげてつけ加えた。「少しね」おばの前で感情的になってはいけない。

「でも、どうしてハミッシュまでごきげんななめなのかしら？　さっきの男性はだれなの?」

「アンドリューのお知りあいよ。あの……しばらくここに滞在なさるの」

「まあ。それはすてき——お客さまだなんて。なかなかの美青年だと思ったけれど」エリザベスの瞳が興味津々《しんしん》といったふうに輝き、つかのま、かつてのおばに戻ったかのように見えた。「同じ年ごろのかたがいらっしゃると、あなたも楽しいのではないかしら」

「やめて」イソベルは息が詰まりそうになった。「後生だから、わたしとあのかたを結びつけようなんて思わないで。そんなことは起こり得ないから」

「ばかをおっしゃい。さあ、部屋に入って、腰をおろして、彼のことを話してちょうだい」

「いいえ」イソベルは体を引き、おばが傷ついたような表情を目に浮かべたのは見なかったことにした。「あとで戻ってきて、わたしの知っていることはすべて話すわ。でも、いまは行かなければならないの。あの……もらってこなければいけないものがあって。メグから」

おばが眉をひそめた。「メグ?」

「メグ・マンローのことよ。おばさま、メグのことはご存じでしょう。コールの姉よ。ふたりの母親であるジャネットは、アンドリューの乳母だったじゃないの」

「もちろんメグのことは知っていますとも」

エリザベスのグレーの瞳がぼんやりしているのを見て、イソベルはおばの言葉を信用しきれなくなった。ああ、もう耐えられない。

「行かなくちゃ」イソベルはもう一度言い、振り返ることなく逃げるように廊下を駆けていった。

自室に入ると、ドアを閉めてぐったりともたれた。よくぞ倒れずに持ちこたえたものだと思う。ひざには力が入らず、手も震えている。ドアの向こうに足音と話し声が聞こえた。ハミッシュとイングランド人の男性が歩いて通りすぎているのがわかり、家を失ったのだという苦い事実がよみがえった。

自分が育ったこの屋敷だけでなく、湖も、土も、岩も、洞窟も、この土地のひとかけらさえも、手つかずの荒涼とした美しい自然も、なにもかも失った。弟の愚行によって、彼女の暮らしそのものがガラガラと崩れ、行き場をなくしたのだ。敬愛するおばの心ですら、日々少しずつ、手の届かないところへ遠ざかっているというのに。

嗚咽《おえつ》がこみあげてどうしようもなかった。イソベルはマントをつかむと部屋を飛びだし、悪魔に追われてでもいるかのように階段を駆けおりて、庭に出た。

2

ジャックは、ぱっとしない部屋に視線をめぐらせた。ハミッシュに案内された部屋は広かった――それは認めよう。広くて、寒くて、がらんとした部屋だ。奥の隅には火の入っていない暖炉。反対側の壁には巨大な衣装だんす。黒っぽいクルミ材でできた、ただの四角い箱のようなそれは、華美な装飾彫りがほどこされたオーク材のベッドの繊細な――華奢《きゃしゃ》と言ってもいいほどの――支柱とは、まったくそぐわない。そのほかにも二つ三つ、埃よけの覆い布がかぶせられた家具があったが、あきらかに不快なにおいがそこはかとなく漂っていた。

ハミッシュがなにごとかをつぶやきながら、ジャックの鞄をベッド脇の床に荒っぽくおいた。このぶつくさ言っている年寄りが、ほんとうに執事なのだろうか？　執事というものは慇懃《いんぎん》にふるまうがゆえに冷たい印象を与えることが多いから、親しみやすい執事がいるとは思わないが、これほど無愛想で品のない執事には会ったことがなかった。

「この部屋はしばらく使われていなかったようだね」ジャックが言うと、執事は冷ややかな視線を投げてよこした。

くなっていた。

「なにぶん突然のごどで」ハミッシュの訛りは、あろうことか、先ほどまでよりさらにひどくなっていた。

ジャックはびしょぬれの上着をはぎ取るようにして脱ぎ、同じくぬれたクラヴァットもほどきはじめた。この地所全体が、この部屋と同じようなありさまなのだろうか。サー・アンドリューのことはよく知らないが、彼はいつも羽振りがよかった。美女をはべらせ、思う存分ワインを飲みながら、ひと晩じゅう賭け事に興じていた。

ハミッシュが窓のひとつにかかった覆い布を乱暴にはぎ取ると埃が舞い、下からかつては深緑色か、青か、ひょっとすると赤だったかもしれないベルベットのカーテンがあらわれた。布地はひどくすりきれ、ところどころから弱々しい午後の明かりが透けて差しこんでいる。そのカーテンをハミッシュが押し開けると、陰気な雰囲気がいくぶんやわらいだ。彼はそのままどすどすと足音をたてて部屋をまわり、ほかの覆い布もはずしていった。

「ほがにご入用のものは、ありまずか?」執事は、うかがいをたてるというより、つっかかるような顔つきをして言った。

「暖炉に火が入ってしかるべきだと思うが」ジャックはむっとして強い口調で言った。「それに、このにおいはなんだ?」

「におい?」執事がぽかんとしてジャックを見つめる。「ざあ、わがりまぜん。下の排水溝《シュッホ》じゃねえでずか?」

ジャックは、いまの自分もきっとこの執事と同じ表情をしているのだろうと思った。ここの人間は英語を使わないのだろうか？　「は？　なんだって？」

「シュッホでず」執事はぞんざいに窓のほうに腕を振った。「火はめじづかいがいれにぎまず。ゆうじょぐははぢじで」

スコットランド人というのは、みなこんなふうに言葉が通じないのか？　それともハミッシュだけが特別わかりづらいのか？　よくわからなかったが、ともかくジャックはわざわざ聞き直して確かめてやるつもりもなかった。執事の目が剣呑《けんのん》に光っているのを無視し、短くうなずいてさがらせた。

清潔で乾いた服に着替えてほっとしたところで、ドアに小さなノックがあった。返事をすると、小間使いが石炭入れを持って入ってきた。むっつりとした表情を隠そうともせず、ひざを曲げて挨拶をした彼女は、暖炉に石炭を入れて火をつけはじめ、ジャックは窓辺に移動した。

窓からの眺めは、霧が晴れずにいたほうがよかったと思わせるものだった。遠くには巨岩のある緑の土地がうねるように広がり、なにやら岩の塊と化した建物のようなものが見える。もう少し近くには、だだっ広い泥土の庭があって、さまざまな大きさの離れ家や畜舎がつづいている。彼の立つ窓のすぐ下には、排水溝があった。おそらくこれが、部屋の悪臭のもとだとハミッシュが言った〝シュッホ〟だろう。

背後から小間使いの小さな悲鳴が聞こえ、あわてて振り向くと、暖炉から部屋のなかへ黒い煙がもくもくと吹きだしていた。小間使いは咳きこみながらあわてて煙突をひらく取っ手を引き、ジャックも窓に向き直った。古びた掛け金は固まって動かなかったが、しばらく奮闘していると、きしみながらもはずれたので窓を押しあげた。

煙はふわふわと流れて出ていったが、今度は外からのにおいが強まり、煙のにおいと混じってよけいにひどいことになった。ジャックは悪態をつきながら部屋を出た。もしも、まだベイラナンを売ろうと考えていなかったとしても、今日この日に売却を決意したにちがいない。なにをするあてもなかったが、とにかく部屋から離れたい一心で、ジャックは廊下を大股で進んだ。通りすぎるドアはどれも閉ざされ、聞こえる物音といったら自分の足音ばかりで、ひとけのない薄気味悪さは増すいっぽうだ。

主廊下の突きあたりまで来たジャックは、両開きの窓の前で足を止め、こんなところまで来たことがばからしくなった。その窓は側庭に面しており、彼が案内された部屋から見えた排水溝よりはましな眺めが拝めそうだった。なんの気なしに見ていると、女性がひとり屋敷から出てきた。マント姿だが雨はやんでいるので頭巾はかぶっておらず、濃いめの金髪が輝いている。イソベル・ローズだ。ジャックは背を伸ばして身を乗りだした。ミス・ローズには心惹かれるものがある。

あれほどの美人がこんな田舎でくすぶっているとは、ばかげた話に思えた。しかし彼が惹かれたのは、抜けるような白い肌やふわりとした蜂蜜色の髪ではない。階段の上に立つ彼女を見あげたとき、ぞくりと体が脈打つような強い欲を覚えたのはたしかだが、それ以上のなにかがあった。てっきり彼女は泣きだしたり、取り乱しさえするかと思っていた。不当に扱われたと知った女性は、だれでもそうするものだ。しかしイソベルの場合は、まず驚きが顔によぎったあと、すぐにあの深いグレーの瞳に激しい怒りがひらめき、次いでおののきが浮かんだが、その動揺をこらえて表情も抑えこみ、平静を装った。感情を隠せたわけではないが――ジャック自身はそうすることに慣れているが――強い意志と自制心をはたらかせたのだ。そこにこそ、彼は心惹《ひ》かれた。あの自制心を打ち砕くにはどうすればいいのだろうと思わずにいられない。これまで、それに成功した男はいるのだろうか？

なおもイソベルを見ていると、背の高い金髪の男が庭を突っ切って彼女に近づくのが見えた。イソベルは一瞬ためらいを見せたものの、先ほどまでよりは歩みを遅くして男のほうに歩いていく。彼女が手をあげて頰をぬぐった。涙をふいているのだとわかって、ジャックの良心がずきりと痛んだ。

自分の反応に、ジャックは眉をひそめた。自分は紳士ではないし、思いやりがあるほうでも、高尚な人間でもない。いくら姿形はととのえていても、それはうわべだけのことだ――身なりも、話し方も、ふるまいも、石のように冷たい心を持った山師のもとで身につけただけのものだった。サットン・ケンジントンは、自分がだました相手にひとかけらの情けをかけたこともなかったし、息子のなかにあるそういった感情をばかにしてもいた。ジャックはあの父親とその思惑から逃れはしたが、それでもやはり父と同じように、紳士の皮をうまくかぶっているだけの人間だ。根っから道義心など持ちあわせていないし、憐れみの情もない。罪悪感にさいなまれるような男ではないのだ。

それに、やましく思う理由もないはずだった。彼女が家を失ったのは自分のせいではない。彼女の弟をいかさま賭博でだましたわけではなく、正々堂々と勝負して勝ったのだ。ジャックがベイラナンを借金のかたに受け取らなくても、サー・アンドリューはいずれ同じように地所を失ったことだろう。

まったく、しようのない男だ！　つまらないものでもあるかのように家屋敷を賭けて博打を打つとは、なんという愚かな男なんだ。実際にこの屋敷を見るまでは、ジャックはサー・アンドリューの小さな別荘くらいに思っていた。狩猟や釣りをしたり、少し静かな時間を過ごすというような別宅だと——とはいえ、あの浪費家がそういうことをしているところは想像もできなかったが。ジャックはベイラナンがローズ家代々の地所だとは知らず、若い女性を追いだすようなことになるとも思っていなかった。

いらだちを覚えつつ、そんな物思いを遮断すると、ジャックは下の庭にいる男女を見た。ふたりは話しこみ、男のほうは心配そうにミス・ローズの上からかがみこんでいる。いったいあの男はだれなのか。彼女とどういう関係なのか。紳士らしい服装ではなく、小作人のような質素で粗末なズボンとシャツ姿だから、求愛者ではないだろう。しかしあれほど近くに身を寄せているところを見ると、親しい間柄だとわかる。ひょっとすると、心を通わせている相手ですらあるかもしれない。男が彼女を見おろす表情はやさしさにあふれている。あの美しくたおやかなミス・ローズが、身分の低い男と情を通わせていることなど、あり得るだろうか?

いつもなら愉快な話だと思うところだが、なぜかいらだちが増しただけで、ジャックは腹立たしげに窓から顔をそむけ、わびしげな長い廊下をにらんだ。まったく、ここはなんてところだ! 態度の悪い使用人たち、居心地の悪い部屋、湿っぽく荒涼とした風景。目を楽しませるものも、気分が明るくなるものも、ここにはなにもない。

なにより悪いのは、イソベル・ローズの姿が頭から離れないことだった。この屋敷がもはや彼女のものではなくなったと告げたときの、青ざめた顔、輝きを失った瞳が、頭にこびりついている。

イソベルはマントをなびかせ、屋敷の脇の出入口から外へ飛びだした。涙でぬれた頰をもどかしげにぬぐいながら、足早に湖のほうへ向かう――あそこへ行けば、いつも灰色の湖面が心を落ち着けてくれるから。しかし数歩行ったところで、苦虫を嚙みつぶしたような顔のコール・マンローが向こうからやってくるのに気づいた。まあ、少なくともコールなら、虚勢を張る必要のない相手なのだけれど。

「イジー！」コールもまた気が動転しているのか、現在のふたりの立場にふさわしいあらたまった〝ミス・イソベル〟ではなく、子どものころの愛称で呼びかけてきた。上着も帽子も身につけておらず、不ぞろいな長めの金髪はくしゃくしゃに乱れ、頬が紅潮している。それが寒さのせいなのか怒りのせいなのかは、わからなかった。けんかをふっかけそうな様子で角張ったあごに力を入れ、青い瞳も内側から火を灯したかのようにぎらついている。「ふざけた野郎はどこだ？　ぼくがたたきだしてやる」

「ちがうの」イソベルはかぶりを振ったが、彼女のために怒ってくれる姿に胸が熱くなった。コールはどんなときでも頼りになる人だ。「そんな必要はないのよ」

「どういうことだ、必要がないって？　イングランドのとんでもない野郎が、ベイラナンは自分のものだと言いがかりをつけにきたって、ケイティから聞いたんだ」

「言いがかりというわけではないの」イソベルはコールの腕に手をかけた。「事実なの。彼が所有者なのよ」

「なんだって？　いったいどうしてそんなことに？　まったくわけがわからないよ」コールの怒りは心配に変わり、彼女のほうに身をかがめた。

「アンドリューがあげてしまったの！」堰を切ったように言葉が飛びだした。「ベイラナンを賭け事に使って、失ったのよ」

彼女の言葉にコールもさすがに黙り、彼女を見つめることしかできなかった。しばらくしてようやく言った。「そんなことができるのか？　だって、お屋敷はローズ家のものなのに」

「ベイラナンは限嗣《げんし》相続財産ではないの。父もまさかアンドリューがこれほど愚かな人間になるとは思っていなかったのでしょう、自由保有権によってアンドリューに遺したのよ。ここはアンドリュー個人の財産になっていたの。だから、遺贈でも、売却でも、なんでも好きなようにできるのよ。すべてをカードの勝負に賭けたってかまわないの！」

イソベルの声は、しまいにはうわずっていた。

「あのばかが！　なんて考えなしで、自分勝手な――」コールは言葉に詰まり、勢いよく顔をそむけてこぶしをもう片方の手のひらに打ちつけた。すごみのある低い声で悪態をつく。

イソベルのぶんまで悪態をついてくれて彼女は助かったが――それでも正直なところ、同じような言葉をアンドリューに言ってやれたらよかったのにと思った。「こんなことをしでかすとは思わなかったよ」コールはつづけたが、感情が高ぶって言葉がはっきりしなくなっている。「前に戻ってきたとき、ここから出さないでおいたらよかったんだ……」

「そんなこと、どうやったらできるというの？　部屋に閉じこめる？　縄につないでおく？　彼ももう一人前の大人なのよ、コール、学校に行っていたずらをしているような子どもではないの。ロンドンの社交界に出たての新米でもない。二十五歳よ。それなのに、お酒と賭け事のことしか考えられないなんて！」厳しい言葉を口にせずにはいられなかった。あまりにも長いあいだ、否定して溜めこんできた言葉がこぼれだす。

「彼に性根をたたきこんでやればよかった」コールがうなった。

「それは無理だったと思うわ」イソベルはため息をついた。気持ちを吐きだしたことで怒りは薄れたが、なんだかぐったりとしてしまった。「家を継いだのが若すぎたのね。まだ十七歳のときに父が亡くなって、後見人だったいとこおじのロバートはとても厳しくて、弟はがんじがらめになっていた。二十一で成人したとき、急に反抗しだしたのも無理はないと思ったわ。いずれはぶらぶらしているのにも飽きるだろう、しばらく遊べば落ち着くだろうと、わたしも願ってきたけれど。きっと戻ってきて、ベイラナンのレアードになってくれるだろうって」

コールは鼻で笑った。「レアードなら、アンディよりきみのほうがふさわしいよ」

イソベルの口もとがかすかにゆるんだ。「わたしも本気で願っていなかったところはあるけれどね」少しおどけた表情を見せた。「ああ、コール！　どうしてアンディはこんなにベイラナンのことをないがしろにできるのかしら？　土地も、人々も、家族のことも。代々受け継がれてきたものなのに！」

「ぼくとしては、きみのことをどうして考えないんだって言いたいよ！」コールがいきりたつ。

「わたしだけの話ではないわ」イソベルはやさしく彼をなだめた。

「そうだね、それはわかってるよ」コールは疲れたようなため息をついた。「きみのおばさんや、召使いや、小作人たちもいるものな。ベイラナンもダンカリーやほかのところみたいになってしまう——小作人から家を取りあげて、追いだして。そのイングランド人もダンカリーの伯爵と同じように、マクリーみたいな管理人を連れてくるにちがいないよ」

「マクリー家の人間がひとり、二日前にファーガソンさんのところの池に投げこまれたという話を聞いたけれど」イソベルは友の顔をじっと見つめた。

「ぼくも聞いた」コールの瞳が愉快そうに光る。「彼はエディンバラに戻ることにしたらしいよ」

「コール、気をつけてね」

「ぼくは用心深いんだ、知ってるだろう？」

その言葉にイソベルはくすりと笑った。「そうね。あなたがどう用心深いのか、よく知ってるわ。洞窟を発見して、明かりとロープしか持たずにあとは運まかせでいそいそと入っていったものね」そこで真顔になる。「〝放逐〟をあなたがよく思っていないことは知っているわ。わたしも同じよ。あまりにも多くの人たちが家を追われているのは耐えられないわ。でも、地主にさからったそういう人たちは、つかまれば牢屋に入れられるでしょう。お願いだから、早まったことはしないと約束して。あなたが心配なの」

「その気持ちはありがたく思うよ」コールは彼女の願いをそつなくかわして話をつづけた。

「でも、いま心配しなければならないのはきみのことだ。そのイングランド人の言っていることはほんとうなんだろうか？　まちがいなく彼がベイラナンの所有者なのか？」

「アンドリューからもらったという書きつけを見せてくれたわ。アンドリューの字だった。証書も持っていたわ」

「どうするんだい？　きみがしてほしいことはなんでもするよ。ぼくの姉も同じ気持ちだ。言うまでもないけど」

「わかっているわ」イソベルは小さく笑った。「あなたはほんとうの友だちよ。あなたも、メグも。でも、エリザベスおばさまを連れてベイラナンを出ていく以外に、どうしようもないわ」

「どこへも行く必要はないさ。ここはきみの家なんだ。イソベル、きみらしくないぞ。ベイラナンのために戦わないのかい？」

「もちろん戦うわ！」イソベルは両手を腰に当てて彼をにらんだ。「そんなことわかっているでしょう？」

「ああ、それでこそ、ぼくの知るイソベルだ」コールの口の端が片方上がった。「きみは戦わずして負けるような人じゃない――メグよりはおとなしいというだけで」

イソベルは渋い顔をしてみせた。「わざわざわたしをけなして怒らせてくれなくてもけっこうよ。もうじゅうぶん怒っているわ。とことん戦いますとも。どう戦えばいいのかさえわかっていれば」

「おや、きみのことは信頼しているよ。そのろくでなし野郎との戦い方を、かならず考えだすだろうってね」

「悪い人かどうかはわからないわ。見た目は紳士よ——しかも、かなり感じのいい。アンドリューの姉を路頭に迷わせることになるなんて、思いもしていなかったようだわ」

「しかし〝かなり感じのいい〟紳士が、ホイストの勝負でアンドリューのような未熟者に家を賭けさせるだろうか？　ここにきみが住んでいることを知っていようといまいと、アンドリューが絶好の狙い目だってことは一目瞭然だろう。ほんものの紳士なら、そこにつけこんだりはしないものだ」

「そうね。あなたの言うとおりだわ。心ある人ならしないわね。いくらアンドリューが自分は目端がきいていると思っていても、切れ者の手にかかればいいかもでしょうから。ひょっとするとミスター・ケンジントンは、カードに細工までしていたかもしれない。怪しく思わずにはいられないけれど、疑ってもしようがないわね。真相はわからないし、証明するとなるともっとむずかしいし」イソベルは間をおいて考えた。「でも……簡単に引きさがりすぎたわ。気が動転していて、彼に見せられたものをきちんと読むこともできなかったから」そう言うと、意を決した顔で胸を張った。「ただ逃げだして終わりになんてしないわ。できるだけのことをして戦わなければ。証書ももう一度見せてもらうつもりよ。なにか見落としがあったかもしれないもの。それに……時間かせぎもするつもり。どうせ手続きが完了するまでには時間がかかるのだし。それまでに、インヴァネスにいるお父さまの弁護士に手紙を書いて相談してみるわ。ミスター・ケンジントンを止める方法が見つかるかもしれない」

「そうだね、それがいい」コールは仕事で傷だらけの手でイソベルの手を取り、励ますように握りしめた。「うちの母さんが言ってたことも忘れないで。〝あなたは心配性だね、お嬢ちゃん。あんまり悩まないで〟って言ってただろう」

「〝朝になったら光も見えてくるさ〟ってね」イソベルはジャネット・マンローの教えを締めくくった。「わかっているわ。お母さまの言うとおりだといいけれど」

「母さんはまちがったことは言わなかったよ、そうだろう?」

イソベルはにこりとした。「ありがとう。これから戻って、エリザベスおばさまにこのことを説明しなくちゃならないの。きっと死ぬほど心配しているでしょうから」

「わかった」コールはもう一度ぎゅっと力をこめてから、手を放した。「忘れないで――ぼくも、いつでも力になるから」

「ありがとう」イソベルは屋敷に戻りながら、おばにどう言うのがいちばんいいだろうかと考えた。勝手口を入ると階段を見つめたが、客間のほうから物音が聞こえた。足を止めて二階を見やったあと、向きを変えて客間のほうへ廊下を進んだ。

客間にはジャック・ケンジントンがいた。暖炉の前に立ち、両手を火にかざしている。彼女の足音に気づいて振り返った彼は、笑顔になった。「ミス・ローズ。またお会いできてうれしいな。ご一緒しませんか」

「落ち着かれたようですね」彼の笑顔に心臓が小さくはねたのはなかったことにして、イソベルはあらたまった挨拶を口にした。

「ええ。でも部屋があたたまるにはしばらくかかりそうだったので、おりてきたというわけです」彼は背後にある巨大な暖炉を見やった。「こちらはとてもあたたかそうだ」

「はい。昔はここで斧の焼きいれをしていたと言われています」イソベルは静かに言いながら、彼の隣りに並んだ。「わが家の先祖は、なんでも大きくこしらえていたようですわ」

「そのようだね。でもすてきだ」ジャックはマントルピースと大理石の枠に彫りこまれたバラの形の装飾を手で示した。

「ええ。彼らは自分の名前も気に入っていたんですって」ケンジントンはおかしなくらい話しやすかった。彼は友人でもなんでもないのだと、気を引きしめていなければならない。あまりに気安くて、つくりものめいている。あたたかな笑みも、計算高くて冷たいまなざしまではごまかしきれていなかった。この感じのよい物腰の下には、愚かな弟につけこんだ冷酷な男がいるにちがいない。

イソベルは背筋をかたくし、あらたまった口調に戻そうとした。「ミスター・ケンジントン……先ほど見せていただいた証書をもう一度拝見したいのですが。気が動転していて、じゅうぶんに読むことができなかったので」

　彼は少しのあいだイソベルをじっと見ていた。ハンサムな顔はなにを考えているのかわからない。カードの勝負に勝てるのも不思議ではなかった。弟は考えていることや思っていることがすべて顔に出るけれど、ジャック・ケンジントンはなにも出ない。「もちろんかまいませんよ」彼は上着の内ポケットから折りたたんだ書類を出し、彼女に差しだした。「きちんと法にかなっているものだということはまちがいないと思いますが」

　イソベルは書類を受け取ってひらいた。やはり見慣れた弟の字を目の当たりにして、絶望する。まちがいではなかった。大胆でぞんざいにペンを走らせた派手なAの文字は、弟ものだ。〝彼らの〟という単語の綴りをまちがえているのも、アンドリューがいつもやること――これは弟が書いたものなのだ。イソベルは譲渡証書にもつづけて目を通したが、やはりそこにも弟の署名があった。

「そうね。おっしゃるとおりです」イソベルは顔をあげたが、その目はまったく無表情だった。「ですが、やはり弁護士にも見てもらいたいと思います」

「ごもっともです。いつなりと」彼は冷たくなったイソベルの手から書類をひょいと持ちあげ、たたんでポケットにしまった。

「ひどいんじゃありませんか」冷淡な彼の態度に傷ついたイソベルは、語気も荒く言い返した。「あんな、世間知らずで愚かな子につけこむなんて」

「愚か？」ジャックの眉がわずかに上がった。「たしかにサー・アンドリューは愚かだと思いますね。しかし子どもではなく大人だと思うし、世間知らずなどではないよ。申し訳ないが、姉の欲目なんじゃないかな」

「弟のことはよくわかっているつもりです」イソベルは反論した。「賭け事にはついつい誘われてしまうほうで」

「ぼくはなににも誘った覚えはない」抑制のきいていたジャックの声に、初めてわずかなとげとげしさが混じった。「ぼくが勝負に加わる前から、彼はすでにずいぶんと深みにはまっていたよ」

「それで、これなら巻きあげられるとでも思ったの？」

「きみの弟に汚い手を使ったと言っているのなら、ミス・ローズ、ちがうとはっきり申しあげよう」熱くなってうわずっているイソベルの声とはちがい、ケンジントンの声は冬の夜のように冷たかった。「サー・アンドリューのカードの腕前は未熟だ。それを、これまでうまいと思いこまされてきたせいで、よけいに救いようがなくなっている。ロンドンで粋がっている若いやつらにはよくある話だ。ぼくはベイラナンを正当な勝負で手に入れたのであって、きみが住む家のない身になった責任は、すべてサー・アンドリューにあるんだ」

イソベルは両手を握りしめ、頬を真っ赤に紅潮させた。怒りのままにこの男性にこぶしを振りあげたかったが、これまで慎み深く生きてきたがゆえに――そして彼の言うことが正しいがゆえに――動けなかった。のどをふさぐような怒りをのみくだし、この男性を敵にまわす余裕はないのだと自分に言い聞かせた。いまは頭に血がのぼっていて、彼に追いだされてもかまわないような気になっているけれど、おばのことも考えなければならない。「すみませんでした。もちろん、あなたのおっしゃるとおりよ。弟の不手際をあなたのせいにしてはいけないわね。ちょっと失礼します。おばに話をしにいかなければなりませんので」

「おば？　ここにはほかにも――」

「ええ、おばのエリザベスもベイラナンで暮らしています。今日の夕食の席でお目にかかると思います」イソベルはこれ以上ここにいて、みじめな状況の話をつづけるのは耐えられなかった。やおら彼に会釈すると、背を向けて足早に部屋を出た。

おばと話をするには気持ちが不安定すぎたけれど、それでもおばのいる居間を通りすぎるわけにはいかなかった。だから少しは明るい顔をこしらえ、部屋に足を踏みいれた。

「イソベル！」おばのエリザベスがほっとした様子で顔をあげた。「ああ、なにがどうなっているの？　ついいましがた、見知らぬ男性が廊下を歩いていったわ。あのかたはどなた？　わたしは――知らないかたよね？」

「ええ、おばさま、おばさまは会ったことがないわ。今日の午後に来られたかたよ」

「ああ、そうね、そうだったわ。アンドリューのお友だちね。お名前はなんだったかしら」

「ケンジントンよ。ジャック・ケンジントン」

「それではスコットランドのかたではないのね」

「ええ。イングランドのかたよ」

「まあ、そうなの。でも、いずれにしろ、とてもよさそうなかただわ」

「エリザベスおばさま……彼はアンドリューの友人ではないの。アンドリューとはクラブで会ったのですって。賭博場よ。それで……アンドリューはベイラナンを賭けて、そして負けたの。ミスター・ケンジントンがわたしたちの屋敷の所有者になったのよ」

おばは無言だった。衝撃を受けて血の気の引いた顔で姪を見つめるだけだ。長い間があいたあと、ようやく言った。「そんな」両手をひざの上で握りしめ、顔をそむける。「ああ、そんな。それでは……どうすればいいのかわからないわ」

「いまのところ、どうすることもないわ。ミスター・ケンジントンにしばらくとどまっていただいて、そのあいだにわたしたちは身の振り方を考えましょう」弁護士に相談しようと思っていることを話すかどうか、イソベルは迷った。へたな希望を抱かせるのは酷なのか、それとも不安にさせておくほうが酷なのか。結局、こうつづけた。「このことはどうか心配しないで。なにか方法を考えて、なんとかするわ。だいじょうぶよ」

「ええ、そうしてくれるでしょうとも」エリザベスは弱々しく微笑んだ。「かわいそうなアンドリュー。さぞ哀しんでいるにちがいないわ」

「そうあってもらわないと」イソベルは荒っぽく言った。「だって、彼がカードの勝負に負けたせいで、わたしたちの屋敷を失ってしまったんだから」

「屋敷を失うつもりなどなかったはずよ。あの子はいつも衝動的に行動してしまうから」

「考えなしと言ったほうがいいわ。あるいは自分のことしか考えない、とか」イソベルは気持ちを落ち着けようと息を吸った。取り乱しているところをおばに見せるのは——そして愛する甥を悪く言っているのを聞かせるのはよくない。

「心配しないで」おばは手を伸ばしてイソベルの手を取った。「なんとかなるわ。かならず。あなたは頭がいいもの。神さまはひとつの扉を閉じても、またべつの扉を開けてくださるものよ」にっこり笑う。

「ええ、それがどこにあるか、わかればいいけれど」

「一生懸命に考えるしかないでしょうね」エリザベスは時計を見やった。「まあ、もうこんな時間。夕食のための身じたくをしなければ。最高のおしゃれをしてお会いしないとね、ミスター——お名前はなんといったかしら？」

「ケンジントンよ、おばさま。ミスター・ケンジントン」

「とてもすてきなお名前ね」おばは立ちあがり、小さな声で言った。「あなたのお父さまが生きていらしたらよかったのに。ジョンはいつでも頼りになって」

「わたしもそう思うわ、おばさま」おばを抱きしめたイソベルは、おばの目に涙が浮かんでいるのを見て胸が締めつけられそうになった。「でも、おばさまのおっしゃるとおりよ。なんとかなるわ」

イソベルは夕食に遅れていた。父の弁護士に手紙をしたためていたのと、ミスター・ケンジントンがやってきて以来、ずっと負けそうになっていた涙にとうとう屈してしまったからだ。昼よりもあらたまったイブニングドレスに着替え、寒さ対策にいちばん上等なショールをはおったが、おばが言っていたような〝おしゃれ〟などはしなかった。自分の見栄えがよくなったからといってミスター・ケンジントンをこれ以上どうにかできるわけでもないだろうし、自分の住む場所を奪おうとしている男性の目を楽しませることもない。

緊張で胃のあたりを締めつけられながら、イソベルは食堂に急いだ。人前でおばと接するときはピリピリすることが増えていた。おばがなにか失敗をしたら助け舟を出せるよう、気を張っていなくてはならないからだが、今夜はさらに厄介な状況だ。あの見知らぬ男性に、おばが混乱するところや困るところを見られるのは耐えられないと思う。しかもケンジントンとは、今日の午後、緊張感の漂う――というより険悪と言ってもいいような会話をしたのだから、夕食の席で上品な会話をするのもぎこちなくなりそうだった。

食堂に足を踏みいれたイソベルは、ケンジントンもおばもすでにいるのを見て気が重くなった。おばが厄介なことを言わずにいてくれることを祈るしかない。着席しながらケンジントンをちらりと盗み見たが、彼がどういう気持ちでいるのか、表情からはわからなかった。ますます胃が締めつけられるような気がしてくる。

「まあ、とてもすてきよ」エリザベスは姪に微笑んだ。「ですわよね、ミスター・ケンジントン？」

「ええ、まったく、ミス・ローズ。姪御さんのお美しさときたら、待った甲斐がありますね」わざとらしいほめ言葉をよどみなく口にしながら、さらに彼はにこりとエリザベスに微笑んだ。「もちろん、美女ばかりの家系でいらっしゃるのはまちがいありませんが」

おだてられて頰を染めるおばを見て、イソベルは驚きを禁じ得なかった。おばはケンジントンとの会話を心から楽しんでいる。少し前に自分から話したことをおばがほんとうに理解しているのかどうか、イソベルはわからなくなった。

「ミスター・ケンジントンと楽しくおしゃべりしていたのよ」エリザベスは姪に言った。「お客さまがいらっしゃるのがこんなに楽しかったこと、忘れていたわ。ミスター・ケンジントンはスコットランドが初めてなのですって。明日はここの土地を案内して差しあげるといいわ、イソベル」

「えっ、そ、そうね」イソベルは慇懃《いんぎん》な笑みを顔に貼りつけた。「ミスター・ケンジントンさえよろしければ」きっと断るだろうと思いながら、彼を見やった。おばが彼のことをふつうの招待客のように話しているのを、おかしく思っているにちがいない。

「それはそれは、じつにありがたいお話です」ケンジントンはにこやかに笑った。言いあいじみた会話をしてイソベルが気まずく思っていることなど、まったく感じていない様子だ。

「ベイラナンの美しさをごらんになったら」エリザベスの口調は媚《こ》びているのかと思うようなものだった。「そんなにすぐには帰りたくないと思われるかもしれませんわ」

「お帰りになるのですか？」イソベルの心臓が希望ではねた。この人はあっさりいなくなってくれて、それで終わりになるのかもしれない。そこで新たな考えがひらめいた。自分がこの地所を管理し、利益を送る形にしてほしいと説得できないだろうか？　どうせいままでずっと、彼女がアンドリューの代わりに同じことをしてきたのだし。自分の所有地でなくなったとしても、少なくともおばをこのまま住まわせることができる。ほかのふたりがおしゃべりする横で、イソベルの頭はすさまじく回転していた。

「ええ」ケンジントンはうなずいた。「ぼくはただベイラナンをひと目見たら、またロンドンに戻るつもりでした」

「そうですわよね、ご結婚されていて、急いで奥さまのところへお戻りになりたいかもしれませんし」エリザベスは慎重にさりげない口調を装っていた。イソベルがびっくりして目を見ひらく。まさかおばは、まだ縁結びをするつもりではないだろうに。

「いえ、ミス・ローズ、ぼくは結婚はしていません」ケンジントンは丁重に返事をした。

「どうやら、ぼくはそういう境遇に縁がないようで。その手の話が持ちあがったこともありません」

「希望を捨ててはいけませんわ」エリザベスは、まるで彼が独身でいるのを残念に思っているかのようなことを言った。「ふさわしいかたは見つかりますわ。かならず」客人のほうは返事のしようもない様子だったが、エリザベスは話しつづけた。「ロンドンにはあなたを引き戻すものがあれこれおありでしょうけれど。都会は若い殿方にとって大きな魅力を持っておりますものね」そう言ってため息をつく。「哀しいことに、アンドリューもぜんぜんゆっくりしていってくれませんの。あなたがここにいらっしゃるとき、あの子もご一緒すればよかったのに。次の手紙で叱ってやらなければなりませんわ」

そんなことを言われてケンジントンは面食らったようで、イソベルはあわてておばの発言を取りなした。「そうね、アンドリュー自身があなたを紹介して、状況を説明しに帰ってくれたらよかったんですわ。そのほうが、はるかにうまくすべてが進んだでしょうに」

「そんな余裕もなかったんでしょう」ケンジントンは冷ややかに答えた。

「余裕がなかった？」エリザベスが眉根を寄せた。「アンディはまた学校で困っているの？あなたもクライスト・カレッジに在籍していらっしゃるのかしら、ミスター・ケンジントン？　それともアンドリューの指導教師でいらっしゃるとか？」

ありがたいことに、ケンジントンはエリザベスのおかしな発言にもなんの反応もせず、こう言っただけだった。「いいえ、ミス・ローズ、ぼくはオックスフォード出身です。サー・アンドリューとはロンドンで知りあいました」

「アンドリューはもう学校には行っていないのよ、エリザベスおばさま」イソベルはやさしく教えた。「ほら、あの子はいまはロンドンで暮らしているの」

「そうね、そうだったわ。わたしったら」エリザベスはばつが悪そうに笑った。「お許しくださいませ、ミスター・ケンジントン。もうアンドリューが大きくなったことを、ときどき忘れてしまいますの」

「いいえ、無理もありません、ミス・ローズ。アンドリューはまだとても若いのですから」

「ええ、ほんとうに」彼に微笑むエリザベスの顔には、わずかな困惑も見られなかった。おばにゆったりと接してくれる男性に、イソベルはわれ知らずほんのりと胸があたたかくなった。彼女は安全な方向へ話題を持っていくことにした。「ハイランドのお天気にはずいぶんと荒っぽい歓迎を受けて、たいへんでしたわね、ミスター・ケンジントン」

ケンジントンは彼女の誘導に乗ってくれ、ロンドンやエディンバラ、道路の状態や雨の話をしながら食事は進んだ。しかしおばの記憶力が衰えていることや、ミスター・ケンジントンのせいで住まいを失う境遇に追いやられることにはふれず、会話の落とし穴にはまらぬよう気を遣いながら会話をするのは、気疲れするものだった。しかも食事はなぜだか水っぽくて味のない羊肉のシチューと、ハギス（羊や子牛の内臓を脂肪やオートミールと一緒に胃袋に詰めて煮込んだスコットランドの伝統料理）くらいしか出なかったのが、またよろしくなかった。ケンジントンはハギスを怪しげに一瞥《いちべつ》したあと、手をつけず脇に押しやってしまった。

ようやく食事が終わり、食後のポートワインをたしなむミスター・ケンジントンを残して女性ふたりは席を立ったが、おばが部屋を出たあと、イソベルは取って返した。どう切りだすかは考えてあった。しかし食事の初めにケンジントンがすぐにベイラナンを出ていくと言ったことで、状況は変わっていた——いや、少なくとも、状況の見方は変わった。いまケンジントンは礼儀正しく立ち、不思議なほど深く青い瞳を彼女に据えて、問いかけるように眉を少し上げている。イソベルは舌がもつれ、うまくしゃべれないような気がしてきた。

「あなたにうかがいたいことがあるの」ようやく切りだした。「あの、ロンドンに帰るつもりだとおっしゃったけれど、つまりベイラナンで暮らすつもりはないということなの？」

「ああ」彼は、月で暮らすのかと訊かれたかのような顔をした。「まさかここに住んだりはしないよ。ぼくはただ——いや、よくわからないが、とにかく場所を見てみたかったんだ」

「それなら、代わりに土地を管理する人間が必要よね。わたしがアンドリューの代わりにこの何年かやっていたように、経験があって、信頼のできる人間が」希望を口に出す前に、土台の部分をまず固めておく。女にそんな仕事は務まらないと言われるのが、目に見えているからだ。

「いや、ちょっと待ってくれ」ケンジントンは彼女を制するように片手を伸ばした。「そういう仕事に向いていると思しき人間を紹介するつもりかもしれないが、じつは管理人は必要ないんだ。ベイラナンは売るつもりだから」

「えっ」イソベルは内臓ががくんとさがったような気がした。「そうなの」

「ぼくは街に住まいがあるのでね、ミス・ローズ。それに、ここまではちょっと距離があって、そうそう来られないし」

「なるほど」あきらかに望みはないが、イソベルはべつの提案をしてみた。「でもベイラナンを売らずに持っていれば、収入が入ってくるわ」

「売ったほうが利益はあがる。それに、きみのご友人は立派な人だとは思うんだが、自分の財産を他人の手に預けるのは不安要素もあるからね」

「そうね」イソベルはうなずいた。一瞬の希望もついえた。彼女は息を吸いこみ、また口をひらいた。「わたしはただ……できることなら……ですからつまり……おばと一緒に出ていく準備をしなければなりません。申し訳ないけれど、きちんとするには何日かかるでしょう。だから――準備がととのうまでは、ここに残っていただきたいの」

「当然のことだ。必要なだけ時間をとってもらっていいよ」彼は一歩イソベルのほうに近寄ろうとして止まり、それまでに見せたことのない、まごついた様子で言った。「ミス・ローズ……これだけは言っておきたいんだが、ぼくは知らなかったんだ――つまり、きみたちから家を奪うことになるなんて思ってもいなかった。ほんとうに遺憾だ」

「ええ」イソベルは無理にでも笑った。「わたしもよ」

3

ジャック・ケンジントンは出された食事をじっと見つめた。大きな鉢に入った灰色の穀物粥《ポリッジ》はどろりとしていて、糊の代わりになりそうだ。その横の皿には肉と目玉焼きがふたつ乗っており、黄身がいかにもまずそうに流れだしている。肉も焼いたものだが、ひとつは消化できそうもない黒っぽい塊で、前の晩の食事でも食べずにおいたものに似ている——というか、おそらく同じものだろう。もうひとつはソーセージのような形をしているが、色とかたさがまるで炭だった。もう少し小さい皿には、平たくて円いパンのようなものが乗っていた。さっさとこの場所から退散するか、さもなければ餓死するかだろう。パンだけが唯一、わずかながらでも口に合いそうに見えたので、ちぎってみると、まるで木片のようにパキリと割れた。口に入れて、おそるおそる噛んでみる。歯が欠けなかったのでいささか驚いたが、味はついていないし甘みもなく、噛めば噛むほどふくらんでいくようだった。それを飲みこみ、渋くて濃いお茶で流しこむ。

それまでのところ、ほかの諸々のことも朝食と似たり寄ったりだった。ベッドのマットレスは薄く、シーツは冷たく、ここの召使いはあきらかに寝床用のあんかの存在を知らないらしい。雄鶏のしわがれ声で飛び起きたし、小鳥のさえずりと寒さのせいで、それ以上は寝られなかった。暖炉の灰を片づけて火を入れにきた小間使いは、ほかの使用人たち同様、頭のめぐりが悪く、言葉の訛りもやはりきつかった。顔を洗う湯がほしいという希望が伝わるのにたっぷり時間がかかり、ようやく届いたと思えば、いま飲んでいるお茶と同じくらい冷たかった。

サー・アンドリューがいつもロンドンにいるのは、なるほどこういうわけだったか——とはいえ、姉をここに放置しているのはひどいことだと思う。今日考えたことのなかではアンドリューの姉のことがいちばん楽しいので、パンとお茶を飲みくだしているあいだ、ジャックの頭は彼女のことで占められていた。

昨日の午後、彼女は少しのあいだ自制心を失った。瞳がきらりと光り、怒りで頰が上気しているのを見るのは楽しかった——たとえ弟につけこんだと責められていたとしても。昨夜の食事の席では、落ち着きを取り戻していた。だが緊張はしていたようだ。目の表情や、グラスや食器を使うせわしない手つきを見てわかったのだが、話しぶりはしっかりしていた。彼が少しはたらきかけると笑顔すら見せたりして、それは怒りで火花を散らす彼女を見るよりもさらに楽しかった。

もしイソベルのしなやかな体がしゃれたドレスに包まれ、豊かな金髪が最先端の髪型に結われていたら、都会で山ほどの求愛者が群がることだろう。そうだ、ロンドンの街の娯楽に連れまわしてやるのも、まったくやぶさかではない……いや、街の娯楽と言わず、もっと基本的な楽しみも……。美しいミス・ローズと少しばかりたわむれて、この陰気な場所での時間を明るくしているところがすんなりと頭に浮かんだ。しかし彼女は彼のことを完全に悪者扱いしているだろうから、最大限の努力をしなければそんな状況には持ちこめないだろう。だが彼は、手強い相手ほど燃えるほうだった。

しかしそのとき、想像のなかのイソベル・ローズの顔が、昨夜の彼女のそれに変わった。哀しみと喪失感をたたえた美しいグレーの瞳に、またしても彼はやましい思いに胸を突かれ、楽しいどころではなくなった。彼女に起きたことは彼のせいではないのに、そんな運命を彼女に突きつける役まわりになったことが残念に思えてならなかった。

「ミス・ローズ」ジャックはハミッシュよりも早く彼女の椅子を引いてやることができ、大人げないとは思うがうれしかった。「とてもすてきですよ」ずっと考えていたことを、そのまま口にする。「弟さんと一緒に、あなたもロンドンに来るべきだ。街の紳士たちがあなたの足もとにひれ伏しますよ」

「そうでしょうね――街の紳士たちはみな、あなたと同じように口がおじょうずでしょうから」そう言いながらも、イソベルは自然と笑みをもらしていて、ジャックはどうかしていると思うほど胸が弾んだ。打てば響くように返ってきた笑みには、まったくわざとらしさがない。犬歯がわずかにゆがんでいるという小さな欠点があっても、なぜかいっそう魅力的に見えるだけだった。

ハミッシュは部屋を出ていったかと思うと、すぐにお茶のポットを持って戻ってきて――今度は湯気が出ていることにジャックは気づいた――イソベルのカップにお茶をそそいだ。さらにハミッシュは彼女の前に、小さなミルク差しと砂糖入れの乗った銀の皿もおいた。

「ハミッシュ」ジャックは自分のカップをたたいた。「ぼくにもおかわりをついでくれ」

年配の執事は慇懃に頭をさげて会釈し――それまでの十分間、ジャックをにらみつけていたことなどなかったかのように――ジャックのカップにお茶をそそいだ。このおいぼれ執事め。そのお茶は、最初に出てきたものとは雲泥の差で、召使いたちがジャックにささやかな戦いを仕掛けているのではという疑いを見事に裏づけた。

「朝が早いんですね、ミス・ローズ」ジャックはくだけた口調で話しかけた。

「あなたと同じですわ」

「いつもはこうじゃないんですよ」ジャックは哀しげな笑みを浮かべた。「あいにく、田舎の騒音に不慣れなもので」

「騒音？　それはまったく逆ではないかと思うのだけど。ベイラナンのほうが、ずっと静かで平和でしょうに」

「ふむ。明け方に小鳥たちが窓の外で不協和音を奏ではじめるまではね」自分のひねくれた物言いが今度はイソベルをくすくす笑わせたのを見て、ジャックはうれしくなった。ここでは会話が成り立つのは彼女ひとりだけなのだから、彼女の笑顔こそが毎日を明るくしてくれる。

「明け方に目を覚ますことなど、ついぞありませんでしたから」ジャックはつづけた。「だが、おかげで今朝は敷地を見てまわる時間がたっぷりありそうだ」

「ベイラナンを見てまわりたいんですか？」イソベルの両眉がつりあがった。「てっきり話を合わせてくださっただけかと思っていました」

「たしかにそうですが。でも、実際に見てみるのが賢明というものでしょう。それに今朝は太陽も顔を出しているんだから、こんな機会を無駄にするのは忍びない」

「おっしゃるとおりだわ。あなたは早くもハイランドになじんできているみたい」

「いや、もちろん、まずはその……朝食を食べてからでいいんですが」ジャックは自分の皿をちらりと見おろした。

「ええ」彼の視線を追ったイソベルは、ななめうしろでひかえているハミッシュに言った。「ポリッジとオーツケーキをいただこうかしら」

「がじごまりました、お嬢ざま」そそくさと戻ってきたハミッシュは、ジャックのものほど灰色ではなくどろりともしていない粥を持ってきた。ジャムと白っぽいバターを乗せた皿も一緒に。

イソベルは、ジャックがびっくりするほど平気な顔でそれを食べはじめた。彼のほうは、自分の皿に乗ったものをフォークでいじくるだけだ。

「これはなんなのかな？」とうとうジャックは、黒い塊をつついて尋ねた。

「ハギスよ」彼が眉をつりあげたので、イソベルは説明した。「いろいろな肉と……ほかのものが混ざっているの。父はウイスキーをかけて食べていたわ」

「そのほうが食べやすくなりそうだね」

「慣れるとやみつきになるそうよ」イソベルの瞳が愉快そうに躍っている。

「やみつきになりたいと思う人間がいるのが驚きだ。こっちは……ソーセージかな？」

「血のソーセージ《ブラッドプディング》よ」

「説明はいらないな。あと、この舗装用のタイルみたいなのは？」彼はかたいビスケットを持ちあげた。

「オートミールのビスケット《オーツケーキ》よ」イソベルは声をあげて笑った。聞いているほうも思わず笑ってしまうような明るい声に、ジャックもつい笑顔になる。「バターとジャムをつけてみて。ポリッジはミルクを入れるとおいしいわ」

「この食べ物はみな手を加えないとだめなのかい？」しかし言われたとおり、ビスケットにバターとジャムを塗ってみた。ポリッジのほうは、ミルクと砂糖を入れても、究極に腹をすかさないと食べられない気はしたが。

「わたしたちスコットランド人は素朴な人間なの」イソベルは真剣な顔で言った。「だから食べ物も素朴なものが好きなのよ」

「そういう言い方もできるか」

「たしかに見た目はちょっと……その……」

「焦げてるようだって？」

「生焼けでないところはね」また彼女はいたずらっぽい顔で目を輝かせた。「料理人のきげんが悪いのかしら」

「しょっちゅう悪いのかな？　それとも、ぼくが来たときだけ？」

「これが初めてよ」イソベルは正直に言った。「さあ。もう散歩に行きましょうか。食事はすんだわ」

「ぼくは十分前に終わってる」

ふたりは屋敷を出た。イソベルはマントをはおったが、ジャックは外套も帽子も部屋においてきた。外套は昨日の雨でまだぬれており、湿ったウールのにおいがしている。帽子はほんの二週間前に〈ロック〉で買ったばかりだったので、なんとももったいない。しかし太陽が出たおかげで湿気もずいぶんなくなり、それほど寒さは感じなかった。

灰色の細長い湖が見える。そちらに向かって道が一本、下るように伸びているが、その道沿いには鬱蒼と樹が茂っていた。もう一本ある道は、岩がちな斜面に沿って上るように伸びており、イソベルはそちらに進んだ。

「あまり恨まないでくださるといいんだけど」歩きながらイソベルが言った。

「恨む？」

「まずい食事だとか、ハミッシュのしかめ面だとか。たしかに気分のいいものではないけれど、彼らは善良で忠実な人たちなの。変化に慣れる時間をあげてほしいわ。そして、どうか追いださないであげて。ベイラナンは彼らにとっても、わたしと同じように故郷なの。わたしは子どものころから彼らのお世話になっているし、彼らが憤慨しているのは、みんなわたしのためだから」

「彼らを責めたりはできないよ。ぼくだって、いきなりやってきた強奪者よりはきみを選ぶ」ジャックは横目でにやりと笑った。「とにかく、ぼくは使用人たちの変化を請けあうほど長くここにいるわけじゃない。かといって、ここを買う新たな所有者の立場でものを言うこともできないが」

「ええ。そうよね」落胆の色が彼女の声に出ていて、ジャックの心を揺さぶった。

昨夜、あきらかに彼女は管理人をおきたがっていた——おそらくは、昨日の午後、庭で話をしていた男だろう。あの男は彼女のなんなんだろうと、ジャックはまたしても考えた。たぶん彼女はあの男と結婚するつもりで、少なくとも家から離れたくないのだろう。こうして散歩に出ているのは、それが目的なのかもしれない。ジャックの歓心を買い、思うように彼を操るために。

そう思うといらだって、ジャックは顔をそむけた。すでに丘の頂きまでのぼってきていたらしく、ふたりの眼前には湖の全景と、その向こうにうねる広大な土地の眺めが広がっていた。やわらかな緑と青と茶色に、金色の日射しが降りそそぐ。ジャックは思わず、はっと息をのんでいた。

「きれいでしょう?」イソベルがつぶやいた。

「あいにく、田舎で美しいものを見て郷愁をかきたてられたことはないんだ。だがそれでも……荒涼とした景色の魅力は感じるよ」

「力強くて、厳しくて、そういうものの持つ美があるの。でもヒースの花が満開になったときには紫色のじゅうたんを敷き詰めたようで、それはすてきなのよ。それに、ときどき湖に霧がかかって、水晶のような雨粒がすべての木の枝や葉っぱについているときなんか、谷で妖精が踊っているかのように見えるの」

「妖精?」ジャックは疑わしげにくり返した。

「そう」きらきらと瞳を輝かせたイソベルは、ハイランド地方の訛りがほんのり混じる声で答えた。「幽霊や子鬼や足の長い小獣よ。夕方のたそがれどきには、静かにして注意深く見ていると、セルキーが海からあがってきて、皮を脱いで人間の姿になって歩きまわるんですって」

ジャックは目を丸くして彼女を見た。「まさか、そういうものを信じているのかい?」

イソベルはくすくす笑った。「スコットランド人にとって伝説は大切なものなの。長い冬の夜に暖炉の前に座っていると、おばさまが赤い男の話をしてくれたりするのよ。冬になると赤い男がやってきて、ドアをノックして、なかに入れてくれって言うんだなんて聞かされると、信じてしまうものよ」

「入れてやらないとどうなるんだい?」

「ほらね? あなたもお話を聞きたくなるでしょう? もし赤い男を入れてやらなかったら、災いが降りかかるの。彼があなたにいたずらをするから。でもなかに入れてやったとしたら、気をつけなければいけないわ。だって、彼と一緒に暖炉の前でゆったりして、彼の話を延々と聞いていると、もう離れられなくなるから」

「つまり、どちらにせよ破滅だ」ジャックはイソベルを見おろした。きらきら輝く瞳と、はしゃいだような声が楽しい。「まさか、きみのかわいらしいおばさんがきみにそんな話をしたんじゃないだろうね?」

「まさにそのとおりよ。まあ、アンドリューの乳母のひざに乗って聞いた話も多いのだけれどね。ジャネットは……森のことを知り尽くした人だったわ。植物とその効能に精通していて、具合の悪い人は彼女のところに相談にきていたの。それに彼女は、セルキーやケルピーやギリー・ドゥーの古い言い伝えも知っていたわ」

「それはいったい、どういう人たちなんだい？」

「セルキーは水の精だけれど、人間のような姿をしているの。ほんとうはアザラシで、皮を脱いで人間になるとも言われているわ。ハンサムで、魅力的で、たくさんの女性を惑わすのだけれど、夜が終わると愛人のベッドを離れて、海へ還るのですって。彼を留《とど》めておきたいのなら、脱いだ皮を見つけて隠さなければならないの。そうすれば女性のもとを離れられなくて、いつも人間の姿でいることになるわ」イソベルは肩をすくめた。「でも、彼らは水の精であって人間に姿を変えるだけだから、朝が来ると消えて、女性は彼がだれだったのかわからないままなのだと言う人もいるわ」

「なんとも都合のいい話だな」

「でもケルピーはまったくちがうわ。彼らは水中に棲む馬で、姿形は変えられないの。川から頭だけ出していて、もし近づいたらつかまって、水のなかに引きずりこまれるのよ。力が強くて、残虐で、色が黒くて、彼らの体からは水が流れだしていて、たてがみは川藻に絡みついている。だから川辺の浅瀬に立って、死にかけている人の死に装束を洗う洗濯女がいるの。洗濯女は犠牲者のために、すさまじい声で泣き叫んで悲しむのよ」

「いやはや、子どもにとってはなんとも楽しい話だな。よくきみは水辺に近づいたものだと驚くよ」

「それが狙いだったのかもしれないわ」イソベルも認めた。「でも、気のいい妖精たちもいるのよ。ギリー・ドゥーは内気でやさしいの。森に棲んでいて、苔と葉っぱでできた服を着ているわ」いったん言葉を切る。「もちろん、ほんとうは老僭王《ろうせんおう》を指す言葉だとも言われているけれど」

「老僭王？ジェームズ・フランシス・エドワード・スチュワートのことかい？」

イソベルはうなずいた。「あるいは彼の息子のチャールズ王子か。それはおばの考えだと思うけれど。おばは妖精よりも現実の人間のお話に興味のある人だから。わが一族に伝わる伝説も大好きなの。初代ベイラナンを愛した守護霊、ベイル湖のレディ《ザ・レディ・オブ・ロック・ベイル》のことを教えてくれたのも、おばなのよ」

「愛したって、初代の屋敷を？」

「ちがうわ。初代のレアード——偉業を成し遂げ、恐ろしい異形の者と戦った英雄よ」

「ああ、なるほど——架空のベイラナンのレアードね」

「醒めてるのね」イソベルは渋い顔をした。「そりゃあ少しは……誇張があるかもしれないけれど」

「精霊に愛されたとか？」

「ベイラナンを愛したときは、霊ではなかったの。湖畔に住む、美しく、やさしく、だれからも愛されていた乙女だったのよ」

「なるほどねえ」

「あなたって、ロマンティックな話には心を動かされないのね」

「ああ。ぼくは愛なんて信じていないからね。美しい絵空事より現実のほうがよほど役に立つ」ジャックはにこりと笑い、きつい言葉をやわらげた。話をしている彼女を眺めるのは楽しかった。湖から吹く風が彼女の服を体にまとわりつかせ、体の線が浮かびあがる。だから彼女のおしゃべりを止めたくはなかった。「でもきみの話はおもしろい。つづきをどうぞ」

「ベイラナンも乙女に惹かれたの。湖のそばで彼女と一緒に過ごしたのだけれど、彼には妻がいて、しばらくすると妻のもとへ帰ってしまった。彼女は哀しみ、乗り越えられなかった。嘆くあまり気がふれて、湖に身を投げて死のうとしたの。彼女は泣いて、泣いて、そのせいで湖がしょっぱくなって、いまもそれは変わらないのですって。そんな彼女を大地が憐れに思い、彼女は死んで呼吸が止まってしまったけれど、湖のなかで生きつづけ、湖を守りながらベイラナンも見守っているのですって」いったん間をおいたイソベルは、現実的な話をつけ加えた。「ベイル湖は淡水湖ではなく塩湖なの。もっともせまくなっているところが北海につながっているのよ」

「湖がしょっぱい理由としては、先ほどの話よりはるかに夢のない話だ」

「ええ、そうね」イソベルもため息をつく。

「きみはどちらを信じているんだい？　ロマンティックなほうか、それとも現実的なほうか」

イソベルは首をかしげて考えた。「ベイル湖が海とつながっているということは知っているけれど、乙女の涙の説のほうが話として深みがあると思うわ。両方を信じていたってかまわないでしょう?」

「かもね」ジャックは肩をすくめた。「たいてい空想のほうが理屈より信じられることになっているんだ」

「こんな日の朝は、とくにね」イソベルはにこりとして空を仰いだ。目を閉じて太陽のあたたかさを一身に浴びる。心地よさそうな彼女の表情にジャックは揺さぶられ、もっと深い快楽を味わわせたいという思いが湧いてきた。彼女の頬をなでたいと指がうずく。頬から首へ、そして肩へ。唐突に、彼女にキスをしたくてたまらなくなった。

口が乾き、ジャックはあわてて顔をそむけた。いきなり強烈な欲望がせりあがってきたことに、自分でも驚いた。ぐっと気を引きしめて湖を見つめた。思っていたよりも大きく、長いがかなり細い。そしてわずかに湾曲している。ふたりは湾曲した部分のほぼまんなかに立って湖を見おろしていた。湖の幅がもっとも広いあたりだ。前方の、岸から少し離れたところに島があり、木や茂みでこんもりと覆われている。向こう岸にも木が並んでいるが、そこにほぼうずもれるように建っている小屋が見えた。湖のもっとも奥の端には壮麗な館がある。少なくとも三階建てで、複数の小塔もつき、壁が丘の斜面に沿って幾重にも重なっている。その反対側の端、彼らにもっと近いところにはでこぼこの石壁があり、一部分は崩れて石の山となっていた。

「あれはなんだい？」

「ダンカリーのこと？」イソベルが目を開け、ジャックが見ている方向に顔を向けた。「ああ。あれ。廃墟のことね？」

「そうだ」崩壊した建物の、どこか壮麗で胸を締めつけられるような雰囲気が強くなにかを訴えかけてくる。

「あれは城塞なの。あれが初代ベイラナンよ。海との境目にあるでしょう？　だから侵入者を阻むための砦が必要だったの。もうずいぶん昔、海賊《バイキング》が攻めてこなくなったあとは使われなくなって、冷たい海風からもっと遠いところにもっと快適であたためやすい屋敷を建てたのね」

灰色の冷たい石の屋敷が〝もっと快適〟と呼ばれるのかとジャックは口もとをぴくりとさせたが、こう言うにとどめた。「見たところ、城塞は敵に落とされたかのようなありさまだが。あれだけ朽ち果てるまで放置しているとは驚いたな」

「イングランドからは、屋根の数で課税されるのよ」いたずらっぽい笑みを浮かべてイソベルは彼を見あげた。「だから、城塞を出るときに屋根を取りはらったの」

「ああ、なるほど」

「残念ながら、そうすると劣化が早くなってしまうのだけれど。それに、長い年月のあいだにあそこから石を取ってほかのものを建てる人もあらわれたわ」

「あれじゃあ、きみの言う幽霊や子鬼がたくさん棲んでいそうだ」

イソベルは声をあげて笑った。「そういう話はたくさんあるのよ」湖の反対側の端に建つ、堂々とした建物を指さす。「あれはダンカリー、マードン伯爵のお屋敷よ。もちろん、伯爵家の人があそこで生活したことはなくて、ロンドンか少なくともイングランド内の領地にいるのだけれど。マードンの血は、女伯爵となったスザンナで途切れているわ。彼女はイングランド貴族と結婚したから、いまはその子孫が伯爵となっていて、スコットランドよりもイングランドの人間と言えるわね。数年前の夏に、現在の伯爵と奥方さまがいらしたのだけど、一度もお目にかかっていないわ。地元とのつきあいにはご関心がないようで」

「ああ、そういう輩か。そういう人種とはけっこうカードで遊んだことがあるよ」ジャックはにやりと笑った。「たいていぼくが勝つけどね」

「そうでしょうね」イソベルは向きを変え、前方の湖を指さした。「あそこに少し岩が見えているのは、誓いの石の一部よ。そのすぐ向こうに環状列石《ストーンサークル》があるのだけれど、ここからは見えないわ。ダンカリーはそこを見おろすように建っているの」

「ストーンサークル?」

「ええ、岩を環状に並べた遺跡のことよ」

「ストーンヘンジのような? ここにも同じようなものがあるのかい?」

イソベルはうなずいた。「それほど大きくはないし、欠けているところもあるけれど。誓いの石はほかの岩より小さくて、少し離れたところにあるの。石を貫通する穴が空いていてね。結婚したいと思っている男女は石のところに行って、両端に立つのよ。それぞれが穴に手を入れて、手を握りあって、結婚を誓うの。いまでは実際にやる人も少なくなって、古い習わしをまだかたく守っている家がするくらいかしら。よかったら、いつか見にいってみましょうか」

「見るところがたくさんあるようだね」ジャックはにんまりした。「湖にあるあの島にも行くべきかな。あそこにはだれか住んでいるのかい？」

「だれも住んではいないわ。でも幽霊がたくさん見たいのなら、あそこがいちばんいいかも」

「たしかに。なにか出そうな場所だ」

「笑ってもいいけど、月のない夜に、あの島で光るものが飛んでいるのを見た人はたくさんいるの。奇妙な声を聞いたり、なにかがぶつかる音や、すすり泣きやうめき声を聞いたという人も」

「その物音についてはどんな話があるのかな？　ねたみ？　人殺し？」

「そういう話はまったくないわ。あそこでだれかが暮らしていたという話はだれも聞いていないの。個人的には、宝探しをしていた人じゃないかと思っているんだけど」

「宝探し?」ジャックの両眉がつりあがった。「宝まであるのかい?」

「もちろんよ」イソベルの瞳が輝いた。「おもしろい伝説にはお宝がつきものでしょう?」

彼女は向きを変え、ゆっくりと歩いていった。

4

「待ってくれ、ミス・ローズ……」ジャックはイソベルのあとを追った。

イソベルはこっそり頬をゆるめた。今朝起きたときには、屋敷を出る準備をしなければならないと暗い気持ちだったのに、こんなに楽しい朝になっているのが自分でも意外だった。めずらしく湖に日射しがきらめいているせいなのか、美しい景色のおかげなのか……いや、やはり一緒に過ごす人がいるからだろう。事情はどうあれ、理屈は通らなくても、彼女は急に浮かれた気分になっていた。勢いよくジャックを振り返り、そっとうかがうような表情を向ける。「なにかしら？」

「それで終わりだなんてずるいよ」ジャックは彼女に追いついた。「さりげなく〝お宝〟なんて言っておいて、そこでやめるなんて」

「あなたはそういう夢みたいな話はきらいなんでしょう？」イソベルは揚げ足を取るようなことを言った。「ばかなことを言ってると思われたくないの。さあ、もっといろいろ見てまわりましょう」

「降参だ、ミス・ローズ」ジャックの瞳が愉快そうに輝いていて、イソベルははっとした。自分はまるで媚びているかのような危険なふるまいをしたのではないかと、少しこわくなる。

「きみのほうが一枚うわてだ。いいよ、もっといろいろ見てまわろう。でも頼むから、歩きながらでもお宝の話を聞かせてほしいんだ」

「そうね……」イソベルは芝居がかった間をおいた。「かつて〈カロデンの戦い〉の前、マルコム・ローズというわたしの祖父であり、おばのエリザベスの父でもあるかたが、ベイラナンのレアードだったの。とても力のあるかたで、金銀はもとより、広大な土地を持っていた。マードン伯爵にも負けぬ力を持ち、おそらく伯爵よりもさらに尊敬されていたでしょう」

「だろうね——なにせ、マードンはイングランド人だったんだから」

「そうなの。おっしゃるとおり伯爵は、チャールズ王子がハイランダーたちを集めて王位を奪おうとイングランドに行軍したとき、イングランド政府軍についたのよ。けれどマルコム・ローズは〝いとしのチャールズ王子《ボニー・プリンス・チャーリー》〟に忠誠を誓い、反乱軍に加わったの。チャールズ王子は軍を南下させる前にマルコムをフランスへ送り、フランス国王から支援の軍資金を賜るよう申しつけた。すでに約束は取りつけてあったのだけれど、フランス国王がなかなか軍資金を送ってこなかったから。マルコムはフランスへわたり、毎日、国王に支援を嘆願した。それでようやく国王も、骨の髄までスコットランド人であるこの男は、必要とあらばいつまででも金を要求しつづけるだろうと思ったのでしょう。金貨の詰まった櫃をマルコムにわたし、マルコムはふたたび海をわたった。けれど彼がベイラナンに着いてみると――」

「ボニー・プリンス・チャーリーの軍は〈カロデンの戦い〉で大敗を喫していたというわけか」ケンジントンがまとめた。

「そのとおり。とてもスコットランドの歴史に詳しいのね、すごいわ」

「いや、それはイングランドの歴史でもあるからね」

「そうね、わたしもそう思うわ。というわけで、マルコムは軍資金を持ち帰ったけれど、王子がどこにいるのか、どこへ行ったのか、だれにもわからなかった。チャールズ王子とその軍隊はほうほうの体で逃げだしたから。聞くところによると、マルコムは軍資金をいったん隠し、王子を見つけてから取りに戻るつもりだったとか。だから彼は王子を捜しに出た。でも、マルコム・ローズの姿は、それきりだれも見ていないの」

「彼はどうなったんだろう?」

「だれにもわからないわ。イングランド兵に殺されたか、つかまってイングランドに送られて処刑されたか、植民地に流されたか。リヴァプールの監獄で彼を見たという者もいれば、血まみれになった彼の遺体を見たという者もいる。だれを信じればいいのかわからないの。どの話にも証拠がないんですもの。それに……」イソベルは正直に言った。「そもそもフランスから戻ってこなかったと言う人もたくさんいるわ。スコットランドの敗戦を知ってフランスにとどまったとか、軍資金を持ってアメリカにわたり、そこでぜいたくに長生きしたとか」

「だがきみは、そういう話は信じていないんだな」ジャックが言う。

「ええ。マルコム・ローズは逃げるような人じゃないわ。家族も、国も、王子も見捨てるなんてあり得ない」

「だが、彼が軍資金を持って戻ってきたのを見た人がいるんだろう？　彼らの証言があるはずだ」

「そこが問題なの」イソベルはため息をついた。「彼と会ったのは、彼の娘だけなの。しかも当時はまだ子どもだった。子どもの想像だとか、夢を見たんだとか言って、だれも相手にしなかったのよ」

「彼の娘って……つまり、きみのおばさんかい？」

「そうよ。おばのエリザベスよ」イソベルは止まって彼に顔を向けた。表情が石のようにかたい。

「その……きみのおばさんはいい人だと思っているよ」ジャックは慎重に話しだした。「だから誤解しないでほしいんだが、昨夜のおばさんはなんというか、少しはっきりしないところがあった」

イソベルは腕を組んだ。「事によっては、はっ、き、り、し、な、い、ところがおばにはあるわ。たしかに少し物忘れがあって、動揺するとそれが強くなったりもするの。でも、あなたやわたしと同じように、おばも頭はまともよ。あらぬ話をこしらえたりはしないわ」眉をつりあげるジャックに、イソベルはむっとして言った。「ええ、たしかに伝説やそういうものを教えてくれたのはおばだけれど、それとは話がちがうでしょう。そういうのは架空のお話で、みんなもそれはわかっている。おばは、うそをついたりはしないと言っているの。おばが物忘れをするのは最近のことよ。昔のことはかなりはっきりと覚えているわ」

「悪かった。おばさんを悪く言うつもりはないんだよ。彼女はすてきな人だ。彼女とのおしゃべりはほんとうに楽しかったし」

少しイソベルから力が抜けた。「わたしのほうもごめんなさい。声を荒らげたりして。わたしはただ……いえ、なかにはひどいことを言う人もいるから。おばはうすらぼけじゃないわ」

「いったいだれがそんなことを？」

「たとえば、おばのいとことか」

「そうか。うすらぼけがどういう意味なのかよくわからないけど、ぜったいにその人はまちがっているよ」

イソベルの顔がほころんだ。ジャック・ケンジントンの魅力に抗《あらが》える人などいやしない。彼女は組んでいた腕をほどき、また歩きだした。彼も隣りに並ぶ。

「まあ、そうカッカしないで」しばらくしてからジャックは言った。「ぼくはきみのおばさんを疑ってはいないよ。でも、どうしてマルコム・ローズに会ったのが彼女だけだったんだろう？　彼の奥方は？　召使いは？」

「わからないわ。世間がおばを信じないのは、それも理由のひとつなの。でも、おばは、夜中に祖父が部屋に入ってきて〝ただいま〟と言ったのはまちがいないと言っているわ。またすぐに出かけなければならないけれど、帰ってくるから心配はいらない、と。おばが祖父に会ったのはそれきりで、夜遅かったから、屋敷の人間もほとんど起きていなかったと思うの。おそらく祖母は、なにか理由があって、祖父が戻ってきたことを公にしなかったのでしょう。祖父が祖母に軍資金をわたしたのだったとしたら、どうかしら？　当時、ジャコバイトの反乱の直後でお金には困っていたでしょうね。祖父のマルコムがつかまらず処刑されなくても、反乱軍に与《くみ》したローズ家には虐殺者《ブッチャー》がひどい仕打ちをしたのよ」

「肉屋《ブッチャー》？」ジャックはわけがわからず眉をひそめた。「肉屋がどういう関係があるんだい？」

「政府軍の総司令官だったカンバーランド公爵のことをそう言うの」

「ああ、なるほど」

「カンバーランド公の手の者は、ローズ家の財産を取りあげて、畜舎や野原を焼きはらい、ローズ家の土地のかなりの部分が国王の手によってマードン伯爵に下げわたされたそうよ。

ローズ家の人間は戦死したり、処刑されたりで、ずいぶん命を落としているわ。だからマルコムの奥方だったレディ・コーデリアは、もしイングランド人に軍資金のことが知れれば、それも没収されるのではと思ったでしょうね」

「人々が宝探しをしていたって、きみは言っていたね。マルコム・ローズは戻ってきていたというきみのおばさんの話を信じた人が、ほかにもいた証拠だ。でなければ、お宝を探したりはしないだろう?」

「お宝があるかもしれないという可能性だけでじゅうぶんだったのね。最近ではあまり見かけなくなったわ。おばが若いころは、洞窟を調べたり、穴を掘ったり、城塞をつつきまわしたりする人がしょっちゅういたそうよ。彼らは、お宝は島にあると考えていたようなの。よく物音が聞こえたり光が見えたりしたのは、どう考えても、そういう人たちのせいね」

「どうして島なんだろう?」

「ほかから隔離されているからじゃないかしら。謎めいているじゃない」

「きみは宝探しをしたことがあるのかい?」

「わたしはアンドリューやまたいとこのグレゴリーほど宝探しに夢中になれないわ。ふたりはいつもお宝を探してうろうろしていたけれどね」彼女は忍び笑いをもらした。「そういえば、夏にあのふたりがジャネットのハーブ園を掘り起こしていたこともあったわ。彼女はかんかんになってね。あれから一週間は、ふたりとも椅子に座れなかったんじゃないかしら」

「ぼくらも、探したほうがいいと思う。場所を教えてくれたら、袖をまくってさっそく掘るよ」

「そんなに簡単だったら、何年も前に見つかっているわ。ベイラナンはいつも火の車だもの。でもどこから探せばいいかさえ、見当もつかないわ。正直なところ、このあたりにはないんじゃないかと思うの」

ジャックは眉をあげて驚いたような顔をつくった。「ミス・ローズ……それは衝撃発言だな。きみはお宝の存在を信じていると思っていたのに」

「信じていますとも。レアードは帰ってきて、また王子を捜しに出ていったのよ。王子を逃がそうとして殺されたんじゃないかというのがわたしの考えよ。ほら、王子と同じ服装をした身代わりがべつの方向に逃げて、追っ手を惑わせることがあるでしょう？　わたしがマルコムについて聞いたところでは、彼はそういうことを引き受ける人だったようなの。彼がなにをしたにせよ、王子が見つかったにしろ見つからなかったにしろ、きっと彼は戦いのなかで命を落とし、遺体が見つかっていないというだけだと思うの。でも軍資金は……」イソベルは肩をすくめた。「ほんとうに王子のために軍資金を持ち帰ったとしたら、王子を捜しにいくときに一緒に持っていったとも考えられるわ。どうせ王子にわたさなければならないのだし。だから彼を殺した人間が、軍資金も奪ったのよ」

「そうだね。だが、もしかしたら、まさにそういうことが起きるのを危惧して、ここに軍資金をおいていったかもしれない。敵兵の目をかいくぐって田舎を動きまわるのに、金貨の詰まった櫃なんか持っていたら厄介だ」

イソベルは疑わしげな目で彼を見た。「ねえ、ミスター・ケンジントン、あなたったら軍資金の話を本気にしているように聞こえるわ。そんな途方もない話、信じているわけじゃないでしょうね？」

「お宝の話がつけ加わって、がぜん興味が増してきたのさ」

「なるほど、おもしろがっているというわけね」イソベルは肩をすくめた。「おっしゃるとおり、祖父が軍資金をおいていった可能性はあるわ。でもそれなら、この長い年月のあいだにだれかが探し当てていたでしょう。せまい地域に大勢の人間がこぞって押しかけて探していたんだから」

「だれかが見つけて持っていってしまったのかもしれない。だれにも知られないうちに」

「この地域でそれは不可能よ。なにかが起これば、その日のうちに知れわたるわ。そもそもお宝なんて、なかった可能性のほうがずっと高いとわたしは思うの。おばは櫃も金貨も見た覚えがないそうだし、祖母もそのはずよ。だってお金があれば、祖母は使ったでしょうから。わたしが思うに、祖父は自分も早く参戦したいのに、のらりくらりしているフランス国王に業を煮やして、軍資金をもらわずにスコットランドに帰国したのではないかしら」

軍資金がほんとうにあったらどんなにいいかという胸の内は、言わずにおいた。マルコム・ローズのお宝があれば、このイングランド人の男性から屋敷を買い戻すことができるのに。イソベルは急に気持ちがくじけた。いったい自分はなにをしているのだろう。自分を屋敷から追いだそうとしている男性とおしゃべりして、笑っているなんて。屋敷で荷造りをしていなければならないというのに、民話や伝説のことなど、よくも考えられたものだ。

「わが一族の話は、もうじゅうぶんでしょう」イソベルは一歩さがり、かたい笑みを見せた。

「クロフターたちに会いにいきましょうか?」

「クロフター……とは?」彼女につられて、ジャックもあらたまった口調になった。

「あなたの土地で生活している小作人のことよ」

「ああ。借地人ね」ジャックは肩をすくめた。「だがあまり意味がないよ。ぼくは土地を持ちつづけるつもりはないんだから」

「ベイラナンにはあなたが思っている以上のものがあるかもしれないわよ」自分が大切にしているものを丸ごと軽くあしらわれたようで、イソベルは傷ついた。「クロフターはただの借地人じゃないの。代々、生まれてからずっとその小作地で暮らしているのよ。たとえ土地を所有していなくても、土地と一心同体なの。氏族《クラン》と言ってもいいわ、わたしたちに忠実で、強い信頼関係で結ばれているの」

「ぼくとは関係ないよ」ジャックはやわらかい口調で答えた。

「あなたも試しに踏みこんでみたら——彼らと話をして土地を歩いてみれば——なにか感じ

なっているのがわかったが、止められなかった。

「ねえ、ミス・ローズ、ぼくは作物や羊を育てるのには向いていない。借地人を抱えるのもるものがあるかもしれないわ。土地を持つ喜びがわかるかもしれない」自分の声色が必死に

「ねえ、ミス・ローズ、ぼくは作物や羊を育てるのには向いていない。借地人を抱えるのもね。土地の所有者になるような器じゃないんだ」

「やってみなければわからないでしょう」彼がなにか言いかけたので、イソベルはたたみかけた。「あなたはわかっていないわ。ベイラナンを売ったら、土地のことなどなにも知らない、なんとも思わない人の手にわたるかもしれない。もっと利益をあげたいからといって、羊を育てようと考えるかもしれないわ。いま多くの場所でそうなっているように。そうすれば、クロフターたちはずっと暮らしてきた場所から放りだされ、追いだされるでしょう。彼らはもうあなたのものなのよ。あなたには彼らに対する義務と責任が——」

「ぼくはレアードじゃない」ジャックは冷たい声でぴしゃりと言った。「どうもきみは、ぼくという人間をまったく勘ちがいしているようだ。ぼくにとってここの人たちは赤の他人だし、封建的な地主としての責任もない。カードの勝負でここを手に入れただけだ。そういう関わりしかないし、その立場で動いているだけなんだ。ぼくの生活の場はロンドンにあって、多少なりとも親近感を持つ相手は行きつけのクラブの常連だけでね」

「つまり……あなたはそうやって身を立てているということ？　いかさまのカード賭博で？」

「いかさまじゃない」ジャックは奥歯を嚙みしめ、深い青の瞳は冬のように寒々しくなった。「田舎者を狙っているわけでもない。おもり入りのさいころも使わないし――そもそも、さいころはやらないんだ。いかさま用のさいころを使うのでもなければ、ばからしくてやってられないからね。出入りしているのもきちんとしたクラブであって、いかがわしい賭博場じゃない。勝負を持ちかける相手は、たいてい分別はないくせに金はあり余っているような貴族だ。ぼくは紳士階級じゃない。だからこの屋敷は売るつもりだ」彼ははっとしたかのようにロをつぐみ、唇を引き結んだ。

「わかりました。そろそろ屋敷に戻ったほうがいいわね。わたしも準備があるし」彼の返事を待たず、イソベルは身をひるがえして歩きだした。ジャックも一瞬遅れてあとにつづいたが、追いつこうとすることはなかった。

屋敷に着くと、イソベルは家族の持ち物の整理に取りかかった。まずは弟の部屋に行く。父親の死後も弟が部屋を移るのを面倒くさがったので、父親が使っていた主寝室ではない。イソベルはドアを開けてなかを見まわした。棚、抽斗《ひきだし》、ベッド、なにもかも、アンドリューが子どもだったころからほとんど変わっていない。

「この部屋には、アンドリューがロンドンまで送ってほしいと思うものはなさそうね」ドアのそばにいかめしく立っていたハミッシュに言ったつもりだったが、返事をしたのはおばだった。「どういうこと？　どうしてアンディのものをロンドンに送るの？　あの子はここにおいてあったほうがいいと言うんじゃなくて？」

「ええ、それはそうだけれど」イソベルも同意した。おばのエリザベスには居間で刺繍をしていてほしいと一生懸命に説得したのだが、その努力もむなしく、おばは自分も手伝うと言って聞かなかった。「でも、やはり部屋を空けなければいけないでしょう？　残念ながら、ずいぶんとものを貯めこんでしまったわ」

「でもアンディのものは片づけなくてもいいと思うの。ねえ、イソベル、お客さまがいらしているときに大掃除を始めるのはどうなのかしら」

イソベルは奥歯を噛みしめた。屋敷が人手にわたったことを忘れてしまったのか、それともそんな事実はなかったことにしているだけなのか、おばに問いただすこともできない。どちらにせよ、おばに声を荒らげてしまったら、あとで自分が後悔するのはわかっていた。

「それじゃあ、アンドリューの部屋はあとにしましょう」イソベルは玄関ホールを横切り、祖母が使っていた部屋に行った。

室内ではすべての調度品に埃よけの布がかぶせられており、奇妙な、薄気味悪いと言ってもいいような雰囲気が漂っていた。これだけの年月を経てもなお、祖母の使っていた香水のにおいが残っている。イソベルの体に思わず小さな震えが走った。かつて彼女は祖母のことをおそれていた。祖母は小柄ながら、とても気性の激しい人だったから。

「まあ、イソベル!」エリザベスが仰天したような声をあげた。「だめよ。母の部屋に手を加えては」

「エリザベスおばさま……おばあさまが亡くなって、もう何年も経つのよ」

「そうだけれど……母のものにふれるのは気が引けるの」どうすればいいのかわからないといった顔で部屋を見まわす祖母に、イソベルは胸が締めつけられた。

「そうね。このままにしておきましょう」イソベルはおばを部屋から引っ張りだした。「そうだわ……」ひょっこりと名案が浮かんだ。「おばさまのおっしゃるとおり、ミスター・ケンジントンに失礼よね。わたしは片づけをしなくちゃならないけれど、おばさまはミスター・ケンジントンのお相手をしてくださったらとても助かるわ。とても退屈していらっしゃるでしょうから」

エリザベスの顔が明るくなった。「ほんとうに? あなたに片づけをすべて押しつけるのは心苦しいわ。それに、一緒にいるならわたしより、若くてきれいなあなたのほうが彼もうれしいのでは」

「昨夜、おばさまとおしゃべりしたのがとても楽しかったそうよ。本人がそう言っていたもの。なんにせよ、わたしといるのは飽き飽きしていると思うの。今朝、長いこと一緒に散歩したから。音楽なんかだと楽しんでいただけるのじゃないかしら。おばさまはわたしよりずっとピアノがおじょうずだもの」おばの記憶は音楽のことならまったく衰えていなかったし、ピアノを弾くと心が落ち着くようだった。

「ちょっと下におりてみるわ。モーツァルトがいいかしらね」

おばが部屋を出ていくのを見送ると、イソベルは部屋の片づけに戻った。この家具をいったいどうすればいいのだろうと思いながら、次々に扉を開けていく。ほとんどはここにおいていくしかないだろう。イソベルとおばがどこに移るにしても、これだけのものがおける場所に引っ越せるわけがない。内臓が締めつけられるような焦りを感じたが、イソベルはそれを無理にでも追いやった。未来に不安を抱いている場合ではない。いまやらなければならないことに集中しなくては。ミスター・ケンジントンは——。

「ハミッシュ」イソベルは動きを止めて執事を振り返った。「ミスター・ケンジントンをどこにお通ししたの？　このあたりのお部屋は手つかずじゃないの」

「廊下の奥でございます」彼は屋敷の奥のほうに頭を振った。

イソベルは目を見張った。「まさか旧棟ではないでしょうね？」

「あのがたはレアードではありません。主寝室を使わせるのはおがじいかと」

「ハミッシュ！」イソベルは笑いそうになった。今朝のミスター・ケンジントンの言い草を思い返すと、そんな扱いもいい気味だという気もしたが、そのせいでハミッシュに害が及ぶことになってはいけない。彼女は腕を組み、厳しい顔で執事を見た。「そういうことはおやめなさい」

「なんのごどでじょうか、お嬢ざま」

「とぼけてもだめよ。わたしはミスター・ケンジントンの朝食をこの目で見ているの。それに昨夜の夕食もひどかったわ。料理人が具合でも悪くしているのかと思ったけれど、いまわかったわ。あなたたちは彼に闘いを挑んでいたのね」

「彼はごごにいでいい人間ではありまぜん」

「ええ、そうね、それでも彼がこの屋敷の所有者なの。彼に歯向かうようなことをしてはいけないわ。そんなことをつづければ、くびにされてしまうわよ」

「はい、わだぐじだぢも追いだざれるでじょう、あなたざまと同じように」執事は頑固そうにあごに力を入れた。「ある日突然やっでぎて、ベイラナンのレアードのお嬢ざまを放りだず男を、黙って見でいるわげにはいぎまぜん」

「あなたたちまでみんな家を奪われたとわかって、わたしが喜ぶと思うの？」イソベルの目に涙があふれそうになり、彼女は年老いた執事を抱きしめた。「あなたたちはだれより忠実に働いてきてくれたわ。おばとわたしを守ろうとしたせいであなたたちが家を失ったりしたら、耐えられないわ」

「こんなごどはおがじいでず」

「あなたもスコットランド人でしょう、ハミッシュ。正しいことと現実がかならずしも一致しないことは、わたしと同じくあなたもわかっているはずよ」イソベルは赤ん坊のころから自分を見てきてくれた男のために、できるかぎり厳しい表情をつくってみせた。「ミスター・ケンジントンを主寝室にご案内しなさい。料理人にはきちんとしたお料理を用意するように言って。それから、あなたたちが考えだしたほかのいやがらせも、どんなささいなことであってもやめてちょうだい」

執事はため息をついたが、こう言った。「はい、お嬢さま。そういだじます。ですが、お嬢ざまがそうおっじゃっだがらですがらね」

「ありがとう。そちらはあなたにまかせて、わたしは屋根裏部屋の片づけを始めるわ。おばあさまとアンドリューの部屋は最後にするから。そのほうがエリザベスおばさまにはいいでしょう」

「小間使いをひとり手伝いにあがらぜまず」

「あとでいいわ。いまはミスター・ケンジントンの部屋を用意するのに手いっぱいでしょうから」

イソベルは、不満はあるもののなんとか指示どおりに動いてくれそうなハミッシュを残し、屋根裏に上がった。彼女が手にしたランプのほかには低い窓から入る明かりしかなく、だだっ広い部屋には影になった暗がりがたくさんある。イソベルは重たい気持ちで、目の前に広がる板の間を見ていった。埃っぽくて、二百年のあいだローズ家の人々が使ってきた物入れや箱、家具、さまざまながらくたが積みあげられている。なかにはそれより昔のものまであるようで、城塞跡から運ばれてきたのだろう。

イソベルは大きく息を吸い、いちばん近くにある物入れから手をつけた。それには子ども用の服が詰まっており、彼女とアンドリュー両方のものが入っていた。少しのあいだ、つい思い出に浸ってしまって作業が進まなかったが、感傷的になる心を引きしめて速度をあげた。まんなかの通路を進めていき、できるだけ同じものの種類に分けていく。屋根裏にあがってきたときは風通しがよいように思えたけれど、すぐに汗をかいてきて、手伝いの小間使いをよこすのはあとでいいとハミッシュに言ったことを後悔した。だから階段をあがってくる足音が聞こえたときには、おおいにほっとした。

「来てくれてよかったわ！」ふたの中央が盛りあがった形の物入れに覆いかぶさり、向こうに落ちた手紙の束を取ろうとしていたイソベルは、振り返らずに言った。「動かしたい物入れがいくつかあるの」

「いいとも。どれから運べばいい？」

イソベルはぎょっとして小さな金切り声をあげ、勢いよく振り返った。ドアのところにジャック・ケンジントンが立っていた。

5

ジャックはドアの柱にもたれ、愉快そうな顔をしていた。イソベルはおののいて彼を見つめるしかなかった。物入れに覆いかぶさって身を乗りだすという、あきらかにレディにあるまじき格好をしていることに思い至ったのだ。さらにつづいて頭に浮かんだのは、自分が頭からスカートの裾まで埃まみれになっているということと、ひだ飾りのひとつが釘に引っかかって半分ほど破れ、床の上に伸びているということと、髪がほつれて顔にかかっているということだった。これではとんでもなくだらしない娘にしか見えないだろう。動きまわってすでにピンク色に上気していた顔は、恥ずかしさで真っ赤になった。

「あなたは!」大きく息をのむ。

「そう。ぼくだ」ジャックはふっと笑って彼女のほうに歩いた。

「ここでなにをしているの?」あわてて後ずさったイソベルは、物入れの横に不安定に積みあげてあった束にぶつかり、またしても手紙をどっと崩れさせてしまった。「あっ!」

ジャックはくくっと笑って彼女の向こうに手を伸ばし、床から手紙を拾って差しだした。

「きみのおばさんに居場所を聞いて、謝りに来たんだ。さっきは失礼した。きついことを言ったね。きみは親切にここを案内してくれていたのに、悪いことをしてしまった」

「いえ。だって……」イソベルは封筒を握りしめながら、腹立たしいほどどぎまぎしていた。「わたしがあなたに筋ちがいなことを……あんなことを言う資格はないのに……ごめんなさい」

「資格ならちゃんとあるさ。きみは、自分に頼って生活している人たちのことを心配し、思いやっていたんだから。それなのにぼくときたら、ひどい冷血漢だった」卑下する言葉を際立たせるかのように、彼の瞳がきらりと光った。「許してくれるだろうか」

「ええ、もちろんよ、許すだなんてそんな」自分が本気でそう言っていることに気づいて、イソベルはびっくりした。彼に対して抱いていた憤りは、どういうわけか消えてしまっている。「なにより、彼らを救えない自分がふがいなかったの」

ジャックは長いこと彼女を見つめていた。「ほんとうにそう思っているんだね」

「もちろんよ」イソベルが意外そうに言う。「でなければ、ほかにどうしてそんなことを言ったりするの？」

彼はただ微笑むだけで答えず、話を変えた。「さてと、なにを動かせばいいんだっけ？」

数ある箱をジャックは見まわした。

「いいえ、なにも。だから、あなたに動かしてもらうつもりじゃなかったということよ。使用人が来たんだと思ったの。ハミッシュが手伝いの者をよこすと言っていたから」

「ぼくがやるよ、ほかの手伝いが来るまで」

「えっ、そう?……」イソベルは向きを変え、片づけを進めてきた通路を指さした。「あの物入れをドアのところまで動かしたいの」

「いいとも」ジャックはさっと上着を脱ぎ、がたつく衣類掛けにかけた。それから物入れを持ちあげ、彼女が言った場所へと運んだ。「屋根裏部屋の模様替えかい?」

いつのまにかイソベルは、シャツの下で盛りあがる筋肉に目を奪われて、彼を見つめていた。彼女は真っ赤になり、ぎこちなく言った。「ものを出して場所を空けているの。ドアのところに寄せたものは、召使いに下までおろさせるわ」

「じゃあ、それは使用人にまかせようかな」ジャックは箱を床におろして彼女を振り返った。

「次は?」

「ご親切にありがとう。でも、あなたにあれもこれも運ばせるわけにはいかないわ」

「ぼくは、ただぼんやりしているのは苦手なんだ。体を動かしているほうが性に合うらしい」

「あら、体を動かすならいくらでもしていただくことがあるわよ」イソベルはつっけんどんに言った。

「ああ、それはぜひともお願いしたいね」彼の目の表情と口もとに浮かんだ笑みには、なにかふくみを感じさせるものがあった。

イソベルは急に口がもつれた。べつに彼はふくみを持たせて〝体を動かす〟なんて言ったわけではないのに。彼の笑みも、とくにいやらしいようなものではなかった。目の表情だって、ただ愉快そうに輝いただけ。どちらかと言えば、イソベルのなかにやましい気持ちがあるから肌がちりちりし、体の奥が妙に熱くてうずくような気がするのかもしれない。彼女は顔をそむけ、通路の向こうの適当なところを手で示した。

「あの、あそこにあるものは、人にあげればまだ役に立ちそうなものだから。それにこれは——」足もとの物入れを示す。「いとこおじのロバートがほしがりそうなものを分けてあるの。この物入れに入っているのは、彼のお父さまのファーガスのもののようだから。ファーガスはマルコムの弟にあたる人よ。ファーガスは、いえ、いとこおじのロバートは……」イソベルはくだらないことに口が止まらない自分にびっくりし、声がしぼんだ。

「それで、きみがとっておきたいものは？」ジャックが一歩イソベルに近づき、彼女は身のおきどころに困って思わず体をずらした。

「いえ、わたしは——わたしたちはあまりものを持っていけないわ。いとこおじのところやおばのところには、そんなに場所がないでしょうから」

「イソベル……」

彼女は洗礼名で呼ばれて驚き、顔をあげた。彼の舌に乗った自分の名前は、どこか淫靡《いんび》な響きがあった。彼の目にもかすかな驚きが浮かんでいるのを見ると、どうやら彼にとっても予想外だったようだ。

「申し訳ない。きみを家から追いだそうなんて考えていないのに」

「わかっているわ」彼の目を見ていると落ち着かず、イソベルは少し目をそらした。「あなたのせいではないもの。わたしはただ……」彼女はだれにも——とくに彼には——どんなに自分がおびえているか、どんなにつらいと思っているか、悟られたくなかった。

「こんなことにならなかったらよかったのにと思うよ」ジャックは彼女のあごに人さし指をかけて、そっと上向かせた。眉間にかすかなしわを寄せながら親指で彼女の頰をなで、あふれた涙を指先でかすめ取る。「ぼくは……」

顔をそむけなければと思ったけれど、できなかった。彼の手にじかにふれられて、イソベルは動けなくなり、彼の瞳にとらえられてしまった。あまりにも濃いブルーの瞳はどこまでも深く、暗く、そして危うい。息が浅くなり、心臓が急に激しく打ちだして……彼の体が彼女のほうにかしいでくる。

彼の唇がふれた。やわらかくて、あたたかくて、イソベルの体に震えが走った。彼のあたたかさと、においと、ベルベットのような唇に、思考がすべて吹きとんで感覚だけでいっぱいになる。彼のキスは、それまでの経験では推し量れないものだった。それまでは親しみをこめて頰に軽くふれる程度のキスしかされたことがなかった——一度だけ、ダンスのときにウイスキーくさいキスをした人はいたけれど。でもこのキスは、それとは比べものにならない。

ジャックが顔をあげ、イソベルの顔を覗きこんだ。イソベルはあっけに取られてしゃべることもできずにいた。しゃべるどころか考えることもできず、とにかく、もう一度してほしいという熱い思いが脈打って全身をめぐっていることしか、感じられなかった。

「きみが泣いているのは見たくない」ジャックがつぶやいた。

イソベルははっとした。自分がこんなに欲をたぎらせているというのに、彼は彼女を憐れんでいるだけなのだ。自分がどんな顔をしているのかこわくて、イソベルはさっと顔をそむけた。憐れみをかけられたというだけでもショックなのに、彼の唇ひとつで全身が息づいてしまったなんて、屈辱的すぎる。

「わたしの気持ちなんて、あなたには関係ないわ」絞りだした言葉はとげとげしく、かすれていた。

「そのとおりだ」彼女の言葉にむっとしたのか、ジャックの返事もぶっきらぼうだった。高い頬骨のあたりが赤く染まっている。「関係ないね。どうして気になったのか、自分でもわからないよ」

「気にする必要などないわ」イソベルは腕を組んで彼をにらんだ。ふたりのあいだで空気がはぜるようだ。イソベルは彼がどう動くつもりかわからなかったが、なぜかそれがとても知りたくて、少し息を切らして待ちかまえた。

「ああ、くそっ」ジャックは声を荒らげ、よそよそしく冷たい表情で体を引いて、冷淡に言った。「じゃまをして悪かったね。ぼくがいないほうが、きみも快適だろう」

彼は足早に出ていった。いっそドアをたたきつけてくれたら、イソベルもなにかを投げつけられただろうに。代わりに彼女はいちばん近くにあったものを蹴りつけた。ふたが山形になった物入れを。おかしなことに、足の痛みがありがたかった。おかげでジャック・ケンジントンにキスされたときの体のうずきを思いださずにすんだから……。

その日の夕食では緊張感が漂っていた。おばがいるので屋根裏で起こったことを口にするわけにはいかないけれど、そのことを考えるたびにイソベルは新たな屈辱に襲われた——しかし、考えないようにするのは驚くほどむずかしかった。できるだけジャックのほうを見ないようにしていた。内心動揺しているのを、悟られるのではないかとこわかったからだ。

食事がすんでイソベルとおばが立ちあがると、ケンジントンはイソベルのほうに一歩踏みだしてこう言った。「ミス・ローズ、少し話したいことが……」

「ええ、どうぞ」イソベルは胃がよじれそうな心地で振り返った。

「新たに部屋を用意してくださってありがとうございます」

「え?」予想だにしていなかった言葉に、なんのことだか一瞬わからなかった。「ああ」イソベルは頭を振った。「なんでもないことです。最初から主寝室にお通しするべきだったのですから。どうかハミッシュを――」

「とがめませんよ」彼はイソベルの言葉を引き取り、口もとをゆるめた。イソベルのほうは彼を見るだけで気持ちが揺れ動いているというのに、どうしてこんなにふつうにしていられるのだろう。まちがいなく、彼のほうはこういったことにずっと経験が豊富なのだろう。「きみはここにいる人間のだれをも守ろうと一生懸命なんだね。召使いしかり、小作人しかり」

「あなたにとっては変わっているように思えるのでしょうね、異常とさえ映るのかしら。でも、ここでは事情がちがうの。わたしはベイラナンを預かるローズ家の一員だから。ここに住む人たちはうちの人間なのよ」

「それはわかるよ」彼はしばし彼女を見つめた。「ぼくにしてみれば迷惑なことではあるが、彼らの忠誠は立派だと思う。状況が改善しさえすれば、使用人たちにひまを出すつもりはないよ。執事とも少し話をした。停戦にいたったと思うよ」

「ありがとう」

「彼にははっきりさせておいたが、きみにもわかっておいてもらいたい。ぼくが譲歩しているのは、きみに敬意を払ってのことにほかならない。今日の午後、その――無作法なふるまいをしたおわびと受け止めてほしい」

「でも、それはもう謝って……あっ」イソベルはいきなり口をつぐみ、頬を真っ赤に染めた。

「あのことね」

「ああ、あのことだ」

「あれはあなたのせいじゃ――いえ、あの、わたしがどうかしていたから」彼女は目をそらした。

「ああいうことがまた起きる心配はしなくていい。ぼくもどうかしていた」

イソベルが目をあげると、彼のダークブルーの瞳はあたたかく、おどけた雰囲気をたたえていた。ふいに彼女は、彼の顔にふれて高い頬骨を親指でなぞり、くっきりと形のよい唇が笑みの形にほころぶのを見たいという、わけのわからない衝動に駆られた。だから両手を背中にまわしてきつく指を組み、後ずさった。「ええ。その……」なにが言いたいのか自分でもわからない。「おやすみなさい」

「おやすみ、ミス・ローズ」


翌日、イソベルは屋根裏部屋の片づけをして過ごしたが、今度は召使いをふたり連れていた。ケンジントンは姿を見せなかった――もちろん、あらわれるのを期待していたわけではない。そう、彼を待ったりなどしていない。午後遅くになって、召使いがひとり階段をのぼってやってきて、いとこおじとその息子が来て下の客間で待っていることを知らせた。

内心ため息をつき、イソベルは屋根裏部屋を出た。ロバートたちが、ミスター・ケンジントンのことを聞きつけたにちがいない。いとこおじのロバートには会いたくもなかったが、おばひとりに相手をさせるわけにはいかなかった。イソベルはまず自分の部屋に寄って髪と服を直してから、客間に向かった。おばはイソベルのまたいとこのグレゴリーとソファに腰かけて笑っていた。グレゴリーの父親であるロバートは、ふたりの向かいの椅子にふきげんな顔で座っている。彼はエリザベスや亡くなったイソベルの父と同年代で、やせて背が低く、その姿勢のよさといかめしい物腰はいかにも元軍人らしいものだった。生き方も堅苦しく、軟弱な息子を苦々しく思っている。しかし今日のところは、渋い顔をしている原因はジャック・ケンジントンのようだった。ジャックは暖炉のマントルピースに腕をかけてゆったりと立ち、うっすらと笑みを浮かべて冷ややかにロバートを見返していたが、イソベルが思うにロバートはそのせいではらわたが煮えくり返っていることだろう。

「ロバートおじさま」心にもなく明るい声を出してイソベルは呼びかけた。「お会いできてうれしいわ。遅くなって申し訳ありません。屋根裏部屋にいたものですから」前に出ながら握手で挨拶し、次に息子のほうに、もう少し心からの笑顔を向けた。「グレゴリー！　エディンバラから戻ってきているとは知らなかったわ。あなたも来てくれてほんとうにうれしいわ」

「キンクランノッホには先週着いたんだ」赤みがかった金髪と陽気なブルーの瞳をしたひょ

ろりと背の高い青年は、立ちあがって前に出るとイソベルの両手を取って頬にキスした。

「それなのに、いまごろやってきてご挨拶なの？　エリザベスおばさまに叱られても無理はないわよ」イソベルは彼の腕に腕をかけて、おばのほうに向いた。

「そんなことはしませんよ」エリザベスが手を振ってあしらった。「グレゴリーを怒ったことなんて一度もないわ。叱ったとしても、本気じゃないことくらいわかるでしょうしね」にこりと青年に笑いかける。

「来たくなかったわけじゃないんだよ。ほんとうだ。帰ってきてから父の手伝いで忙しくて」

「それなら許してあげないとね」イソベルは丁重な物腰でジャックのほうに向いた。「おばのエリザベスから、このふたりの紹介があったかと思いますが、ミスター・ケンジントン？」

「ええ、ご紹介いただきました。ハイランドのお天気について話をしていたところです」ジャックの瞳が光るのをイソベルは見て取り、口もとがゆるみそうになった。彼女が客間に来るまで、どうにも会話が弾んでいなかったところが目に浮かぶようだ。

「いくらでも尽きることのない話題ですね」イソベルは答えた。

「ご家族と積もる話もおありでしょうから、ミス・ローズ、ぼくは失礼いたします」ケンジントンは彼女にさっとおじぎをし、おばの手を取って慇懃に身をかがめた。エリザベスがえくぼをつくって頬を染める。さらにケンジントンはふたりの男性に冷ややかに会釈をし、部屋を出ていった。

彼の姿がドアの向こうに消えるや、ロバートが椅子からはねるように立ちあがった。「なんと厚かましい男だ！」

「イソベル、だいじょうぶかい？」グレゴリーが父親の言葉などなかったかのように尋ねる。

「わたしならだいじょうぶよ。話は聞いているみたいね」

「もちろんだよ」グレゴリーはにこりと彼女を見おろした。「なにせ、こういうところだからね。数時間で谷じゅうの人間の耳に入っているさ」

「どうして知らせをよこさなかったんだ」ロバートがいかめしくイソベルに言った。「わたしがいたら、あんな男はたたきだしてやったのに」

「たたきだしてもどうにもならなかったと思うわ。彼はベイラナンを所有しているんですもの」

「どうしてそんなにミスター・ケンジントンを毛嫌いするのかわからないわ」エリザベスが言い、刺繍を手に取った。「楽しい青年じゃないの。アンドリューのお友だちが訪ねてきてくれるなんて、めったにないことよ」

「そりゃまあ、きみはそう思うだろうがね」ロバートはエリザベスの言葉に目をくるりとまわした。「それに、あの男はアンドリューの友人などではない。はっきり言うがね、エリザ、たまには頭をはたらかせたらどうだ」

父親の侮辱にイソベルが目の色を変えたのを見て、グレゴリーは彼女の腕をつかんで言った。「これはすべてぺてんだと思うよ」

「そうに決まっているだろうが」ロバートが言い放った。「あの男は見るからに山師ではないか。おまえをだますつもりなんだ、イソベル。おまえに代わって弁護士に相談しよう」

「ご親切にありがとうございます、おじさま。でもその必要はありませんわ」イソベルは言った。「この件についてはすでに父の弁護士に手紙を書きました。でもミスター・ケンジントンがうそをついているとは思いません。わたしはアンドリューの書きつけを見たんです。たしかに、あの子の字でした」

「なにかのまちがいだ」ロバートは言い張った。「文書を偽造したにちがいない」

「弟のことはずっと見てきました」冷静さを保つのもひと苦労だ。父のいとこにはいつもいらいらさせられる。「アンドリューの筆跡はわかっていますわ」

「アンドリューはそんな――」ロバートが言いかけたが、息子が割って入った。

「いや、父さん。これはいかにもアンドリューがやりそうなことだよ。賭博熱に取り憑かれたときのあいつを、父さんは見たことがないから」グレゴリーはイソベルの腕を握る手にそっと力をこめた。「残念だよ、イジー」

「最初の攻撃でやられてはならんぞ、グレゴリー」ロバートは息子に顔をゆがめた。「アンドリューがあの男に家屋敷を奪われたというのなら、いかさま勝負だったに決まっている。あの男はあきらかにぺてん師だ」

「紹介されただけで相手の性質がわかるのですか？」イソベルは語気荒く言い返した。

「見ればわかる。やたらとこぎれいで、隙《すき》がなさすぎる。名前もほんとうかどうか怪しいものだ。いかにも考えつきそうな名前じゃないか」

「つまり、身のこなしが立派だから悪人だとおっしゃるのですか？　王室の宮殿と名前が同じだから？　ケンジントンという名前のかたはいらっしゃると思いますけれど」

「だからといって、あいつがそうだとはかぎらない」ロバートは鼻を鳴らした。「なんたることだ、イソベル、おまえは悪党をかばうのか？　エリザベスは懐柔されてしまったようだが、せめておまえは、あの男の毒牙にかかるほど愚かではないだろうに」

「わたしはだれの毒牙にもかかっていません」イソベルはきっぱりと言った。「でも彼のことは、実際に目で見たことしか知りませんけれど」ジャックが自分は紳士ではなく、カード賭博で身を立てていることは明かしていたから、それは少しばかりうそになる。だがいとこおじの態度があまりにも横暴で、イソベルは腹が立ったのだ。

「どうして彼が紳士ではないと思うのか、わからないわ、ロバート」エリザベスが口をひらいた。「ミスター・ケンジントンは楽しくて、とてもあか抜けた人よ。そうそう、昨日わたしが弾いた曲もモーツァルトだとわかったのよ」

「おお、神よ《ロード・セーブ・ミー》」ロバートはやめなさいと言わんばかりの顔をエリザベスに向けた。

「ちょっと上品な男が少々音楽をかじっていたからといって、立派な人間だとはかぎらん。あの男はどこの馬の骨だ？　どこから来た？」

「どこって、ロンドンよ。言ったでしょう」エリザベスが怪訝《けげん》な顔をする。

「わたしが訊いたのは素性のことだ。育った場所は？　出身校は？　家族は？」どこからも答えが返ってこないのを見て、ロバートは勝ち誇ったようにつづけた。「はっ！　それみろ。あの男の重要な背景についてはなにもわかっとらんじゃないか」

「ええ、まあ、そういったお話はなにもされていないから」エリザベスは眉根を寄せてイソベルに顔を向けた。「そうよね？」

「ええ。わたしも彼に訊いていないし」

「訊く必要などない。やましいところがなければ、そういうことは自分から話していただろう。ふつうはそうする」

ロバートの言うとおりだった。イソベルはミスター・ケンジントンのことをなにも知らない。アンドリューから地所をだましとったのではないという証拠はなにもなく、彼の説明しか聞いていない。イソベルはそれを信じた。目を見て、声を聞いて、真実を言っていると思ったのだ。けれど堂に入ったぺてん師なら、同じくらい信憑性をもたせることができるのではないだろうか？

けれど、彼女は実際にジャックを信じた。そして、自分の直感にはかなりの自信を持っていた。彼がうそをついているという証拠だって、同じようにないのだ。ロバートの疑念には、イソベル自身の判断よりもさらに根拠がない。それにいずれにせよ、ロバートにはどんな反論もするつもりはなかった。

あきらかにロバートも彼女の返答など必要としていないようだった。彼は大きく息をつくと、そのまま話をつづけた。「だが、アンドリューだからこうなったのも当然だったのかもしれん。あいつは昔から金遣いが荒かった。口をすっぱくして注意したんだが、わたしの努力は無駄だったな」彼はエリザベスを見た。「あれを甘やかすなときみにも言っておいただろう。手に負えなくなってしまったのも無理はない」

「アンドリューの過ちはエリザベスおばさまのせいではありません」イソベルは反論した。

「いいえ、彼の言うとおりかもしれないわ」おばの目には涙が光っていた。「わたしはあの子に甘かった。母親が出産と同時に亡くなってしまって、不憫《ふびん》でね」

「われわれ全員が同じだったよ」ロバートも認めた。「ジョンはいつもあの子を放ったらかしだったがね」

「ジョンはバーバラが亡くなった哀しみでがんじがらめになっていたのよ」エリザベスが食ってかかった。おばさまらしいわと、イソベルは胸があたたまる思いだった。きょうだいがいとこに責められたらかばうけれど、自分が責められたときはなにも言わなかった。「奥方を心から愛していたから、打ちのめされて」

「だからといって、父親の役目をないがしろにしていいことにはならない」ロバートは手を振ってエリザベスの言葉を軽くあしらった。「親が手本を見せてやらねばならないのだ。グレゴリーの母親が亡くなったとき、わたしは情けない姿をさらさなかっただろう。任務のことを考えねばならなかった。もちろんグレゴリーのことも。さらに悪いのは、ジョンはあの女を雇ってアンドリューの面倒を見させ、あまつさえ女の子どもまで屋敷に入れてやったことだ。自分の子どもと一緒に、女の子どもを育てた。まったくみっともない。アンドリューが手に負えなくなるはずだ」

「ジャネットはすばらしい乳母でしたわ」イソベルは唇を引き結んだ。「メグやコールと一緒だったからといって、なにも悪影響はありませんでした。悪影響どころか、その逆です」

「おまえは当然、そう言うだろうな。あの女はおまえたちとやけに親しくしておったから。噂になっていたのだぞ」ロバートはぴしゃりと言った。「ベイラナンの子どもたちが召使いと一緒に大きくなるなど、とんでもないことだった。そのふたりはいまだにおまえとなれなれしくしておるだろう。ジョンはもっと気をつけるべきだったのだ。噂の種にもなったのだから。いまだに影でささやく者も――」あわてて口をつぐむ。

「なんですって？」イソベルの瞳がきらりと光った。「コールとメグは、わたしたちと半分血がつながっているんじゃないかって？　ばかばかしいですわ、ご存じでしょうに。父とジャネットのあいだにはなにもありませんでした。影でそんな噂をするのは、心がよこしまな者です」

「もちろん、ばかげておるさ。コールは見るからにあの無能なアラン・マックギーにそっくりだ。問題はそこではない。噂になること自体がまずいのだ。マンローの女どもは有名だろうが。昔からずっと変わらんからな。森に入ってひっそりと暮らし、結婚もせずに、植物を混ぜあわせてわけのわからん薬をつくっている。男も好き勝手に選んで、道義心のかけらもない。二百年前には魔女として火あぶりになっていたのも当然だ」

「父さん――」グレゴリーがいさめるように言い、イソベルを制止しようとしてか彼女の腕をつかんだ。

「ああ、そうだな、おまえの言うとおりだ。ご婦人に聞かせるような話ではないな」

イソベルの心は怒りで煮えたぎった。グレゴリーの母親が亡くなったあと、ロバートは軍務で留守にするため息子をこのベイラナンに放りこんだ。その息子は、ロバートがさげすむまさにその女性の手で育てられたというのに。しかしおろおろしたおばの顔をひと目見て口をつぐみ、代わりにグレゴリーに顔を向けた。「ねえ、もっと楽しいお話をしましょう。エディンバラのことを聞かせてちょうだい。あちらは楽しかった？」

「ああ、もちろん」グレゴリーの顔が輝き、旅行について話しだした。イソベルとちがって、キンクランノッホに満足したためしがないグレゴリーは、機会あるごとにエディンバラに出かけていた。彼のおしゃべりが止まらないおかげで明るい話題がつづき、そのまま父子が帰る時間となった。ふたりが立って挨拶する段になって、イソベルは屋根裏部屋で分けておいたもののことを思いだした。

「お帰りになる前に、ロバートおじさま——屋根裏の物入れを片づけていましたら、あなたのお父さまのものらしき品が出てきたんです。表紙の内側にファーガス・ローズと書かれた本や、彼の署名のある書類が入った革の箱が。もしかしたらお持ちになりたいんじゃないかと思いまして」ロバートがぽかんとしているので、彼女は説明した。「屋敷にある家族ののをどうにかしないといけないんです。おばさまとわたしで持っていくわけにはいかないし、ミスター・ケンジントンも必要ないでしょうから」

ロバートの表情がけわしくなったが、こう言っただけだった。「そうだな。グレゴリー、荷物を馬車に運ばせてくれ」

「わたしがご案内しますわ」エリザベスがすかさず言った。あきらかに部屋から逃げだしたいのだろう。

ふたりが行ってしまうと、ロバートはイソベルに向き直った。「わたしはあきらめんぞ。弁護士に相談するつもりだ」

「どうぞご自由に。でも残念ながら、ベイラナンは人手にわたったことがわかるだけだと思います」

「おまえたちはうちで一緒に暮らすのだろうな、もちろん」

「わかりません。エリザベスおばさまのことを考えないと」

「なにを考えることがあるというのだ？　ほかにどうする？　おまえたちふたりだけでは、住まいをかまえる収入もない。それに近いうちに、エリザベスはおまえひとりでは手に余るようになるぞ」

「どういうことですか、手に余るとは？」イソベルはけんか腰になった。

「彼女は日に日に精神が弱っている。おまえもわかっているだろう、認めようとはしないだろうが。今日だって、あのイングランド人のことをどう言っていたか。なにが起きているか理解できていないのだ」

「そんなことはありません」しかしロバートに疑わしげな顔を向けられて、イソベルも認めた。「いえ、たしかに、ときどきはっきりしないときはあるけれど、屋敷を出なければならないことは理解しています。いまも物入れを取りにグレゴリーを連れていったじゃありませんか」

「あれは、わたしから逃げたかったからだ」ロバートは鼻を鳴らした。

「ほら。それこそが問題なんです――あなたたちふたりはうまくいっていません。幸せな状況が生まれるわけがないじゃないですか」

「幸せがどうこうという話をしているのではない。家族の問題を話しているのだ。おまえたちはどこかに身を寄せなければならない、しかもすぐに。もちろん、おまえたちを追いだすとはひどい男だが、しかし――」

「ミスター・ケンジントンはわたしたちを追いだしてはいません。それどころか、ご親切に、必要なだけいればいいと言ってくれました。なにをどうするか、考えて決める機会を与えてくれています」

「どうしてさっきからあの男をかばう？　おまえのような娘が、独身の若い男とここに寝泊まりしているのは、よろしくないことだ」

「おばさまがいらっしゃるわ。じゅうぶん付き添いになっています」

「エリザベスではなにを守ることもできんぞ」

「わたしは守ってもらわなくてもだいじょうぶです。もしそんなことになっても、召使いたちがいますわ。ミスター・ケンジントンがわたしを襲うというわけでもあるまいし」屋根裏部屋でのキスを思いだし、イソベルは頬が赤くなりかけた。さっと顔を伏せ、ロバートに見られていないことを祈った。

「イソベル、なんという！　そんなことを言うものではない。どうしてそれほどここにいたいと言うのか、わたしには理解できん。おまえとグレゴリーはいつも仲良くしていたではないか。いや、仲良くどころか、いっときは……」

「ロバートおじさま……」イソベルはため息をつきたいのをぐっとこらえた。「そのことならもう話しあいましたわ。無理なんです」

「おまえはそう思うかもしれんが——それに、もちろんおまえのいやがることを強制はしないが——グレゴリーはおまえのまたいとこだ。血が近すぎるということもあるまい」

「そういうことではないんです。わたしがグレゴリーをどう思っているか、ご存じでしょう。彼のことは大好きですが、きょうだいのようなものなんです。彼のほうも同じだと思います」

「おまえたちは若すぎて、自分の気持ちがよくわかっておらんのだ。しかし——」ロバートは両手をあげた。「無理にとは言わん。もちろん、おまえたちをわが家にというのも、それとはまったく関係ない。おまえもエリザベスも家族だからだ。とにかく考えてみなさい、わたしの言うとおりだとわかるはずだ」

「ええ、考えます。かならず」

もっとなにか言われるかと身がまえたが、ロバートはただうなずいてひかえている馬車に向かったので、ほっとした。グレゴリーはハミッシュに手伝わせて、物入れを馬車のうしろにくくりつけていたが、イソベルのところに戻ってきた。

「父さんは口やかましいんだ」グレゴリーが言った。「でも、父さんがうるさいからって、うちに来るのをやめたりしないで。ずっときみを叱ってばかりなんてことにはさせないよ。なにか言われても、ぼくがたっぷりと反論してあげるから」

「考えてみるわ」イソベルは笑顔で約束した。

エリザベスがイソベルの隣りに来て並び、出発する馬車に手を振った。「ロバートのことを気に病むことはないわ」エリザベスは姪の腕を取った。「昔から口うるさい人だったの。子どものときでもね。ジョンとわたしのことを母に告げ口に行ったのだって、いったい何度あったかしら。でも幸い、ロバートにはそれほどしょっちゅう会わずにすんだわ。うちの母は彼の父親があまり好きでなくてね。まあ、それを言うならロバートもだけれど」

「ロバートおじさまと彼のお父さまがよく似ていたのだとしたら、その話も理解できるわ」

「あら、それはちがうの」エリザベスは首を振った。「ファーガスおじさまはロバートとはまったく似ていなかったわ。彼は恨みがましい人でね。反乱のときにあまりにも多くのものを失って、立ち直れなかったんでしょう。土地や権力を失っただけでなく、わたしの父が消息を絶ったこともふくめて。父が死んだということはみんなわかっているわ。生きていたら帰ってくるでしょうから。母もがっくりきていたけれど、ジョンとわたしのためにがんばったのね。子どものころ、ロビーは少し横暴ではあったけれど、かわいそうだと思っていたの。ファーガスおじさまはきつい人で、冷酷に思えることさえあったわ。どんなときもロバートが物事を悪いほうに考えるようになったのも無理のないことよ。だから彼のせいで気に病んではだめよ。なにもかもうまくいくわ。アンドリューのお友だちは、とてもすてきな青年だと思わない？」

「そうかもしれないわ。でも、エリザベスおばさま、ミスター・ケンジントンがここを売ろうと思っていることは、わかっていらっしゃるでしょう？　もうわたしたちはここに住めないの。いまは彼が所有者なんだから」

「もちろんよ。わたしもぼけてはいませんよ。ロバートとグレゴリーのところにご厄介にならなければならないだろうと、わかっているわ。あなたが悩む必要はないの。ロバートとわたしはうまくやれます。彼は愛想がないけれど、それには慣れているから」エリザベスはまわりをぐるりと見た。「それに、この屋敷はわたしたちふたりには広すぎるのではなくて？」

「そうね」イソベルはのどがふさがれそうな気持ちになったのを、ぐっとのみこんだ。おばが静かにあきらめたような顔をしているのがつらくて、イソベルは目をそらした。「メグに会ってきます」

「昨日、行ってきたばかりじゃないの？」おばは眉根を寄せた。「それとも一昨日だったかしら。わたしったら忘れてしまったの？」

「いいえ。このあいだ彼女の家に行こうとはしたのだけれど、途中でコールに会って、湖までは行かなかったの。でも、おばさまのお薬を取りにいかなくちゃならないのよ。もっと効くようになったと彼女が言ってたわ」

「ええ、ええ。いってらっしゃい」エリザベスは微笑み、イソベルの腕をたたいた。「わたしのぶんもメグによろしく伝えてね」

6

ジャックはファラオを駆って厩《うまや》前の庭を飛びだし、遠くに見える荒涼とした丘に向かった。なにかしようというわけでも、どこへ行こうというわけでもなかった。イソベルと彼女のおばが、身内の者と家族水入らずで話せるようにと思っただけだが、いざ出てみると、あの堂々たる灰色の息苦しい屋敷から逃げだしたいという気持ちもあったようだ。

馬を走らせるうち、ジャックの思考はイソベルへとうつろっていった。昨日、自分自身についてあんなとんでもないことをうっかり明かしてしまったのが、信じられなかった。賭博で身を立てているのかと訊いたときの、彼女の衝撃を受けたまなざしや嫌悪感に胸を突かれ、意固地になってまるで武器を振るうかのように、人生の不名誉な真実を彼女に投げつけざるを得ない気分になった。

すべてが、まったく彼らしくないことだった。それまでだれに意見されても気にしたことなどない。感情に屈すれば、あっさり負けにつながっていく。機転で世のなかをわたっていることや、紳士ではないことを人に明かしたこともなかった。自分という人間を知られては不利になる。

自分の父親だった男をジャックは心底、軽蔑していたが、サットン・ケンジントンの教育は実のあるものだったと言える。他人の金をかすめ取るにしろ、巻きあげるにしろ、勝負相手の気をゆるめるにしろ、まわりにうまく溶けこむのがこつだ。自分も仲間だというふりをしながら、一歩引いて眺めるのだ。〝どんな人間にもなりすますためには、どういう人間であってもいけない〟と教わった。

くそっ！　こんなときにあのろくでなしのことを考えているとは。ジャックはいらだちまぎれにうなり、ファラオにかかとを入れて疾走させた。

イソベル・ローズのせいで自分は心を乱している。こんなことは、あってはならない。

彼女から家を奪うことに、良心の呵責《かしゃく》を感じる理由などないのだ。彼女に対して、自分はなんの責任も負っていない。彼女の声が耳に心地よかろうが、彼女の笑顔に気持ちが浮きたとうが、どうでもいいことだ。あの笑顔が見たくて気の利いた言葉や話を探してみるなんて、そんなことはばかげているのに……。彼女の笑顔はぱっと顔じゅうが輝くのではないが、まるでふたりがなにか楽しいことを共有してでもいるような、ゆっくりと秘密めいた笑みが浮かんで、最後はまばゆい太陽のように瞳が輝く。

彼女の笑顔について思いをめぐらせるなど、イソベル・ローズの今後を考えるよりもさらに意味がないというのに、いったい自分はなにをしているのだろう。たしかに彼女は美しい

――しかも美しいだけではない――彼女に甘い言葉をかけるのは楽しいし、あの唇の味やなめらかな肌を想像するのもうっとりする。

だが、そんな衝動に身をまかせるのは愚かの極みだ。ミス・ローズはレディであり、一夜を楽しんでもいいような酒場の給仕女とはわけがちがう。ジャックにはレディにかかずらっているような時間も興味もない。レディを相手にするなら、口説き、求愛し、甘い言葉をささやいて心を奪い、かりそめの愛でも約束しなければならない。要するに、レディは彼が差しだせるよりもはるかに多くのことを望んでいるのだ。

それなのに、彼女に無礼をはたらいたことを謝ろうと屋根裏部屋に行ったら、キスする羽目になった。すさまじい勢いの欲望に襲われ、激しく揺さぶられてしまった。あのまま彼女を屋根裏の埃っぽい床に押し倒し、あの体に覆いかぶさって、やわらかな彼女のなかに埋もれてしまいたかった。ずくずくと脈動するあの欲望を抑えるだけの正気を保っていられたのは、自分でも驚きだった。いまでさえ、ベルベットのような彼女のやわらかな唇や、そのあたたかさを思うだけで、熱が体に押し寄せる。彼女が身をまかせ、頭をのけぞらせて彼の体に溶けこんできたら……。

ジャックは激しく息を吸い、想像を頭から消そうとした。そうして初めて、やっとまわりの景色が目に入ってきた。自分のいるところがまったくわからず、ぎょっとする。手綱を引いて周囲を見まわした。ベイラナンの敷地を囲む壁が見当たらない……湖も、城塞も、道も、わずかなりとも見覚えのあるものがなにもないのだ。ジャックが考え事に没頭しているあいだに、ファラオが気のおもむくままに走ってきたらしい。いまや彼らの前には、岩が点在する丘――ブリーと呼ばれる下り斜面――が広がっていた。見おろした先の谷間に、草ぶき屋根の小屋が見える。見ているとそこから人影が出てきて、目の上に手をかざしながら彼のほうを見あげた。

片手をあげて挨拶したジャックは、馬を駆ってくだっていった。小屋から出てきた男はしばしジャックのほうを見ていたが、向きを変えて小屋に入った。そしてジャックが小屋に着くころに、また出てきた。かなりの高齢で顔にはしわが刻まれ、くるくる巻いた黒髪にはだいぶ白いものが混じっている。しかし小柄ながらも背筋はぴんと伸び、ぼさぼさの眉毛の下から覗く青い瞳には輝きがあった。

その老人の手にはマスケット銃が握られており、彼は銃を持ちあげてジャックに狙いをつけた。「おい、おめえ、出でいげ」

「やっぱりこうなるのか」ジャックはため息をつき、降参するように両手をあげた。「こんにちは。こちらに敵意はない。名前はジャック・ケンジントンだ」

「ほう、あんだのごどならじっとるよ。よぞもんじゃろ」

「ああ」驚くことに、ここの人たちの話していることがだんだんわかるようになってきていた――少なくとも話の要点くらいは。「それで、あなたは……」

老人は不審そうにジャックを見たが、返事をした。「アンガス・マッケイ」

「では、ミスター・マッケイ、どうやらぼくは迷ったようだ。ベイラナンへの帰り道を教えてもらえると――」

マッケイは高笑いした。「あんだ、じぶんのいえにもがえれねえのが」

「ああ」ジャックはいささかむっとして答えた。「悲しいかな、そうなんだ。おっしゃるとおり〝よそもん〟だから」

ジャックの言葉は老人をさらに喜ばせたらしく、マッケイはまた大笑いした。「ああ、ぞんならあんだ、ひとざまのもんに手えづげで、ごんなどご来んがっだらよがっだんだ」

「ベイラナンはいまではぼくの土地だ。いま立っているここは、ベイラナンの土地なんだよな？」

「ローズ家の土地だ。んで、わじの小作地だ」マッケイは挑みかかるようにジャックをにらんだが、ため息をついて銃をおろした。「ふん……来たどご戻って、右に行げばええ」そう言って丘の斜面を手で示した。

「ありがとう」ジャックはファラオの頭の向きを変え、来た道をあがっていった。

背後で老人が叫んだ。「そのまますうっと戻っで、イングランドまで行っぢまえばいぢばんええわい」

「まったく同感だ」ジャックはぼそりとつぶやき、馬を前に進めた。

あと少しで湖岸に着くというとき、コールがはしけを小さな桟橋につないでいるのが見えた。顔をあげてイソベルを見たコールは、驚いたようだった。湖に浮かぶ小さな島をちらりと見やってから、彼女を見る。

「イソベル。どこへ行くつもりだい？」

「あなたはどこから戻ってきたのかしら？」イソベルは彼越しに湖を見やった。「島に行ってきたの？」

「ああ」コールはこともなげに肩をすくめた。「ちょっと見てきたんだ。島でなにかしなきゃならないことがあるかどうか」

イソベルは目を細め、とぼけた顔を見つめた。「ひどいうそつきね、コール」

「立派なうそつきさ」彼は反論した。「ほら、いづもきみのおばさんにうまく言って、叱られないようにしてやったじゃないか」

「あら。目が丸くなっているし、急にスコットランド訛りも強くなったわよ」イソベルが言い返す。「それに、うまく言ってくれていたのはメグでしょう、あなたじゃなく」

「おっと、それを言うなら、メグは逆に叱られるようなことにぼくらを引きこんでたんだよ」

「あなたが質問をはぐらかしたこと、気づいていないと思ったら大まちがいよ」イソベルは腕を組み、こわい顔で彼を見た。

「わかってるよ」コールがにこりと笑う。「それで、きみはどこに行くんだい?」

「メグのところよ。エリザベスおばさまのお薬をもらいに」

「連れていってあげるよ」コールは言い、向きを変えて彼女と一緒にはしけに歩いていった。

「自分で漕いでいけるわ」

「そんな状態で? 上着を着ていないことにも気づいてないのに? それに手袋もしていない。それじゃあ、手にまめができてしまうよ」

「急いでいたのよ」むっとしたようなイソベルの顔を見て、コールはくすくす笑った。肩を揺すって上着を脱ぎ、彼女の肩にかける。

「どうぞ。きみに上着も着せずに行かせたら、メグにこっぴどく叱られる。メグのところにはぼくも行かなくちゃならないんだ。薪《まき》が足りないって言われてて」

いまコールはベイラナンの地所内にある狩猟小屋で暮らし、湖をわたったところにある母親の小屋には住んでいない。彼が育ったその小屋は、いまは姉のものになっているが、家のいろいろな用事をするためにしょっちゅう姉のところに行っている。まあ、メグが弟の助けを必要としているからというよりは、姉が元気かどうかを確かめるためなのだろうと、メグもイソベルも思っているのだが。

「上着がなければ風邪を引いてしまうわよ」イソベルはコールに言いながらも、袖に腕を通した。

「はしけを漕いでいれば寒くないさ」コールは彼女に手を貸してはしけに乗せ、あとからまたいで乗りこみ、櫂《かい》を手にした。細長い湖をわたるあいだ、ふたりは無言だった。せばまった湖の口の向こうに広がる海から風が吹きおろしていて、息もしにくい。しかしコールは袖までまくりあげ、まったく気にしていないようだ。櫂を漕ぐコールの腕の筋肉が盛りあがったりゆるんだりするのを見ながら、どうしてジャック・ケンジントンを見ていたときのような、胃がおかしくなるような感じがしないのかしらとイソベルは思った。

向こう岸に着くとふたりははしけをつなぎ、森のなかに入った。しばらく行くと、メグの小屋が建つ小さなひらけた場所に出た。こぢんまりとした小屋を取り囲むように木が生い茂り、三方向からは完全に見えなくなっている。明るい茶色の石でつくられ、セイヨウキヅタが草ぶき屋根や玄関側に届くくらい伸びているので、もはや小屋は周囲に溶けこんでしまっていた。小さな前庭ではメグが薬草を育て、小屋の側面ではもう少し大きめの庭で野菜をつくっている。

この斜面をのぼって何度もジャネットに会いにきたことを、イソベルは思いだした。そんなほろ苦い思い出にふとコールを振り返ると、彼もまた同じような感情の入り乱れた顔をしていた。

「この道をあがってくると、いまでもときどき母さんが玄関の前に立っているんじゃないかと思うことがあるんだ」コールは言った。「目の上に手をかざしてお日さまをよけながら、にこにこ笑って」

「そうね。いまでも会いたくてさびしくなるわ」

「うん」コールは顔をそむけたが、しばらくしてから言った。「あとで一緒にお茶を飲むってメグに伝えて。先に木を切ってくる」コールは道をはずれ、小屋をぐるりとまわっていった。

イソベルはドアをノックし、返事を待たずに入った。足を踏みいれたとたん、ざわついていた心がやすらいでくる。小さな小屋のなかはメグの母親がいたころのままの見慣れた心地よい場所で、薬草のにおいが漂っていた。暖炉には泥炭が燃え、寒さをやわらげてくれている。彫り物をした二枚の板で小屋の一角を仕切ったところが寝所だ。残りの壁には戸棚や開架が並び、薬草や植物の根やメグの薬が詰まった袋やら箱やらびんやらがしまわれている。それらすべてが一緒くたになって、ぴりりと刺激のある嗅ぎ慣れたにおいをつくりだしていた。

小屋の片側から突きだした食料室兼台所から、挨拶代わりの笑みを浮かべてメグが出てきた。真っ赤な巻き毛をうなじでひとつにくくり、グレーの無地のウールのスカートと胴着を着ている。装飾品は、革紐につけた彫り物細工のペンダントと金輪の耳飾りだけだ。服が服だけに平凡というか、地味にさえ見えるかもしれないが、いきいきとした大きな金色の瞳と自然のままの赤毛は、だれもが目を惹かれずにはいられない。

「イソベル！　会えてとてもうれしいわ」メグは近づきながら、イソベルの着ている上着を受け取ろうと手を伸ばしたが、服を見おろして言った。「あら、コールも一緒なの？」

「ええ、彼はあなたのために木を切らなきゃいけないんだって言ってたわ。でもほんとうは、わたしにひとりではしけを漕がせないように、ついてきてくれたんだと思うけれど」

「きっとね。あの子ったら、わたしたちが彼の手助けなしではなにもできないと思っているんだから」

「わたしはそうかもしれないわ。獲物をとってきて厨房に差しいれるとか、敷地内に入った密猟者を追いだすとかにとどまらず、ほんとうにいろいろと助けてもらっているもの。小作人のみんなも彼は自分たちに卑怯なまねをしないと知っているし、たまにわなを見つけても見ないふりをしてくれているようだけど、だれかをえこひいきしているわけではないんですって。わたしを助けるために本業の家具づくりの時間を必要以上に犠牲にしてくれているんじゃないかと思うと、申し訳ないわ」

「コールはやさしい子だけど、好きでやってることよ。だからそのことでなにも心配する必要はないわ。お茶をいれるから台所にどうぞ。コールもきっと飲むつもりでしょう」

「お茶は飲むと言っていたわ」イソベルはメグについて台所に入った。ロバートをふくめ、自分とメグ・マンローが友人づきあいをしているのを快く思っていない人がいることは知っている。彼らの考えでは、ベイラナンの女主人が地元の産婆兼自然療法師《ヒーラー》と親しくするなど、あり得ないことなのだ。しかし彼女とメグは一緒に育ち、子どものときには同じことを考え、同じことを感じていた。いまでは以前ほど顔を合わせることはなくなった。メグは母親のジャネットが肺炎で亡くなったあとに後を継ぎ、イソベルのほうも年を経るにつれてだんだんと地所の切り盛りを引き継いでいったからだ。しかし、やはりイソベルのことはメグがいちばんよくわかっているから、知恵を貸してほしいときや、ただ話を聞いてほしいだけのときでもメグに相談する。「でも、コールのことは心配だわ」

「コール?」メグは肩越しに驚いた顔をした。「またどうして?」

「〝ハイランド放逐〟に反対する人たちとつながっているんじゃないかと思って」

「ああ」メグが顔をそむけ、せわしなくやかんをいじる。

「彼らの気持ちはわかるわ。だからマードン伯爵家の家令にあれこれ仕掛けているのも、悪いとは言えないのだけれど」

「ドナルド・マックリーは腹黒い男よ」メグは暗い顔で言った。「グラントさんのところも、出ていけと言われて従わなかったら、家に火をつけられたんですって。知ってた? 身のまわりのものをまとめるのに、一日の猶予《ゆうよ》ももらえなかったのよ」

「ええ、知っているわ。わたしもあの人は大きらいだし、伯爵のしていることは許せないと思うわ。だから、船で運ばれる伯爵のお金や品物が消えれば、放逐の手がゆるむのではないかと考えたりもするけれどね。でも、マードン伯爵は大きな力を持っているし、家令も権限を持たされているから伯爵と同じよ。マックリーにいやがらせをしている人たちは、遅かれ早かれつかまるでしょう。そうなったら困ったことになるわ。投獄されたり、どこかに連れていかれたり。悪くすれば――マードン伯爵の手の者なら、つかまえた人たちを射殺しかねないわ」

メグは心配そうな暗い目をして振り返った。「コールは自分のしたいようにする子よ。なにかにおびえて手を引くことはしないわ」

「あなたも心配しているのね」

「ええ」メグは口調を明るくした。「いえ、もしあの子が略奪者の一団に加わっていたら心配するでしょうけれど、あの子はちがうと思うわ」

「でも、もし仮に、彼が略奪者の仲間になっているとしたら、彼に話をしてくれる？」

「仮にでも、そうでなくても、わたしの話を聞くような子じゃないってわかっているでしょう？　あなたの話も同じよ」

「でも、メグ、あなたにも関係ない話ではないわ。あなたまでそういうことに加わっていると思われたらどうするの？　あなたはちがうわよね？」

「ええ、ちがうわ」メグがあまりにまっすぐな目で見返したので、イソベルもほっとした。

「でもわたしが説得しても、コールに信条を曲げさせることはできないわ」

なれないわよ」

「あなたも彼と同じくらい頑固ね」イソベルは顔をしかめた。

「まさか」メグは笑いながら、お茶っ葉に沸いた湯をそそいだ。「だれもあんなに頑固には

「そうかもね」

「でも、わたしのことは心配しないでね」メグは真顔でつづけた。「わたしはなにも関係していないし、なにも知らないわ。誓ってほんとうよ。この小屋はわたしのもの。ベイラナンのご当主じきじきに、古くからマンロー家のヒーラーに与えられたものよ。わたしを追いだすことはできないわ。たしかにマックリーはうっとうしいけれど、森を走りまわっているイタチを気にかけないのと同じように、心配はしていないわ」

「マックリーがうっとうしい？」イソベルは眉根を寄せて返した。「マードン伯爵の家令が、あなたにちょっかいを出してきているというの？」

「べつに手に負えないようなことじゃないわ」メグは頭を振った。「ほらほら、わたしのことまで心配しないで。じつを言うとね、マックリーはわたしを少しこわがっているんじゃないかと思うの」メグの瞳がいたずらっぽく輝いた。

「それももっともだわ」イソベルは友ににんまりと笑った。「彼がちょっかいを出してきていること、コールには話していないのでしょうね？」

「いやだ、ばか言わないで。話しているわけないでしょう。あなたがコールとわたしのこと

を心配しているだけでもじゅうぶんなのに」メグはテーブルのほうに手を振った。「どうぞ、お茶にしましょう。そしてどうしてここに来たか、話してちょうだい。おばさまのお薬を取りにきたのではないんでしょう？　それならコールが持っていけばいいんですものね」メグはお茶をそそぎ、イソベルのほうにカップをすべらせた。

「ええ。あなたと話がしたかったの」

「イングランド人の男性のことはコールから聞いているわ」メグは思いやりあふれるあたたかな顔をした。

イソベルはお茶をひと口飲み、ぬくもりが体をめぐっていくのに身をまかせた。メグのお茶ほどおいしいお茶はない。なにか特別な薬草を加えているのではないかと、昔からずっと思っている。彼女の母親、そしてさらにその母親から受け継いだ調合ではないだろうか。ジャネットのお茶と同じ味がするし、これを飲むとかならず心が元気になってくる。「魔法のお茶だ」と父が目を輝かせて言っていたのを思いだす。

「どうするの？」いつものように、メグは単刀直入に問題の核心を突いた。

「わからないわ。それで頭を悩ませているの。ミスター・ケンジントンは、わたしがすべてをきちんとするまで、あそこにいてもいいと言ってくれているけれど。少なくとも、おばさまのものとわたしのものは荷づくりしないと。子ども部屋はわたしたちの古いおもちゃや本でいっぱいよ――処分するのはつらいけれど、一緒には持っていけないわ。祖母の部屋も、おばさまがずっと昔のままにしているの。でもそれもほんの一部。屋根裏部屋には古い服や家具や、なにがなんだかわからないものがいっぱいよ。そんなものをほしい人なんてほかにいないでしょうし、とりわけジャック・ケンジントンには必要ないでしょうし」

「もう答えは出ているじゃないの。これから数年かけて、片づけをすればいいわ」メグがにこりと笑い、片方の頬にえくぼをつくった。

「ミスター・ケンジントンの忍耐はそんなに長くつづかないと思うわ」イソベルはため息をついて、また腰かけた。「彼はベイラナンを売るつもりなんですって」

「まあ、イジー……残念ね」

「彼が不動産の管理人にまかせようと、ほかのだれかが買って管理人にまかせようと、なんら変わりはないでしょう。でもなんとなく……マッケンジー家のところのように、空き地のまま放っておかれるんじゃないかしら。そしてどんどん羊が入れられて、人間は追いだされて。そうして、もうわたしの手を離れていくんだわ」イソベルの目から涙があふれた。

「そうね」

メグは心から理解してくれている。イソベルが地所のすべてをどれほど愛しているか――屋敷だけでなく、岩も、木も、丘を覆うヒースも、小川も、丘陵地帯も、大地そのものも――それをいちばんわかっているのはメグだろう。ここの大地は、イソベルのなかに息づくのと同じように、メグのなかでも生きている。いや、それ以上かもしれない。マンロー家の女たちはつねに森の賢者でありつづけ、人々が記憶をたどれるかぎりの昔から、土とも植物とも生き物とも調和して生きてきたのだ。

「なにかわたしに手伝えることはあるかしら」メグが訊いた。

「そうね、ハミッシュは、湖にならば死体を長いこと隠しておけます、なんて言っていたけれど」イソベルはひねた笑みを浮かべた。

「ハイランドならではの古くからの伝統ね、それは」メグも唇をほころばせた。「でもわたしなら、もっとさりげない方法を提案するわ」

「小作人のところへ連れていって、会わせてみようとしたの。小作人と家族のように暮らす生活に、少しでも興味を持ってもらえたらと思って。でも、彼は行こうともしてくれなかったわ。彼にはロンドンに帰ってもらって、わたしが管理をすればいいなんてとんでもないことも考えてしまったけれど、そういう話題を出したら、彼は管理人を雇うんだと勘ちがいしたみたいなの。でも、それさえも受けつけなかったから、女が管理したいなんて言ったらどんな反応が返ってくるか、簡単に想像がついたわ」

「仮にアンドリューが管理していたらと考えてみても、あなたのほうがはるかに立派にやっていたと思うわ。どんな男性にだって負けないくらいよ！　あなたほどあの土地を大切に思っている人も、あなたほどあそこをよく知っている人もいないもの」

「そうなの。でも彼はぜんぜん人を信用しないみたいで……ベイラナンにもまったく興味がないの。理屈と自分の利益でしか物事を決めないのね」イソベルはため息をついた。「もちろん、わたしもそうするべきなのはわかっているわ。エリザベスおばさまと自分の行く末を決めなくてはならないんだもの」

「ここに来てもらってもいいのよ。ただ、三人で暮らすには少しせまいかもしれないわ」

「そうね、残念だけれど」イソベルはメグに笑いかけた。「でも、そう言ってくれてありがとう」

「アンドリューのところで一緒に暮らしなさい。こんなことになったのは彼のせいなんだから」

「独り身の貸し部屋に三人で住むの？　無理よ。いずれにしろ、あの子にわたしたち三人は養えないわ。自分の収入を生んでいた源を失ったのよ。預金で暮らしていけるとは思えないし――まだ残っているとしての話だけれど。預金も賭け事で使い果たしてしまったかもしれないわ。エリザベスおばさまとわたしなら少ない収入でもやっていけるけれど、どちらにも収入源がないし。おばさまをエディンバラに連れていって、婦人用の服飾品店をひらくとか、若いレディ向けの学校をつくるとか、そんな途方もないことまで考えたの。でも、どちらも最初に投資するお金が必要だけれど、わたしたちにはそんなお金はない。それに、わたしは若いレディの着つけの仕方もわからないし――それを言うなら、若いレディの着つけの仕方もわからな帽子のことなんてわからないし――それを言うなら、若いレディの着つけの仕方もわからないわ。住みこみの家庭教師なら、わたしが食べるぶんくらいは稼げるかもしれないけれど、そのお宅におばさまを連れていくことはできないでしょう。おばさまを見捨てるなんてできないわ。そんなことになったら、わたし自身、希望が持てなくなってしまうもの。残念だけれど、親戚のお情けにすがるしかないわね」

「親戚？　グレゴリーと彼のお父さまということ？」

「そのふたりか、エディンバラにいる母方のおばか。アデレードおばさまは……」イソベルはため息をついた。「寛大なかたよ。きっと快く迎えてくださるでしょうし、お屋敷も快適なところだわ。ただ――こんなことを言ったらとんでもない恩知らずだと思われるでしょうけれど、おばさまはとってもおしゃべりなの。しかも話の内容が、これ以上はないというくらいどうでもよいことばかりで。お世話になっておきながら無視するなんてできないでしょうから、自分の時間はきっと、おばさまがパーティやら服やら噂話やらのおしゃべりをするのを聞くのでなくなってしまうわ。訪問に同行したり、お使いをしたり、それ以外にも、ほかに行くあてのないかわいそうな親戚がしなければならないことをなんでも。とんでもないわがままだと言われるでしょうけれど、そんな状況にはぞっとせずにいられないの」

「そういうことがつらいのは、あなただけじゃないわ。エリザベスおばさまだってたいへんな思いをなさるでしょう。年を取ると、だれでも変化はつらいものよ」

「年のいった人たちだけじゃないわ」イソベルはひねた笑みをメグに向けた。「わたしも同じよ」

「もちろんそうでしょう。わたしたちみんな同じだわ。でもあなたのおばさまの場合は、もっとたいへんよ。急な変化でどれだけおばさまが不安定になるか、あなたは見ているでしょう。動揺して、頭がますますぼんやりしてしまうから、おばさまも自分の考えに自信が持てなくなるのよ」

「そうなの」イソベルののどに嗚咽がせりあがってきた。「アデレードおばさまのところに移ったら、おばさまがなにをしでかすか……。ベイラナンを離れるのでさえおばさまにはつらいことなのに、エディンバラのような大きな都市に行って、慣れ親しんだものとはかけ離れた環境で、まったく知らない家で暮らすなんて——考えるだけでも耐えられないわ」

「カラスムギを少しあげれば緊張をほぐすことはできるし、ホップのお茶も効くとは思うけど、そんなに遠くに行ってしまったら飲ませてあげられなくなるわ。それにおばさま用の飲み薬も。今回はタマキビガイの殻を加えてみたから、それでいくらかよくなると思うわ。でも、それが効くということになると、エディンバラ行きはお勧めできないわね」

「わかっているわ。つまり、ロバートおじさましか選択肢はなくなるってこと」イソベルは顔をしかめた。

「少なくとも、おばさまはキンクランノッホにとどまれるし、ミスター・ローズとグレゴリーなら顔見知りだわ。ミスター・ローズはなんというか、その……」メグが言いよどむ。

「言葉を選ぼうとしなくてもいいのよ。ロバートおじさまは横柄で、口やかましくて、とんでもなくお堅いの。グレゴリーはよくあの人の息子でいられると思うわ。ふたりして今日の午後にやってきたけれど、あのおじさまの施しにすがらなければならないなんて、ぞっとするわ。なにを言われても腹が立つようなことばかりなの——ミスター・ケンジントンのことも思わずかばってしまったくらい！　でも反抗するわけにはいかないし、わたしたちを養うと言ってくれるのなら、言うことを聞くしかないわ。エリザベスおばさまにとってはよけい悪いでしょうけれど。あのふたりは顔を合わせるといつも言いあいになるの。おじさまはおばさまのことを、浅はかでなにもできない人のように思うのね」

「ふむ。おばさまが伝説や英雄伝をこよなく愛していることを彼がどんなふうに思っているか、想像できるわ」

「そうなの、おじさまはあきれているわ。おばさまが……つじつまの合わないことを言ったりするようになったいまでは、すぐに怒るしきげんが悪いし。まるでおばさまがいやがらせでやっているかのような反応で、思いやりってものが少しもないの。二週間ほど前にはおばさまを泣かせて、それでなおさら、いらついているみたいね」

「それではおじさまのところへ行くのもよくないわね」メグは眉をひそめた。「ほかになにか方法があるはずよ」

「いい考えがあったら、なんでも言ってちょうだい」

「結婚したらどうかしら」

「結婚！」イソベルは吹きだした。「すてきだわ——自分は一生結婚しないと言っているあなたが、わたしにそうしろと？」

「すべての女性が結婚などしないほうがいいと言ってるわけじゃないわ。わたしたちマンロー家の女が結婚向きじゃないのは知っているでしょう？　わたしに夫は必要ないし、男性に指図されたくもないの。自分の小屋もあって、好きなように生きていけるわ。みんなが飲み薬や軟膏をいつも必要としているし、わたしには世話をしなくちゃならないおばもいないし」

「でも、愛情は？　ほしくないの？」

「ああ、それは……」メグは長いまつげを慎み深く伏せた。「男性をけっして愛さないとは言っていないわ。ただ、結婚はしないだけなの」

イソベルは目をくるりとまわした。「これまで男性から求婚すらされていない人が、ずうずうしいんじゃないかしら」

「たしかに、みんなから言われているように厚かましいかもしれないけど、わたしだって相手を選ぶのよ」

イソベルは声をあげて笑い、かぶりを振った。「わたしは屋根のあるところに住むために結婚したりはしないわ」

「金持ちでも、貧しくても、たいていの女性はそうしているわよ」

「だから、わたしもそうするべきだと？」

「無理にとは言わないわ。でも、そうするよりしかたがないかも。ほかに選択肢はあまりないでしょう」

「わたしとの結婚に興味を示した人がだれもいなかったという事実はべつにして――」

「だれもあなたに近づく勇気がなかっただけかもしれないわよ。あのね、崇拝者はたくさんいるの。ほんの少し、あなたのほうから隙を見せてあげればいいだけなの」

「でも、だれを選べばいいのかしら。ドゥガル・マッケンジーかしら。彼はまだ歯がいくらか残っているし、三十年連れ添った奥さまを亡くして、新しい妻を探していると聞いたわ。あるいは牧師さまなんていいかしら。狭苦しくも正しき道へと、嬉々として妻を導いてくれるでしょうね。あとはドナルド・マックリーとか」

「伯爵の家令？」メグは悪魔祓いをするかのように手を交差させた。「まだ悪魔のほうがましかもよ。でも、マードン伯爵自身がいまは男やもめらしいけど」

「それこそ悪魔ね」イソベルは上品とは言いがたい鼻息をもらした。「とにかく、あの伯爵さまは、この二十年間ダンカリーに来ていないわ。どんな姿形をしているかも知らないくらい」

「わたしもよ。それでも、ドゥガル・マッケンジーよりはいいんじゃないかしら」メグは笑った。

「ですが、わたしたち……」

「埒《らち》があかないわ」イソベルはかぶりを振った。「結婚相手になり得るのは、わたしのまたいとことあなたの弟くらいね。それこそロバートおじさまがずっと願ってきたことだわ、グレゴリーとわたしが結婚すればいいって。それがあるから、おじのところに厄介になるのはよけいに気が進まないの。おじはひっきりなしに圧力をかけてくるでしょうから」

「コールならあなたと結婚するわよ、わかってるでしょう？」

「かもしれないわね、わたしが塀の下で眠らなくてもいいように。でも、そんなふうに彼の人生を犠牲にしたくはないわ」

「犠牲だなんて思わないと思うけど」

「でも、そうなってしまうわ。コールの相手は、彼のことを熱烈に愛してくれる女性でなくちゃ。きょうだいのように一緒に育った相手ではなく」

「それに、コールはきっと、身分の卑しい自分ではだめだと言うでしょうね」メグも認めた。

「コールはわたしに対しても、ほかのだれに対しても、〝卑しく〟などないわ」

「そうね。でもあの子は、あなたに悪い噂が立つようなことはぜったいにしたがらないでしょう」メグは肩をすくめた。「ということは、ほかの方法を考えなければだめね。この際、エディンバラのおばさまというかたを訪ねてみてはどうかしら。あちらのほうが結婚相手にふさわしい殿方に出会う可能性は高いでしょう。四六時中おばさまのお世話をしなくてもいいように、ひとりで行くの。おばさまはここに残って、ご親族と一緒にいるか、あるいはわたしといてもいいわ。わたしのことはご存じだし、慣れ親しんだ場所にいられるでしょう。わたしたちふたり、かなりうまくやれると思うんだけど。それで、もしあなたが夫を見つけられたら、おばさまもあなたのところに移ればいいわ」

「お心遣いをほんとうにありがとう」イソベルはメグの手を取った。「でも、そんなにたいへんなことをあなたにお願いできないわ。それに、近々コールもあなたの力を必要とすると思うの。ミスター・ケンジントンが今後も猟場の管理人をおくとは思えないから。ともかく、住む場所がほしいだけなのに相手が好きなふりをしてだれかと結婚するなんて、悪いことをしている気になってしまうわ」

「それなら、ベイラナンを売らずにあなたもこのまま住まわせてもらえるよう、ミスター・ケンジントンを説得するしかないわね」

「そんなこと、どうすればできるの？」

「あら、あなたは彼を説得することはできないと思っているのね？　彼はいやな人なの？　感じが悪いの？」

「えっ、いいえ」イソベルはかぶりを振った。「その反対よ。魅力的な人。感じがいいわ。一緒にいて楽しかったし」昨日のキスがどれほどよかったかを思いだしたが、それは考えないほうがいい。「ただ、彼は、屋敷を売るという考えで凝り固まっているの。もう心を決めてしまっているから、どうやって変えたらいいかわからないわ」

「彼は理屈や自分の利益で物事を決めると言っていたわね。そこに訴えかければいいのよ」

「そうかしら……」イソベルはあることを思いついたが、あまりにもばかげていて、すぐに打ち消した。しかしコールが小屋に入ってきて、みなでお茶を飲みはじめても、その考えはずっと浮かびつづけていた。おしゃべりにほとんど身が入らず、思考が堂々めぐりをつづけ、はしけで湖を戻るときも黙りこんでいた。

ベイラナンに戻ったイソベルは屋敷のなかをゆっくりまわって、色あせた古い壁掛け《タペストリー》や、長い廊下に並んだ先祖の見慣れた肖像画をじっくり眺めた。二階にあがる階段の途中で振り返り、玄関を見おろした。飾り彫りの入った重厚な扉、石の床、壁を飾る扇形に並べられた剣たち。自分の生活は、この屋敷とともにある。ここを離れるなんて、考えるのも耐えられない。しかしベイラナンにしがみつくだけの強さが自分にはあるだろうか。自分自身だけでなく、おばをも守る強さが？

階段をのぼりきり、マルコム・ローズの肖像画の下で足を止めた。一度も会ったことのない祖父が世界を見つめている。自信にあふれ、傲慢《ごうまん》にさえ見える表情。タータンに身を包み、諸刃の剣《クレイモア》の柄《つか》に片手をかけている。短剣《ダーク》は幅広の革帯の片側につけた鞘に収められ、その柄には家紋であるバラの模様の彫刻がほどこされていた。タータンを肩で留めつけているのも、同じバラ模様の飾り留めだ。

ベイラナンのレアード。

イソベルは彼の顔を長いあいだ眺めていた。彼の髪と目の色も彼女と同じ、豊かなダークブロンドとグレーの瞳だ。昔、イソベルがもっと若いころ、やはりこうして祖父の巨大な絵を見つめていたところを祖母に見つかったことがある。レディ・コーデリアは哀しみにぬれた声でこう言った。「マルコムは芯の強い、鉄が一本通ったような人でした。二度と彼のような人はあらわれないでしょう」

イソベルは心を決めて向きを変え、勇ましく階段をおりていった。ジャック・ケンジントンがいたのは書斎――彼女の書斎で、デスクに帳簿を広げて座っていた。

彼女が入っていくと、彼は顔をあげて流れるような動作で立ちあがった。「ミス・ローズ。よく来てくれたね、居並ぶ数字の大群に押しつぶされそうだよ。白状すると、帳簿を見るのは慣れていないんだ」

「よかったら、一緒に見て説明して差しあげるわ」

「ほう、それじゃあ、きみには帳簿がわかるのかい？」

「わたしがつけたのだもの、もちろんわかるわ。もう何年も、わたしが弟の代わりにベイラナンを切り盛りしてきたの」

「そうなのか」彼の眉が少しあがった。「それはぜひとも教えてもらいたいところだけど、ここへはほかに用があって来たんだろう。ぼくに話があるのかな？」

「ええ」イソベルは背筋を伸ばして胸を張った。「あなたにひとつ提案をしにきたの」

「へえ？　おもしろそうだ。どんな提案だい？」

「わたしと結婚してほしいの」

7

ケンジントンは長いことイソベルを見つめていたが、やがて軽い口調で言った。「ミス・ローズ、これはまた突然だな」

「これから説明します」

「そうだね、どうぞ」彼はデスクの前にある椅子を手で示した。「座って聞いたほうがいい話だと思うけど」

「そうね」イソベルはスカートを両手で握りしめ、震えを隠そうとした。胃のあたりが氷のように冷たく感じる。けれど、いまさら引き返すことはできない。彼女は椅子の端に浅く腰かけ、背中を伸ばし、両手をきつく握りあわせてひざの上におき、しっかりと彼に視線を定めた。「この前あなたは、結婚はしていらっしゃらなくて、そういう話が持ちあがったこともないとおっしゃいました。それに、愛を信じてはいないとも」

「それで、ぼくがきみと結婚したいのだと思ったのかい？」

「いいえ、もちろんちがいます」とっさにイソベルはむっとし、おかげで少し冷静になれた。

「契約として結婚することがおできになるんじゃないかと思ったんです」

「ああ、便宜上の結婚か」

「ええ」

「自分の屋敷に残れるのだから、きみにとっては都合がいいだろうね」やわらかい口調でケンジントンは答えた。「だが、ぼくにとって都合のいいことはあるだろうか？」

　イソベルは内心いくらか緊張がほどけた。少なくとも即座に断られることはなかった。

「あなたはロンドンに戻ってご希望の生活を再開すれば、ここでわたしがベイラナンを管理して利益をお送りします」

「きみが管理を？」彼の眉が信じられないと言いたげにつりあがった。「それとも、きみの選んだ管理人がするのかな？　おそらくあのマンローとかいう男が」

「コールのこと？」イソベルはケンジントンが彼の名前を知っていたことに驚いた。ここで働いている人間に、なんの興味もなさそうだったのに。「いいえ。コールは猟場の管理人よ。なにかと助けてはくれるけれど、長年ベイラナンを管理してきたのはこのわたしです」

　ケンジントンはしばし彼女を見つめながら、ペーパーナイフをもてあそんでいた。「いや、それはすごいことだけど、前にも言ったように、ぼくは土地を売るつもりなんだ。ここの収益がいくらかは知らないが、そのほうがずっと儲かるから」

「即金でということならそうでしょうけれど、長い年月にわたって考えればそうとも言えないわ。よかったら帳簿をお見せします。かなりの収入があって生活できています。アンドリューがいい暮らしをしていたのはごらんになったんじゃないかしら。お金の使い方さえまちがえなければ、生活するにはじゅうぶんで、残りは投資にまわせるわ。重要なのは、価値のある土地を持ちつづけているということなんです」

「不動産管理人をおいても同じことだ」

「その人に報酬を払わなければならないわ。それにあなたは、管理人など信用ならないから、そういう方向には考えられないと言ったでしょう。それが自分の妻となれば、もっと信用できるのではないかしら」

「管理人より信用ならない妻もいるよ」彼の口角が片方、愉快そうに持ちあがった。

「からかっているのね」いつも彼女にかこつけて楽しんでいるかのような彼に、イソベルはむっとした。そんなに純朴だと思われているのだろうか。「人柄については信用していただいてだいじょうぶよ。このあたりの人たちに訊いてくだされぱいいわ」

「いとしのミス・ローズ、ぼくのようなしがない賭博師が、きみの人柄に物申すだって？最上級の立派な人間だというのは疑う余地がないね」

「いずれにしろ」イソベルは現実的な話をつけたした。「これまでの数字をお見せするわ。隠してもわかるものね。それにあなたの妻になるのだったら、たとえわたしがお金をごまかしたとしても、そのお金もやはりあなたのものなのだから、ごまかす意味はないでしょう？」

「そうだね」

「あなたがどんな管理人を雇っても、わたし以上にうまくやれる人はいないわ。わたしは有能だというだけでなく、ベイラナンのローズ家の人間ですもの。ここの人たちはわたしに忠実なの」

「なんとなく、脅されているような気がしないでもないな、ミス・ローズ」

「そんなつもりはないわ。単純な事実よ。小作人たちはわたしを信頼しているから、わたしには誠実に対応するわ。管理人では、つねによそ者になってしまう。あなただって、よそ者扱いなのよ」

「もちろん、きみと結婚しなければ、だろう」

「結婚しても、よ」イソベルはふと表情をやわらげて微笑み、スコットランド訛りをきかせてこう言った。「でも、よそ者の程度がちがうけど」

「だれからもそこはかとなく冷たい目で見られる程度になるというのは魅力的だが、一生縛りつけられるだけの価値があるとも思えないな」

「でも、縛りつけられたりはしないと思うわ」話せば話すほど、イソベルの希望はふくらんできた。彼はまともに耳を貸してくれているように思える。「あなたはロンドンで暮らし、わたしはここで生活する。結婚していなければ得られる自由も、すべて手に入るわ。あなたがなにをしているか、わたしにはわからないし、気にすることもない。ふつうなら存在する束縛にも耐える必要はない。それに、結婚したいという気がなかったのなら、ほかのだれかと結婚したくてあとで後悔するということもないでしょう？」

「ああ、その可能性はほとんどないな」彼は人さし指を唇に打ちつけながら、彼女を少し見ていた。「つまり、きみは従順な妻になると？　ぼくに愛人がいてもかまわない？」

「十人いてもだいじょうぶよ」

「それはちょっとばかり疲れそうだな」ゆっくりとつやっぽい笑みが浮かび、その言葉の意味にイソベルの顔はかっと熱くなった。

しかし、そんなことで当初の目的をはぐらかされてはいけない。イソベルは身を乗りだし、断固としてたたみかけた。「ミスター・ケンジントン、はっきり言わせていただきます。あなたが紳士でないことは、あなたもわたしも承知しています。でも、あなたはお金持ちの若い貴族と賭け事をして身を立てているのだから、紳士としてふるまえれば役に立つんじゃありませんか。上流社会の一員、社交界に属した人間に見せかけることができれば。地所を持っているとなったら、どれほど真実味が増すことか」

「ほんとうに、きみははっきり言うね」先ほどまでは笑っていた彼の目が、いまはじっとりと冷ややかになっていた。

「上品ぶっているひまはないの。すぐにも行動を起こさなければならない状況なのよ。将来、あなたがなになに卿やらどこそこ公爵やらとカードのテーブルを囲んだとき、さりげなく自分の地所はスコットランドだと言えるわ。あるいは田舎の屋敷に〝ご友人〟を何週間か招いて、カードをしたりライチョウを狩ったりもできるのよ」

「だからといって、妻は必要ない」

「でも、妻のわたしがいないと〝ベイラナンは何世代にもわたってつづいているんだ〟なんて言えないわよ。わたしと結婚すれば、同時に尊敬もついてくるの。地位と、家の力が。あなたがここの人たちにどう思われているか気にしないのは、わかっているわ。でも、ロンドンで食い物にする羊さんたちにどう思われるかは大事でしょう？　それ以上に、あなたは、彼らに考えられているとおりの紳士になりたいと思っているのではなくて？」ふだんは表情の読めない彼の瞳がきらりと光ったのを見て、推測は正しかったのだとわかった。

「ぼくはちがう人間になったほうがいいと思うかい？」彼の声が甘く危険な響きをおびる。

「わたしの考えなんてどうでもいいの」立ちあがるイソベルの顔は、勝利に輝いていた。

「あなたは事実、そう思っているのでしょう。そうでもなければ、どうしてそんなに一生懸命に紳士らしくふるまうのかしら。かもを集めやすくはなるでしょうけれど、言葉遣いや身のこなしをととのえなくたって、ロンドンの賭博場では愚かな若者からいくらでも巻きあげられるはずよ。どうして弟が屋敷を賭けると言ったとき、承知したの？　それに、どうして雨のなか、はるばるこんなところまでベイラナンを見にきたの？　その額面以上のなにかを求めていたからではないの？」

「そのなにかがきみだと？」彼も立ちあがってイソベルと対峙《たいじ》した。

「わたしは、あなたの求めるものを手に入れるための手段になるのじゃないかしら」

「じゃあ、このぼくは、なんのための手段なんだ？」彼は両手をデスクについて身を乗りだした。「ぼくのような人間とつながりを持ってもいいと思うほど、きみは雨風をしのぐ屋根がほしいのか？」

「ベイラナンにはそれだけの価値があるわ」

彼は目を細めてしばらくイソベルを見ていたが、椅子にどさりとかけ直した。気取らない、わずかに斜にかまえた態度が戻ってくる。「近々結婚することを、いつ公示する？」

「えっ？」頭からいっきに血がさがり、イソベルのひざはくずおれた。デスクの端をつかんだとたん、彼が駆け寄って脇の下を支え、彼女を椅子に戻した。

「女性を失神させたのはこれが初めてだ」彼はそう言いながらイソベルのうなじに手を当て、軽く頭を前に押してひざの上にかがめさせた。「うつぶせて。気つけ薬を嗅ぐよりレディらしくはないが、効果はあるんだよ」

敏感なうなじに当たる指の感触に、イソベルの体に震えが走った。恥ずかしくて頭をあげる。「ごめんなさい。だいじょうぶよ。ほんとうに。ただちょっと……びっくりして」

「なぜ？　こんな絶好の機会を逃すほどのばかな男だと思っていたのかい？」彼はデスクの

端に腰かけて彼女を見つめた。

「乗り気ではないように見えたから」

「きみの言ったとおり、きみはベイラナンのローズ家の人間だ」彼は肩をすくめた。「ぼくはただのジャック・ケンジントン。きみがここに住む人たちと岩山のために自分を犠牲にしてもいいというのなら、完璧な紳士になれる機会を断るわけがないだろう？」

最悪の事態を迎える覚悟ならできていた。拒絶という屈辱を受け、自分の家に残れるたったひとつの可能性を絶たれて、打ちのめされることなら。けれど、うまくいくことには心の準備ができていなかった。イソベルはいきなり泣きだしてしまいそうで、唇を指先で押さえた。

「ああ？　どうした」彼は驚くほどやさしい声で言いながら彼女のあごに手をかけ、顔をあげさせて覗きこんだ。「求婚を早くも後悔しているというんじゃないだろうね。取り消せるようなものじゃないよ」

「いいえ、それはもちろん。ただ……少し驚いたんだと思うの」

「手が氷みたいだ」彼はイソベルの両手を取って、あたためようとした。あまりにも距離が近くて落ち着かず、イソベルは屋根裏部屋での午後を思いださずにはいられなかった。彼に抱き寄せられ、キスされて、あたたかさとたくましさに包まれ、彼のにおいでいっぱいになり、彼の唇を唇で感じたあのときを。

イソベルは手を引きつつ、ドアを見やった。彼がくすりと笑い、ひと呼吸おいてから彼女の手を放した。「もうだいじょうぶだよ、こんなところを見られたとしても。ぼくらは婚約したんだから」

顔が赤くなるのを感じて、イソベルは内心、色が白いことをうらめしく思った。彼の言葉などなかったかのように立ちあがる。「エリザベスおばさまにご報告しなくちゃ」

「反対はされないと思うよ。どういうわけか、ぼくはおばさんに好かれているみたいだから」

「おばは頭があやふやになってきているもの」そう言い返すや、イソベルははっと息をのんで口に手を当てた。

驚いたことに、ジャックは笑った。「そうか、だったら、つけあがらないようにしないとね」

「わたしったら、どうかしていたわ。ほんとうに、なんて失礼なことを……ごめんなさい。あなたにはとても感謝しているのに」

「いいんだよ」彼はすぐに言った。「きみに感謝されたいわけじゃない」驚いた顔を向けたイソベルに、さりげなく肩をすくめた。「互いに利益があって決めたことだ。感謝とか、涙とか、ぼくの繊細な感情を踏みにじっているんじゃないかというような心配は無用だ。繊細だろうとなんだろうと、ぼくに感情などないと、だれに訊いても答えると思うよ。きみには、せっかくのユーモア精神を抑えこんでほしくない。それもきみの一部なんだから。きみの金色の髪と同じようにね」彼はにっこり笑い、彼女の額にかかった髪をうしろにはらってやった。「それに、ボニーなグレーの瞳も」彼のこぶしがイソベルの頬骨をそっとなぞる。「まちがっていないよね？〝ボニー〟で」

「ボニー？」のどがカラカラに渇き、頭も真っ白になっていたイソベルは、自分が言葉を発することができたことに少し驚いた。彼の目の表情、深みのある声、じかにふれてくる肌の感触に、体の奥深くで熱が生まれる。「ええ。ボニーは〝きれい〟という意味よ」

「それなら、きみにぴったりだ」彼はイソベルの手を取り、自分の唇に持っていった。

やわらかく、ベルベットのような唇が肌にふれたとたん、全身に震えが走ったことをごまかせず、イソベルはあわてて手を引いてうしろにさがった。「ミスター・ケンジントン！勘ちがいしないで。わたしたちの結婚はそういうものではないはずよ」

「じゃあ、どんなもの？」彼はゆっくりとからかうような笑みを浮かべた。

「わたしの言う意味はわかっているでしょう」イソベルは頬を染め、落ち着きを取り戻そうとするかのように両手を握りあわせた。「ふつうの結婚よ、ふつ――」

「へえ、そうかな。ぼくたちの結婚はけっしてふつうなんかじゃない。だが、そこがまたいいところだろう？」

　からかわれているのだと思い、イソベルはいっそう落ち着きをなくした。ほんものの結婚がしたいと言われているわけではないのに。そつなくあしらうことのできない彼女を、おもしろがっているだけだろうに。彼女はきつい目でにらんだ。「だから、わたしたちの結婚は便宜上のものなの。あなたが言ったとおり、たんなる契約以外のなにものでもないわ」

「だが、楽しい契約だってたまにはあるだろう？」

「いいえ。わたしたちの取り決めはそういうものではないはずよ。なのに、そんなふうにまるで……まるで……」イソベルの頬がいっそう熱くほてってくる。

「まるで、なに？」彼が近づいた。ふれはしないけれど、その視線と近さとで、なぜか彼女をとらえて離さない。まるで彼の体は磁石でできているかのように、どうにも引きはがせないのだ。「きみとベッドをともにしたいみたいだって？　それが結婚の楽しいところだと思うけど」

「わたしたちの結婚は楽しいものではないわ」すかさず言い返したものの、声が震えていて勢いがないことはイソベルにもわかっていた。

彼は笑い、深い青の瞳を輝かせた。「手厳しいところがまたぼくの好みだ」彼女のあごをつかんであげさせ、身をかがめて唇をふれあわせた。蝶がかすめたかのような軽いキスだったのに、イソベルのなかに嵐を巻き起こす。「でも心配はいらない。きみのいやがることを無理強《じ》いはしないから」彼女のあごから手をはずして一歩さがり、にっと笑った。「とはいえ、なんとかして考え直してもらうかもしれないよ」

8

「さあ、わがいとしのミス・ロー――いや、もう婚約したんだからイソベルと呼ぶのがふさわしいかな、そうだろう？」ジャックは無作法なことなどなにもなかったかのように、くだけた調子でつづけた。「きみのおばさんに幸せなお知らせを発表しよう」

彼が腕を差しだし、イソベルは頭がまとまらないままその腕を取った。おばのエリザベスがどういう反応をするかわからないから、おばに話をするのは自分とふたりきりのときにと思っていたのだが、もはや彼をのけものにするわけにはいかず、婚約したことをふたりでおばに告げることになったのだ。驚いたことに、おばは顔をぱっと輝かせた。

「それはすばらしいわ！」弾けるように立ちあがり、前に出てイソベルの頬にキスをした。「こうなればいいのにと、ずっと思っていたのよ」エリザベスはジャックの手を取り、楽しそうに言った。「あなたと初めて会った瞬間に、まさしくわたしのイソベルのお相手だと思ったの。ジョ、ジョンのお友だち以上にお似合いの相手なんて、ほかにいるかしら？」ふと言葉を切って眉をひそめる。「いま、ジョンと言ったかしら？　わたしったらばかね。つまり……その、イソベルの弟のことよ」

イソベルは弟の名前をさりげなく教えようと口をひらきかけた。あきらかに、おばは度忘れしているようだから。しかしジャックはエリザベスの言葉におかしなところなどなにもなかったかのように、にこやかに笑いかけ、よどみなくつづけた。「ええ、ぼくの友人はローズ家のアンドリューです。ですが、ジョンというのはどなたです？　ぼくはお会いしたことがあったでしょうか？　もしそうでしたら、謝罪します。彼のお名前をすっかり忘れてしまって」

エリザベスもにこりと笑みを返した。「いいえ、あなたはジョンには会っていないわ。イソベルとアンドリューの父親のことなの。わたしにとっては大事な兄です。数年前に亡くなって――とてもいい人間だったのに。今日という日にここにいないのが残念でならないわ。きっとあなたも好きになっていたでしょうに。そしてまちがいなく、兄もあなたを。わが一族の人間はもうほとんど残っていないの。子どもの代だけ――ああ、それとわたしのいとこね」彼女は手をさっと振って、いとこのロバートのことを軽くあしらった。「この婚約について、あの人はきっとなにかいやなことを言うでしょうけれどね。気にしないでちょうだい。そういう人なの。どうしようもないんでしょうね。彼の言うことは無視していればいいのよ。さあ、座って。ハミッシュを呼んでちょうだい、イソベル、この幸せな出来事にささやかながら乾杯しましょう」

イソベルはおばに従い、ソファに座ったおばの隣りに腰をおろしながら、すばやくケンジントンに感謝の笑みを送った。彼は片方の眉をくいっと動かして応え、エリザベスと冗談めかした軽いやり取りをつづけた。イソベルはおばに目を移した。おばの顔から消えつづけていた輝きが戻っている。そういえば、ジャック・ケンジントンがやってきてから、たしかにおばの調子はよくなったように思える。おそらくイソベルが彼と結んだ契約は、イソベルが思っていたよりおばにとってはいいようにはたらくものだったらしい。その効果を思えば、彼にからかわれることくらいなんでもなかった。

「結婚式はいつにするの?」エリザベスがイソベルに向かって尋ねたが、イソベルはぼんやりと見返すしかできなかった。

「できるだけ早くしたいと思っています」ジャックがイソベルの代わりに答え、彼女に顔を向けてさもいとおしげに見つめたが、瞳にはいらずらっぽさが覗いていた。「イソベルとぼくは、早く一緒になりたいんです。そうだね、いとしのきみ《マイ・ディア》?」

「ええ、もちろん」イソベルは黙ってちょうだいと言わんばかりの顔を彼に向けた。「ミスター・ケンジントンは近いうちにご用事でロンドンに戻らなければならないの。だから、日取りはすぐにでもということになるわ」

彼はイソベルに大きな笑みを向けたが、先ほどと同じ表情を返された。「そうなんです、申し訳ありません」

「それは残念ね」エリザベスはなぐさめるように言った。「でも、いずれにせよ早くしたいですものね。もうすぐ五月だから、五月に結婚はしたくないでしょう、もちろん」困惑顔のジャックを見て、つけ加える。「五月は、結婚するのによくない月だと言われているの」

「ああ、それは知りませんでした」

イソベルもうなずいた。

「婚姻の公示はこの日曜には出せるから、結婚の準備に二週間はあるわけね。ああ、イソベル、やることが山ほどあるわ。もちろん、こぢんまりしたものにはなるけれど。アンドリューがいないのが残念だわ。今日手紙を出せば、間にあうかしら？」

「いいえ」イソベルは笑顔を添え、露骨な返事をやわらげた。「手紙が届くのに日にちがかかるうえに、ここまではるばる旅をしてこなければならないわ。ロバートおじさまとグレゴリーがいてくれればだいじょうぶよ」自分から家屋敷を奪った相手と姉が結婚するという知らせを弟がどう受けとめるのか、彼女には容易に想像できたし、これ以上の騒ぎを持ちこみたくはなかった。「アンドリューにはあとで手紙を出して、説明しておくわ」

「あなたのご家族は？　ミスター・ケンジントン？」エリザベスが彼のほうを向いた。「ご両親をお呼びになりたいのではなくて？　ごきょうだいも——ごめんなさい、ごきょうだいがいらっしゃるかどうか、うかがっていなかったわ」

「いいえ、ご心配にはおよびません」ジャックは魅力たっぷりの笑顔で応えた。「さらに客を増やさずとも、すでに準備なさることがたくさんおありでしょう。それにイソベルも言ったように、ロンドンは遠すぎます。結婚式を遅らせたくはありません。おわかりいただけると思いますが」

「ええ、わかりますとも」エリザベスはイソベルのウエディングドレスや祝宴や招待客の顔ぶれなど、陽気にまくしたてた。「母の真珠をつければいいわ」イソベルにそう言ってから、少し顔をくもらせて、問いかけるような顔でジャックを見た。「いま気がついたのだけれど――結婚指輪は？」

「持っていません」ジャックは正直に言った。「今回の婚約は……急なことだったので」

「もしよければ、イソベルの母親の指輪があるわ。ジョンが彼女に贈ったものよ――そうだわ！」エリザベスが目を見張った。

「どうしたの？　なにか問題でも？」

「いいえ。ちがうの、だいじょうぶよ。ちょっと思いついただけ」エリザベスは飛びあがるように立った。「待っててね。すぐに戻ってくるわ」

イソベルとジャックは、どうしたことかと目を見あわせた。数分後、エリザベスは銀色のものを手に、にぎにぎしく部屋に戻ってきた。「あなたにぴったりなものがあるのを思いだしたのよ、ミスター・ケンジントン」

おばが差しだした手には、鎖つきの懐中時計が握られていた。ふたは凝ったつくりで、銀の地金に浮かし彫りがほどこされている。エリザベスはジャックの手を取り、手のひらに時計を乗せた。

ジャックは驚いて彼女を見た。「ですが、奥さま……これは手もとにおいておいたほうが」

「いいえ、どうぞ、あなたに持っていてほしいの。ほんとうは兄にあげるべきものだったけれど、手放したくなくてね」

「ですが、それならご家族のかたに差しあげるべきでは。サー・アンドリューとか……」

「でも、あなたももう家族でしょう」エリザベスは笑って彼の手に時計を握らせ、軽くたたいた。「あなたのものよ。それでまちがいないわ」

ジャックは困ったような顔で椅子にもたれた。

「おばさまがサー・マルコムの時計を持っていたなんて知らなかったわ」イソベルが身を乗りだして見ようとし、ジャックは手をひらいて時計を差しだした。彼は奇妙な、警戒しているのかとさえ思うような目をしていた。イソベルは人さし指で浮かし彫りの部分をなぞった。

「立派な細工だわ」

「そうなの、内側にはバラの紋章も一緒に彫られているのよ」エリザベスはいつも父親の話をするときと同じ、哀しげでいとおしそうな笑みを見せた。「たしか、持ち物にはすべてその紋章が入っているのだと言っていたわ。父がフランスから戻ってきたあの夜に、父からこの時計をいただいたの」

「そうなの？」イソベルは強い興味を引かれておばに向き直った。

エリザベスはうなずいた。「はっきりと覚えているわ。父が部屋に入ってきて、わたしは目を覚ました。父はベッドの脇に立って、わたしを見おろしていらした。それからベッドに腰をおろした。わたしは父に会えてうれしくて。父はわたしを抱きしめて、笑って――笑う声がとてもすてきなの――戻ってくると約束しただろう、っておっしゃったわ。父を信じないわけにはいかないでしょう？　でも、チャールズ王子を助けに行かなければならないんだとおっしゃった。王子に助けがいることは知っていたわ。母とファーガスおじさまが、どうなるんだと心配していたのを聞いていたから。でもわたしは父に、王子を助けるのはほかの人が行ってくれるから、お父さまにはわたしたちと一緒にいてほしい、と言ったの」微笑むおばの目には、思い出の涙があふれていた。

イソベルがおばの手を取って握りしめると、おばはありがとうと言うように笑った。

「もちろん、父は行ってしまった。でも、なるべく早く帰ると約束してくれたわ。そして懐中時計をくださったのだけれど、巻き鍵は持っていってしまわれた。戻ってくるまで時間を止めたいんだとおっしゃって。それが、かならず戻るという誓いの代わりだったのね」エリザベスは小さく息をついた。「誓いは果たされなかったけれど」

「でも、これはおじいさまがフランスから戻ってきたという証拠になるわ！」

「ええ、そうよ、何度もそう言ったでしょう」

「ええ、でも……ほかの人たちは信じなかったたって……。この時計があるのに、どうしてみんな信じないのかしら」

「この時計のことは話さなかったからよ。話すべきだとわかってはいたのだけれど」エリザベスはため息をついた。「もしこれを見せたら、取りあげられると思ってこわかったのね。わたしはまだほんの子どもで、こんなに高価なものはもらえないんじゃないかと思ったの。それに、父がこれをわたしてくれたとき、これはふたりだけの秘密だ、戻ってくるという誓いのしるしだっておっしゃったから。子ども心にも、だれかに話してしまったら父は戻ってこないように思えたの。自分に近いところでだれにもわからないように持っていたら、戻ってきてくれるんじゃないかって」おばは肩をすくめた。「ばかげているでしょう、でも子どもの考えることだから」

「いいえ、ばかげてなんかいないわ」イソベルは励ますように言った。「よくわかるわ」

「大きくなってからは……そうね、父のことを話すといつも母を悲しませることになってしまってね。母は、あの夜、父には会っていないと言っていたと思うわ。もしかして、ほんとうに父は母に会いに行かなかったとしたら？　あるいは、そっと部屋に会いに行ったのに、母が起きなかったとしたら？　父に会える機会を逃してしまったと知ったら、母はもっとつらくなると思ったの。それに、自分の言葉がほんとうかどうか、ほかの人たちにうるさく吟味されたくもなかったの。ファーガスおじさまやほかの人たちには、好きなように思わせておこうって。わたしには真実がわかっているんだから」

「見て」時計を調べていたジャックがイソベルに時計を差しだし、ふたを開けてなかの細工を見せた。「数字の横に商標がある。〈ルロイ〉って。下の端にはパリと書いてある」

「フランスにいるあいだに買ったのかしら?」イソベルの声が興奮でうわずった。

「どうかしら」エリザベスは眉をひそめた。「父がいつも身につけていたかどうか、わからないわ。やはりあちらで買ったのかもしれないわね。理屈は通るし」遠くを見るような目をしたが、肩をすくめた。「でも、それはみんな昔の話。大事なのは、いま現在よ。ねえ——新しいドレスを仕立てても間にあうと思う? デイヴィッド・グランドの奥方は針仕事が速いの。でも、適当な布地があるかしら」

「手持ちのドレスで間にあうと思うわ」

「あら、それはだめよ! 花嫁はお式のために仕立てたドレスを着なければ——もちろん、当日に着るまではドレスを見てはいけないのだけれど、手持ちのドレスを参考に合わせればだいじょうぶよ。ミスター・ケンジントンだって、せっかくの花嫁がそこそこのドレスですませているのを見るのはねえ?」

「彼にはどうでもいいことだと思うわ」イソベルがそう口をはさむと、未来の伴侶から訝しげな表情を送られた。

「ミス・ローズ」彼は流れるような口調で言った。「あなたのおっしゃるとおりです。イソベルには最高に美しいドレスがふさわしい。しかし、ドレスのために式を遅らせたくはありません。彼女にふさわしいドレスをまとってもらいたいという思いより、早く一緒になりたいという思いのほうが強いのです。それに――」ジャックはイソベルのほうに、からかうような笑みをゆったりと向けた。急速に見慣れたものになってきた笑みを……。「なにを着てもイソベルが美しいことは、わかっていますから」

「うまいことおっしゃるのね」イソベルは邪険に返した。

「ええ、ほんとうに」おばのほうはにこやかにジャックを見た。「でも、なんとかなりますわ、ご心配なく。ミセス・グラントとわたしとで知恵を絞りますから」

イソベルがふとジャックに視線を戻すと、彼は祖父の時計をまた眺め、浮かし彫りの部分を親指でなんの気なしになでていた。どうやら本人が言うほど、情にうといわけではなさそうだとイソベルは思った。

婚約の知らせを聞いたおばの反応はイソベルの予想に反したものだったが、ロバートのほうはまったくもって予想どおりだった。公示が出た日の翌日、ロバートの馬車が屋敷に向かってガラガラと騒々しく走ってきた。

「ロバートおじさまがいらしたわ」イソベルは、ローン地のナイトガウンの襟ぐりにいそいそと刺繍をしていたおばに知らせた。

「ああ、もう！」エリザベスは布に針を刺し、枠を脇においた。「やっぱり、あの人はやってきて騒ぎたてると思っていたのよ」

「おりていったほうがいいと思うわ。おじさまを待たせても意味がないもの」

ふたりが階段をおりきったとき、ちょうどロバートは帽子と手袋をハミッシュにわたしたところだった。「イソベル！」大声でがなりたてながら、大股でやってくる。「いったいなにを考えている！　あの公示はなんだ！　イングランドの盗っ人と結婚するとは！」

「感謝していただきたいですわ、おじさま」イソベルは軽い調子で言った。「これでもう、独身の男性とひとつ屋根の下で眠っているという醜聞の心配をしなくてすむんですもの」

「よくもこのような——このようなふざけた結婚を軽々しく決めおって。おまえの父親が墓のなかで泣いているぞ」

イソベルは顔をこわばらせたが、こう言っただけだった。「客間でお話ししましょう——世間に家族のいさかいを吹聴するおつもりですか」

ロバートは顔をしかめ、きびすを返してずかずかと客間に向かった。ドアのところで遅きながら足を止め、脇に寄ってエリザベスを先に通す。イソベルは少し遅れてグレゴリーの腕を取り、もう少しゆっくりと廊下を進んだ。

「すまないね」グレゴリーが哀しそうに言った。「とめようとしたんだけど、自分が正しいと思いこんだ父がどうなるか、知っているだろう？」

「あなたはできるだけのことをしてくれたのよね」グレゴリーの父親はつねに自分が正しいと思っているのだから、こうなる以外の予想はイソベルにもできなかった。

「イソベル……」

顔をあげると、いつもは明るい表情をしているまたいとこが眉根を寄せていた。「まあ、グレゴリー、あなたまでそんな顔をしないで！」

「きみはほんとうにこれでいいのかい？」低く切羽詰まった声で、グレゴリーはあわただしく言った。「きみがあんな男を好きなはずがない。見ず知らずの男なのに」

「ばかなことを言わないで。もちろん、好きなわけじゃないわ。でも、相手が好きだから結婚する人なんて、ほとんどいないわ」

「そうかもしれない。でも、なにもきみがそんなことをしなくても！　しかたなくきみが結婚すると思うといやなんだ。そんな状況にきみが追いこまれるなんて」きつく奥歯を嚙みしめ、罰を受ける覚悟をするかのような顔をしている。「イソベル、わかっているくせに……ひとこと言ってくれればいいんだ。だからね、ぼくは喜んで応じるよ、もしきみが……妻になってくれるなら」

イソベルは大きな笑い声をあげた。「〈マクベス〉みたいに、〝勇気を締め直して《スクリュード・ユア・カレッジ・トゥ・ザ・スティッキング・プレイス》〟言ってくれたのね。でも、あなたがそんな犠牲を覚悟する必要はないわ」

「犠牲なんかじゃない」またいとこは反論した。「ずっときみが好きだったことは知っているだろう？」

「ええ、もちろんよ。わたしがあなたを好きなようにね。お互い、夫婦の愛情とはちがうものだとわかっているはずよ」

「ああ、それはそうだけど――くそっ、住むところを手に入れるためにきみがこんなことをする必要はないんだ。父はたしかにつきあいにくい人だけど、喜んできみをうちに迎えると思うよ」

「それで解決にならないことは、あなたもよくわかっているでしょう？　さあ、元気を出して」イソベルはまたいとこの腕をぎゅっと握って客間に入った。「わたしは断頭台に向かうわけじゃないんだから」

客間を落ち着かなげに行ったり来たりしていたロバートが、くるりと向いて彼女をにらんだ。「よくもこんなことをしでかしたな」それからエリザベスにも同じ顔を向ける。「きみもこんなことをさせて」

「すばらしい考えだと思うけれど」エリザベスは言い返した。ロバートに鼻を鳴らされて、さらに言い添える。「そろそろ新しい血を迎えいれてもいいころあいだわ」

「新しい血だと！　ハイランドでももっとも古く由緒ある家に、どこの馬の骨ともわからないイングランド人を迎えるのがいいというのか？　どんな家の出で、どのような下賤な暮らしをしてきたかもわからないのに？」

「どういう人かはわかっていますわ」すかさずイソベルが言い返し、きっとにらんだ。

「わたしの夫となる人です。その人の屋敷で、主《あるじ》を侮辱するなんて許されません」

ロバートは目をしばたたいてあっけに取られたが、長くは黙っていなかった。「このことをアンドリューには知らせたのか？」

「いいえ。どうして知らせなければいけませんの？」

「どうしてだと？」ロバートは食いいるように彼女を見つめた。「おまえの弟だろうが。ベイラナンのレアードだ」

「もうちがいます。彼はベイラナンを失ったんです――ぼろ靴みたいに自分から捨てたの。こんなことになっているのはあの子のせいよ。財産を大切にするということさえわきまえていなかったのだから。そんな弟の意見など聞くつもりもありません。それに結婚の許可をもらう必要もないわ。彼はわたしの後見人ではないもの」

「このようなことを決めるには後見人が必要だ」

「わたしは自分とおばさまにとって最善の道を選んでいるだけです。そしてここの土地と、ここで暮らす人々にとっても。あなたにあれこれ言われる道理はありません。それはアンドリューも同じよ。彼はわたしの弟で、愛しているけれど、わたしは彼に支配されているわけではないもの――それを言うならベイラナンも」

「彼女の言うとおりだ」うしろから声が聞こえてイソベルが振り向くと、ジャック・ケンジントンが御影石のようにかたい表情でドアのところに立っていた。「ベイラナンの当主はぼくです。ぼくやぼくたちの結婚に言いたいことがおありなら、すべてぼくに言っていただきたい」

9

「ミス・ローズを動揺させるのはやめてください」ジャックはロバートに近づいていった。

ロバートが目をむき、そらおそろしいほど顔を真っ赤にして早口でいきまいた。「な……なんと……よくもそんなことを！　わたしのいとこの娘だ、好きなように話をしてなにが悪い」

「悪いですとも。彼女はぼくの妻だ」ジャックはイソベルを見やって、にこっと微笑んだ。「いや、いまのところは、まだですが」ふたたびロバートに向けた顔には、もはや笑みのかけらもなかった。「今度、彼女にやかましく言ったら、召使いに言いつけて放りだしますから。よろしいですね？」

ロバートはぼう然とケンジントンを見つめ、部屋は静まり返った。イソベルはジャックの隣りに並んで言った。「しっかりとおわかりになったと思うわ」彼の腕に手をかけ、いとこおじに顔を向ける。「さあみんな、座りましょう。エリザベスおばさま、お茶を言いつけてください」

「ええ、そうね。ミスター・ケンジントン、わたしの隣りにおいでなさいな」エリザベスは呼び鈴のひもを引き、ジャックに近づいて彼の腕に腕をまわすと、ソファのほうへいざなった。「バーバラの指輪をお見せしようと思っていたのよ」

「バーバラの指輪?」ロバートがうなるように言い、ジャックから少し離れた席についた。「今度はいったいなんの話だね?」

「ジョンがイソベルの母親に贈った指輪のことですわ」エリザベスは説明し、自分の指からそれを抜いた。ジャックにわたしながら、きらきら輝く瞳でジャックを見あげる。「また忘れないように、朝からつけておいたのよ」

「きれいですね」ケンジントンは指輪を受け取り、ためつすがめつした。「光栄です、奥さま」

「結婚指輪も自分で用意できないのか?」ロバートはまたイソベルにけわしい顔を向けた。「それ見たことか! だから山師だと言っただろうが。女に求婚して、指輪まで用意しろと言う男がどこにいる?」

「未来の妻に出会うとも知らずにスコットランドまで来たからですよ」イソベルがなにも言えないうちに、ジャックが応じた。「先祖代々の財産は、持ち歩かないようにしているんです、ミスター・ローズ」ジャックはばかにしたように言った。「もちろん、伯爵夫人《コンテッサ》の指輪を持ってこさせますよ。ケンジントン家の花嫁がみな身につけたものです。しかしいまのところは、エリザベスおばうえにお借りするしかないのですが」

「コンテッサだと！　はん！　伯爵家の跡取りのようなことを言いおって」

「ああ、いや、跡取りではありませんが」ジャックはおだやかに否定した。「いずれにしろ、コンテッサの称号はイタリアのものですし。彼女は持参金の一部として指輪を持ってきたんですよ」

「コンテッサですって」エリザベスがうっとりして言った。「すてきだわ。ねえ、ロバート？」彼女は勝ち誇ったような顔をいとこに向けた。「だから愚にもつかない心配などおよしなさいと言ったでしょう？　あなたは疑り深すぎるのよ」

ロバートの顔が赤かぶみたいに染まるのを見て、イソベルは彼がなにか言う前にあわてて割って入った。「形見と言えば、屋根裏からほかにもいろいろ出てきたんです。ロバートおじさま、なにかお持ちになりたいものがあったら」

「なに？」不意を突かれて、彼は目をしばたたいた。「おまえはまだ家のものを引っかきまわしているのか？」

「ご先祖のものを捨てているわけではありませんわ」イソベルは口調をおだやかに抑えた。「でも、屋根裏を少しお掃除するのもいいと思って。とっておく必要のないものもたくさん出てきました。おじさまも仕分けなさりたいものがあるかもしれません」

「ああ、そうだな、やるとも」ロバートはうなるように答えた。

埃にまみれるくだらない作業をロバートが手伝うとも思えなかったが、話をそらすことには成功した。「ロバートおじさま……サー・マルコムの懐中時計を覚えていらっしゃるか、お訊きしたいと思っていたんです」

「なんだと？　サー・マルコムの懐中時計？　いったいなんのことだ？」

「彼がベイラナンに戻ってきたとき、エリザベスおばさまにくださった時計です。このあいだ見せてもらったのですけど」イソベルはおばから聞いた話をくり返し、こう締めくくった。「サー・マルコムがフランスから帰ってきたという証拠になると思います」

「じゃあ、ほんとうに宝はあるのかな？」グレゴリーの瞳が輝いた。「ほら、毎年夏になると宝探しに出かけていたのを覚えているかい？」イソベルににんまりと笑う。「あなたとアンドリューが出かけていたのは覚えているわ」

「こりゃいいや！」グレゴリーは声をあげて笑った。「きみとメグとコールだってついてきてたじゃないか」

「年下のあなたたちを見ていてあげなきゃならなかったからよ」イソベルはつんとすまして言い返したが、すぐに笑った。

「ばかなやつらだ、おまえたちは」ロバートが頭を振った。「宝などない。サー・マルコムも戻ってはこなかった」

「戻ってきたわ。会ったもの」エリザベスが激しく反論した。「ミスター・ケンジントン、彼に時計を見せてあげて」

ジャックは上着の内ポケットから時計を取りだし、ロバートの座っているところまで歩いていって、目の前にぶらさげた。

「おじの時計をどうしておまえが持っている？」ロバートが目をすがめた。

「わたしが彼に差しあげたの」エリザベスが説明した。「結婚のお祝いに」

「サー・マルコムの時計をこのよそ者にやっただと？」ロバートはいとこをにらみつけた。

「おまえには家族意識がないのか？　アンドリューが持つべきだろう。あるいはグレゴリーが」

「それはわたしのものよ。お父さまがわたしにくださったのだもの」エリザベスは言い返した。「わたしの好きなようにするわ。わたしはジャックが持つのがふさわしいと思うの。いまは彼がベイラナンの当主なのだから」

「それで、ほかの家族のものもすべてこいつにやるつもりか？」

イソベルはため息をついた。おばといとこおじがぶつからないようにするのは無理に思えてきたが、もう一度、あたりさわりのない話題に変えようと試みた。「時計に見覚えはありますか、ロバートおじさま？」

「いいや」彼はまだエリザベスをにらみつづけていた。「一度も見たことがない。サー・マルコムがその時計を持っているところもな」

「そりゃあ見ていないでしょうよ。あなたはまだほんの子どもだったもの」エリザベスが憤慨した声で言う。

「きみがそれを言うのか？」ロバートの眉がつりあがった。「きみだってわたしと変わらない年だっただろうが」

「わたしはもう六つになろうというころだったわ」エリザベスは反論した。「それに、父がつけているのを見たとは言っていないわ。父が戻ってきた夜に、わたしにくださったと言っているの」

「ほう」ロバートはあきれたようにかぶりを振った。

「フランスで買ったのではないかと、ぼくらは考えています」ジャックは時計を開け、フランスの時計屋の商標を見せた。

「そんなものでは、時計を手に入れたのがそのときだったという証拠にはならん。それよりも何年も前にフランスに行ったことがあるかもしれないし、人から買ったものかもしれない。あるいは、パリに注文して取り寄せたのかも」

「そうかもしれないわ。でも、いつ買ったにせよ、やはり父の時計だわ。そして父は、それをわたしにくださったの」エリザベスも譲らない。

「だからといって、なんの証拠にもならないぞ。もし、ほんとうにおじがこれをきみに与えたのだとしても、フランスに行く前だった可能性も高い。きみはよくちがうときのことを一緒くたにするから」

「〝もし〟だなんて！　わたしがうそをついているとでもいうの？」

「いいや、もちろんちがう。だがこの一年のきみの状態は、自分でもわかっているだろう。頭が混乱することがあるじゃないか。物事をまちがえて覚えていたり、まったく覚えていなかったり。実際に起きていないことは覚えていなくて当然だが。あるいは夢に見たことを、しばらく経ってから現実と思ったのか。つくり話にしては、いい話だ。きみがいつもしているような話――ベイラナンの初代当主の話やら、アニー・マッコーリーの幽霊の話やら――と同じで、何度も話をするうちに事実だと思うようになったんだろう」

「アニー・マクラウドよ、マッコーリーじゃないわ。一緒にしないで。昔にあったことよ。ほんとうのことなの」

「ほう、それは初めて聞いたな。もしほんとうに起きたことなら、どうしていままで聞いたことがなかったんだろう？」

「ロバート・ダグラス・ローズ！」エリザベスは勢いよく立ちあがった。怒りで頰にぽつぽつと赤い斑点が浮いている。「あなたになんて、話をするわけがないでしょう！　子どものときから腹の立つ子だったけれど、大人になっても変わらないのね」

「エリザベス……」ロバートが目をまわした。「頼むから、そういうのはやめてくれ」

「わたしはあの夜、たしかに父に会いました。フランスから帰ってきたのだと言われたわ。

そしてこの時計をくれて、自分が戻るまで持っていてほしいと。それはふたりだけの秘密で、わたしはそれを守ったの。時計をくれた父は、あの父らしいウインクをして、わたしの額にキスをして、おやすみと言ってくださった。でももちろんわたしは眠れなくて、父のあとを追ったの。父は廊下を歩いて居間に向かったわ。そして暖炉に入って、消えてしまったのよ」

たったいま自分が言ったことに気づいて、エリザベスははっとした。部屋の空気も凍りついて静まり返っていた。ぱちぱちとまばたきをした彼女は、急にうつろな目をして、みなの前で小さくなってしまったように見えた。「会ったのよ」つぶやくようにくり返し、きびすを返して部屋を飛びだした。

「どうしてそんな目で見るんだ？」ほかの面々から非難の目を向けられて、ロバートは両手をあげた。「頭があやふやになってきているのはわたしじゃないぞ」

「おじさまがおばさまをじわじわと追い詰めているんじゃないの」イソベルが興奮ぎみに言い返した。「それに、おばさまの頭はあやふやになってなどいないわ！」

「やれやれ、おまえまでおかしくなったのか。どうして彼女の状態を認めようとしない？」

「わたしとふたりだけのときは、もっとずっと状態はいいわ。それに、メグのお薬が効いているし」

「ふん。魔法の飲み物か」

「薬よ。魔法じゃないわ」

「父さん」グレゴリーが腫れ物にさわるかのように声をかけた。「そろそろ帰らないと」

「そうだな」ロバートは椅子を引いた。「イソベル、うまくいくといいな。では失礼する」さっと会釈し、ケンジントンを不愉快そうに見てから部屋を出ていった。

　グレゴリーがため息をついた。「どうかお幸せに」イソベルの手の上でおじぎする。「おめでとう、ミスター・ケンジントン。ミス・ローズがいかにキンクランノッホで愛されているか、すぐにわかると思うよ」

「ああ」ふたりとも、握手の手を出すことはなかった。ジャックはグレゴリーが出ていくのを見届けてから、勢いよくイソベルを見た。「どうやらきみは、みんなに見張られているらしいね」

「あなたもよ」イソベルは顔をしかめた。「あなたがロバートおじさまと言い争う必要はなかったのに。わたしひとりでなんとかなったわ。これまでずっとあの人を相手にしてきたのだもの」

「妻にいやな思いをさせている相手を見すごすことはできなくてね。なんにせよ、夫の特権というものさ」ジャックはにこりとした。

「まだ結婚していないわ」

「もうすぐじゃないか。夫としての楽しみはおおいに歓迎したいね」さらに彼女に近づくと、警戒をふくんだイソベルの視線が彼の顔に飛んだ。

「どういう意味かしら」

「わからないかい？」ジャックが手を伸ばし、彼女の髪をひと房、指に巻きつける。

イソベルは目をそらした。こんな気持ちは落ち着かない――自分の体も、感覚も、感じすぎるほどに意識してしまっている。肌にふれる空気、血管を流れる血、のどにあがってくる息、そんなものまで感じ取れている。隣りの彼は大きく、たくましく、思わず寄りかかって胸に頰を寄せてしまいそうだった。このあいだキスされて、あたたかな胸に抱きこまれたあのときのように、抱きしめられるのを想像してしまう。

イソベルはあわててさがり、震える息を吸いこんだ。ジャックが彼女をとめることはなく、彼の手はイソベルの髪の上をすべるように離れて、なぜか彼女はがっかりしてしまった。けれど彼に頼るのは弱いことだ。ジャックはそのうち行ってしまうのだ。彼に頼ってもあとあと落胆するだけだろうし、彼になんらかの気持ちを持つなど、彼を頼る以上にばかげている。

顔をそむけたイソベルは、急に寒くなったかのように腕を組んだ。「どうしてロバートおじさまにあんな話をしたの？　コンテッサの指輪だなんて――ねえ、ジャック……」

「まるでだましていたみたいだと思うかい？　そうかもしれないな」彼はゆっくりと思い返した。「でも、言い訳じゃないが、指輪を用意する時間もなかったし」

「笑えない話だわ」

「そうかな?」

「ええ。あなたったら、まるでなんでもないようなそぶりで……おもしろがっているみたいに……あなたにとって、人生は愉快なことしかないのかしら」

「鬱々として暮らすよりはいいと思うよ」

「でも、真剣にならなければならないときもあるわ。なんでも冗談にしてしまえるわけじゃないもの」

「まあ、そういうこともあるかもしれないが」彼は肩をすくめた。「でも、きみのロバートおじさんとやらは、その……」

「ええ、そうね。尊大で、失礼で、肉屋さんからごみ屋さんまで、人生の歩み方をだれにでも講釈するのが自分の務めだと思っているような人よ。でも、あなたがあんなつくり話を聞かせた相手は、おじだけではないわ。あの場にはおばもいたのよ。ロバートおじさまのほうは信じなくても、おばは信じてしまうわ。なにが事実で、なにが事実でないのか、すでにおばの頭のなかではかなり怪しくなっているの。おばにうそを信じさせるようなことになるのは残酷だわ」

ジャックは眉をつりあげた。「言っておくが、おばさんをだますつもりなどなかったよ」

「そうかもしれないわ。でも、いまやおばは、あなたの先祖であるイタリアのコンテッサについてみんなに話すでしょう。そして、輪をかけておかしくなったと思われるのよ」イソベルは肩を落とした。いらだちさえも抜けていってしまう。「ああ、ジャック、ロバートおじさまの言うとおりだったら、どうすればいいの？　そんなことを考えるだけでもうしろめたいわ。でも、さっきおばさまが言ったこと……おじいさまが暖炉に入っていっただなんて、まったく現実味がないわ。ただの夢だったのかもしれない」

「おばさんの覚えていることがまちがいだからって、どうだというんだい？」ジャックはイソベルの両手を取った。「きみのおじいさんがここに帰ってきたかどうかなんて、いまではどうでもいいことじゃないか。きみは、ここには宝物は隠されていないと思っているんだろ？」

「ええ」

「なんにせよ、隠れたお宝を探すなんていうのは子どもの遊びだ。冒険気分で楽しいけど、見つかる確率などないに等しい。ほら、ぼくは確率を計算するのを生業《なりわい》にしているからね」

「宝物のことはどうでもいいの。わたしは、おばさまの言うことがまちがっていてほしくないと思っているだけ！」最後はまるで悲鳴のような声になり、涙が彼女の目からあふれた。「おばさまを愛しているの。どんどんおばさまが消えていくようでこわいの。体がなくなるのではなくて、心が……頭のなかが……おばさまがおばさまでなくなっていくのが……」

「調子のいいときだってあるじゃないか」ジャックは少し真剣な口調になってつづけた。「でも、きみのおばさんはうそをついたりはしない」

「もちろんよ」イソベルがいきまく。

「いつもぼんやりしているわけじゃないだろう？　それに、ここではきみが一緒にいるし」

「ええ。幸運だと思わなくてはね。ただ――おばさまはとても知的なかただったから。すてきなお話をたくさん知っていて、わたしたちが目を輝かせてわくわくするくらいじょうずに話してくれたの。それにおばさまは、いろいろなことに対する飽くなき好奇心も持ちあわせていたわ。わたしも植物や木や花のことはジャネットから教わって、丘陵地帯や小川を歩きまわったけれど、世のなかのことわりや、生と死や、昔のことを教えてくれたのはおばさまだった。階下の図書室を見たかしら？」

「ああ、立派な蔵書だった。じつはきみが屋根裏部屋を片づけているあいだ、ずっとあそこにいたんだよ」

「本に興味があるの？」

ジャックは笑い、軽く冷やかすように目を丸くした。「そんなに驚かなくてもいいだろう。賭け事しかしてこなかったわけじゃないんだから。たしかに読書家ではなかったけどね。興味はある」

「どうりで、エリザベスおばさまがあなたを気にいったわけだわ。似た者同士なのね」

「それはどうかな」ジャックは、ふっと微笑んだ。「きみのおばさんはやさしい人だ。ぼくはただ物事を理解したいと思うだけで。彼女の知識はすごいね。午後によく話をしたけど、さまざまな内容の本について教えてくれたよ」

「図書室の本の大半をおばさまが買ったのよ――いえ、というより、買うようにわたしの父を説得したの。でも、いまではあまり本も読まなくなったけれど」

「年を取るとね。哀しいが、しかたのないことだ。歩く速さだって、階段をのぼる足取りだって、昔のようにはいかないさ。頭のはたらきが鈍くなるのだって、もちろん珍しいことじゃない」

「そうね、あなたの言うとおりだわ」イソベルは微笑んだ。「ありがとう」

「すでにきみがわかっていることを言ったまでだ」

「それでも、人に言ってもらうとほっとするわ」イソベルはひと呼吸して、少しかたい声でつづけた。「おばもあなたに手伝ってもらったみたいね」

ジャックはわずかに眉をあげた。「信じがたいことだろうが」

「口に出して認めるのはもっとむずかしいわ」

「だろうね。スコットランド人はちょっとばかり頑固なようだから」

イソベルは小さな笑い声をもらした。「そうかもしれないわ。でも、血のつながった人間でもできないのに、見ず知らずの人がおばを手伝ったと認めるのはむずかしいの」

「血がつながっているからこそ、よけいにやりにくいんじゃないかな」

「なにを言うの！　本気でそんなことを思っているんじゃないでしょうね」

「どうして？　あのいとこおじのせいでミス・ローズがどんなふうになったか、その目で見ただろう」

「ロバートおじさまは、血のつながった相手であろうとなかろうと、多くの人に悪い影響を与える人だから」イソベルは返した。「あなたにも頼りにしている家族はいるでしょう？　父親とか、きょうだいとか、いとことか」

「ぼくはだれにも頼らない」ジャックは短く答え、表情を消した。「きみも弟さんのことで、同じ教訓を学んだと思うが」

彼の態度の豹変ぶりに、イソベルは目をしばたたいた。立ちいりすぎたのかもしれない気がして、どことなくばつが悪くなる。「ええ、たしかにそうね。ごめんなさい、もうおばのところに行かなくちゃ。失礼するわ、ミスター・ケンジントン」

部屋を出るとき、彼が小さく悪態をつくのが聞こえた。彼女を追おうと足を踏みだす気配がしたが、イソベルは止まらなかった。そして、彼も追ってはこなかった。

ジャックは寝室の窓から暗くなった外を見つめていた。見えるものはほとんどない。淡い月の光が、木々のこんもりとした塊や外の建物の輪郭だけをぼんやりと浮かびあがらせ、遠くでは湖がにじんだように真っ黒に見えるくらいだ。都会に慣れたジャックは、ここの夜のまったき暗闇に驚かされるばかりだった。

下におりて庭をひとめぐりしてみようか。葉巻を一本吸うのもいいだろう。どうしてそんなふうに思ったのかはわからない。ふだんはそんな柄でもないし、冷たくて湿っぽい夜気のなかに出ていくなど、楽しいものでもないだろうに。それはおそらく、図書室に行ってハイランドの動植物や歴史などの本を見てみようと思った気まぐれと同じかもしれなかった。書斎のデスクの上に乗っていた農場経営の方法論の本まで手に取ってみた。今日の午後イソベルに言ったとおり、知識を学んで身につけるのはたしかに好きなほうだが、これほど自分の興味からはずれたことに関心をもつことはなかった。とにかくここは、いままで自分が知っていたものとはあまりにかけ離れた未知の世界で、否応なしに興味をかきたてられたということなのだろうか。

湖のあたりでなにかが光ったのに気づいたが、湖面を流れる霧にまぎれてすぐに消えた。イソベルから聞いた、湖に浮かぶ島の不思議な光や声の話を思いだし、ジャックはひとり笑った。おそらく今夜は幽霊たちが忙しくしているのだろう。

散歩をしたいという気持ちは、どうにも消えなかった。先日イソベルとコールが一緒に戻ってきたところを見かけた、あの桟橋までぶらぶら行ってみようか。あのときもそうだったが、いまも好奇心がうずいている。あのふたりはどこに行っていたのだろう？　逢引きだったのではないかという思いが、すぐに頭をもたげた。いかにも親しいのだとわかる雰囲気のふたりを見かけたのは、あれで二度目だった。

コール・マンローがイソベルとふたりきりでいるのを初めて見かけたあと、ジャックは無理を言って彼に会ったが、すぐさま彼がきらいになった。あからさまに無礼なことを言われたわけではないが、あのスコットランド人はジャックの質問に最低限の言葉でしか答えず、無愛想で敵意を抱いていると言ってもいいような態度だった。もちろん、ベイラナンでは不幸にも、ジャックはほとんどの人間からこういう態度しか返されていないが、少なくともイソベルと婚約してから、召使いたちは敵意むきだしというわけではなくなり、どっちつかずの態度を注意深くとっていた。しかしコール・マンローの場合は、よけいに腹が立つのだ。その理由は……すなおになってみればわかりやすいものだった。イソベルが彼に好意的だから。だから気に食わないのだ。

イソベルのことを思って、ジャックは顔をしかめた。さっきは失敗した。彼女はやさしく、親しいくらいの態度で接してくれたのに――家族のことを言われたとたん、彼は反発してしまった。家族の話などだれにもしたことはない――ましてや彼女に話せるはずもない。だが、いつものように冗談めかしてごまかせばよかったのだ。あれはぶざまだった。

人と接するのは得意だったはずなのに。相手の癖や、弱い部分や、身ぶりや口調や表情を見て取り、どうやって金をせしめるかを判断するのはお手のものだった。相手の気をどう引くか、どう障害を取りのぞくか、なにを言い、なにをすれば目的が達成できるのか、彼にはよくわかっていた。しかしベイラナンに来てからというもの、まったく調子が出ない。イソベルに心を奪われて、いつも不意を突かれたようになる。とっさの反応をしていることが多すぎるのだ。

イソベルにどう思われているかを気にしているわけではなかった。彼はもうすぐここからいなくなり、おそらく彼女に会うことは二度とないだろう。彼女の求婚を受けいれたのは、理屈が通っていたからだ――しかも魅力的な女性としばらく楽しい思いができるかもしれないとなれば、よけいにそそられるというものだろう。そう、気づけば彼の頭は、ついつい彼女のしなやかな体のことを考えていた。あの長い脚が自分に巻きつくところを想像したり、ピンできっちり留めつけた金髪をほどいて指ですくところをぼんやり思い描いたりした。色といい、豊かさといい、あの髪は濃厚な蜂蜜のようだ。とはいえ、彼女の求婚を受けたのは、彼女が部屋に入ってくるたびに感じるちりちりとした欲望のせいではなかった。

たしかに彼女には興味をかきたてられるし、彼女の持つあの不思議な性質の組みあわせはおもしろい――礼儀正しいのにいきなり求婚してきたり、結婚などという現実的な申しいれをするのに空想上の話が大好きだったり、従順な見かけによらず芯が強かったり――しかしそれも、ロンドンに戻るまでの時間つぶしが楽しくなるというだけのことだ。

ジャックはいつも直感で物事をすばやく決める――ときには衝動的でさえある――だがそれは、あくまでも論理や観察にもとづいてのことだった。ここでも同じことをしたまでだ。イソベルが持ちかけた話は合理的だった。イソベルがこれまで土地をうまく管理してきたという話がほんとうなら、彼は自分ではなにもせずとも、土地のみならず収入まで得ることができる。〝スコットランドの屋敷〟などという言葉をさりげなく会話に織りこむことができたら、社交界の紳士たちと関係を築くのも容易になるだろう。

それに正直なところ、彼女の推察どおり、土地持ちで貴族の妻が待っているという身分になったら彼には満足感もあるだろう。しかも跡取りに自分の血が受け継がれ、何百年とつづく家系の血と混ざりあうのだ。自分の子を抱いたイソベルをしばし想像してみると、なぜか心が浮きたった。

しかしなにをどう考えてみても、イソベルが彼に好意を抱いているということにはならない。それでも彼女は彼と結婚する。そしていざとなれば、このあいだはだめだと言っていたが、ベッドをともにすることも拒まないだろう。彼女はきちんと義務を果たす女性だ。だから、彼がそっけなくあしらったことでイソベルに距離をおかれても、どうでもいいはずなのだ。

しかしジャックは、イソベルにまずい対応をしたことが気になってしようがなかった。こんなに寒くてわびしいところにとどまっていられるのは、ひとえにイソベルがいるからだ。それに自分は、その気のない女性に無理やり相手をさせるような人間でもない。もしイソベルが距離をおいて慇懃な態度しか取らなくなったら、これからの数週間は退屈で遅々としたものになるだろう。やはり、彼女にきげんを直してもらったほうがよさそうだ。

ジャックは向きを変えると椅子の背から上着を取ってはおったが、クラヴァットやベストといったしゃれっけのあるものまでは気を配らなかった。しゃきっとした夜の空気に少し当たったほうが、考え事をするにはいいだろう。

ジャックはドアのほうに行こうとしたが、真下あたりから金属がこすれるような音がはっきりと聞こえて、すぐさま足を止めた。窓に引き返して外を覗く。霧がいっそう濃くなっておびただしく漂い、湖から這うように流れこんでいたが、部屋の真下にある庭は、窓の下の黒い人影が見えるくらいには視界がきいていた。

ジャックは窓を押しあげて叫んだ。「だれだ！　そこでなにを――」

黒い人影はまるで撃たれたかのように飛びあがり、暗闇へと逃げだした。ジャックは大声をあげてきびすを返し、一目散に人影を追った。

10

イソベルは、はっと目を覚ました。物音が聞こえたような気がして起きあがる。大きく顔にかかった髪をかきあげ、ベッドからすべりおりて室内履きに足を入れた。ろうそくに火をつけているとジャックの大きな声が聞こえ、すぐに近くの部屋のドアが開いて壁にぶつかる音がつづいた。

彼女もドアまで走って廊下に頭を出すと、ちょうど階段を駆けおりていくジャックが見えた。とっさに彼女もあとにつづき、揺れるろうそくの火に片手をかざして消えないよう守りながら急ぐ。壁の燭台《しょくだい》に小さな火がともっているので石の廊下を進むのには困らず、小走りにまで足を速めた。ジャックの姿は見えなかったが、もうすぐ図書室というところでキーッという甲高い音がして、勝手口のドアが開いて石の床にこすれたのだとすぐにわかった。角を曲がって短い廊下に入ると、勝手口が開いているのが目に飛びこんできた。

そのせまいすきまからするりと側庭に出たイソベルは、ジャックが霧のなか、庭の小道を走っていくのを目にした。彼がなにを追っているのかはわからない。彼よりこの場を知る彼女は、ドア脇にあるかさがふたつのランプに火をともし、小道に光が当たるようにしてから彼のあとを追った。

「ジャック!」彼は小道の端で止まった。そこは壁に囲まれた庭が外庭と接しているところで、霧がふくらはぎのあたりまで不気味に漂っている。

振り向いた彼は驚き、彼女のほうに戻ってきた。「イソベル! こんな外でなにをしているんだ? きみも音を聞いたのか?」

「あなたが廊下を走っていくのが聞こえたのよ。なにがあったの?」

「部屋の窓の下から音がしたんだ——あのドアの音だよ、どうやら」ジャックが勝手口のドアを手で示す。

イソベルから数フィート離れたところで止まった彼は、彼女の顔から下へと視線をおろし、ぴくりと表情を動かした。イソベルの心臓が激しく打ちはじめる。そういえば、ジャックを追いかけて階段をおりる前、ナイトガウンの上になにもはおってこなかった。そう思った次の瞬間、さっきつけたランプの明かりで木綿の白いナイトガウンが透け、自分の体の線がくっきり出ているのだろうということに思い当たった。

全身に震えが駆け抜けた。それが冷たい夜気のせいなのか、ジャックの表情のせいなのかはわからない。近づいてくるジャックの視線が、彼女の胸の頂きに引きよせられている。寒さでとがり、ナイトガウンの布地を押しあげているところに。震える息を吸いこむイソベルの心は、千々に乱れた。心地よい不思議なうずきが脚のあいだに生まれ、肌に当たるナイトガウンの生地のやわらかさが急に意識され、頬をかすめる霧まで感じられる。イソベルは逃げだしたいと思った。と同時に、彼のそばに行きたいとも思った。自分でも驚くほど、彼の唇を唇で感じたい。きつく抱きしめて、体を押しつけてほしい。

ジャックはほんの数インチのところで止まった。体温が伝わり、彼の熱っぽい瞳が見えるほど近い。彼が腕を伸ばし、イソベルの両腕に手をかけた。その手がすべりあがり、彼女の全身の神経を目覚めさせる。彼女は身を震わせ、きっとキスしてくれるのだろうと思って待った。

「体が冷たいよ」低くかすれた声がして、ジャックが上着を脱いだ。

イソベルの全身を落胆が貫いたが、それが顔に出ないよう苦労しつつ、肩から上着をかけてもらうにまかせた。襟を握ったジャックの両手がゆっくりと下におりていき、前をかきあわせる。布地を通してでも彼の指がわかり、彼のこぶしが胸をかすめて、先端がさらにかたくなる。あわてて目を上げると、ジャックは微笑んだ。けだるい快感を呼び覚ますような、ゆっくりとした笑みだった。

「ぼくのいとしいイソベル、きみはたまらないな」

イソベルには返す言葉が見つからなかった。彼がこんなに近くにいることと、自分の激しい動悸しか感じられない。口が砂を嚙んだように乾き、無意識に唇を湿らせた。彼の瞳に光がひらめき、上着を握りしめる手に力がこもって、ほんのわずか、彼女を引き寄せる。

「だ――だめよ」イソベルの舌がもつれた。「この上着――上着がなかったら、あなたが寒いわ」

「ぼくならじゅうぶんあたたかいよ。それに、妻が不快な思いをしないように気を配るのは夫の役目だろう?」

ジャックの頭が彼女のほうにさがってきて、イソベルは両手をあげた。なんとなく、抱きしめられるのを止めようと思ってのことだったが、そのまま両手を彼の胸につくことになり、薄いローン地のシャツを通して彼の体温がしみこんできた。筋肉の形まで感じられ、肌の手ざわりを想像してしまう。彼の顔が近づき、イソベルのまぶたは震えるように閉じられた。

「どうしたんだ?」砂利を踏む足音とともに、声が響いた。

イソベルは飛びすさり、ジャックは低く悪態をついた。振り向くと、コール・マンローが自分の手に持ったランタンの黄色い光を浴びながら、霧のなかから大股で歩いてきた。

「あっ!」止まったコールの眉が、ぐっとつりあがった。「イソベル。その……見えなくてわからなかった」

「こんばんは、コール」自分で思うほど、声が震えていませんように。

「なにかあったのか?」コールが眉をひそめ、また前に進む。「イソベル?」

「いいえ。いいえ、それはわからないの。ジャックが――ミスター・ケンジントンが――物音を聞いたそうで」

「物音を聞いた？」コールはほんの少し疑わしげな声を出しながら、ふたりのところへ来た。

「そうだ」ジャックはコールの視線に冷たく応えた。「勝手口の開く音がしたんだ」

「こんな夜遅くに？」コールの視線はケンジントンのシャツの袖から、ナイトガウンの上にケンジントンの上着をはおったイソベルへと移った。

「わたしは眠っていたの」イソベルはコールの視線に身じろぎしながら説明した。頬が熱くなってくるのがわかる。「ジャックの叫ぶ声が聞こえて、その、わたしも何事かと見にきたのよ」

ジャックはイソベルの横にぴたりとつき、彼女の肩に腕をまわした。「ぼくの経験では、侵入者というのは昼間に入ることはめったにないね」

「そういうことには詳しそうだな」コールは答えた。「だが、どうして侵入者だとわかる？このあたりではそうたくさんいるわけじゃない。風でドアが閉まっただけだとは思わなかったのか？」

「風？」ジャックは近くの茂みを大げさに見やった。葉が少しも動いていない。「それに、あのドアが？」

ジャックの腕はあたたかくて心地いいほど安心できるのはたしかだけれど、コールに見られているとイソベルは落ち着かなかった。目をそらして勝手口のドアを指さす。「あのドアは床にこすれるのよ、コール。それで、彼にも聞こえたのだと思うわ」

「ぜったいに侵入者だった」ジャックはいささかいらだって言った。「窓の外を見たら、男が見えたんだ」

「男」コールが背筋を伸ばす。「だれだ?」

「ぼくにわかるわけがないだろう」ジャックは辛らつに言い返した。「なんにせよ、顔は見えなかった。暗くて、帽子と上着しか。大声で声をかけたら逃げていったよ。追いかけたが、この霧で見失った」

彼が庭の端のほうを手で示す。イソベルがその先を目で追うと、ところどころにまだ濃いところはあるが、霧が湖の近くでは薄れてきているのがわかった。そのとき島の上で光が動いたかと思うと、霧のなかに消えた。

イソベルは鋭い視線をコールに向けた。いまのいままで、なにが起きたのか見当もつかなかった。どうして屋敷の勝手口をだれかが開けたりするのだろうか、と。しかしいま、島の上で光ったものが関係しているのではないかという不安が頭をもたげた。もしかしたら、マードン伯爵の領地でおこなわれている放逐に反対する人々が、なにかやっているのではないだろうか……つまり、コールにも関係があるのでは……。

ジャックが彼女の視線を追うのを感じ、イソベルはあわてて彼の腕に手をかけて自分に意識を向けさせ、一歩前に出て、彼が島に背を向けざるを得ないようにした。「ほんとうに男の人だったの?」

ジャックの視線が彼女の手に移り、次に顔へとあがった。イソベルは急いで手をおろした。

「さあ。ただそういうふうに見えて……」間をおいて考える。「男だったと思う。女性にしては大きかったし。それに、どうして女性が屋敷に侵入しようとする?」

「それを言うなら男性も同じよ」イソベルが言った。「もしかしたら侵入者ではなくて、出ていったのかも」

「だれが? ハミッシュが真夜中に外をうろつくことにしたとでも?」

「いいえ。そんなことをする理由なんて思いつかないわ。なにもすることがないし」

「外にだれかがいたというのはたしかなのか?」コールがそっけなく訊いた。

ジャックは目を細めて相手を見た。「ぼくのでっちあげだと?」静かで落ち着いた声だったが、それだけにすごみがあった。

「ハイランドの霧のなかでは見え方もちがうだろう。とくに都会に住んでいる人間にとっては」

「ロンドンも霧が出ることでは有名だから、見たことがないわけじゃない。霧でドアが開いたり、男が道を走っているように見えたりするなんて話は聞いたことがないぞ」

「ええ、もちろんそうよね」イソベルは注意をうながすようにコールを見た。「コールだって、なにかほのめかしているわけじゃないのよ。ただあまりにも奇妙で、どう考えたらいいかわからないから」

「ちょっとあたりを見てくるよ」ジャックが言った。

「でも、なにか見つかるとは思えないわ」イソベルが反対した。「こんな夜中に、しかも霧も出ているのに」

「マンローのようにランタンを持っていく」彼はコールのほうにあごをしゃくった。「屋敷に戻ればあるだろう」

「いや、ぼくが行くよ。ぼくはすでにこうして外に出ているし、服もちゃんと着ている」コールはこれみよがしにジャックのシャツに目を向けた。「あんたはミス・ローズがひどい風邪を引かないうちに、なかへ連れていってあげてくれ」

ジャックは気色《けしき》ばんだが、イソベルが彼の腕に手を通してぎゅっと握った。「ええ、そうしてちょうだい、ジャック。たしかにとても寒いの。それにコールのほうが、このあたりに詳しいわ」

ジャックは長々とイソベルを見て考えた。手の下で筋肉がこわばるのを感じたイソベルは、彼が断るのではないかと心配したが、彼は少し頭をかたむけて言った。「そうだね。喜んでそうするよ」そして品定めするような冷ややかな視線をコールに向けた。「明日、報告してくれ」

コールもじっとジャックを見つめ返したが、やがてうなずき、帽子をぐいと引っ張った。

敬意をあらわすしぐさであるべきところだが、小ばかにしたようにしか見えない。イソベルはきつい目で友人をにらんだ。あきらかにジャックは、なぜだかたちまちコールに悪印象を持ったようだが、コールのこの態度ではしかたのないことだろう。

イソベルはジャックの腕を小さく、しかしせがむように引っ張った。ほっとしたことに、彼はコールから顔をそらし、一緒に屋敷に戻ることにしてくれたようだ。コールはべつの方向に歩きだし、やがて霧のなかに消えていった。

「無愛想なやつだ」ジャックが言った。

「いつもはそうじゃないのよ」イソベルが顔をあげると、ジャックは彼女を見ていた。

「ふむ。きみとふたりのときはちがうんだろうな」一緒に歩きながら、ジャックはくだけた調子で話しつづけた。「マンローがこんな時間に出歩いているのはおかしいと思わないかい？」

イソベルは胃が縮むような心地がした。ジャックも島に光ったものを見ただろうか。最近の出来事や、それに関わっている人たちのことまでは知らないだろうけれど、自分が追いかけていた侵入者がコールかもしれないとは思っているかもしれない。コールがどうして無断で屋敷に入るのか、理由は考えつかないけれど、もし彼だったなら、それなりにもっともな理由があったはずだ。しかしジャックは、コールがなにかを盗むために侵入したと考えるだろう。

「猟場の管理人の小屋は近いから」イソベルは弁明した。「きっとコールは寝る前に散歩をしていたのよ」

「ああ、それはあり得るかもしれないな」

「あるいは密猟者を見まわっていたのかも」イソベルは思いついてつづけた。「わなをしかけておいて、暗い夜のうちに回収にくる輩がいるの」

「そうだろうな」ジャックがドアを開け、ふたりはなかに入った。廊下を進みながら、あいかわらず淡々とした口調で彼は話した。「使用人にしては心安いものだね」

「コールは使用人じゃないわ」イソベルは足を止め、ジャックに面と向かった。

「ああ、知っているよ。前にきみが話してくれたから。猟場の管理人なんだろう？　だが、雇われ人にはちがいない」

「彼は友人よ」

ジャックは片方の眉を弓なりにあげたが、それがまたイソベルにとってはことさらかちんとくるようなしぐさだった。「それで、きみは友人といつもそういう格好で会っているのか？」彼は自分の上着の下になっている彼女のナイトガウンを、これみよがしに視線で示した。

「ちがうわ！」イソベルは赤くなり、それでよけいに腹が立った。「そんなわけがないでしょう。相手がだれでも、こんな格好で会ったりしないわ。わたしはあなたの叫び声を聞いて、あなたがどうかしたのかと思ったのよ。部屋を飛びだして出てきたのは、あなたの力になれたらと思ったからよ」

「あるいは、だれかに警告するためか」ジャックがつぶやく。

「なんですって？」イソベルは目をむいた。「どうかしてしまったの？　自分の屋敷に侵入する人間に、わたしが手を貸しているとでも思っているの？」

「ぼくは、気をつけたほうがいいと言っているだけだ」ジャックはさらに近づいた。小さく抑えた声だがすごみがにじんでいる。「ぼくらは愛しあって結婚するわけじゃないが、ぼくは自分の妻がほかの男と会っていても知らぬふりをするような、やさしい夫ではないのでね」

目を丸くしたイソベルは、激しい怒りに襲われた。「あなたは、コールがわたしに会いにきたと思っているの？　わたしたちが――逢引きをしていたと？」

「ほかに考えようがあるかい？」ジャックが言い返す。「あいつはいつもきみのまわりをうろついている」

「ばかばかしい」

「そうかな？　ぼくがベイラナンに着いた日、きみは彼のところにまっすぐ駆け寄っていった。それからも、いつもあいつと一緒にいるじゃないか」

「あなた、わたしを見張っているの？」イソベルがむっとする。

「まさか。でも窓の外を見ると、たいていあいつが目に入ってくるぞ。どこにでもいるんだな。今夜だって、屋敷に侵入しようとしたやつがいて、調べようとおりていったら、ことあろうにきみの友人のマンローがどこからともなく湧いて出たというわけだ。しかもそこにはきみもいて、ナイトガウン一枚の格好で、髪までたらして」彼の視線が蜂蜜のような金色のうねりに移り、わずかに声がかすれた。

「なにをおかしなことを言っているの」イソベルは彼の視線にいたたまれなくなり、髪をうしろにやった。

「そうかな？　お屋敷の女主人は、ふつう猟場の管理人と友人であったりはしない。マンローはきみに礼を欠いているし、なれなれしすぎる。ぼくは妻がそんな――」

「わたしがあなたの所有物であるかのように、〝妻が、妻が〟と言わないで！」イソベルは彼の胸に人さし指を突きたてた。胸がすっとしたので、もう一度くり返す。「このベイラナンでは、ほかのものはすべてあなたのものかもしれないけれど、わたしはあなたのものじゃないわ」

「ぼくだって、きみを所有したいなどとは思っていないよ。この未開の地にあるほかのものもすべて同じだが、所有するのはいかにもたいへんそうだからね。だが、きみがここで愛人とよろしくやっているのを取り繕うために結婚させられるなんて、そんなのはごめんだ」

イソベルは怒りのあまり激しく息を吸いこみ、片手を振りあげて彼をぶとうとしたが、ジャックがその手首をつかんだ。彼女は手を引こうとしたが、強い力にはまったくかなわない。ジャックの瞳には輝きがあり、こんな衝突を楽しんでいるのだとわかった。これからどんな騒ぎになるのかと、期待さえしているように見える。

急にまわりの空気が熱くなったような気がして、イソベルは息苦しくなった。気を失って、大恥をかいてしまうのでは――いいえ、それにとどまらず、ジャックに抱きかかえられて、彼の胸に寄りかかってしまうことになるのでは――。

上着を着ているからこんなに暑いのだと思い、イソベルは脱ぎかけた。しかし木綿のナイトガウンだけでは体の線が透け、あまつさえ胸の先端の色まで見えそうになっていることを思いだして止まった。ジャックの視線はすでに、上下する彼女の胸もとにそそがれている。ここで上着を脱いでしまうなど愚の骨頂だ。イソベルはばつが悪そうに襟もとをかきあわせた。彼はうっすらと笑みを浮かべ、彼女のふるまいにいっそう熱っぽい目をする。わずかに彼の体がかしいだ。

イソベルは彼につかまれた腕をぐいと引いた。「未来の妻に対して、なんてすてきなご意見をお持ちなのかしら。ふしだらだと思っている女と、よくも結婚なんかできるわね。わたしたちが結婚するなんて、やっぱりまちがっていたんだわ」

彼女はきびすを返して階段に向かおうとしたが、ジャックに手首をつかまれて反転させられた。そのまま両腕をつかまれ、どきんと胸がはねる。彼の手が力強く握りしめてくる。

「いいや、ぼくはまちがいだとはまったく思っていない」ジャックは彼女をぐいと引いて自分に押しつけ、ぶつけるように唇を奪った。

自分の体重でイソベルを壁に留めつけ、彼女の頭の両脇に腕をついて彼女を貪る。イソベルはそのたくましさにとらわれて、彼の熱がしみこんでくるのを感じた。これほど欲にのまれ、いてもたってもいられなくなったのは初めてだ。

自分の声とは思えないようなうめきをもらしてイソベルは彼に体を押しつけ、彼の首にしがみついて、彼に負けないほど激しく唇を貪った。胸と胸を押しつけるように重ねると、痛いほどの甘いうずきが花ひらく。少し体をよじると、敏感な胸の頂きに布がこすれてたまらない。この上着がなかったら……もっとじかにふれあえたら……と、無我夢中で突き動かされるように考える。

まるでその考えを読んだかのように、ジャックが上着の下に両手をすべりこませ、イソベルのウエストを抱えた。その手がゆっくりとあがっていき、とうとう彼女の胸を包むと、彼女の心臓は狂ったように暴れだした。彼の唇が離れ、彼女のあごの曲線に移って、そのまま首筋をおりていく。唇はさびしくなったけれど、代わりにこうして全身に震えるような快感の火をともしていくから不満も言えない。

イソベルの肌にふれた唇が彼女の名をつぶやき、彼の吐息や唇や舌が、夢にも見たことがないほど彼女を高ぶらせる。彼の手が彼女の腰まですべりおり、彼女のナイトガウンの布地をつかんで上へと引きあげていった。脚がむきだしになり、彼女は震えた。自分の深いところにあるうずきがどんどん大きくなって、こわいほど強い欲望に育っていく。もうこれ以上は、欲にのまれて、おぼれて、わけがわからなくなる……。

せつない声をもらしてイソベルは体を離し、つかのま彼を見つめた。ジャックの顔は紅潮し、高く鋭い頬骨のあたりはこわばっていた。抑えきれない力が彼から放たれ、力強いまなざしには輝きがある。その視線はまるで実体を持つかのように彼女をとらえて離さない。彼女はもう一度、彼の腕に飛びこみたかった。

けれど背を向け、逃げるように階段をあがって、自室に向かった。

11

翌朝、ひどい頭痛で目を覚ましたイソベルは、前夜のあきれたふるまいをしっかり覚えていた。ふしだらな女だとジャックに責められたあとであんなふうに彼の腕に溶けこんでしまうなんて、彼の言葉を証明したも同然だった。いったい自分がどうなったのか、自分でもわからない。彼女は両手で顔を覆い、またジャックに会うことを思ってうめき声をもらした。なんて恥ずかしい。いや、恥ずかしいではすまない。

どうして昔からの計画が、なにもかも狂ってしまったのか……。婚約も、結婚も、自分の場合はすんなりいくとは思っていなかったけれど、彼女が想像していたのはもっとちがう困難だった——人を愛することをあきらめ、子どもを産むという希望を放棄し、ひとり年老いることを受けいれることになるのだろうと思っていた。昨夜のようにジャックに腹を立てることになるとは、思ってもいなかった。あんな下劣で、うそっぱちなことを想像されるなんて。そして彼のキスを受けいれ、体にふれることを許して、彼に思われていたとおりのふしだらな女になってしまうなんて。もっと悪いのは、彼女がそれを楽しんでしまったということだ。自分がどれほど熱烈にキスに応えたか、彼にふれられて身を震わせたかを思いだすと、顔がほてってくる。

彼女がどれほど欲にのまれていたか、きっと彼にはわかってしまっただろう。彼ほどの経験がある人なら、わかって当然だ。自分がどれだけ彼女の心を揺さぶり、その気にさせたか、わかりすぎるほどわかっているのだ。それこそが、なににも増して彼女の気持ちを重たくさせることだった。

朝食におりていって、召使いやおばの前でジャックとなにげなく会話を交わすことなど、できそうもなかった。けれど、どうにかしなければならないこともわかっている。午前中も半ばになり、部屋でお茶とトーストの朝食をすませると、イソベルはジャックの上着を取ってきちんとたたんで腕にかけ、彼を探しに階下におりた。

あいにく、彼はおばと一緒に図書室にいた。イソベルはドアのところで立ち止まり、意気地なくもこっそりさがろうかと思ったが、おばに見つかってしまった。

「イソベル！　だいじょうぶなの、あなた？　今朝、朝食に出てこなかったから、具合が悪くなったのかと心配していたのよ」

「体はだいじょうぶよ。ただ……寝坊しただけ」イソベルは心を強く持ってジャックを見た。

「おはよう、イソベル」彼は立ちあがって前に出た。「よく眠れたようだね」笑顔で彼女を見おろすその目が、きらりと光る。

「ええ。ぐっすり眠ったわ」彼女は奥歯を噛みしめた。

「そんな、とても信じられないわ」エリザベスが会話に加わった。「昨夜は霊たちが出てきていたのに」

「なんですって？」イソベルはおばを見た。

エリザベスがくすくす笑う。「島の光のことよ」

「さっきまでおばさんと、湖の島でせわしない死後の世界をさまよっている不運な魂のことを話していたんだよ」ジャックが口をはさんだ。

「音も聞こえたのよ」エリザベスが言い添える。「たしかに聞こえたわ」

「そんな、まさか」イソベルは軽い口調で言おうとがんばった。「島まではだいぶ距離があるのに」

「声は島よりかなり近いところでしていたの。屋敷にも相応の幽霊がいるということを、ミスター・ケンジントンにもお話ししたのよ。お屋敷を建てたレアードは愛人を絞め殺して、お屋敷を建てているあいだ地下室に閉じこめていたと言われているでしょう？」

「エリザベスおばさま、そんなことを言ったら、わたしたちは卑劣な一族だとミスター・ケンジントンに思われてしまうわ」

「いや、その逆だ。ローズ家の人々はおもしろい。とくに女性たちはね」

イソベルは彼を見ないようにし、腕にかけた紺色の上着からちりのような糸くずを一生懸命につまんだ。ふと、上着の色がジャックの瞳と同じだと思った。こんなときになにをばかなことを考えているのだろう。

「あなたのご先祖さまも、きっと同じようにおもしろいかたがたなのでしょうね、ミスター・ケンジントン」エリザベスが楽しげにつづけた。

「あいにく、あなたが教えてくださったようなご先祖のことは、ぼくは知らないんですよ」ジャックは丁重に答えた。

「あら。それなら、そのうち調べてみなければね」エリザベスは見るからに興味津々で顔を明るくした。「あなたが実際にご存じのことから手をつけていきましょう。ご両親や祖父母のかたがたなどから、さかのぼっていくの。地域の歴史も役に立つことが多いわ。ご領地はどこですの？」

「すばらしいお考えですね」ジャックは答えた。「ひじょうに楽しみですが、結婚式がすんでからでもいかがでしょうか。いまは式の準備で、あなたもとてもお忙しいのではありませんか」

イソベルは、彼がおばの質問に答えていないことに気がついた。まったく男性というのはたいていこんなふうで、腹が立つ。しかし、いまはそんなことを追及しているときではなかった。もっと大事な話があるのだ。「お話の途中でごめんなさい」丁寧に言ってジャックに向いた。「あなたと少しお話がしたいの、ミスター・ケンジントン」

「ええ、そうよね、どうぞどうぞ」エリザベスはにこやかにふたりに笑った。「あなたたちにはふたりで話すことがたくさんあるでしょうから」

あきらかにおばは、ふたりが甘いささやきやいとおしげな表情を交わすとでも思っているのだ。昨夜のふたりのやり取りを目撃していたら、とてつもないショックを受けただろうに。

「あの城塞の遺跡をまだ近くで見ていないから」ケンジントンはくだけた様子で話しながら、イソベルに腕を差しだした。「あそこまで散歩しないかい」

「これから？」イソベルは驚いて彼を見た。少し話すだけなのに、どうして彼がそんなに遠くまで出かけたいのか、さっぱりわからなかった。

「ぼくにとってはすばらしい時間になると思うけど」

「ええ、そうですとも、彼を城塞に連れていっておあげなさい」エリザベスがふたりのうしろから声をかける。「このあいだミスター・ケンジントンに地図を見せてあげていたのよ。城塞の歴史にとても興味がおありでね」

「そうなの？」イソベルは疑わしげにジャックを一瞥した。

「ああ」ジャックが愛想よく微笑む。「でも、ミス・ローズがすばらしい先生なのに対して、ぼくはあいにく優等生とはいかないようだ」エリザベスににっこり笑うと、彼女もそれを待っていたかのように微笑み返した。

「そう、お城ね」どうやら彼は外で——召使いやおばが聞き耳を立てていないところで——

話をしたいのではないかとイソベルも思い当たった。それは彼女のほうも同じだった。

玄関に向かう途中、イソベルは彼の上着を差しだしてぎこちなく言った。

「お返しするわ。あの——貸してくださってありがとう」

「散歩のときも着ていたほうがいいんじゃないかな。外は寒いよ」ジャックは頭をさげてささやいた。「それに、それを着たきみはとてもすてきだ」

「自分の外套のほうがいいと思うわ」彼の声だけで体のなかがとろけそうになってしまうとは、とんでもなかった。イソベルは彼が上着を受け取らざるを得ないように、強く押しつけた。受け取った彼はうっすらと笑みを浮かべている。彼女の心を乱したことをちゃんと自覚しているのだ。

イソベルはすたすたと城塞に向かって足を進めながら、昨夜のことをどう切りだそうかと考えていた。ジャックはゆったりと隣りを歩き、景色を見まわすものの、自分からはなにも話さない。その神経の図太さが、彼女にはうらやましかった。

木々のあいだを抜け、城塞の遺跡が集まる荒れた斜面に出ると、イソベルは足を止めてジャックに体を向け、胸を張った。「どうしてあなたと話がしたいのか、もうわかっていると思うけれど」

「それなら、あいにくきみをがっかりさせることになるな」彼女のほうは感情が抑えきれないというのに、ジャックの声はゆったりとして、腹立たしいほど落ち着いていた。「ぼくにはさっぱりわからない。でももちろん、きみがどんな話をしてくれるのか、とても楽しみだよ」

「わたしたちの婚約の話よ」この人はとぼけようとしているのかしら？「あなたは後悔しているにちがいないと思うのだけど」

「ぼくが？」ジャックの眉が訝しげにあがった。

「どうしてそう話をやりにくくするの？」イソベルはぴしゃりと返した。

「しかたがないだろう。なんの話か、まったくわからないんだから」

「わたしは昨夜の話をしているの」彼女は爆発した。「もうわたしと結婚などしたくなくなったでしょう？」

彼は一歩イソベルに近づき、彼女のうなじに手をまわして、首筋に親指をすべらせた。

「いとしいお嬢さん、昨夜のことがあったから、もっと結婚が楽しみになったよ」

その言葉の意味が頭に入ってくるとイソベルは瞳を小さく見ひらき、体をぐいと引いて離れた。「そういうことを言ったのではないわ！　結婚はたわむれとはちがうのよ」

「まさしく、きみの言うとおりだ。でも、たわむれがあったほうが契約も楽しめるじゃないか」

「どうしてあなたは、そうちゃらんぽらんなの？　わたしが言っているのは、そんなに……そんなに軽く見ている相手となんて、結婚したいはずがないでしょうということなの」くやしいことに声が割れてしまい、イソベルは身をひるがえして大股で彼と距離をとった。

「軽く見るだって!?」ジャックは彼女を追いかけて腕をつかみ、彼女の前にまわりこんで自分を見るしかないようにした。「きみを軽く見てなどいないよ。その反対だ。きみには最上の敬意をはらっている——きみの知性と、精神と、おばさんへの愛情と、あまつさえベイラナンとその住人を守らなければならないという涙ぐましい信念にも」彼女の驚いた顔を見て、彼はつづけた。「ぼくと結婚するのが自己保身のためだけではないと気づいていて、驚いたかい？　きみは土地が欲深いやつの手にわたり、小作人たちが追いだされるのを防ぎたいんだろう？」

「わたしは——あ、いえ、たしかに驚いたわ」

「ぼくだってなにも考えていないわけじゃないんだ。馬でこのあたりを走ってみて、住人とも少し言葉を交わしたんだよ。驚くことに、彼らの言っていることがだいたいわかることもあったんだ。彼らは一生懸命に通じないようにしていたけどね。だから、みんながきみのことをどう思っているか知っているよ。それに、伯爵や、彼の家令や……ぼくのことをどう思っているのかも」ジャックは皮肉げにつけたした。

「えっ。そうなの」イソベルはあごをあげた。「でもやっぱり、ふしだらだと思っている女を妻にしたいだなんて、あり得ないわ」

「なんだって？　ぼくはべつにそんなこと——」

「コールと関係を持っているなんて言ったじゃないの！　あきらかに、わたしが貞淑な人間だとは思っていなかったのよ」

「きみが貞淑かどうかなんてことは考えもしなかったよ」ジャックは鋭く返した。「ぼくが思ったのは、きみがほかの男のベッドにいるなんていやだということだ」ジャックは自分の言葉にいささか驚き、はっと口をつぐんだ。顔をそむけて落ち着かなげに城塞のほうへ少し歩き、また引き返す。「イソベル……あのときはあわててしゃべっていて……きみに敬意をはらっていないからあんなことを言ったんじゃなくて、状況からそう思ってしまっただけなんだ。そういうふうに見えたんだよ。でも、そんな疑いは、きみがすっきり晴らしてくれたじゃないか」

「わたしの言うことを信じるの？」

「ああ。長年かけて、ぼくはうそつきを嗅ぎわける力を身につけたからね。きみはうそをついていない」ふっとジャックは笑った。「いや、少なくとも、うそをつくのがへただ。昨夜、きみはなにかを隠していた。それはまちがいない。だけどいまは、きみがなにかを隠しているのはマンローと逢引きをしていたからじゃなく、おばさんの言った島の謎の光に関わりがあるんじゃないかと思っているよ」

イソベルはぎくりとして体をこわばらせた。「光はただの――」

「いや。いいんだ」ジャックは片手をあげた。「想像力を駆使して説明しようとしなくてもいい。あの島でなにがあるにせよ、幸運にもなにも知らずにいるほうがいいような気がする。ぼくが知っているのは、そしてきみに知っておいてほしいのは、きみを軽く見たりはしていないし、見たこともないということだよ」

「えっ」イソベルの思いこみはすべてくつがえされ、ほっとしたのと同じくらい落ち着かなくなった。世間的に恥をかき、いろいろとたいへんなことになることを考えると、もちろん婚約が破談になってほしくはなかったけれど、ジャック・ケンジントンの言葉にこれほど心が浮きたつのもおかしかった。彼にどう思われていようと、どうでもいいことなのに。

「じゃあ、あなたは……あの……」咳払いをし、彼から目をそらして一歩さがった。「まだわたしたちの、あの、婚約には乗り気だと？」

「ああ」ジャックはイソベルに近寄り、手を取った。「まだ……おおいに……乗り気だよ」彼女の手を口もとに持っていき、ひとこと言うたびに、指、手のひら、手首の内側のやわらかな肌へとキスを落とした。「もちろん、きみの気持ちが変わっていなければの話だが」

「えっ？」イソベルはうわの空で彼を見た。彼の唇の下で自分の脈がはねてしまったことは、お見通しにちがいない。「いいえ、いいえ。わたしの気持ちは変わっていないわ」

「よかった」ジャックはさらに近づき、両手を彼女の外套の下にすべりこませてウエストを抱えた。そして頭をさげ、彼女の耳からわずか数インチのところでささやく。「結婚式がものすごく楽しみで、期待しているんだ」

彼の親指が、うっとりさせるような動きで彼女のウエストに円を描き、なだめながらもなにかをかきたてる。そして彼女の腰をゆっくりと前に引き、腰と腰をすきまなく合わせた。イソベルは瞳を大きく見ひらき、鋭く息を吸いこんだ。彼が彼女の髪に頬をすり寄せ、吐息が彼女の耳にかかって、その肌をくすぐった。

自分の体が熱くなり、外に向かってひらかれ、あのおかしなうずきが脚のあいだに生まれるのをイソベルは感じた。ジャックの唇の感触、味わい、あたたかさ、ほんのりと麝香《じゃこう》を思わせる男性とコロンの香りがよみがえり、恥ずかしいほどひざが震える。彼の腕に抱きすくめられ、彼の顔がおりてきた。

12

「だめよ！」イソベルは一歩うしろにさがって離れ、寒くもないのに外套の前をかきあわせた。腕で自分を抱くようにして、外套がゆるまないようにする。「こ——こういう結婚ではないはずよ」

「結婚はどれもこういうものさ」ジャックの声はかすれていたが、あいかわらずいつもの彼らしい愉快そうな響きも消えてはいなかった。彼は手を伸ばし、イソベルのあごを親指でなぞった。「結婚にがまんできるのも、そのおかげによるところが大きいんじゃないかな」

「がまんですって！」イソベルは横に動いて彼の手をかわした。「おかしな結婚観を持っているようね。結婚を承知したことすら不思議に思えてきたわ」

「だって、きみが魅力的な話を持ちかけてくれたから——五百マイル近くも離れた関係をね。互いに切り離された、べつべつの生活。ひとりずつの暮らし。涙も、非難も、言い争いも、懇願も、弁明もない。怒りとも無縁だ」

「結婚さえしなければ、それらはみな手に入ると思うけれど」

「たしかに。だが、きみが提案したようなほかの利点はない。覚えているだろう？」

「もちろん覚えているわ。でも、そのなかには……」イソベルはなんとなく手をひねりながら、どう言えばあからさまにならないかと考えた。

ジャックは内緒話をするかのように、少し身をかがめた。「夫婦の生活は？」

「ええ」いったいいつのまに、彼はまたこんなに近づいたのだろう。どうして自分はまったく気づかなかったの？「いえ、入っていない、と言ったつもりだわ」

「残念だ」彼はイソベルの巻き毛をひと房もてあそんだ。「昨夜は楽しんでいたようだったのに」ゆっくりと笑みが浮かび、瞳がきらりと光る。

「わたしは――いえ、ただびっくりして」

彼の笑みが大きく広がった。「きみはびっくりしたらああなるのかい？じゃあ、もっとしょっちゅう驚かせなければならないな」

イソベルは腹立たしげに小さく声をもらし、きびすを返してまた城塞のほうへ勢いよく歩きだした。そうすれば動揺した心から逃げられるとでもいうように。ジャックは無言で彼女の隣りに並び、苦もなくついていった。どこかへ行ってくれればいいのに、とイソベルは思った。できることなら逃げだしたい。まったく、こんな危険な感情に火をつけられるくらいなら、こんなところにいないでロンドンに帰ってくれないだろうか。

城塞の端に着いたときには、イソベルは息を切らしていた。すたすたと斜面をのぼってきたせいなのか、それとも考え事のせいなのか、わからない。前方で地面に埋まっている一列に並んだ石を、手で示した。

「見てのとおり、これが外壁よ。建築材としてずいぶん持っていかれたけれど。城のまわりに弓形に伸びているわ」弧を描くように手を振り、地面が急になくなっている端のほうで手を止めた。「あちらとあちらのふたつの方向には外壁がないの。一方は湖まで切りたった崖だし、もう一方は海だから」

イソベルはさらに進み、ところどころに残っている壁や、石の残骸の山を見せ、門のあった場所やさまざまな離れが建っていた場所を教えた。そこから石の階段を数段あがると広い岩棚に出て、一帯が見わたせるようになっていた。

「ここが正面玄関で、そこが大広間だったの」イソベルは前方を指さす。

「思っていたよりせまいな」

「ええ。ここは快適に暮らすためではなく、戦《いくさ》のためにつくられたものだから。あなたたちの暮らす南にあるような、壮麗なお城はここにはないの。わたしたちハイランダーは実用的な人間でね、ここも海からの侵入を防ぐための砦なのよ」

「そんなに戦があったのかい？」

「あら、そういう質問をするのなら、ベイラナンの図書室にある歴史の本をもっと読んでみて。ノルウェー人が海から攻めてきていたのよ」イソベルは水平線を指さした。「それから、もちろん後方には、ほかのスコットランド人たちがいたわ。低地地方《ローランド》とイングランドの国境での争いに巻きこまれることはなかったのだけれど、このあたりを守らなければならない理由もたくさんあったの。氏族《クラン》同士の確執や、家畜泥棒や、単純に土地を持っていることをねたむ場合もあっただろうし」

「あれはなんだ？」ジャックが指さした左のほうには石が乱雑に散らかり、その先の地面には大きな穴が空き、さらにその奥には壁の一部らしきものが残っていた。その一角が、たるんだぼろぼろのロープで囲われている。

「あそこは危険なの。あの古いロープの向こうに入ってはだめよ。床の部分が地下に崩落しているのが見えるから、その周辺もいつ崩れるかわからないの。でもこのあたりはかたい岩が下にあるからだいじょうぶ。海に沿って、横のほうにも歩いていけるわ」イソベルは振り返って階段をおりようとした。

「こっち。こっちのほうが早いよ」階段下の地面まで小さな崖のようになっているところを、ジャックは示した。

「ええ、でもそこは高さがあるわ」

ジャックは軽々と飛びおりて振り向いた。「ほら。ぼくが支えるから」

イソベルは迷ったが、すでにジャックの手は彼女のウエストにかかっていて、従うしかなかった。ジャックの肩に両手をついて体を支えながらおろしてもらい、地面に足が着いたときには、彼と数インチも離れていない状況だった。彼の手が一瞬とどまったあと、彼女の腰をなでるようにおりてから、離れた。

ジャックは向きを変え、腹立たしいほど落ち着きはらった様子で、海に面したほうへ歩いていく。服の上から手がかすめたくらいで、どうしてこれほどぴりぴりして心を乱されなければならないのだろう？　しかも、彼のほうはまったく平然としているなんて。

しかしついさっき、ジャックの体が押しつけられたとき、彼の肌が急に熱をもち、息遣いも速くなっていたことをイソベルは思いだした。彼もなにかを感じていたのだ。もう一度、あんなふうに彼を変えられるだろうか。もしかしたら、彼の落ち着きはらった表情を崩すことさえできるかもしれない。昨夜、ジャックから体を離したとき、彼は余裕のないかたい表情で、頬骨のあたりを紅潮させていた。もし、いま彼の腕に飛びこんだら、どんな顔をするだろう？　彼にふれたら？　キスしたら？

イソベルは自分にいらだちを覚えてかぶりを振り、彼のあとを追った。彼は、城塞の外壁を超えた草地に立っていた。数フィート先では、灰色に広がる北海に地面が落ちこんでいる。下では海が荒れ狂い、岩のまわりで泡だっていた。

「きみの言ったとおりだ。海からは近づけないね」ジャックがちらりと振り返った。「なんともわびしい場所だ」

「いまは満ち潮なの。でも引き潮になると、下に砂浜ができるのよ。ここは切り立った崖になっているけれど、浜におりていく道もあるの。子どものころはよく遊んだわ。岩にのぼったり、洞窟を探検したり――遠くには行かないようにしていたけれど。気をつけないと、波にさらわれることもあるのよ」

「サー・アンドリューと一緒に？」

「ええ、彼とグレゴリーが少し大きくなってからは一緒に遊んだわ。そうなる前は、メグとコールとわたしだけでね」イソベルはジャックに向き直った。「わたしの母はアンドリューを産むときに亡くなったの。ジャネット・マンローがアンドリューの乳母になったから、彼女は自分の子どもであるメグとコールを連れてベイラナンに住みこんだのよ。だからふたりはわたしたちと一緒に育った。なんでも一緒にやったわ。わたしの家庭教師は彼らにも同じことを教えて、勉強以外でも、わたしたちはいつも一緒だった」

「なるほど」ジャックはイソベルをまじまじと見た。「だからきみは……あり得ないほどマンローと親しいわけか」

「そうよ。よそから来た人には奇異に見えるかもしれないけれどね。ロバートおじさまなどは嘆かわしいことだとお思いだから、マンローの子どもたちとわたしたちが一緒に育つのはよくないと、しょっちゅう父に意見していたくらいよ。もちろん、おじさまだって、従軍中は奥方と息子をわたしたちのところにあずけていったのだけど。わたしの父は多くの人とちがって、堅苦しいことにこだわらない人だった。自然療法をするジャネットにも敬意をはらっていて、マンロー家の女性がずっと自分の力で生きてきたことも認めていたわ。エリザベスおばさまも同じよ」イソベルはかすかに口もとをゆるめた。「ローズ家の人間は少し変わっているって、多くの人から聞かされると思うけれど」

「変わっているというより、おもしろいよ」

「お世辞がうまいのね」イソベルは言い返した。「どうしてわたしがコールとあんな口をきくのか、あなたはわかっていると思っていたわ。彼のことは、メグを好きなのと同じように好きなの。でも彼はきょうだいみたいなものよ。実際、自分の弟よりもよく知っているわ。わが一族の伝統としてあの子は寄宿学校に入ってしまったし、アンドリューのことは心から愛しているけれど、五つも年下でしょう。アンドリューよりマンロー家のふたりと過ごした時間のほうが長いの。コールはわたしと同じように読書が好きで、よく本の話をするわ。それに、彼は木を彫ってすてきなものを――家具や像なんかを――つくるし、そういうことも話すわ。そして、この土地のことも」

「きみはマンローに妹のような気持ちで接しているんだね。だからといって、向こうも同じ気持ちとはかぎらない」

「コールが男女の気持ちを抱いていると思っているの?」イソベルは笑った。「彼が叱るときは、妬いた恋人というよりは兄のような感じよ。あなたが到着した日にもあなたのことを聞きつけて、わたしが利用されるんじゃないかと心配して来たんですって。そしてこの前は、おばさまの薬をもらいにメグのところへ行こうとしていたときにたまたま会ったの。彼もメグのところへ行って、なにか用事をしてあげるつもりだったらしくて、湖のはしけに一緒に乗せてくれたのよ。だから、はしけをおりてから一緒に歩いていたの。断じて、前もって示しあわせてはいないし、やましいこともないわ」

「誤解して悪かった」ジャックはイソベルの手を取った。「どうか許してほしい。ほら、ぼくはうっかり者のしがないイングランド野郎だから」

ひどい言いように、イソベルはくすくす笑った。「それなら許してあげないとね」手を引こうとしたが、ジャックの手は離れず、親指が彼女の手の甲をなでた。

「それじゃあ、きみの心に近づくには本が有効なのかな?」ジャックはあたたかく深みのある声で言いながらゆっくりと近づいた。彼女を包みこむような声が、彼の手と同じくらい彼女をとらえて離さない。

「わたしの心に近づく方法なんて、あなたにはどうでもいいことでしょう」手厳しく言うつもりだったのに、どうにも媚びているようにしか聞こえなくてイソベルは困った。だから、もっとそっけない口調にして言葉を継いだ。「そんなふうに口説く必要はないわ。もう結婚は承諾したんだから。あなたがロンドンに帰るときに迷惑をかけないという約束はしたでしょう? それ以上なにが必要なの?」

「おや、たくさんあるよ」ジャックの唇がゆっくりと隠微な弧を描き、そこに思わず指先をはわせたくなったイソベルは、自分でも衝撃を受けた。

「やめて」イソベルはさっと離れた。

「どうして？」ジャックがすかさず止める。あいかわらずのんびりと気楽な物腰を崩さないが、イソベルのほうは頭をはたらかせることも考えをまとめることもできなかった。彼の手が、そっと彼女の腕をかすめるようになでおろした。「ぼくはきみにふれるのが楽しい。きみも同じだと思うけど」もう片方の手は彼女の外套の合わせにすべりこみ、鎖骨に沿って動いて、外套をうしろに落としてしまった。

ジャックは彼女の首の付け根に唇を押しあてた。ベルベットのようなやわらかい感触に、イソベルが息をのむ。先ほど指先でたどったのと同じ、骨ばったところを、ことさらゆっくりと彼の唇がなぞり、イソベルの肌に火をつけていく。鎖骨を舌でくすぐられて彼女は震え、ふりそそぐような快感が全身を駆け抜けた。

体を起こしたジャックは、欲望にとろりとした目で彼女を見おろした。人さし指で彼女の胸をなぞりながら、目で指を追う。ドレスの襟ぐりまでたどり着くと、今度はそこに沿って指をはわせた。

「ジャック、お願い《プリーズ》」ささやくイソベルの思考は、急速にまとまらなくなっていく。

「ああ、わかっているよ」ジャックは身をかがめ、彼女と額同士を合わせた。「きみを悦ばせて《プリーズ》あげる」彼女の襟ぐりに指を二本かけ、やわらかな胸のふくらみをなぞった。「もし気持ちよくなかったら、どうしてほしいか言ってくれ」彼女のこめかみに唇を押しあて、さらに指を下へもぐりこませる。

「やめて」快感がビリッと伝わって息をのみ、イソベルは下唇を噛んで自分を保った。

「ああ、それはできない」彼の指が胸の先端に届いてかすめる。「でも、これがいやなら、こうしてみようか」いたずらな指をドレスから引き抜き、布越しに胸を手で包んだ。「こちらのほうがきみにはいいかもしれないな」親指でさすって布越しに胸の頂きを探り当て、そこに円を描く。「いや、このほうがいいかな」親指と人さし指でそこをつまみ、やさしくつねる。

「ジャック」イソベルはささやき、まぶたをひらりと閉じた。おなかのあたりに熱がこもり、脚のあいだにぽっかりと空いたように感じる場所がうずく。

「もっとちがうところのほうが、きみは好きかもしれない」ジャックは手を下にすべらせ、脚のあいだでうずくその場所を押さえた。そのとき初めてイソベルは、そこで脈打つのは欲望であり、そこを彼に埋めてほしいのだと自覚した。

イソベルはのどが詰まったような声をもらし、ひざから力が抜けた。すかさず彼のもう片方の腕にしっかりと抱えられ、吸いこまれるかのように彼にもたれて彼の胸に頬をあずけた。

「ああ、これがいいみたいだね」ジャックはすっかり満足げな声で言いながら、彼女の脚のあいだをさすりつづける。

それがイソベルの欲望に火をつけた。胸がふくらんだように感じてうずき、先端がかたくとがる。そこにもふれてほしいと彼女は思った。いや、全身にふれてほしい。そんな自分の思いが恥ずかしくて、イソベルは彼の上着に顔をうずめた。湿り気をもった熱が脚のあいだで生まれ、彼女は思わず知らず、やむことなく動く彼の手にそこを開けわたした。彼の指が巧みに動き、圧力を増して彼女の感覚を解き放つ。どくどくと流れるような欲望が、そこにたまっていく。ぬれているのが布を通して彼にわかってしまうのではないかと、彼女はいたたまれなかった。自分の欲望をどうすることもできないのだという、まぎれもない証拠ではないか。

ジャックは頭をさげて彼女の首筋にすり寄り、のどもとを軽くついばんだ。そのまま唇を上にずらし、唇と舌と歯で彼女をあばいていく。そうして、最後は唇と唇が合わさった。イソベルは彼の上着にすがりつき、彼の味わいと感触に揺さぶられた。暗く、深い快楽の泉にすべりおちていくような錯覚にとらわれる。

低くうめいて彼女は体を離し、身をひるがえして屋敷のほうへ駆けだした。

結婚式まで、できるだけジャックのそばにいかないのがいちばんだとイソベルは思った。結婚さえしてしまえば彼はロンドンに帰り、すべてもとどおりの生活に戻る。それまでは、とにかくジャック・ケンジントンを避けていれば、今日のような状況にならずにすむだろう。

もちろん、夕食や客間では顔を合わさなければならないが、そのときにはおばがいて盾となってくれるし、会話もいつもの上品な社交辞令にとどめておき、彼の隣りの席に着かないように気をつけた。ときおり彼の目がきらりと光り、彼女のしていることなどお見通しで、それすら楽しんでいることを告げていたけれど。

日中は屋根裏部屋に逃げた。古いものの山を仕分けする必要はもうないのだが、整理をすれば時間をつぶせるし、いまのところはそれでじゅうぶんだ。

しかし前にもあったように、屋根裏にジャックが追いかけてくるかもしれないと思い、イソベルは小間使いをひとり連れていって、ふたりきりにはならないようにした。少なくとも最初の二、三日は、彼が姿を見せることはなかった。だからある朝、彼が屋根裏まであがってきたときには、じゃまが入らない状況に慣れてしまっていて、ドアのところから声をかけられた彼女は小さな悲鳴をあげて勢いよく振り返った。

「すまない。驚かせるつもりはなかったんだ」

「いえ、ほかのことを考えていたものだから」なんだかまぬけに思いながら、イソベルは立ちあがった。小間使いが興味を隠そうともせずに見ているのがわかる。思わずスカートをなでつけたり、髪をととのえたりしそうになるのを、意識してこらえた。

「忙しそうだね」そう言う彼のほうは、当然、非の打ちどころのない身なりだった。さらにくやしいことには、じゅうぶんにやすんですっきりした顔だ。夜のあいだ眠れずに寝返りをくり返したり、妄想が暴走したりすることなどなかったのだろう。

「ええ、そうなの」だだっ広い部屋を、イソベルは大ざっぱに手で示した。「なにかご用かしら？」

「いや。おじゃましちゃ悪い。朝食のときに言おうと思っていたんだが、きみはいなかったから」

「そうね。あの――おなかがすいていなかったのよ」

「ぼくがいないあいだも健康には気をつけなくちゃいけないよ。戻ってきたら花嫁さんが骨と皮だけになっていた、なんていやだからね」

「いないあいだ？」イソベルは目を見ひらいた。急に神経がざわついてくる。

「ああ、お別れを言いにきたんだ」

イソベルの心は沈んだ。「行ってしまうのね？」

13

そうとうがっかりした声になってしまったことに気づき、イソベルはあわてて言った。「ロンドンに戻るということね?」

「ちがうよ」ジャックはからかうような笑みを浮かべて彼女に近づいた。「結婚式は延期しなくてもいいから、安心してくれ。ぼくはちょっとインヴァネスまで行ってくるだけだよ」

「そうなの? でも、どうして?」

「いくつかやらなければならないことがあるんだ。たいしたことじゃない」

「あなたって、なにも明かさずに質問に答えるのがとてもじょうずね」

「まあ、男には、黙っておかなきゃならないことがあるものだろう?」彼は身をかがめ、にやりと笑った。「ねえ、いとしのフィアンセどの、さびしいかい?」

「やることがそれなりにあって、忙しくしているわ」イソベルが言い返す。

「そうか、いい気になるなってことだね」ジャックの目がきらりと光った。彼が手を伸ばし、イソベルはさわられると思って身をかたくした。けれど彼がふれたのは、ドレスの高いウエスト位置を飾る蝶結びだった。長く垂れさがるリボンの片方をつまみ、サテンの生地を下へ、ゆっくりと指をすべらせる。「お別れの言葉はなにもないのかな?」

まるでじかにふれられたかのように、彼のしぐさでイソベルの体に欲望の震えが走った。彼女は強く息をのみ、感じたことが顔に出ていませんようにと思いながら、静かな声で言った。「あなたに神さまのご加護を」

「ありがとう」ジャックはひねた顔つきでリボンを放した。「無事に戻ってきてほしがっているかどうかは、訊かないことにするよ」

「そんなことは当たり前だと思っていたわ。どちらにせよ、結婚しなければわたしはベイラナンをすべて失うのよ」

ジャックは、ははっと笑った。「少なくとも、きみがへつらっているとか、うそをついているとか、そんな心配はしなくていいわけだ」彼はおじぎをした。「では、おいとま申しあげます。なにかお使いはあるかい? きみのおばさんからはすでに、いろいろなリボンとレースとボタンの買い物を言いつかったよ。要望どおりのものを買って帰るかどうかは、あまり期待なさっていないらしいが」

「えっ。いえ、わたしは――」イソベルの頭はぐるぐると混乱していた。いまこんなときに、買い物やお使いのことなど考えられない。「けっこうよ」

ジャックはうなずき、その場を去った。イソベルは彼を見送ってから、向きを変えて仕事に戻った。ふらふらとあてもなく通路を進んだものの、結局は物入れのひとつに腰をおろして宙を見つめ、考えにふけった。彼はどうしてインヴァネスに行くのだろう？　どうして、いま？　それに、どうしてあんなになにも教えてくれないの？　ほんとうに結婚式を挙げに戻ってくるつもりなの？　それとも、ほんとうは、ただ逃げようとしているだけ？

しばらくすると階段をのぼってくる音がしてイソベルの物思いは破られ、振り返って腰をあげた。ジャックが戻ってきたのかもしれない。あるいは、行かないことにしたのかも。さっきは言わなかったことを明かして、インヴァネスに行く理由を説明してくれるのかも。いいえ、一緒に行こうと誘ってくれたりして……。

ドアから入ってきたのは、ロバートだった。

イソベルは息をついた。「ロバートおじさま。おじさまがいらっしゃるなんてびっくりしたわ」

「なにを驚くことがあるものか。屋根裏の整理を手伝うと言っただろうが」

「ええ、それはそうですが……」まさか本気だと思っていなかったとは言えない。「こんなに早くいらっしゃるとは思わなかったので」

「とにかく取りかかろう」ロバートは埃っぽくて薄暗い部屋をばかにするように見やった。

「だれもなにも捨てていないのか？」

「それはわたしも考えました」

「イングランド人が逃げたと、エリザベスから聞いたが」

「インヴァネスに行っただけです」イソベルはつっけんどんに言った。「逃げたというのとはちがうと思います」

ロバートは肩をすくめた。「戻ってくればな」

それはイソベルもおそれていることだったが、ロバートに言われると癪にさわった。「疑う理由もないですけれど」彼女は集めた小物を入れたかごを持ちあげ、ドアの近くに持っていった。

「いまの段階では、戻ってくるのを祈るしかないだろう」ロバートの言うことは陰険だった。「おまえが捨てられるようなことになれば、われわれ全員がひどい恥をかく」

「わたしにとってはそれ以上でしょうけれど」イソベルは冷ややかに言った。

「そうなれば、われわれはみなベイラナンを失うということだ」

「われわれですって？」イソベルは腰に手を当ててロバートに面と向かった。「ミスター・ケンジントンと結婚するのは、わたしひとりだと思いますが」

「わたしの言わんとすることはわかるだろうが」ロバートは顔をしかめた。「ローズ家ということだ。少なくとも、おまえの子どもと子孫がベイラナンを支配しつづけなければならない。たとえ凡庸なイングランド人の血がわずかに混じることになろうとな」

「おじさまが結婚に賛成なさっているなんて、驚きましたわ」〝子ども〟のことを言われて、イソベルの胃が引きつれた。「彼と結婚するなんて一族の恥さらしだと、先日なじられたばかりなのに」

「恥さらしに変わりはない。しかしおまえの言うとおりだと思ったのだ」いかめしい顔でロバートは認めた。「ローズ家の者がベイラナンを所有するには、もはやそうするしかない。結局のところ、大事なのはそこだからな。一族の存続。われわれにできるのは、イングランド人にまともな自尊心があるよう祈ることくらいだ」

「彼には名前がありますわ、おじさま――ジャック・ケンジントンという名前が。これから彼とは親戚になるのですから、名前で呼ぶのがふさわしいと思います」

「ああ、わかった、わかった」ロバートは手のひと振りで彼女の言葉をあしらった。「もういい。とにかく片づけだ」

ロバートの〝片づけ〟というのは、どうやらものを持ちあげたり、重ねたり、開けたり、仕分けたりすることではなく、あちこち歩いてこの物入れだ、あの隅だと指図し、自分の父親のものらしき品を見つけると、小間使いに命じて自分の馬車に運ばせる、ということだったらしい。しかもそのあいだずっと、さまざまなことについて――彼女の態度が嘆かわしいことにときおり無礼にすら思えるという点に始まり、ローズ家の権威が失墜したということ、果ては、ベイラナンをもっと有効に運用するにはどうすればいいかという意見にいたるまで――イソベルに忠告しつづけた。

イソベルはすっかり疲れてしまい、ロバートが帰ってくれたらと思ったが、彼はあきらかに聞き役が確保できたのがうれしいらしく、まったく作業をしなくなったあとも近くの物入れに腰をおろして熱弁をふるいつづけた。しかしようやく、おばが顔を出してお茶の時間を知らせてくれた。

内心おばに感謝しておおいにほっとし、イソベルは立ちあがって両手の埃をはらった。

「今日は来てくださってありがとうございました、ロバートおじさま。ほんとうに助かりました。こんなに片づいて、もう屋根裏での作業は終わりましたわ」こう言っておけば、もうロバートが〝手伝い〟に来るのはおしまいにしてくれるだろうか。

「たいへんな作業だと思ったものでね」ロバートはいかにも保護者ぶった笑顔を見せ、イソベルは奥歯を噛みしめずにはいられなかった。階段をおりながら、さらにロバートは言った。

「おまえの祖母の部屋はそのままにしておくのだろう?」

「急ぐことはありませんけれど、いずれはおばあさまの持ち物も箱に入れてしまいこみます。あの部屋はこの屋敷でいちばん眺めがいいですから。お客さま用のいいお部屋になります」

「母の持ち物を動かすの?」エリザベスの額にしわが寄った。恩着せがましいロバートの物言いについ反発して、おばの前でそんな話をしてしまったことをイソベルは悔やんだ。

「いや、イソベル、それは少しやりすぎではないかね?」ロバートが鼻を鳴らす。

「なにもすべて処分しようというのではないのよ、エリザベスおばさま。でもおばあさまが亡くなられてずいぶん経つでしょう。おばあさまだって、部屋を埃よけの布だらけで暗くしてあるよりも、明るく飾って使ってほしいと思っていらっしゃるはずよ」

「そうね……でも母は、あまり部屋を飾りたてるのは好まなかったけれど」エリザベスの額のしわが少し薄れた。

「おばさまも手伝ってくださらない？」イソベルは、おばに急な話をしすぎたと思って提案した。「どれを箱にしまうか、おばさまに選んでいただきたいの。ご自分で持っていたいものもあるだろうし。結婚式がすんだら取りかかりましょうよ」

エリザベスがためらうのを見て、ロバートが言った。「コーデリアおばうえの形見はわたしが引き取ってもいいぞ、イソベル。ずいぶんと片づけたがっているようだから」

「あなたが？」エリザベスは見くだすような目を彼に向けた。「どうしてあなたが母のものをほしがるのやら」

「コーデリアおばうえのことは敬愛申しあげていたからな」ロバートが冷ややかに返す。

「ばかなことを言わないで、ロビー。あなたは母をこわがっていたじゃないの。母の気に入りの花瓶を割ってしまって、地下の貯蔵庫に隠れたことを忘れたの？」

ロバートは顔をさっと赤らめた。「あのときはまだ八つだった。大きくなるにつれて、おばうえの人格や知恵はすばらしいと思うようになったんだ」

エリザベスは鼻で笑った。「よくもそんなしらじらしい」

イソベルは笑いをこらえた。祖母の部屋を片づけることに反対したばかりに、ロバートは期せずしてエリザベスを片づけに賛成させてしまったのだ。当然のことながら、ロバートはエリザベスからのお茶の誘いを断り、よそよそしい挨拶をして、荒っぽく馬車に歩いていった。

「まったく。あの人はどういう神経をしているのかしら」エリザベスは目を光らせてイソベルに顔を向けた。「わたしの母を敬愛していたですって！　母の持ち物から金目のものでも見つからないかと思っているだけよ」

「でもおじさまは、いろいろと持ち帰りたいと思ったものがあったみたいよ。すてきな嗅ぎたばこ入れとか、初代ロバート・ローズの諸刃の剣《クレイモア》とか」

「まさか、あげたりしなかったでしょうね！」エリザベスはぎょっとした顔でイソベルを見た。「あなたのお父さまだったら、彼にはわたさなかったはずよ。レアードと同じ名前をいただいているからといって、レアードのものまで持っていく道理はないって、昔ロビーに言っていたもの。父は、昔のレアードのクレイモアをずっと飾っていたわ。母が屋根裏にしまいこんだのだけれど、それはイングランド人に奪われないようにという配慮からだったの」

「いいえ、あげてはいないわ。父がいたらベイラナンの外に持ちだすことを許さなかっただろうし、父の意思に反することはできないって、おじさまには言ったの。おじさまも伝統をとても重んじるかただから、なにも言えなくなったみたい」

「賢いやり方ね」エリザベスはイソベルの腕に腕を通した。「さあ、ロバートよりもずっと大事な話をしましょう。屋根裏の片づけが終わったというのはほんとうなの？　やることがたくさんあるのよ――もっと楽しいことが。結婚式のための食べ物がそろそろ運びこまれるから、お式のあとの宴ができるように納屋を空けなければならないの」

「もちろんお手伝いするわ」イソベルはおばを見やりながら、お茶の席についた。さりげない口調になるよう注意してつづける。「さっきミスター・ケンジントンがいとまごいをしにきたのは驚いたわ。彼がインヴァネスに行くつもりだというのを、おばさまは前からご存じだった？」

「いいえ。今朝までなにも知らなかったわ」エリザベスはお茶をついだ。「近くにあるキンクランノッホよりも大きな町はどこかと訊かれたから、北ならウィックで南ならブローラがあるけれど、どちらもインヴァネスよりは小さいと答えたの。そんなに遠くまで行かなければならないのかと少し驚いた様子だったけれど」

「つまり、とっさの思いつきだったということね？」

「そういうふうに感じたわ」

「なにをしにいくのかは、言っていた？」イソベルはおばからカップを受け取ったが、口をつけることはなかった。

「買いたいものがあるとしか聞いていないわ。あまり立ちいったことを尋ねるのもなんだし。男の人だもの、あなたもわかるでしょう。きっとそういう……いえ、少しひとりになって……羽根を伸ばしたいんでしょう」おばの頰がピンク色に染まっている。「なにしろ、もうすぐ独身生活をあきらめようというんですから」

おばの言おうとしていることが、イソベルにもなんとなくわかってきて、彼女は音をたててカップをソーサーにおいた。「それはつまり、彼は——いかがわしい場所に行くつもりだということ？」

「イソベル！　そんな場所があると知っていることさえよくないのですよ。彼がそういうつもりかどうか、わからないけれどね。でも詳しく話さないのだから、わたしたちは知らないほうがいい用件なのでしょう」

「そのほうが男の人には都合がいいのね」イソベルは顔をしかめた。ジャックはただイソベルをからかうだけのつもりでなにも言わなかったのかもしれないが、エリザベスにはそんなことをする必要はないだろう。つまり、あきらかに彼は人に言えないようなことをするつもりであり、おばの想像がいちばん可能性の高いことだろう。インヴァネス行きの目的を、あれほどはっきりさせなかったのも不思議はない。「なんて恥知らずな！」

「残念なことだわ。でも……」おばは少し訝しげに姪を見た。「愛情をともなった結婚ではないのよね？」

おばの言葉に、イソベルははっとした。「ええ、もちろんちがうわ。おばさまの言うとおりよ。妬いてるわけじゃないの。ジャックが誠実な夫になるなんて思っていないし。ロンドンに戻れば……女性をみつくろうだろうと思っていたわ。でもこんな、家のすぐ近くでなんて、ばかにされているみたいじゃないかしら？」

「そうね」エリザベスはあいまいに言った。「でも醜聞が心配なら、インヴァネスとはだいぶ距離があるから、キンクランノッホではだれにも知られないと思うわ。ミスター・ケンジントンも慎重になるでしょうし」

「ジャックはいつもとても慎重だわ。なにも明かしてくれないと言ってもいいくらいよ」どうしてもっと早く気づかなかったのだろう。結婚するとなると、男性はその前に羽目をはずすことが多いと聞いていた。

切羽詰まった情熱的なキスや、いっきに熱をもったジャックの肌、彼女の唇をのみこまんばかりだった唇を思いだす。ジャックはとても情熱的な人にちがいない。けれど、ふつうなら未来の妻となる女性に感じているかもしれない愛情めいたものを、彼はイソベルに感じてはいないのだ。ならば、彼の欲を満たしてくれる女性、もっと好みに合った女性を探しにいくことは容易に想像できる——とくにイソベル自身、名目上の妻になることしか考えていないとはっきり告げたのだから。

よその女性でも自分と同じくらいジャックを満足させられるのだと思うと、少し気持ちが落ちこんだ。しかし、これでいいのだ。欲が満たされれば、ジャックはイソベルに迫ってこなくなるだろう。ふたりでいるのも楽になる。少なくとも、結婚式までの数日のあいだは——そしてそのあとは、彼はロンドンに帰る。彼にはほかの女性のベッドで、望むものを手に入れてもらえばいい。

そう、それでいい。

14

ジャックが出発してからの一週間は、のろのろと過ぎた。おばのエリザベスは大喜びで結婚式の準備に没頭していたが、イソベルはなにも手につかなかった。結局、自分は退屈しているのだと認めざるを得なかった。おしゃべりのはずむ夕食の席がなつかしい。ジャックの話し声や笑い声が聞こえない屋敷は、とんでもなく静かだった。気がつくと、玄関に彼の靴音が響かないかと心待ちにしていることが何度もあった。朝に目覚めても、これからの一日が楽しみに思えないし、部屋に入ってジャックがいるのを見たときの、ぱっと火花が散るような感覚もない。

そのことが、ひどくいらだたしかった。

真剣におばの手伝いに身を入れようとするのだが、どうしてもジャックのことや、インヴァネスでなにをしているのだろうということに心がうつろってしまう。彼は毎日、欲におぼれているのだろうか？　こうしてイソベルがローンのナイトガウンのひだ飾りに花を刺繍しているいまこのときも、ほかの女性とベッドに入っているのだろうか？　その女《ひと》に——イソベルの想像のなかでは、息をのむほど美しい豊満なブルネット美人に――笑いかけて、その人の髪を指に巻きつけているのだろうか？　その人を抱き寄せるときには心臓が激しく打ち、息を詰めたりするの？

イソベルはそんな光景を頭から振りはらおうとした。彼がなにをしていようと、関係ない。まがいものの婚約をしたのだから、まがいものの結婚をするだけ。彼に振り向いてもらおうなんて思っていない。胸が重苦しいのは、嫉妬なんかじゃない。これは……なにも話してくれない彼に腹が立っているだけ。そう、怒っているのだ。彼は隠し事をして、彼女をあざむいたのだから。

もちろん、突然に何日かインヴァネスに行かなければならない、もっとまともな理由ができたことだってあり得る。女性などまったく関係ないのかもしれない。たんに友人に会いにいったとは考えにくい。キンクランノッホと同じくらい、インヴァネスにだって知りあいはいないだろう。もしかしたら、慣れ親しんだ都会の生活がなつかしくなったのかもしれない――まばゆいロンドンに比べたら、インヴァネスでは物足りないだろうけれど。賭け事がしたくなったか、お金が必要になったかで、そういうことができるところに行っただけかもしれない。けれどもそこでイソベルは、インヴァネスの酒場にある煙たい社交場を想像した。そんなところへ行ったことはないけれど、アンドリューや弟の友人が話しているのを聞いたことがある。そういう場所には豊満な給仕女がいて、客にエールを出すらしい。なかには、身持ちの軽い女性もいるのではないだろうか？

イソベルはそんな考えを振りはらい、結婚式の宴の準備に集中しようとした。歌や、踊りや、楽しい時間を思い描く。ジャックと一緒にダンスフロアに出て、笑って、頬を染めてはしゃいで、幸せなお祝いに浮き浮きしている自分を。けれどいくらそんなことを考えても、かならず現実に引き戻されるのだった。

踊ったあとはどうなるのだろう？ 自分の部屋に行って、ひとりベッドで眠るの？ 彼は彼女のところへ来るだろうか？ 誘いをかけようとするだろうか？ 夫婦になったのなら、当然のことだからと言って？ ジャックが乱暴なことをするとは思えない。無理強いはしないだろう。けれど、誘惑だったら……そういうことはありそうに思う。甘い言葉をかけ、さらに甘いキスをして、まつげの下からあの光る瞳で見つめられ、からかうような笑みを向けられて、うっとりするような愛撫を受けたら……。

でも、彼の甘い言葉にはぜったいに屈しない。そんなことはできない。だって、彼のキスがどんなにすてきでも、ジャックはもうすぐロンドンに帰ってしまうのだ。そして彼女はここに残る。これまで生きてきて初めて、イソベルはベイラナンに残るのがむなしいように思えた。

いや、それより、もし彼がベイラナンにまったく戻ってこなかったらどうなるのだろう？ ロバートの言うとおり、ジャックはただ結婚から逃げただけだったら……？ いや、彼は彼女を捨てたりしない。そうイソベルは自分に言い聞かせた。彼は戻ってくると約束したのだ。それでも寒くて暗い夜に眠れずベッドで寝返りを打っていると、彼を信じる根拠などなにひとつないという現実を突きつけられた。

ジャックは紳士階級ではないけれど、紳士のふりをすると都合がいいと言っていた。彼は魅力的で人当たりがよく、いつも笑顔で気の利いた言葉を口にする。すぐに人に好かれるだろうし、信用さえされるだろう。でもそれが彼の常套手段なのだと、イソベルは知っている。裕福な世界に入りこみ、そこから金を巻きあげるための手口なのだ。それが彼の本質なのか、それとも……表面だけのものなのか？

でも実際、ジャックは自分のことをなにも明かさない。彼の内側に息づいている感情をおもてに出すことは、ほとんどなかった。過去の話になると、インヴァネス行きの理由を話さなかったの同じように、はぐらかしてしまう。地元はどこかとおばが尋ねたときもお茶を濁したし、家族が式に来るのかどうか訊いたときも同じだった。先日、彼が〝先祖〟やらコンテッサやら、コンテッサの幻の指輪の話をいとも簡単に捏造《ねつぞう》したときのことを、イソベルは思いだした。

つまり、ジャックのことはなにもわからないということだ。彼女はとんでもない過ちを犯したのだろうか？

四日が経ち、五日、六日と過ぎても、ジャックは戻らなかった。何日も彼の姿が見えないことにほかの人々も気づき、イソベルは捨てられたのだと思いはじめたようだった。結婚式の宴の用意に集まった地元の女性たちが横目で様子をうかがったり、こそこそ内緒話をしているのも見かけた。召使いたちは憐憫《れんびん》のまなざしを向けはじめ、もしイソベルがジャックと結婚しなければ自分たちはどうなるのかということに思い至ると、そこに不安の色も混じりだした。

イソベルはどんどん眠れなくなっていった。結婚式まであと二日となり、これからまた寝返りを打つだけの夜が待っているのだと憂鬱になりながら、ベッドにもぐりこんだ。そのとき、庭からだれかが呼ぶ声が聞こえた。はっと身をかたくして、イソベルは聞き耳をたてた。やはり人の声がする。馬のいななきも。

イソベルはベッドを飛びだしてカーテンを押しやった。長身の黒い人影が馬をおり、馬丁に手綱をわたしているのが眼下に見えた。

「ジャック!」イソベルは身をひるがえし、階段を駆けおりた。

ジャックがキンクランノッホの村を通りすぎたときには、もう真っ暗になっていた。半月の明かりはないに等しく、雲がときおり月を横切っていく。荒れた道で馬が穴に足を取られなければ、運がいいというところだろう。しかしジャックは歩みを止めなかった。速度をゆっくりに保ち、自分よりも馬は夜目がきいていることを祈る。こんなに近くまで帰ってきて、ここで止まるつもりはなかった。

すでに予定よりも日数がかかっていた。インヴァネスでまともな指輪を手に入れるのがこれほどむずかしいとは、だれが予想しただろう？　着いた日の午後は憤慨しただけで終わり、結局は自分のカフスボタンから宝石《いし》をはずし、宝石商が持っている最高の結婚指輪につけ替えるしかないということになった。驚くほどすばらしい仕上がりではあったが、予定より二日もよけいに町で時間をつぶさなければならなかった。

その二日間も、なんともわびしいものだった。町には娯楽というものがほとんどないのだ。賭け事のひとつやふたつはできたが、賭ける金額があまりに小さくて、はりきる価値もない。宿の酒場も小さく煙たく、注文したエールを持ってくる給仕女は体じゅうで彼に声をかけてほしいと告げていたが、驚くことに、まったくそんな気は起こらなかった。この数日イソベルと過ごして、ジャックの体はうずいている。給仕女でそのうずきをなだめる機会があるなら大歓迎のはずなのに。しかし彼女が酒をテーブルにおくときに身をかがめ、豊かな胸を見せつけたときにジャックの頭をよぎったのは、イソベルのやわらかな胸の手ざわりと、自分の手の下で誘うようにかたくなった胸の先端のことだった。こちらに来てよと言いたげな給仕女の色目には、大きくてきまじめなグレーの瞳が笑顔のなかで放つ輝きや、熱をもって光るときのような魅力はまったくなかった。肌も白くてやわらかそうではあるが、イソベルの肌を見てなでたいと指がうずくときのようななめらかさは感じられない。それに、この女の顔には心から笑っているような輝きがない。横を通るときにわざとらしく腰を揺すっていくが、そのあだっぽい体をイソベルのほっそりとした体と比べてしまい、給仕女がいかにもあからさまで押しつけがましく思えたのだった。

どれほどの欲を覚えようと、それが向かうのは、ベイラナンで彼を待っているいっぽう変わっていて行動の読めない、無自覚な色香のある女性だけだ。あと数日で、彼のものになる女性——そう思うと、期待が全身に渦巻いた。これまでずっと、夫婦生活などとんでもなくつまらないもののように思っていた。平凡で、決まりきっていて、秘密や禁断のにおいがまったくしないものだと。しかし最近、夫婦の交わりこそなににも増してそそられるものなのではないかと思うようになっていた。

いま彼が使っている壮麗で巨大なベッドに、かならずやイソベルを引きこめるという自信はあった。あの冷静で抑えた表面の下に、情熱がたぎっているのをたしかに感じたからだ。そのことを思うと、これまで経験したことがないほど興奮する。ふたりのあいだには時間の制約もないし、ごまかしも心配事もなく、ふたりで快楽を無限に追求できるのだ。イソベルは、これまでのどの女ともちがう関係を彼と結ぶことになる。彼の名前をいただき、いつか彼の子どもまで産むかもしれない。だれにもふれられたことがなく、なんの経験もない彼女を、ジャックが欲望に目覚めさせることになるのだ。彼女とベッドをともにした男はほかにいない。極まったときの声を聞いた男も、背中にしがみつかれて食いこんだ指先から痛みにも似た悦びを感じた男も。そのときのことを考えただけで彼は高ぶり、いてもたってもいられなくなる。

気持ちのはやるジャックは、いまにもまとわりついてきそうな給仕女を一顧だにすることなく酒場を出た。その気持ちはいまも衰えていない。早く家に帰りたかった。イソベルを甘やかし、からかい、誘惑したい。ああ、また彼女に会いたい。

物思いにふけるあまり、ジャックは危険に疎くなっていた。大きく岩が地面から突きでたところをまわったとき、馬が突然止まっていななき、耳をぴんとそばだてた。ジャックが反応する間もなく、男が飛びだしてきてランタンの前側の覆いをあげ、道に半円形の光が広がった。

ジャックの馬が後ずさりして鼻息を荒くし、頭を振る。ジャックは手綱を引きしめ、もう片方の手を上着の内ポケットに入れようとした。

「おい、やめな」頭上からだみ声が降ってきた。ジャックが顔をあげると、岩の上に男が立ち、マスケット銃で狙いをつけていた。この距離では、どんなにへたでも当たるだろう。

「くそっ」ジャックはつぶやき、手をおろした。上着の内ポケットに入れた小さな銃を出そうとするのは愚かなことだろう。それに、これだけの男に囲まれていては、どうせ無駄だ。岩の上からマスケット銃で狙っている男のほかに、少なくとも四人の男が道にいて、その男たちのうしろにもぼんやりと人影がいくつか見える。

「ごいづじゃねえぞ」道にいる男のひとりが言い、道の脇にいるらしき男のほうに向いた。

「ああ、南がら来たおどごまえのあんちゃんだ」

「イングランド人か」またべつの声が不服そうに言う。

彼らの足もとにあるランタンは、まだ三方が覆われているのでたいした明かりはなく、ジャックの方向だけを照らしていた。みな目深に帽子をかぶって顔の下半分は布を巻き、人相はわからない——といっても、人相を暴こうとするのは賢明なこととは言えないだろうが。

「じゃあ、ごいづを撃づか？」岩の上の男が言う。

「いや」道の脇から低い声がする。「ばがなごとずんな。こっぴどぐ叱られでえのが？」

ジャックは目の端で、ほかの男たちから少し離れたところに立っている男がいるのを見て取った。顔は暗闇でわからず、背後のもっと黒い岩との対比で体の輪郭がぼんやりと見えるだけだ。背が高く、声に威厳があるということくらいしかわからない。彼がしゃべるとみながそちらを向くので、やはり中心的存在なのだろう。

「おい」ランタンのそばにいる男が大きくあごをしゃくった。「ポケットのなかのもんをぜんぶおいでいげ」

「ゆっくりとな」親玉らしき男が言い添える。

「わかった」ジャックは両手をあげてなにも持っていないことを見せると、手をおろして硬貨の入った小袋を引っ張りだし、ランタンの前に投げおいた。

「それもだ」ジャックの上着の反対側のポケットを、男が頭を振って示す。

「だめだ」ジャックは歯を食いしばり、インヴァネスで買い求めた品々を思った。「金を取って消えろ。なにも文句は言わない。だが、ほかのものはだめだ」

「忘れでいるようだな。おれだちは銃を持っている」ジャックの前にいる男が腰に両手を当てた。

「だがおまえのお仲間が言ったように、おれを撃てばこっぴどく叱られるんだろう。地主で、イングランド人だ。そこのところを考えろ」ジャックは向きを変え、暗闇に立つ長身の男をじっと見た。「今日おれが死ねば、ミス・ローズはベイラナンを失う」

張りつめた沈黙が長々と流れた。それから親玉らしき男は後ずさりし、ほかの男たちに頭を振った。「通じてやれ」

男たちはしぶしぶ道を開け、ジャックは馬を進めた。通りすぎるあいだ、ずっと肩甲骨のまんなかがちりちりしていたが、目はまっすぐ前を見据えたままだった。不安そうに振り返るところなど見せてやるものか。彼は屋敷の方向を見定め、ゆったりとした速度で馬を走らせた。

イソベルが興奮に心臓を高鳴らせ、階段をおりきろうとしていたとき、玄関のドアがひらいてジャックが入ってきた。「ジャック！」

顔をあげた彼は、ぱっと大きな笑みを浮かべた。「イソベル」

彼が大股で歩きだすや、イソベルは最後の二、三段を駆けおりて彼の胸に飛びこんだ。彼は笑いながらそれを受けとめ、唇を合わせた。

イソベルはジャックと彼のキスにおぼれ、彼のあたたかさと頑丈さとたくましさにすっぽり包まれた。彼の上着の布地が、むきだしになった彼女の腕にちくちくする。馬と、湿ったウールと、たばこと、彼のにおいで満たされる。彼の味わいも、なじみはあるけれど、ぞくぞくするほど新しくもあった。いくら奪っても奪い足りないというように口づけてくる彼に、イソベルも同じだけ熱く応えながら、押し寄せる心地よさにただただ圧倒されていた。

ようやく唇が離れると、イソベルは彼の胸に顔をうずめ、彼の上着を握りしめて、心を鎮めようとした。「帰ってきたのね」上着でくぐもった声で言う。

「ああ」なんとなくジャックの声は楽しそうだ。

ふたりの背後で靴のこすれる音がして、男性の咳払いが聞こえた。イソベルは突つかれたかのようにジャックから飛びのいた。振り返ってみると、ハミッシュが数フィート離れたところに立っていた。

「やあ、ハミッシュ」ジャックは冷静に言い、執事のほうを向いて上着を脱いだ。

「お帰りなさいませ、だんなさま」丁寧な言葉づかいとは裏腹に、執事の声は不満げでぎこちなかった。

イソベルはもう一歩うしろにさがった。恥ずかしくて頬が焼けそうに熱い。まったくだらしないふるまいをしてしまった。ジャックはきっと、イソベルは彼にまた会えたのがうれしくてこんなに大胆なことをしたと思っただろう。彼にキスして、抱きつきたくてたまらなかったのだと。まったくそういうことではないのに……無事に結婚式ができるからほっとして、階段を駆けおりて挨拶しただけなのに……。

「おまえにだいぶ心配をかけていたと聞いて、驚いたよ。悪かったね」ジャックは愉快そうに瞳を輝かせながら執事に言った。そしてイソベルに向き直ると、彼女の手を握り、口調をやわらげて言った。「きみにも心配させていたなら、ほんとうにすまなかったね」

「なにを言うの」イソベルは努めて軽やかな口調で言い、彼が一週間いなかったことなどなんでもないことだったと伝えようとした。「けがなどしていないことはわかっていたわ」

「もっと早く帰るつもりだったんだが、足止めをくってしまって」

イソベルは眉をひそめた。その足止めというのは、金髪の美女なの、それともブルネットの美女なのという質問がのどもとまで出かかったが、なんとかこらえた。そんなことをするなんて、あまりにもはしたない。

彼女は手を引いてジャックの手を離そうとしたが、彼はかたくなに離そうとしなかった。そのまま彼は階段をあがりはじめ、手を離す離さないで言いあいをしたくないのなら、彼女もついていかざるを得なくなった。

「どうか許してほしい」ジャックが言った。

「許すことなんてなにもないわ」イソベルはどうでもいいというような、そっけない口調を崩さなかった。「まあ、あなたはロンドンに戻ってしまったとみんなが思うのも、無理はなかったけれど。もしそうだったら、少しばつが悪かったでしょうね」

「ぼくが結婚をやめたと思ったのかい？」ジャックは驚いて訊いた。「きみは、ぼくがそんなに卑劣な男だと思うのか？」

「あなたがどんな人なのか、わからないわ」イソベルは頑として無表情な顔を向けた。「結局のところ、なにも知らない他人と変わらないもの」

ジャックは、ははっと笑いをもらし、階段の途中で彼女を引き止め、自分のほうに寄せてささやいた。「きみは他人にあんなキスをするのかい、イソベル？　ショックだな」

イソベルは彼をにらんだ。「あれは……あれは夢中でうっかりして……」ジャックが頭をさげて額同士をつけ、親指でゆっくりと円を描くように彼女の手の甲をなでた。「それならもっとしょっちゅう、うっかりしてほしいな」

彼の瞳がどれほど深い青なのか、彼の声がどれほどすんなりと染みこんできて彼女をとろけさせるのか、イソベルはあらためて思い知らされた。記憶で彼を美化しているだけだとか、彼の高い頬骨にわけもわからず心を乱されるのは気のせいだとか、彼のくっきりとした上唇を見ると唇を押しつけたくなるのも気の迷いだとか、自分に言い聞かせていた。けれどいま、それはすべて自分をごまかしていただけなのだとわかった。

「ねえ、イソベル」ジャックは彼女の下唇にキスし、それから上唇にもキスをした。「もうごまかさないで」つづけて軽くせがむようなキスを彼女の頬に、あごに、鼻の頭に落としていく。「ぼくがいなくてさびしかったかい？」

「まさか」そんな言葉も息切れして、とても本心には聞こえない。

ジャックはくくっと笑った。「それはうそじゃないかな」彼女の首筋に顔をすり寄せる。

「ジャック！」イソベルがひそめた声で厳しく言い、階段の下にさっと目をやった。「人に見られるわ」

「じゃあ、おいで」ジャックは彼女の手を引いて、最後の数段を軽く駆けあがった。のぼりきったところで振り向き、彼女を抱きしめてキスをする。ウエストに手をまわし、さらに腰へとすべらせ、ぐっと抱き寄せる。「ぼくがさびしかったというのは、わかってくれるんじゃないかな」

彼のかたい体がぴたりと寄せられるのを感じ、イソベルは自分もそれに応えて体をすり寄せたいと思っていることに気づいて、愕然とした。ばらばらになった品位をかき集めて、彼から顔をそむける。「おばがいつ出てくるかもしれないわ」

ジャックはにこりと彼女を見おろした。「ぼくの部屋は目の前だ」ドアにあごをしゃくった。「ここならだれにも見られないよ」

イソベルは怒ったような声をもらし、自分の部屋へ大股で歩いていった。驚いたことにジャックもついてきてなかに入り、うしろでドアを閉めてしまった。イソベルが勢いよく振り返る。「ジャック！」

「きみに名前を呼ばれるのはいいものだね」にこりと笑い、イソベルのウエストのうしろで両手をつないで、ゆるく彼女を抱えた。「きみの言うとおりだ。ここのほうがずっといい」

「そういうことを言ったわけじゃ――」

ジャックは聞こえなかったふりをして彼女の顔にキスをしていった。「ここならだいじょうぶかい？　これくらい人目がなければ？」彼の声がかすれる。「もう、ぼくの妻にキスをしてもいいかな？」

「わたしはあなたの妻ではないわ」イソベルは声を震わせて答えた。

「もうすぐそうなる」そう言いながらもジャックはキスをやめた。少しくらいなら、彼女を見るだけでも満足なようだった。イソベルの頭のてっぺんから足もとまで、ゆっくりと視線をはわせる。「こういう髪のほうがいい。おろして乱れているほうが」彼が指でイソベルの髪をすく。「それに、きみのその格好」手が下に向かい、イソベルの肩と胸を羽根がかすめるように軽く伝って、彼女の胸の先端をとがらせる。「きみときたら、ナイトガウンで飛びだしてくる悪い癖があるんだね」色っぽい笑みが彼の口の端に浮かんだ。「ぼくは楽しいけど」

ジャックはイソベルの胸の頂きをゆっくりと人さし指で丸くなぞり、そこがかたくなってナイトガウンの薄い生地を押しあげるのを熱っぽい目で見つめた。イソベルの体の内側はまるで液体になったかのようにとろけ、脚のあいだのうずきが増してくる。

「これより」ジャックはかすれた声でつづけた。「ぼくらを隔てるものがなにもないほうが、もっといい」ナイトガウンの襟に人さし指をかけて差しこむと、素肌と素肌がふれあってイソベルの体に震えが走った。「出かけているあいだ、ずっときみのことを考えていたよ」

その言葉はイソベルの神経を逆なでした。一週間も心配したぶん、神経がすり減ってよけいにつらかった。彼女は信じられないと言いたげな声をもらし、顔をそむけた。「あなたの口からはすらすらと言葉が出てくるのね」

ジャックは片眉をつりあげた。「口下手なほうがいいのかい？　お望みなら、最高の言葉だけをぼそぼそつぶやくけど」

「ちがうわ、そういうことじゃないの」イソベルは声を荒らげた。「わたしはうそ偽りのない言葉が聞きたいだけよ」

ジャックが固まった。「きみにうそをついたことはないよ」

「なにも話してくれないのだから、うそをつく必要もないわよね」

「なにをばかなことを」

「そうかしら。最初は、どうしてあなたが遠出のことを詳しく話してくれないのかわからなかったわ。でも、あとで気づいたの。あなたはなにも話してくれていないってことに。わたしはあなたのことをなにも知らないのよ」

「かといって、いったいなにが知りたいというんだい？」ジャックは腕を組み、鷹揚にイソベルを見た。「ほら、なんでも訊いてごらん。きみがどうしても知りたいことって、なんなんだ？」

「そうね……」いざそう言われると、腹立たしいほどなにも浮かんでこなかった。「あなたはどこから来たの？」

「ロンドンだよ。でもそんなことは、もう知っているだろう」

「ちがうわ、わたしが訊いたのは、生まれや育ちはどこかということよ」

「いろんなところだ」彼は肩をすくめた。「ロンドン、リヴァプール、バース。移りたくなったら、いつでも移った。いや、おまわりさんが家にやってきたら、と言ったほうがいいかな。ねえ、イソベル、こんな言いあいをしてもなんにもならないと思わないかい？　ぼくが子どものころに住んでいた場所を知って、どうなる？　ぼくが紳士階級でないのはもう知っているだろう。イートン校にもオックスフォード大学にも行っていない」

「でも、おばには行ったと言ったじゃないの」

「いつ——ああ」彼が合点のいった顔をする。「ぼくがここに到着した日のことか。あのときは、きみもおばさんも知らない相手だったたし。とくになにも考えていなかったよ」

「じゃあ、どうしてあんなことを言ったの？　コンテッサの話もとくになんの意図もなかったのでしょうけど、ロバートおじさまにあんなつくり話をして」

「まだあのことで怒っているのかい？」彼は目を丸くした。「だから、あのおじさんが横暴で――」

「おじの話じゃなくて、あなたの話をしているの。だれかが気にいらないとか、相手が見知らぬ人間だからって、うそが真実になるわけでもないでしょうに」

「そんなこと、やっぱりどうでもいいことじゃないか。どうしてきみがそんなに怒っているのか、まったくわからない」

「小さなことで一度や二度うそをついたことだけを言っているんじゃないの。あなたは自分のことをなにもかも秘密にしているということを言いたいのよ」

「そうか」ジャックは唇を引き結んだ。「ぼくは賭博師だ。機転を利かせることで身を立てている。家庭教師もダンスの先生にもついたことはないし、大陸をまわったこともない。血統もない。いや、少なくとも知ってほしいと思うような血統じゃない。絞首台に吊られて命を終えた先祖もひとりやふたりじゃないかもしれない。だが、ぼくが地位の低い人間だということは、求婚したときからきみも知っていたはずだ。地位の高い男がお望みなら――」

「そういうことを言っているのではないの！　わたしはあなたの身分なんて気にしていないし、それはわかっているでしょう？　言葉の揚げ足ばかり取らないで。答えにくい質問をされたとき、あなたはいつもそうやってごまかしている。まわりからほんとうの自分を隠しているのよ。わたしに対してもね。あなたは礼儀正しいし、よく口もまわるし、人好きもするわ。でも、ほんとうのあなたが見えないし、あなたがどう感じているかもわからない。あなたという人は、いったいどこにいるの？」

ジャックは身をこわばらせ、冷たい光を目に宿した。「あいにく、きみが見ている男がぼくだよ。底の浅い人間だということは、すぐにわかるさ」

「わたしはそんなこと――」イソベルは強い後悔に胸を突かれた。あきらかに彼女の言葉は彼を傷つけたのだ。

「そうかな？」ジャックは一歩近づき、彼女に視線を据えた。「きみは、ぼくが一からひとりの人間をつくりあげたと思っているようだ。もちろん、そのとおりではある。ぼくは慎重に自分をつくりあげていったよ――服装、雰囲気、言葉遣い、礼儀作法。だから、それがぼくだ。その内側にいる人物をさらけださないのは、そんな人間はいないからだよ。いまだにそれがわかっていなかったなんて驚きだ。そうでもなければ、ぼくがこんな結婚を承諾するはずがないだろう？」

胸を突かれ、イソベルはあごをあげた。「そうね。わたしをあざむく必要などないわよね。甘い言葉やキスだって、なくて当たり前。まがいものの結婚じゃないふりなんて、しなくてもいいんだわ」

「ああ、そのとおりだ」ジャックはまるでからくり人形のようにぎこちない、取ってつけたようなおじぎをした。「おやすみ、ミス・ローズ。次は結婚式で」

15

それからの数日は、張りつめた空気が漂っていた。ジャックと交わした言葉の数々をイソベルは悔やんでいた。言い方が悪かったのだと——彼のことをうわべだけの人間だなんて思っていないと、説明したかった。そうすればきっと、彼はあのいたずらっぽい笑みを浮かべ、気の利いた言葉で彼女の謝罪を受け流して、またきさくな関係に戻れることだろう。けれど彼の顔つきはどこか冷たく、気を遣っているかのようによそよそしく儀礼的な態度を取られて、彼女は不安で自信をなくしてしまった。

結婚式前夜、イソベルは自室への階段をのぼりながら、疲れてはいるけれど今夜もまた同じように、やはり眠れないのだろうと思っていた。部屋に足を踏みいれたとたん、ウエストに腕が巻きついて、耳もとでささやき声が聞こえた。「あなたをさらいに来たわよ」

「メグ！」身をひるがえしたイソベルは、驚きながらも笑いがこみあげてきた。「あなたがいったいここでなにをしてるの？」

イソベルの反応に、メグはくすくす笑った。「だから、お屋敷からあなたをさらいに来たの。正式な婚約式《レイチャッハ》はしなかったけれど、まさかわたしが結婚式前夜にあなたをひとりぼっちで過ごさせるとは思っていなかったでしょうね？」

メグはイソベルの腕をつかんだが、イソベルは腕を引いて疑わしげに言った。「洗足式をするつもりじゃないでしょうね？」その習わしは、村人たちから聞いたところによると、足を洗うより汚すと言ったほうがいいようなものらしい。

「いいえ」メグはまた笑った。「あなたたちのように身分の高い人たちはちがうってことはわかっているわ。今夜はただ小屋に行って、ひと晩過ごすだけよ。せめて少しくらい楽しい時間を過ごしてほしいし、ふたりでひと晩じゅうおしゃべりして笑うのなんて、ずいぶん久しぶりでしょう」メグはイソベルの外套を取って差しだした。「ほら。湖をわたるわよ」

「でもウエディングドレスは――」イソベルが迷いを見せる。

「あなたのおばさまが朝早くに小屋まで届けさせてくださるって。着つけはわたしが手伝うから。そのあとは、コールがあなたをご親族のところまで送っていくわ。あなたを教会まで連れていくのはグレゴリーとミスター・ローズの役目だから、コールもなにか参加したいのよ。わたしはここに来て、おばさまと一緒にミスター・ケンジントンに付き添うわね。そうすれば、おばさまもあなたに見られる心配をせずにウエディングドレスを広げて作業できるわ」

イソベルは目をくるりとまわした。「足をすべらせて転んで不運を呼びこんでしまうかもしれないのに、おばさまがわたしから目を離すのを承知するなんて、驚きだわ」

　メグはくすくす笑った。「わたしの母のおかげで、おばさまはわたしを信用してくださっているのよ。あなたの未来になにが見えるか訊かれたけれど、わたしに先見《シクト》の力はないと申しあげたわ。祖母のあと、うちのだれにもその力は出ていないし、祖母にもほんとうに力があったのかどうかわからないし」

「エリザベスおばさまには、吉兆が出ていたとだけ言ってくれればいいわ。靴もちゃんと右足から履くことにするわね」

「ぜひ、そうしてちょうだい。わたしも気をつけるわ。きっと窓の外では小鳥が鳴いてくれるでしょう。まあ、鳥はいつもいるけどね。とにかく、お日さまが顔を出してくればだいじょうぶよ」

　イソベルは笑い、メグと腕を組んで階段をおりはじめた。「おばさまったら、どうしてそんなに迷信ばかり気にするのかしら」

「あなたに幸せになってほしい一心なのよ」

「ええ、そうね。でも、わたしはベイラナンにいられたら幸せなの」

　イソベルは友の視線を感じたが、メグはなにも言うことなく、ふたりで屋敷を出て、メグのはしけが繋留してある小さな桟橋へと足早に向かった。ふたりは昔、何度もそうしたように、交代ではしけを漕いで湖をわたった。反対側の湖岸にはしけをつないでひっくり返し、坂をのぼって小屋へ歩いていく。茂る木の下では闇がふたりを包み、欠けた月からの明かりさえも届かなかったが、メグは猫が慣れた道を進むがごとく、迷いのない足取りでさっさと進んだ。

メグはいつも外で元気に遊ぶほうだったし、ブリーは彼女が住んでいる小屋同様、彼女にとっては庭のようなものだ。まだ赤ん坊のころから母親のあとをついてまわっていた彼女は、ベイラナンで暮らすようになったときにはイソベルなど足もとにも及ばないくらい、この谷《グレン》のことを熟知していた。ベイラナンはイソベルのものだが、湖とその周辺はすべてメグのものだ。

小屋に入るとメグはランプをつけ、泥炭の燃料をもうひとかたまり火に入れた。イソベルは炉端に腰をおろし、メグもつづいて黄金色のウイスキーのびんを差しだした。メグの瞳とそっくりの色をしている。

「結婚式の前日だから、ほんの少しにしておきましょうか？」

「ウイスキーを？　メグ、教会の通路でわたしがふらついて倒れちゃってもいいの？」

メグは声をあげて笑った。「まさか。でもこれはマッケンジーさんからもらった最高級品で、絹みたいになめらかな舌ざわりなの。マッケンジーさんの奥さまのお産を手伝ったときにいただいてね。ちっちゃな赤ちゃんは逆子《さかご》で、ひっくり返さなくちゃならなかったの。でも、その子は元気な産声をあげて出てきてくれたわ。やせっぽちの女の子だったけど」メグはイソベルにカップをわたし、酒をつぎはじめた。「ほんのふた口、三口だけ。ほら、コールがこっそりウイスキーをくれたときのことは覚えてる？」

「もちろん」イソベルはにんまり笑って、ひと口飲んだ。液体が火のようにのどを流れていき、胃を焼いた。「みんな、あなたのお母さんにぶたれたわよね」

「ええ、コールがいちばんひどかったけどね。あのあと、コールは三日間椅子に座れなかったのよ」メグは笑い、それからため息をついた。「なにもかも変わっていくわね。たくさんの人がいなくなって。明日、あなたはミセス・ケンジントンになって」

「わたしは同じよ」

「結婚した人妻になっちゃう」

「ほんとうの結婚じゃないわ」

「教会でやるんでしょ」メグは変な顔をした。「わたしにはじゅうぶん、ほんものに思えるわ。内々で簡単にすませるわけじゃないんだし」

「そうね、法的に認められたものになるわ。ただ……」イソベルは肩をすくめた。「ほんとうの意味で夫婦になるわけじゃないから」

「ああ」メグはイソベルの言わんとするところを察して、目を見ひらいた。「ミスター・ケンジントンは承知しているの？」

イソベルは笑った。「ええ。それははっきりさせているわ。その……現実的な取り決めをしているの。わたしがいままでどおりにベイラナンを管理して、彼のほうはロンドンに戻って、お金を受け取るってこと」

「なるほど」メグは自分のグラスに入ったウイスキーを見つめ、ゆっくりとまわした。「でも、ほとんどの男性はそれでは満足しないと思うのだけど」

「満足という表現がふさわしいのかどうかわからないわ。でも彼は、その――」イソベルは頬を染め、顔をそむけた。「無理強いするような人ではないわ」もうひと口ウイスキーを飲み、のどを転がっていく熱に顔をしかめた。

メグがおかわりを足す。ウイスキーはひと口ごとに飲みやすくなってくる。イソベルの体はあたたまって落ち着き、一週間ほどピリピリしていた神経も鎮まりはじめた。

「もちろん、だからといって、誘われないというわけでもないのだけど」イソベルはうっかり言い添えたところで目を丸くし、自分がもらした言葉に気づいてくすくす笑った。

「そうね、彼も男性だもの。問題は……あなたは誘われたいの？」

「いいえ」イソベルは未練のあるようなまなざしをしながらも、きっぱりと言った。「でも、彼は誘うのがとてもうまいの」

メグは声をあげて笑った。

イソベルも笑い、ほてった頬を両手で押さえた。「わたし、ほんとうは浅ましい女なんだわ。彼のことをほとんど知りもしないのに。彼が好きかどうかもよくわからないのに」だんだん気がゆるんできたせいで、彼女のしゃべり方はハイランド訛りが強くなってきた。「いえ、好きなことにはちがいないけれど、自分の好きな彼がほんものの彼なのかどうかがわからないの。彼はハンサムで、頭がよくて、やさしくて。それに、笑い声もすてきなの。ほんとうに。ああいう人はいままでまわりにいなかった。瞳は不思議なブルーで、わたしをからかうときはその瞳がきらめいて……」イソベルはかぶりを振った。「いくら彼を見ていても見飽きないわ。でも、男性は見た目で判断できないということはわかっているの。口がうまいかどうかで判断するのもいけないけれど、彼は口達者で。でもほんとうに考えていることや感じていることはわからないのよ。だって、家族のことをひとつも話したことがないのよ？」

「彼の家族のことがそれほど重要だとは思わないけど。どうせ会うこともないでしょう？」メグはえくぼをつくって笑った。「それに、コールとわたしの身分が低くても、あなたは気にしたことがないでしょうに」

「彼の血筋は気にならないし、あなたの言うとおり、彼の家族に会うこともないでしょうね。でも、変だと思わない？　彼は両親のことを一度も話したことがないのよ。友人のことや、住んでいた場所のことや――そういうことをなにも。きょうだいがいるかどうかもわからないの。彼は――心を閉ざしているのよ、羊を囲う柵みたいに。彼はカード賭博で若い紳士を相手に勝負をして、身を立てているそうだけど」

「アンドリューの友人たちを考えてみれば、それもむずかしいことではないんじゃないかしら」

「そうね」イソベルは笑った。「スティッカムという青年を覚えている？　あなたと会うたびに真っ赤になってた人」

「羊みたいな目をした人のこと？　ええ、覚えているわ。でも彼なら、ドアの裏にわたしを引っ張りこんでキスしようとした金髪の青年よりはましだったわ」

「ジェレミー・ラトナムが？　そんなことを！　ほんとうに？」

「ええ、それも一度じゃなかったの。でも、あなたのおばさまの編み針を腕に突きたててやったらあきらめたけど」

「そんなこと知らなかったわ！　どうして話してくれなかったの？　彼は、わたしにはなにもしてこなかったけれど」イソベルは首をかしげて考えた。「ここは怒るべきところなのかしら？」

「あら、彼はイングランド人だったもの」メグは鼻で笑ってジェレミーのことを一蹴した。「わたしが高貴な生まれじゃないから、手を出してもいいと思ったんでしょ」メグは手をひと振りした。「どうでもいいことよ。ケンジントンがカード賭博をするということだって、どうでもいいでしょう？」

「ええ、まあ。でもアンドリューやほかの若い紳士が彼とカードをするのは、ジャックが

〃一流の〃紳士のようなふりをして声をかけるからなのよ。彼の顔を見ても、なにを考えているかわからない。本心なんてわからないの。怒ることもまったくないし」

「話を聞くぶんには、男性として好ましい特徴のように思えるけど」メグがにんまりと笑う。

「まあ、そうね、でも自然じゃないでしょう？　そんなに感情の起伏がないなんて。思うに、すべてを押しこめて見せないようにしているんじゃないかしら。ジャックがやってきたときのハミッシュなんて、ひどいものだったのよ。みんなひどかった。冷たい食事を出したり、旧い棟の部屋に通したり、ベッドにあんかも入れないし、訛りもひどくてわたしでさえ彼らの言ってることが理解できなかったわ。だったら、ジャックはかんかんになったと思うでしょう？　でも、気の利いたひとことで片づけてしまったのよ」

「あなたは彼が怒りにまかせて暴れまわるほうがよかったの？」

「いいえ、もちろんそんなことはないけれど」

「どうなのかしらね――個人的には、少しくらい感情をあらわにする男性のほうが好きだけど」メグも考えこむ。

「いまの彼はわたしに腹を立てていると思うのだけれど、それでも静かなの。まるで自分の殻に閉じこもってしまったみたいに」イソベルは肩をすくめた。「ここ数日のよそよそしさを考えたら、彼にベッドに誘われる心配なんてしなくてもいいのかもしれないわ」

「まるきり他人行儀というのは最悪ね。コールがそっけなくなったときもそうなのよ。わめいてくれたほうがましなの」メグはひと呼吸して言った。「彼はどうして怒っているの？あなたをうまく誘って、ベッドに連れこめなかったから？」

「ちがうわ、そういうことではないの。まあ、最初はそういうことから始まったのかもしれないけれど。でもそのときに、わたしはいじわるだったの。たぶん——彼を傷つけてしまったんだと思う。でも彼は、そうだとも言わないし」イソベルはため息をついた。「彼が早々にいなくなることになっていて、よかったのかも」

「そうすれば、すべてはもとどおりということね」

イソベルはうなずいた。それを思うとのどが締めつけられるように感じるなんて、ばかげている。「ただ——ああ、メグ、彼にふれられると、たまらないほどすてきなの。彼にキスされて、そして——」頬を染め、うつむいてスカートを見つめ、ないはずの破れをつまむしぐさをする。「あの、あなたはいままで——その——」

「いいえ、経験はないわ。マンロー家の女が世間でどう言われていようとね」

「わたしはキスも初めてだったの。ジャックにキスされたとき……まるでこのウイスキーみたいだった。わたしのなかにしみこんできて、熱くて、止めようもなくて」イソベルの頬はさらに赤くなり、スカートの一点をいっそう強く見つめた。「あんなのは初めてだったわ。ああしていると——いえ、なんと言ったらいいかわからないけど。彼の望むことならなんでもしてあげたくなってしまうの」

「それは、そんなに悪いことかしら？」メグはやさしく尋ねた。「だって、結婚するのだし」

「そうね、法的に認められるから、醜聞の心配もないわね。教会にさえ認められて――でも、きっと、よすぎて罪悪になってしまうわ。といっても、わたしが尻込みしているのは、そういうことが理由ではないの」イソベルは顔をあげ、うつろな目でメグを見た。「何日かしたら、ジャックはロンドンに帰ってしまう。そして、わたしはこのベイラナンに取り残される。だから、だめなのよ、メグ。だめなの」


ジャックはおそろしい目つきで窓の外を見つめていた。空は白みはじめていたが、まだ太陽は顔を出していない。結婚式の日が明けようとしていた。

彼は鋭く息を吸って、顔をそむけた。ひと晩じゅう、眠っては起きるのくり返しで、これ以上眠ろうとしても無駄なことはわかっていた。しかし朝食をとるには、部屋のなかであってもまだ早い。化粧だんすの上から懐中時計を取ってふたを開けるも、ため息をついて時計を戻した。衣装だんすに向かい、教会に着ていくことにしている上着を取りだし、内ポケットに手を入れて、インヴァネスで買った指輪があるかどうかを確かめた。さらに、やはりインヴァネスから持ち帰った小箱があるかどうかも。それらをなんとなく親指でなでる。胸のあたりが不安でちくちくするのも、もう慣れっこになってしまった。

もう一度懐中時計を見ると、ジャックは部屋のなかを落ち着きなくうろうろしはじめた。

四度目に時間を確認したあと、悪態をついて身をひるがえし、ズボンとシャツを身につけた。シャツをたくしこんだり、クラヴァットを巻いたり上着をはおったりすることもなく、ブーツに足を押しこんで屋敷を出た。

玄関前の階段にしばらく立って、肺いっぱいに空気を吸いこんだ。ここのほうが楽に息ができる。朝靄《あさもや》も晴れはじめ、ベイラナンならではのいっぷう変わったよくわからない香りが漂っていた。彼は向きを変え、湖のほうに歩きだした。水辺が近づいてくると桟橋に人影が見えたが、霧で半分ほど隠れている。もう数歩そばに行くと、釣り竿を手にした小柄な男だということがわかった。彼の足音で男が振り向き、日に焼けた顔と、爆発したような白髪頭が目に入った。

「あんたは！」ジャックは目を見ひらいた。

「ああ」年寄りがけんか腰にあごをあげる。「わじだよ」

「アンガス・マッケイか」ジャックの口もとに小さく笑みが浮かんだ。「ぼくの土地に不法侵入しているようだが」

「ベイル湖はだれのものでもねえ」マッケイが言い返す。

「ああ、だが桟橋はぼくのものだ」ジャックも応戦した。「しかも、あんたはいま、いわゆる密猟というやつをしているようだが」

「イソベルざまは気にじねえ」

「ああ、そうだろうな。それに、ぼくもいまは鉄砲を持っていないから、ぼくがいても安全だ」

年寄りは荒い鼻息を返しただけだった。ジャックを頭から足までじろじろと見る。「教会に行けるような格好じゃねえな。逃げようとでも考えとんのが？」

「逃げる？」ジャックは身をこわばらせた。「結婚式から？　まさか」

「よがっだ」年寄りはうなずいた。「住人はぞんなのゆるざねえ。ごごでは、みんなイソベルざまが大好ぎだがらな」

「それは見ていればわかったよ」ジャックは冷たく言った。桟橋の年寄りのところに行くと、湖を見わたした。

「霧が晴れでぎだな」マッケイがしばらくのちに言い、ジャックは驚いて彼を見やった。つっかかってくるばかりだったこの年寄りが、会話の口火を切ろうとしているのか？「結婚式にはいい日和だ」

「ミス・エリザベスは喜ぶだろうな」ジャックも同意した。「彼女はいろいろと縁起をかつぐらしいから」

「ぞうなんだよ」

「あんたも出席するのかい？」少し間をおいてからジャックは言った。

「教会に？」マッケイは疑わしげに眉をあげた。「いんや、行がねえ。でもあどから行ぐよ」

ベイラナンの方向に、ぐいと頭を動かした。「でなぎゃ、なんでごんなどごに出でぐるもんかい。宴会に、なんぞ持ってかにゃいがんだろ?」

「つまり、結婚祝いに持っていくための魚を、うちの湖で獲ってたのか?」ジャックは吹きだした。

「おや、ざっぎも言っだがね、お若いの、ベイル湖はだれのもんでもねえ。まじでやイングランド人のもんなんがじゃねえ」マッケイはふきげんそうにつけ加えた。

「初代のレアードがベイル湖のレディから湖をいただいたと聞いたが?」ジャックも応戦した。

「湖のレディ!」マッケイが驚いた顔で見た。「あんだ、レディのなにを知ってる?」

「ほとんどなにも」ジャックはすなおに認めた。

年寄りはのどが詰まったような奇妙な音をたてたが、しばらくしてようやく、アンガス・マッケイは笑っているのだとわかった。「緊張じででも、でえじょうぶだ」

「緊張? ちょっと待ってくれ」ジャックはちらりとマッケイを見やった。「緊張なんかしていないぞ」

「ほう、ぞうが? んじゃ、なんかほがのごどで結婚式の日の朝早くに、湖なんがに出でぎだんだな」

「ああ、まあ……だが、緊張じゃない。ほんとうに」ジャックは腕を組んだ。「ぼくは一回のカードの勝負で何千ポンドという金を賭けても、髪の毛ひと筋ほども動じない男だぞ。だれにでも訊いてみるがいい」

「血管に冷水でも流れでるってが？」

「そのとおりだ。父親にもそれだけは感心されたよ」

「んじゃ、あんだがびくついでんのは、お嬢ざんにってごどだな？」

「まさか。びくついてなどいない。これはただ——って、いったいなんなんだ？」ジャックはいきなり叫んだ。「どうしてこんなところに来たのか、さっぱりわからない。そしてこれから、よく知りもしない相手と結婚しようとしている。インヴァネスで買った贈り物もわたさなきゃいけなかったのに、いつ、どこで、なんと言ってわたせばいいかもわからなくて。このぼくが！　どうして彼女と話すのがこんなにたいへんなんだ？」

「おやまあ。女ってのは……」

「なにを言ってる。ぼくは女性と話すことなどなんでもない男だぞ。だれとだって話せる。ぺらぺら口がよくまわるからな。彼女にもそう言われたさ。でも彼女とは——もう何日も様子をうかがうくらいで、説明することもできずにいる。うまく直せない」

「直ずって、なにを？」

「わかるものか！　とにかくそういうことなんだ」ジャックはマッケイに面と向きあった。こんなふうに胸の内を、数週間前は会ったこともなかった男に——しかもマスケット銃を突きつけてきた男に――ぶちまけるなんて、ばかげているのはわかっている。だが、なぜだか止められなかった。決壊したダムから水が噴きだすかのように、言葉があふれてくるのだ。

「ぼくにきょうだいがいようがいまいが、なんの関係があるんだ？　ぼくの両親の話をしてどうなる？　どうして彼女はぼくの住んでいた場所なんか知りたい？　ぼくがしてきたことをなんでもかんでも話して、なんの意味があるというんだ？」

「あれまあ。女ってのは……」またマッケイは言い、かぶりを振った。

「ぼくが戻ったとき、彼女はうれしそうに見えたんだ。いや、うれしかったはずだ。なのに、急に変わった。一瞬にして氷みたいに冷たくなった。そしてぼくのことを――」急に黙ったジャックは、唇を引き結んだ。

「ぺてん師だって？」マッケイが言ってみる。「賭博師どか、密輸人どか言われただが？」

「ちがう！」ジャックは彼をにらみつけ、マッケイは肩をすくめて自分の仕事に戻った。

「ぼくはぺてん師じゃない」ふう、と長い息を吐く。「彼女には、ほんもののぼくじゃないと言われたんだ。うわべだけの人間だと」

「ほう……」マッケイは、スコットランド人がやたらとよく出す変わった声を出した。「わじにはじゅうぶん、あんだはほんものに見えるがな。ここに立っとるあんだは、にぜもんかい？　わしらとおんなじ中身があるど思うが」

ジャックはくくっと笑い、体の力が抜けた。「たしかに」

「お嬢ざんにがまんならんってごどか。結婚はぜんほうがええんでないか?」マッケイは探るような顔つきでジャックを見た。「でも、あんだはわが道を行ぐんじゃろうな。若いもんはみんなぞうだ」彼は肩をすくめ、勢いよくジャックにうなずいた。「ほら、もう戻って、みじだぐじだほうがええ。ぞんな寝起きみたいななりじゃあ、イソベルお嬢ざんと結婚でぎねえぞ」

「ああ。そのとおりだな」ジャックはマッケイにおじぎをした。「ごきげんよう、ミスター・マッケイ。また宴のときに」

「ああ」行きかけたジャックに、マッケイは言い継いだ。「ときどき、ごごに息抜きに来でもええぞ。外に出だぐなっだとぎは。川で釣りをじでもええ。心が休まるぞ、釣りは」

ジャックはうっすらと笑った。「あいにく、釣りの仕方がわからない」

「なに、わじが教えでやる。覚えられるだろ」

「ああ、そうだな、たしかに。それもいい。そのときは世話になる」

不思議と、ジャックはアンガス・マッケイと話したあとは気持ちが落ち着いていた。しかし胃のほうはまだ締めつけられるようで、料理人のこってりとした朝食は入りそうになかった。だからお茶を一杯だけ飲んで部屋にあがり、教会へ向かう準備を始めた。

一時間後、顔を洗ってきれいにひげをあたり、一張羅《いっちょうら》をまとったジャックは、客間にいた。窓から外を眺め、刻一刻と時間が過ぎていくのを待つ。ドアから女性の声がして、彼は物思いから覚めた。「ミスター・ケンジントン?」一度も会ったことのない女性が、ドアのところに立って彼を見つめていた。彼女の髪は暗い赤毛で、左右に少し離れた目は息をのむような金色だ。小柄でふくよかな体は、イソベルのような高貴な美しさを醸しているわけではないが、どこか彼女には強い生命力が感じられた——表情か、立ち姿か、人柄か、なにか常人とはちがうものがある。いやでも目に入ってこずにはいられないような女性だ。

「そうだが?」

「わたしはメグ・マンローです。コールの姉よ」彼女は前に進みでた。握手の手は差しださないが、あいかわらずまじまじと彼を見つめている。品定めされているのではないかと、ジャックは感じた。

「なるほど。これははじめまして」ジャックは丁寧なおじぎをした。では、この女性が、イソベルがともに育ったという人か。金髪で体の大きなコールとは似ても似つかないが、やはり弟と同じように、ジャックに対して好意的ではないのではないだろうか。

「エリザベスおばさまとわたしがあなたを教会までお連れします」

「連れていく?」

「それが習わしなの」メグは肩をすくめた。「イソベルは、イソベルのご親族とコールがわたしの家から教会へ連れていくわ。そしてあなたは、ここからイソベルのおばさまとわたしが連れていく。そうすることで、あなたたちは式が始まるまで互いに顔を合わせずにすむというわけ」

「そのために、みんながたいへんな苦労をしているようだが」

「ええ」メグは唇の両端を、くっとあげた。「エリザベスおばさまはぜったいに習わしを守ると決めていらっしゃるわ。イソベルには最高のことをしてあげたいって」そこでメグは言葉を切り、笑みが消えた。「わたしたち全員が、同じ気持ちよ」

ジャックは片方の眉をつりあげた。「イソベルは愛されているんだな」

「ええ。とくに、わたしにね」メグは彼に近づいた。その真剣なまなざしに、ジャックが気《け》圧《お》される。「イソベルを大切にしてちょうだい、ミスター・ケンジントン。彼女は、おざなりな結婚をさせてもいいような女性じゃないの」

「イソベルは、無理にぼくと結婚するよう強制されているわけじゃない」

「屋敷と地所内の住人を守らなければならないことが、強制じゃないというの？　でも彼女を不幸にはしないで。そんなことをしたら、後悔させてあげるわよ」メグは彼の目を見据えた。「ベイラナンじゅうの人に訊いてみるといいわ。わたしはごまかされるような女じゃないから」

ジャックはメグの目を見返した。おもしろいと思う気持ちと驚きがないまぜになっていた。

「わかったよ、ミス・マンロー。約束しよう、ぼくはどんな形であれ、イソベルを不幸にしようなどと考えてはいない。彼女の望むとおりにするつもりだ」

「よかったわ」メグはにっこりと笑った。「さあ、そろそろ教会に行きましょうか?」

興奮で頬を上気させたエリザベスが玄関で加わり、みなそろって馬車で教会へ向かった。

教会に入ると、女性ふたりがジャックを連れて中央の通路を進み、最前列の席まで連れていった。そこにはすでにイソベルがいとこおじたちと座っていた。彼女は頭をわずかにうつむけ、繊細な曲線を描く白いうなじをさらしている。ジャックと付き添いのふたりが席にたどり着くと、彼女は顔をあげて振り向いた。顔色が青ざめ、グレーの瞳が大きく見える。イソベルは立ちあがって彼に向き直った。淡い青のドレスをまとった華奢な姿が愛らしく、顔には誇りと不安と決意の入り混じった表情が浮かんでいた。

その瞬間、ジャックの胸のつかえはほどけ、不安もためらいもとけて消えた。彼は手を伸ばし、イソベルの手を取った。

16

朝のあいだじゅう、イソベルの胃はもんどり打っているようだった。前の晩に飲んだ慣れないウイスキーのせいだと思いたかったけれど、ほんとうは、ただ自分がおじけづいているだけなのだとわかっていた。しかしジャックに笑いかけられて手を取られると、ようやくそれが収まりはじめた。彼女の不安の原因はジャックに関わることがほとんどなのだから、彼の存在で心強くなるなんておかしいのだけれど。彼が自分のことをなにも明かそうとしないという、容赦のないところこそが、岩のように動じないものを感じさせるのだ。

イソベルは誓いの言葉を、ジャックの顔をしっかりと見据え、揺るぎない声で口にした。彼が指輪をはめてくれるときにうつむいて手を見たら、驚いたことにエリザベスが彼にあげたものではなかった。訝げに彼の顔を見たけれど、そのとき牧師がまた話しはじめ、そしてジャックがキスで誓いを締めくくった。

ジャックとイソベルが屋敷に到着したとき、すでにベイラナンの中庭ではあらゆる大きさの台車や荷車がひしめきあっていた。納屋のなかもきれいに掃除され、片側に長テーブルを並べて食べ物が用意されていたが、中央部分はダンスを踊れるように空けられている。大半の人が入口あたりで固まり、ジャックとイソベルが入場したとたん、ふたりのまわりに群がった。

招待客に夫を紹介するイソベルは、どうも口がもつれぎみだった。ジャックのことをそんなふうに言うのは、とんでもなく違和感があったのだ。しかし少なくともジャックとのあいだにあったぎこちなさは、式を挙げたことで解消したらしく、もう一度彼と話したり笑ったりできるのはうれしかった。イソベルのおなかが鳴り、今日は緊張でなにも食べていなかったことを思いだした。食べ物の乗ったテーブルをものほしそうに見やったが、祝福してくれる人たちに囲まれて動けず、なにかを食べることは無理そうだ。

うしろではバグパイプの音あわせが始まり、ジャックがぎょっとして思わず振り向くような物哀しい音が長々と響きわたったところで、演奏が始まった。目を丸くしてバグパイプを吹く男たちを見つめるジャックに、イソベルは声をあげて笑った。ジャックが彼女を振り返り、一緒に笑う。「話には聞いたことがあったけど、こんなにやかましいとは思わなかったよ」

「すぐに慣れるわ」イソベルはあっさりと言った。「ダンスはひと晩じゅうつづくの」

「この曲で踊るのかい？」

「いえ、この曲では踊らないわ。これは嘆きの曲なの。でも、ほかの曲はダンス用よ」イソベルの瞳がいたずらっぽく輝いた。「まあ、見てて。すぐにダンスフロアに引っ張りだされると思うから」

「イングランド男をからかってやろうって？」ジャックはにやりと笑った。「ダンスはもちろん、ありとあらゆるたしなみは身につけてあるんだ」

「ここのダンスはちがうわよ」イソベルは笑った。

ジャックは熱っぽい目をして身を寄せた。「最初のワルツを一緒にどうだい？」

彼の近さに胸がはねたことは無視し、イソベルは驚いたように目を丸くして見せた。「まあ、だめよ、このキンクランノッホではワルツなんて踊らないの。とてもはしたないんですもの。アンドリューがミセス・グラントにロンドンでワルツを踊った話をしたら、地獄に真っさかさまだと思われたのよ。わたしもワルツは踊ったことがないの」

ジャックは彼女のウエストに片腕をまわして隣りに引きつけ、彼女に耳打ちした。「だったら、喜んで教えてあげよう。すごく楽しめると思うよ」

彼の目の表情からは、ダンスではなくほかのことを教えると言っているように見えて、イソベルは急に息遣いを乱した。そこへおばとメグがやってきて、最初のリールを踊りに連れだしてくれたので助かった。それがすむと、まずはいとこおじとその息子にダンスを申し込まれ、次にコールが来た。ジャックのほうも、エリザベスやメグや建物内にいる女性たちを次々と相手することになった。

代表的なカントリーダンスであるリールでは、最初の一曲二曲はジャックもうまく踊っていたが、だんだん曲も動きもスコットランドのものになってくると、彼の踊る姿でまわりはおおいに盛りあがった。ジャックがまわりの人々と同じくらい笑っているのを見て、イソベルはほっとした。地元の人たちに好かれるという長い道のりを、彼はいま進もうとしている。それがどういう結果になろうと、そんなことを気にする理由はないのだけれど、やはりうれしくて、誇らしく思うことは避けられなかった。

最初にダンスフロアから出てきたとき、イソベルは小作人の妻たちに囲まれた。どうやらみんな、花嫁に授けたい知恵のひとつやふたつがあるらしい。部屋の反対側に用意されているごちそうのことがイソベルの頭をかすめたが、おかみさんたちの話を楽しく聞くことにした。しかし数分後、彼女とミセス・グラントのあいだに手がひとつ伸びてきて、山盛りの料理が乗った皿をわたされたのでびっくりした。イソベルが目を丸くして半ば体をよじって見あげると、ジャックのきらきらした瞳と目が合った。

「おや、ごれはまた話を聞がぜたい若いのが来たよ」おかみさんのひとりが言った。

「夫たるもの、妻に食べさせないといけないだろう?」ジャックは言い、その場にいる全員に満面の笑みを向けた。

「ありがとう」イソベルは心から言った。「どうしてわかったの?」

ジャックは笑った。「自分の腹の減り具合から。きみもぼくと同じくらい食べられなかっただろうと思ってね」彼の息から少し酒のにおいがして、彼は食べ物のテーブルだけでなく酒樽の場所も見つけたのだろうとわかった。

ミセス・グラントが笑った。「自分の結婚式を思いだすわ。あたしもぜんぜん食べられなくって。祭壇で倒れぞうになったの、ぞれぐらいふらふらで。デイヴィが腕をつかんでぐれてたおかげで立ってられたのよ」

ほかのおかみさんも口々に自分の結婚式の話をしたり、緊張してどんなことになったかを話しはじめ、だんだん話の内容が大げさになっていった。ジャックは話のひとつひとつにしっかり耳をかたむけ、驚きもあらわにかぶりを振ったりした。しかし、やがてイソベルに向かってウインクし、身をかがめて彼女の頰にキスしたときには、イソベルは心臓が小さくはねるのをどうすることもできなかった。彼はほかの女性たちににこりと笑った。「レディのみなさん、ぼくは席をはずさねばなりません。ミス・マンローがこちらに向かっているので、逃げなければ。またダンスフロアに誘われて恥をかいてはたまりませんからね」

彼が行ってしまうと、すぐさま女たちはジャックのいいところを列挙しはじめた。なかにはあまりに率直なことを言う女もいて、イソベルの頰は真っ赤になり、それでまたみんな笑うのだった。だから、メグが大事な用があるからと言っておかみさんたちの一団から庭に連れだしてくれたときには、イソベルは胸をなでおろした。

「ありがとう！」イソベルは礼を言った。外は夕方に近づき、太陽はもう丘の下にまで隠れて地平線のあたりだけが輝いている。夕暮れのひんやりとした風がほてった頰を冷やしてくれ、イソベルは納屋の壁際にあった石のベンチに腰かけて、息をついた。

「ちょっと静かにしたいんじゃないかと思って」メグも隣りに座り、前に脚を伸ばした。

「ええ――それに食事もしたかったの」イソベルは笑い、料理を口に入れはじめた。

「みんな花嫁と話がしたいのよ。ミスター・ケンジントンがあなたに食べ物を持ってきてくれていたわね。やさしいのね」

イソベルはうなずいたが、メグのほうを見ないでおそるおそる尋ねた。「彼のこと、どう思った？」

「ケンジントンのこと？」メグが頭をかしげて考える。「どうしてあなたが彼に惹かれたのか、わかったわ」

「メグ……まじめに訊いているの」

「わたしもまじめよ。彼は見た目もすてきだし、自分らしさも持っているわ。あなたの相手でなければ、少しくらい言い寄ってみたいかも」

「言い寄るだけ？　それ以上はないの？」

「ええ」メグは少しうらやましそうな顔でかぶりを振った。「カム・フレイザーに、冷たい女だと言われたことがあるの。彼の言うとおりかもしれないわ」そう言って肩をすくめる。

「でも、それ以上のことをしたい女性もたくさんいるでしょうね」

「それはまちがいないわ」イソベルは無愛想に言って、皿のじゃがいもをつついた。

メグがちらりと見て眉をひそめた。「それは、彼がこっそりほかの女と遊んでいたってこと？」

「いいえ、ここでではないわ。それにこそこそしてもいないし。でも、彼はインヴァネスに行ったの」

「ああ、なるほどね。彼がそこで娼婦を買ったと思っているのね」メグは肩をすくめた。「どうしてインヴァネスに行ったか、本人に訊いてみた？」

「まさか！　そんなこと訊けないわ！」イソベルはショックを受けた顔を向けた。「それに、どうせ彼は答えてくれないわ。行ってくる挨拶をしにきたときも、すごくあいまいなことしか言わなくて。だから、そういう理由で行ったにちがいないと思ったの。それに、そんなことを訊いたら、彼が娼婦と遊んでいるかどうかをわたしが気にしているみたいに思われるわ。わたしはそんなこと、気にしていないし。いえ、気にするべきじゃないの。べつべつの生活をするという約束だもの」

メグは長いこと、思いやりのこもったあたたかな目で友を見つめていた。「イソベル……」

「やめて」イソベルは表情を引きしめた。「あなたに同情してもらいたくないの。だいじょうぶよ。自分のベッドはととのえてきたし、そこで眠るから」

「どうかしらね」メグは横目でちらりと見て、口の端をあげた。

イソベルは肩の力が抜け、くすりと笑った。「どうかしらね」

「レディたち！」ふたりが顔をあげると、またいとこのグレゴリーが庭を突っ切って近づいてきていた。「こんなところでなにをしているんだい？　崇拝者の群れから身を隠しているのかな？」

「少しやすんでいるだけよ。それに、イソベルは食事ができていなかったから」

「外に出てきたのもわかるよ。なかはすごい人だね。イソベル、きみは人気がありすぎるよ。花嫁と一度しか踊れていないないなんて。またいとこなら、もうちょっと思いやりをかけてほしいな」

「あきれた！」メグがちゃかした。「イソベルともう一度踊りたいだなんて言って、わたしには一度も声をかけなかったくせに」

「ああ、だってきみには、ぼくがきみの三つ編みをインクびんに浸けて以来、わけのわからない反感をずっと持たれているからなあ」グレゴリーは大げさにため息をついた。「きみにはぼくの願いは通らないって、わかってるんだ」

メグは目をくるりとまわして立ちあがった。「それならあなたとリールを踊って、そんなことはないと証明してあげるわ。イソベル、あなたはどうする？」

「ええ、いま行くわ」イソベルは皿を横におき、もうひとふんばり社交に精を出さなければならないと思いながら、ふたりにつづいて納屋に戻った。

しかし足を踏みいれたとたん、興味津々でおしゃべりなおかみさんたちのかしましい声よりもはるかにひどいものが目に飛びこんできた。奥の隅で、ジャックとコールが向かいあわせで立っていたのだ。力んだ立ち姿とこわばった表情を見れば、ふたりが口論していることは説明してもらわなくてもわかった。

17

イソベルはあわてて納屋を突っ切り、ふたりのところへ向かった。近づいていくにつれ、早口でしゃべるジャックのけわしい声が耳に入った。「おかげでイソベルはぼくの妻だということを思いだしたよ。彼女を守るべき人間が必要なら、そうするのはこのぼくだ。あんたに守ってもらう必要はないし、守ってもらいたくもない」

コールの首が赤黒い色に染まり、体の両脇でこぶしを握りしめた。しかし彼が言い返すよりも先にイソベルはふたりのところまで行き、片手をジャックの腕に、もう片方の手をコールの腕にかけた。

「ふたりとも！」イソベルは無理にでも大きな笑みを浮かべ、まずはコール、次にジャックをその場に視線で縫いとめた。そしてあくまでもにこやかな表情を崩さず、低く厳しい声でつづけた。「いったいあなたたちは、ここでなにをしているつもりなの？　わたしの結婚式をけんかで台なしにしないでちょうだい」

ジャックの腕が手の下でこわばるのをイソベルは感じた。彼がコールに向けた表情は、たいていの男性が後ずさりしそうなものだった。一瞬、聞く耳を持ってはくれないかと思ったが、ジャックの体から力が抜けてあきらかに表情がやわらぎ、イソベルにさっとおじぎをした。「もちろんだよ。今日という幸せな日を台なしにするつもりはないさ」

イソベルがコールを見ると、彼も短くうなずいた。「そうとも。すまなかったね、イソベル」ぎろりとジャックをにらみつけたのを見ると、あきらかにジャックにまで謝罪したということではないらしい。

コールが大股で去るいっぽう、イソベルはジャックの腕を取り、できるだけさりげなく歩いているように見せながら、扉のほうへ誘導していった。ジャックの歩みはしっかりしていたが、ウイスキーのにおいが香水のようにぷんぷんしている。イソベルは疑わしげに目を細めて彼を見あげた。「酔っているのね?」

「ばかを言うな」

「蒸溜所みたいににおうわよ」

「そりゃそうだろう。振り向くたびに〝まあ、一杯〟と酒を押しつけられて、におわないほうがおかしいよ。でも酔っぱらってなんかいないぞ」ジャックは尊大な顔つきで彼女を見た。

「そうでしょうとも」イソベルは冷ややかに言いながら、一緒に涼しい庭に出た。「そんなふうだから、コールと殴りあいをする寸前になっていたのね」

「ぼくがコールと殴りあい寸前になっていたのは、あいつがえらそうに口を出してきて、いかにも自分が正しいって——」ジャックは突然止まって彼女に向き直り、両腕を放りだすようにして横におろした。「ここにいるやつらはみんな、いったいぜんたい、ぼくがきみになにをすると思っているんだ? きみを不幸にするな、さもないと責任を取らせるぞと言われたのは、きみのご友人のマンローで本日三人目だぞ」

「あら、まあ」イソベルは唇を引き結び、口もとがゆるむのをこらえた。「そんなにたくさん?」

「ああ。だが、まだ今日は終わっていないから、まだまだ増えるだろうね」

髪の毛がくしゃりと乱れ、むくれた少年のような顔をしたこういう彼は、なんだかかわいらしかった。笑って、ぎゅっと抱きしめて、彼もつられて笑いだすまでキスしたいような気持ちになる。

「コールの前にも」ジャックがむっとした口調で言った。「きみのために食べ物を取りにいったとき、きみのまたいとこのグレゴリーが話しかけてきて、もしきみが不幸になったらひどい目に遭わせると言われたよ。最初にすごまれたのは、きみの友だちのメグだったけど」ジャックはそこで間をおき、慎重につけ加えた。「いちばんおそろしかったのは、彼女だったな」

くすくす笑うイソベルに手を伸ばし、ジャックは彼女の肩を抱いて自分のほうに引きよせた。「ああ、イソベル、かわいい《ボニー》、かわいい《ボニー》イソベル」

「あら、またそんなことを言って」そう言い返したものの、彼の両手がするりと背中をなでて腰までおりて彼の体にきつく押しつけられると、体が震えるのを隠すことはできなかった。
「きみをどう思っているか、言葉で言わなくてもわかってもらえるよね」ジャックが彼女の
髪に顔をうずめてすりつける。
「そうね、じゅうぶんに伝わってくるわ」はっきりしゃべろうと思うのに、息切れしたよう
な声になってイソベルは戸惑った。
「もうずっと、長いこと、今夜のことを考えていたんだ……」彼はイソベルのこめかみに唇
を押しつけた。「きみがほしかった」
「お酒ばかり飲んでいたから、そんなことを言うのでしょう？」
「ちがうよ」彼が笑ったのが、肌を通して彼女にも伝わった。「酒のせいで口がまわりやす
くはなっているかもしれない。でも、ほしいという気持ちはずっとあったんだ」
「ジャック、わたしは――」耳たぶに軽く歯をたてられ、イソベルは小さく息をのんだ。突
然、全身に怒濤《どとう》のごとく熱がまわりはじめる。
「きみはちがうのかい？」ジャックは頭をあげ、にこりと彼女を見おろした。「結婚を申し
込んだのはきみだろう。そんな申し出をされて、男がなにを考えると思う？」
「からかっているのね。でも、わたしは……わたしは……」彼の深い瞳に吸いこまれ、なに
も考えられなくなる。

「ぼくがふれたら、きみは震えるじゃないか」ジャックは彼女の唇の端にキスを落とした。「それに、きみの唇は蜂蜜より甘い。ぼくがキスしたら、ちゃんと応えてくれるし」もういっぽうの端にも、また口づける。「ここへ戻ってきたとき、ぼくの腕に飛びこんできてくれたね。まるで天国みたいだったよ」

とうとう唇同士が深く重なった。もうお遊びは終わりだ。合わさった彼の体に熱がみなぎるのがわかり、いっそう腕に力がこもって強く抱きしめられた。その瞬間、イソベルの頭は真っ白になり、全身をめぐる快感と奥深くからせりあがってくるうずきしか感じられなくなった。

「幸せなおふたりざんがいたぞ！」納屋の開いた扉のあたりから、酔っぱらったような声がした。

ジャックは小さく悪態をついて、イソベルを放した。ふたりして声のしたほうを見ると、納屋から出てきたばかりの男たちがそこにいた。

「ほう、見たどころ、新婚初夜に向がうどこに間にあっだらじいぞ」ひやかしの言葉に、ふくみのある笑いがいっせいにつづく。そのうちひとりが納屋のなかでお祭り騒ぎをしている人々に向かって、声をあげた。

「これもハイランドの習わしなのかい？」ジャックが訝しげな顔でイソベルを見た。「寝室にまでぞろぞろとついてくるなんて言わないだろうね？」

「結婚式の宴は少しやかましく騒ぎたてることになっているの」イソベルも認めた。「でも、そのあとは、わたしたちが無事に屋敷に入っていくのを見届けるだけだと思うわ」

納屋から人がぽつぽつと出てきてふたりを取り囲み、笑い声や冗談が飛び交うなか、追いたてるように庭を突っ切って、屋敷の玄関へと移動していった。ドアが勢いよくひらくと、イソベルはジャックを振り返って言った。「ここで――」

「わかってる」ジャックは身をかがめ、イソベルを抱きあげた。「きみのおばさんから、詳しい手順は教えてもらったよ」

ドアの敷居をうっかり踏んで不幸を呼びこまないよう、注意してまたぎ、玄関に入ってからジャックはイソベルをおろした。人々があとからなだれこむなか、彼はイソベルの手を取り、はやしたてる声を背中に受けつつ彼女の手を引いて階段をあがった。下にいる人々の視界から逃れるかのように最後の数段を駆けあがると、彼はイソベルもろとも自分の部屋にさっと入って背後で鍵をまわした。

「あの連中についてこられちゃかなわない」彼が言い、イソベルは声をたてて笑った。

しかし部屋を見まわして現実が頭に入ってくると、イソベルの笑い声はのどの奥で消えて目をそらした。長いことレアードの地位と力の象徴であった巨大な古いベッドが、窓と窓にはさまれた壁際に鎮座していた。四角柱の太い脚で支えられ、深緑色のブロケード織りの天《てん》蓋《がい》までついたベッドは存在感がある。イソベルは急に息苦しくなって、どこを見ればいいのかわからなくなった。

ジャックが彼女のうしろに立ち、両手をウエストの両側に添えたので、イソベルはびくりと飛びあがった。

「しっ、静かに」ジャックは両手をすべらせ、軽く彼女を抱きかかえるようにして、彼女の頭に頬を当てた。「かたくならないで。今夜は無理にベッドに誘うつもりはないよ。みんなに思われているほど、ぼくはけだものじゃないんだ」

「わかっているわ」自分が緊張しているのは、彼に無理強いされるかもしれないからでないことは、黙っておいたほうがいいだろう。「ただ、今日はずっと……たいへんだったから」

ジャックは小さくははっと笑い、その息でイソベルの髪が揺れた。「それはしかたがないよ。でも、ぼくの部屋に入ってすぐに出てきたところをだれかに見られたら、まずいんじゃないのかい？」

「そうね。そのとおりよ」

「おいで」ジャックはイソベルの首の付け根に軽くキスして離れ、距離をおいた。「座って、ひと息いれよう。少しブランデーでもどうかな」

「お酒は遠慮したほうがいいと思うわ」イソベルはおなかに手を当てた。「昨夜、メグのところで少しウイスキーを飲んでしまったから」

「イソベル！」ジャックはぎょっとした顔をつくってみせた。「結婚式の前の晩に酔っぱらったのかい」そう言って笑いだす。「それなのに、ぼくがちょっと飲んでいるからって、あんなにうるさく言っていたのか」

「酔ってはいなかったわ！」イソベルは言い返したが、一緒に笑わずにはいられなかった。

「ほんのふた口、いえ、三口だったかもしれないけど、それだけよ」

「ほんの三口ねえ」ジャックはにやにやしながら戸棚に歩いていき、ブランデーの入ったデカンタを取った。「今夜、ほんのひと口がどれくらいなのか見てしまったからな——グラスの大きさに関係なく、一杯がひと口ってところかな」

「ほんの少しだったわ！」

「それにもちろん、きみの飲んだウイスキーは頭がふっ飛ぶようなものだっただろうし」

「ここのウイスキーはおいしくない？」

「そうは言ってないよ」ジャックはブランデーをそそいだグラスをふたつ持って戻ってくると、彼女にひとつわたした。「どうぞ。これを飲めば、まだ調子の悪いところがあっても治ると思うよ。ブランデーはどんな不調も治すって、たしかな筋から聞いたんだ」

ジャックはイソベルの手を取って暖炉にいざない、大きな両袖付きの安楽椅子に腰をおろして彼女をひざに乗せた。

「ジャック！」イソベルが抗議の声をあげた。「なにもしないって言ったでしょう？」

「そんなことは言っていないよ」彼の瞳が輝く。「無理やりはしないって言ったんだ」

ジャックは彼女の脚にかかるように腕をまわし、手を彼女のウエストにかけてうしろにもたれ、脚を前に伸ばした。

イソベルは彼のひざの上でしゃちこばり、両手でグラスを握って、どうすればいいのかと困り果てた。こんなふうに座るのが、あまりにもふつうのことのようになっている。彼の脚が密着し、肌と肌を隔てるのは薄い布だけ。けれど椅子はこれひとつしかないから、立っているのもおかしいだろう。イソベルはできるだけ彼のほうを見ないようにしたが、彼に見られているのは痛いほど感じていた。ぎこちなく酒をひと口飲んだものの、焼けるような液体がのどを通ってむせた。

ジャックは彼女のウエストに親指で小さく円を描くようになでた。「だいじょうぶ、力を抜いて。ぼくらはもう夫婦なんだ。それに、ここではだれにも見られない」

彼の言うとおりかもしれない。ブランデーであたたまり、体から力が抜けるのをイソベルは感じた。もうひと口、今度はもっと慎重にふくんで、少しだけ彼に寄りかかった。さらにひと口飲み、座りがいいように少し体を動かす。と、彼がくぐもったような、おかしな声をたてて彼女の手からグラスを取り、脇にある小さなテーブルにおいた。そして彼女の肩に手をかけて自分のほうにそっと倒させ、もういっぽうの腕は彼女の背中にまわした。

イソベルは小さく息をついて体をあずけ、彼の肩に頭をもたせかけて両脚を曲げ、全身で彼に寄りかかった。彼の首もとのくぼみに、驚くほどぴったりと頭が収まる。彼にもたれるのが、こんなにも楽だなんて。彼の手がゆっくりと、彼女の腕を上下になでさする。耳の下から聞こえるたしかな心臓の音、彼の体のあたたかさに、イソベルはほっとした。どれほど自分が疲れていたのか、初めて気づいた。まぶたがふわりと閉じ、次の瞬間には、彼の腕のなかで眠りに落ちていた。

目を覚ましたイソベルは、一瞬どこにいるのかわからなかった。分厚く濃い色のカーテンがベッドの片側に垂れ、真上にも同じく濃い色の天蓋がある。頭をめぐらせ、逆側のひらいたカーテンの外を見た。部屋はまだ暗かったが、窓の外でかすかに白んだ空は夜明けが近いことを告げていた。窓を背に輪郭を浮かびあがらせているジャックは、なにか窓の下にあるものを見つめているようだ。紳士らしいかっちりとした服装ではなく、ひざ丈ズボン《ブリーチズ》からは素足が覗き、シャツの前はひらいて胸があらわになっていた。

どこにいるのか、イソベルはようやく思いだした。ジャックのベッドだ。なんと、彼のひざで丸くなったまま眠ってしまったのだ。そういえば、一瞬目を開けたとき、彼に抱きあげられて運ばれていたことをぼんやりと覚えている。ベッドにおろされたとたん、またすぐに寝入ってしまった。はっとして、イソベルは自分の体を見おろした。シーツと毛布がきちんとかかっている。ドレスは着ておらず、靴も履いていなかったけれど、下着はつけたままなのを見てほっと息をついた。

彼女が動いた音を聞きつけたのだろう、ジャックが頭をめぐらせて振り向いた。「すまない。起こしてしまったかい？」

「いいえ。そうじゃないわ」暗くてありがたかった。これなら少しは恥ずかしさも薄れる。「なにをしているの？」

「酒盛りの様子を見ていたんだ。このあたりの人はどんちゃん騒ぎでお祝いするんだね」

ジャックはゆっくりと歩いて戻り、ベッドの片側に腰かけた。

「わたし、眠ってしまったのね、ごめんなさい」

「たいへんな一日だったからね」

「それにベッドまで運んでくれたのね。ありがとう」

「どういたしまして。それくらいしかできなかったけど。きみを抱いているのは心地よかったんだが、ひと晩じゅうそうしているわけにもいかないからね」

「あの……ドレスは……」イソベルは上掛けを守るかのように、手で押さえた。

ジャックがにやりと笑みをひらめかせる。「ああ。靴とドレスはぼくが脱がせたんだ。眠るのにじゃまだから」

「そんな」

ジャックはベッドに片手をついて、身をかがめた。「正直に言おう。とんでもなく扇情的な、楽しい時間だったよ。でも、そこでやめておいたけどね」手を伸ばし、シーツに人さし指をかけて、シュミーズの襟ぐりが見えるところまで引きおろす。「きみの体を暴くのは、目を覚ましてからのほうがいいと思って」

「えっ」イソベルは咳払いをした。急に頰がほてってくる。「もう朝なの？　あなたは眠らなかったの？」

「横にはなったけど――」彼は肩をすくめた。「眠れなかった」シュミーズの襟ぐりに指を添わせる。「きみにした約束を守るのは、思ったよりむずかしいんだ」

「わたし、出ていったほうがいいわね」

「だめだ。行かないで」ジャックは覆いかぶさるようにしてベッドの端に片手をつき、巧みに彼女を閉じこめた。

「ジャック」困ったようにイソベルが身じろぎする。

「心配はいらない。約束を破るつもりはないよ。きみが望まないことはしない。きみとベッドに並んでいるのは拷問のようなものだけど、楽しくもあるし」

イソベルは目のやり場に困った。彼の顔を見ればどうしてもどきどきするし、かといって胸に視線をおろすのも危険だ。はだけられたシャツから裸の広い胸が見えるから。引きしまった胸の中央に走るくぼみや黒い胸毛を見ると、口が乾く。彼が身動きすると、腹部の筋肉が動いたり肋骨がうねるのもわかる。彼にふれたくて、イソベルの手はうずうずした。肌や胸毛の感触を知りたい。彼の骨と筋肉にさわってみたい。男性の体がこれほど魅力的なものだとは、想像したこともなかった。自分がこれほどふれてみたくなるということも。

彼女の胸の内を読んだかのように、ジャックは彼女の手を取って自分の胸に導き、手のひらを当てさせた。イソベルが震えながら息を吸いこむ。手を引いて離すべきだ。顔をそむけ、この部屋から——このベッドから出ていくべきだった。

けれど彼女は指先を下にすべらせ、なめらかな肌や、ちくちくする胸毛や、皮膚の下にある引きしまった筋肉にうっとりした。彼の肌は熱く、彼女がふれるとそれがさらに熱をもって熱くなる。かたい肋骨のうねりをなぞり、脇腹にまで手をすべらせた。そこでジャックの顔を見あげたイソベルは、まごうかたなき欲望をそこに見て息をのんだ——嵐のように暗い瞳、張りつめた肌、ゆるんだ口もと。

イソベルはさっと手を引き、ベッドから出ようと体を起こした。「ごめんなさい。こんなこと——」

「だめだ。いいんだよ。ぜんぜんかまわない」毛布もシーツも、イソベルが動いたせいですべりおちていたが、ジャックはそれをもっとさげた。「いてくれ。もう少し。どんな感じなのかを、きみに教えたいんだ」

イソベルは頭を枕に戻した。じわじわと体をうずかせる期待のほうが、警戒心よりも勝った。彼が与えてくれようとしているものを、知りたいと切に思う。ジャックがゆっくりと誘うような笑みを浮かべ、舞いおちる雪さながらの軽くやさしい手つきでイソベルの体をなではじめた。突然、全身の感覚という感覚が目覚め、ほんの少し指先がかすめるだけでもシュミーズの生地を通してでさえ彼女の肌に火がついていく。彼の手の感触にイソベルは身を震わせ、押し寄せてくる感覚には驚くしかなかった。あまりに激しく、圧倒的な高ぶりでいっぱいになり、体の芯から揺さぶられる。

それほどの欲望を覚えていることがいたたまれず、イソベルはごまかそうと目を閉じながらも全身全霊でこの瞬間にのめりこんだ。この快楽はすばらしいけれど、それでもまだ足りない。衣服に隔てられることなく、じかにふれてほしい。その思いが強すぎて、薄い木綿のシュミーズをはぎとってほしいと言いそうになるのを、唇を嚙んでこらえた。またしても彼女の胸の内を読んだのか、ジャックはシュミーズのリボンをほどき、襟をゆるめてその下に手をすべりこませ、胸のふくらみをたどって、かたくなった先端へとたどり着いた。なでさする指がさらに奥へともぐり、やわらかな腹部を過ぎてもっと下へ……そして、ペチコートのウエストで止まった。

イソベルがもどかしげな声を小さくもらすと、得意げな低い忍び笑いが聞こえた。彼の手がシュミーズの縁をつかみ、そのまま引きあげて頭から抜く。ひんやりとした空気にむきだしの胸がさらされ、それだけで感じてしまって鳥肌がたった。目を開けてみると、彼がじっと見つめていて、貪るような熱いまなざしがまるで指先のように素肌の上を這っていた。驚いたことに、イソベルは羞恥《しゅうち》を感じながらも、それ以上にうれしくて、誇らしくさえあった。

自分に欲情してくれるのがうれしい。彼の前で裸になるのが、こんなにもすてきなことだなんて。

「イソベル」ジャックはつぶやき、やわらかな彼女の胸にそっと唇を押しつけた。「美しいイソベル」前腕で体を支えたまま、彼女のあちこちに口をさまよわせ、ゆっくりとやさしい口づけを落としていく。「今夜のことを、何日も前からずっと夢に見ていたよ」

敏感な肌に当たる彼の低い声の振動や吐息が、ベルベットのような唇と同じくらいイソベルを高ぶらせていき、脚のあいだのうずきが痛いほどつのっていく。

「夜も眠れず、廊下をほんの数歩行けばきみがベッドで眠っているということばかり考えていた。ナイトガウン姿で駆けおりてきたきみの姿を思いだしていたよ。うしろからランプの明かりに照らされて、まろやかな体の線が浮かびあがって」バラ色の先端に口づけ、さらにもう片方にも口づける。「あの夜は、きみがほしくておかしくなりそうだった」ペチコートのウエストに指をかけ、ぐいと下げてへそをあらわにする。「あれから毎晩」震える肌に唇を当て、浅いくぼみに舌を差しこんだ。

イソベルは驚いて息をのみ、とっさに手が動いて彼のシャツの袖をつかんだ。指先が腕に食いこんでも彼は意に介さないようで、吐息まじりに小さな笑いをこぼして上掛けをはだけた。彼女の上半身を唇で探りながらも、彼の手はペチコートの上をさまよい、彼女の脚を上に下にとなでさすった。ひとなでごとにペチコートはずりあがっていく。

「このきれいな脚はどれくらい長いんだろうって、悶々としていたよ。もうすぐ自分の手で確かめられると自分に言い聞かせて、ようやく正気を保っていたんだ。脚の形を隅々まで知り尽くして、ぼくの背中に巻きついているところを想像してね」薄いペチコートの下に手をもぐりこませ、脚をなであげる。長靴下と靴下留めをなぞり、その上でむきだしになった太ももにふれる。

慣れない感触にイソベルはびくりとし、思わず彼の名前が口からこぼれた。「ジャック……」

彼の肌の熱がいっきにあがった。ぎらついて切羽詰まった目を彼女に向け、彼女の顔によぎる感情を食いいるように見つめながら、ゆっくりと手を動かして、彼女の神経という神経をちりちりさせる。「もう一度、言ってくれ。そんなふうに呼んでくれるのを、ずっと待っていたんだ。ぼくの名前を呼んでくれるのを」

彼の手がさらに上に移動し、肌にゆるく円を描く。

「ジャック」彼女がぶるりと震え、一瞬、声が詰まった。「ああ、ジャック……」

彼はイソベルの上に乗りあげ、深く激しく唇を重ねた。体重をかけて彼女にのしかかり、やわらかなベッドに彼女をめりこませたが、その重みがイソベルにはうれしかった。彼をきつく抱きしめ、彼と同じくらい口づけにのめりこむ。脚のあいだがうずき、彼に言われたとおり、両脚を彼に巻きつけたくてたまらなくなった。

ジャックがいったん唇を離し、ひざ立ちになってひと振りでシャツを脱ぎ、床に放り投げた。そして彼女のウエストにあるひもを探ると、イソベルはその手を押しやって自分でひもをほどいた。彼の目にひときわ大きな炎が燃えあがり、ベッドからするりとおりてブリーチズを脱ぎ、そのあいだに彼女は下着をおろして足で脇に放った。彼に向き直ったイソベルは、完全に高ぶった男性の裸体を初めて目にして、動けなくなった。

そのとき、またジャックが彼女の唇をふさぎ、手と口で彼女のあらゆる感覚を呼び覚ましていった。イソベルはもうなにも考えられず、ためらいも消え失せて、それまでに手に入れたいと夢見たなによりも彼がほしいということしか見えなくなった。彼の手が脚のあいだにもぐりこむ。そこがうるおっていることを知ったジャックは、うれしいのか苦しいのかわからないというような、半ば笑い、半ばうめいた。彼女の胸を口にふくんでやさしく吸いあげ、指を広げて彼女をさする。両方からの快感があまりにも熱く激しく体を駆け抜け、イソベルは口からもれるうめき声をこらえることができずに両手でシーツを握りしめた。

ジャックが唇を肌につけたまま、低くなにかをつぶやく。意味はよくわからなかったが、イソベルの体はその言葉に寄り添うかのように反応した。彼の指が下におりてなかにすべりこみ、彼女をぐっと引き伸ばしてひらいた。イソベルは応えるように腰を持ちあげ、なにを求めているのか自分でもわからないながら、体の求めるままに動いた。彼が脚のあいだに体を割りこませてくると、自然と彼を受けいれようと脚がひらいた。とうとう彼女にもわかった。これが、自分の求めてやまなかったものだと。そしてこれだけが、自分の欲望を満たし、うずいている空洞を埋めてくれるものなのだと。

ジャックは前腕で体を支え、イソベルにのしかかるような体勢になった。その表情はおそろしく思えるほど影があり、礼儀正しさも、洗練されたところも、すべて削ぎおとされていた。これこそがほんとうの彼なのだと、イソベルはそう思い、勝ったという思いがかすかに頭をよぎった。

「きみとはゆっくり進めるつもりだったのに」そう言うジャックの声は息が乱れて揺れ、どれほど切羽詰まっているかをあらわしていた。「楽しませて、からかって、教えてあげようと思っていた。でも、残念ながら、もう待てない」

ジャックの手が彼女の下にすべりこみ、腰を持ちあげた。極限まで大きくかたくなった彼がそこを探り、入ろうとしているのがわかる。一瞬イソベルは全身をこわばらせ、彼の腕に指先を食いこませた。けれど痛みが走ったと思ったとたん、彼はもうなかに入っていた。そこをいっぱいに満たされて、悦びのうめきがこらえようもなくもれる。彼が動きだした。なかへ、外へ、こすれるのが気持ちよくて、とらえどころのない頂きへ誘われるように、いっきにのぼりつめた。

世界がはじけ、イソベルは思わず声をあげて体の芯から震えた。彼の体にも力がこもり、ぶるりと震え、彼女の首筋でくぐもった叫びをあげるのがわかった。イソベルはぐったりしながらも、その快感を永遠に取っておこうとでもいうように彼にしがみついていた。そうして世界はゆっくりと、甘い余韻とともに、もとに戻っていった。

18

淫靡で追いたてられるような夢から急に目覚め、イソベルははっとした。胸はふっくらと敏感になり、全身の肌がちりちりしている。体の奥がとろけて熱く、かすかにうずいているけれど、それは心地よいうずきだった。そんなことは初めてでびっくりしたものの、体が高ぶっているのだとわかった。

彼女がそんなふうになっている原因は隣りで寄り添い、彼女に片方の腕をまわし、手で尻の丸みをかかえていた。その手がもう数インチほど下がれば、彼女のうしろから指が脚のあいだにすべりこみ、そこにあるこのうえなく敏感で感じやすいところを暴きだしかねないような……。そんなことを考えてしまった自分に、イソベルはほんのり頬を赤らめた。いったい自分はどうしてしまったのだろう？

昨日は不安だらけで始まった一日だったが、この見せかけの結婚をほんとうの意味でまっとうするつもりなどなかった。それなのに、いまや彼女は清らかな体ではなく、満たされて充足感にあふれ、衝撃的な快楽とこの男性にすっかりとらわれている。嘆かわしいことだった。こんなことでは、心の弱い、身持ちの悪い女だということは否定しようもない。

そう、ジャックの素肌のどこもかしこも、ふれたくてたまらない……イソベルの唇が、笑みでゆるんだ。

「いいね、その微笑み」彼女の耳からそう遠くないところで、よく響く声がした。

イソベルは驚き、とっさに体を起こした。上掛けがウエストまですべりおち、裸の胸があらわになって上掛けをつかんだものの、ジャックが彼女の手に手を重ねてそれを止めた。

「隠さないで」ジャックがにやりと笑う。「このほうがもっといい」

体を起こして枕にもたれた彼は、無精ひげが伸びて目は眠たげにぼんやりしていた。その広い肩とむきだしの胸は、明るい朝の光のなかでも昨夜と同じくらい魅力的だった。イソベルはどこを見ればいいのか、なにを言えばいいかもわからず、困って顔をそむけた。彼の笑みだけで体の内側がとろけるなんて、いったいどういうことなのだろう。

イソベルが自分のことを道徳観念の薄い女だと思ったことは一度もなかった。けれど、たとえ法で夫だと認められていても、愛しているわけでもなく、よく知っているわけでもない男性を相手に、みだらな妄想をしてしまった。いや、妄想だけでなく、いまはもう本質的な部分で彼を知っている。そう思うと、イソベルのおなかの深いところがぎゅっと締まった。

どうにも好奇心を収めきれずに、イソベルは目の端で彼をうかがった。彼は頭のうしろで腕を組み、情欲でやわらいだ表情をしたまま、けだるげに彼女をずっと見ている。彼が手を伸ばして彼女の胸を包み、親指でやさしく先端をさする。イソベルは鋭く息を吸いこんだ。

「朝いちばんに、こんなにすてきな光景が拝めるとはね」ジャックは彼女と目を合わせて微笑んだ。「これからも、こんなふうに目覚められるといいな」

「それは……あの」

「うろたえたきみは、いっそうかわいいね。こっちにおいで」ジャックは彼女の腕をつかんで引き寄せた。「もう少しゆっくりしていよう。なんて言うんだっけ？　もうちょっと《ビード・ア・ウィー》？」

「そうよ」イソベルは震える声で答え、彼に寄り添った。顔に当たる肌はあたたかく、彼のにおいで五感が満たされる——汗と、欲と、ウイスキーの残り香。少し顔をまわせば、彼の胸に唇をつけられる。そんな考えにそそられたけれど、イソベルは彼の腕に手をかけるだけにとどめた——が、そうすると、たくましい筋肉の上にあるなめらかな肌がやはり熱をもっているのがわかった。みだらな夢ですでに火がつき、脚のあいだに生まれたうずきが、いっそう強くなる。

ジャックは彼女の顔にかかった髪をうしろになでつけ、そのまま豊かな髪に手をすべらせてから持ちあげ、自分の胸の上に広げて手を放した。イソベルは彼の腕をなでおろしてからまた手を戻し、ちくちくとした毛の手ざわりを楽しむ。それから彼の手の腱や骨もなぞり、感触のちがいにうっとりした。目を閉じて、もしこの手を彼の脚まで伸ばしたり、やわらかなおなかまでふれたらどんなだろうかと思い描く。

「今朝、まだ眠っているきみの声を聞いたよ」ジャックが親指の爪の先を彼女の手首から肩へ這わせ、さざ波のような快感を送りこむ。

「えっ」恥ずかしさでイソベルの肌はかっと熱くなった。「ごめんなさい」

「謝らなくていい。あんな声で起こされるなんてすてきだったよ」ジャックは同じような手つきで、今度は親指を彼女の脇腹に這わせた。それから彼女の頭のてっぺんにキスをし、かすれた声でつづけた。「どんな夢を見ていたんだい？　あんなにかわいい声をもらすなんて？」

いまやイソベルの肌は火のように熱くなり、顔をジャックの胸にうずめて隠してしまった。あんな声を聞かれ、どんな夢を見ていたか見透かされてしまうなんて、恥ずかしすぎる。

ジャックはくくっと笑い、彼女の髪を持ちあげてうなじに口づけた。イソベルは思わず身を震わせた。押し寄せる欲望に、羞恥心も圧倒されてしまう。

ジャックは片手で上掛けをはぎ、全裸のイソベルをさらした。まず彼女の肩から、急ぐことなく手を這わせていき、胸を包んで脇腹をなで、さらにお尻の丸みをたどっておなかに戻り、また下におりて脚のあいだのちぢれた毛に指をからめた。

イソベルは身をかたくして息を詰め、脚をきつく合わせたが、彼の指は容赦なく合わせ目にすべりこみ、熱く湿って震えるやわらかな場所を探り当てた。

「ジャック」ゆっくりとリズミカルに指を動かされ、イソベルは詰まったような声を出した。

彼の指でそこがとろけ、もうどうにもならない脈打つ欲望だけになっていくようだ。「だめ――なにをしているの？」

「きみをよくしているんだよ。どうかな」彼の声はかすれ、少し揺らいでいた。彼女の髪に唇を押しつける。「どう？　いいかい？」

イソベルは低いうめきをこらえることができなかった。「ええ。でも、あっ――」快感の波にとらえられ、ぶるっと震えて言葉に詰まる。巧みな指に緩急をつけてなでさすられて、脚のあいだで炎が燃えさかっていく。彼女がベッドにかかとを食いこませて体をひらくと、ジャックもそれに応え、彼女をどんどん快楽の大渦の深みへ追いこんでいった。イソベルの腰は、無意識に動いて彼をあおる。追いたてられてのどの奥で息がかすれ、もう無我夢中で、手を伸ばせばつかめそうなところにある灼熱の頂きに向かって駆けあがっていく。

とうとう彼女の上でそれがはじけ、イソベルはなにも考えられずに暗い深みへといっきに引きこまれた。うめきをあげ、彼の手に押しつけるように背をそらす。ジャックは彼女の髪に顔をうずめ、腕のなかでくずおれて震える彼女を抱きしめていた。

イソベルはぐったりと余韻にたゆたい、もはや恥ずかしいという意識もなく、一糸まとわぬ姿でジャックの腕に包まれて幸せだった。精いっぱい伸びをして頭上に腕を伸ばし、背中をそらす。日なたで伸びをする猫のように、しなやかで、優雅で、満ち足りた気分だった。

そのとき、ジャックの肌が焼けるように熱く、大きくなった彼のものが腰のあたりで脈打っていることに気づいた。

「ジャック……あなたはまだ……」イソベルは体をねじってひじをつき、彼を見あげた。欲にぬれた彼の顔をひと目見ただけで、答えがわかった。「どうしてあなたは――いえ、その、あなただって……」うまく言えずに声がとぎれる。

「ああ、そうだ……そうなんだけど」ジャックは手を伸ばしてイソベルの髪をいじった。「まだ早すぎると思って。きみはまだ準備ができていないだろうと……」小さく笑う。「残念ながら、こういうことに経験のない女性を相手にしたことがほとんどないんだ」

「そうなの？　経験のない女性とベッドをともにするのは初めてなの？」

「いや、最初のときだけかな。正直、そのときのぼくは相手と同じくらい経験がなくてね。とんでもなく怒りっぽい彼女の父親が、ぼくも彼女もこわくてしかたがなかった」にっと笑ったジャックの顔は、当時の若かった彼を彷彿《ほうふつ》とさせるものだった。「でも頭に血がのぼると、たいていこわさなんか忘れてしまうものさ」真顔になり、人さし指と親指で彼女の髪をつまんでするりとなでおろした。「きみに痛い思いはさせたくなかった」

「まあ」イソベルはじっと彼を見ていた。「そんなことはいいの。わたしはただ、もう一度、あなたをわたしのなかで感じたいだけ」

ジャックの瞳がかっと燃え、うなりにも似た声が彼ののどで鳴った。彼はイソベルを抱き寄せて組み敷いた。イソベルが抱きつくと同時にジャックは彼女のなかに押しいり、イソベルが息をのむほど彼女を押し広げていっぱいに満たした。ジャックが大きく、力強い動きで何度も突きいると、驚いたことに彼女のなかにもまた熱が生まれ、やがて彼がかすれた叫びをあげて腰を入れたとき、ふたりはもつれあうように砕け散る谷間へと落ちていった。

次にイソベルが目覚めたときは、窓から日が差しこんでいた。あたりを見まわし、ひとりだとわかって落胆する。伸びをしながら枕にもたれ、前夜のことを考えた。ふふっと笑って転がり、枕に顔をうずめる。結婚式の初夜は、想像していたものとはまったくちがうものになった。この先、とてもつらいことになるのはわかっていたけれど、いまはそんなことは考えたくない。いまはただ、この瞬間に酔っていたかった。

ドアのほうから物音が聞こえて振り向くと、ジャックが入ってきた。まだひげも剃っておらず、シャツとブリーチズだけという格好だ。いろいろな食べ物が山盛りになった大きな盆を運んでいる。

「よかった、起きたんだね。部屋を出るときはあんまりやすらかに眠っていたから、起こせなかったんだ」ベッドの上に盆をおろし、身を乗りだして彼女にキスをした。たんなる挨拶のキスのつもりだった。しかし体を起こして一歩さがりかけた瞬間に考え直し、もう一度、深いキスをした。イソベルは上掛けがすべりおちるのもかまわず、ひざだちになって彼の首にしがみついた。

しばらくしてようやく、ジャックは半ばあきれたようなうめき声をもらしながらイソベルの腰を両手でつかんで横にずらし、体を起こした。「ああ、イソベル、きみを見ると、とたんに決心がぐらついてしまう」彼は背後の衣装だんすに向かい、ガウンを引っ張りだした。「ほら。この光景を覆い隠してしまうのは惜しいけど、このままじゃあ、餓え死にしてしまうよ」

イソベルはガウンを受け取ってはおり、袖をまくりあげて両手が使えるようにした。盆の横に腰を据え、さまざまな料理の盛りあわせをよく見てみた。多種多様な肉、チーズ、パンが皿に山と積まれており、固まりかけたポリッジ、クリーム、やわらかく淡い色のバターもあった。カップがふたつとお茶の入ったポットが並んでいたが、うれしいことに、さわってみるとあたたかかった。

彼女がお茶をそそぐあいだ、ジャックは細長いパンを取って、ベッドの上にかたい皮をぱらぱらと落としながらふたつにちぎった。半分をイソベルにわたし、盆の反対側に寝そべってひじで体を支えた。

「料理人があわれに思ったのか、お茶をいれてくれたんだ。どうやら、やっとぼくを受けいれてくれたようだ——きっと、ぼくがきみの完全な支配下に入り、きみの欲望にひれ伏したことを見抜いたんだな」

「そうなの?」イソベルはくるりと目をまわし、お茶のカップをわたした。

「きみの肉体的な要求に応えようとがんばって、やせ衰えて死にそうだって訴えたんだよ」

「ジャック！」イソベルはむせて、彼をにらみつけた。

ジャックは笑ってパンをもうひと切れ口に押しこみ、イソベルは身を乗りだして彼をはたいた。彼はいっそう笑い、ふたたび飛んできた彼女の手をよけた。そして彼女の手首をつかむと、その握りこぶしを口もとに持っていってキスした。「こら、お手やわらかに頼むよ、ハイランダーは乱暴だなあ――って、うそだよ、そんなことは思っていない」

「今朝はずいぶんきげんがいいのね」イソベルは体を起こし、傷ついた声を出そうとしたが、顔が笑ってしまってだめだった。

「ああ、そうだね。奥さんを持つというのはとても楽しいことだとわかってきたんだよ。もっと早くこうすればよかった」

「ふうん。まだがみがみ言われていないものね。わたしはきっとうるさくなるわよ」

「へえ、でも、どうすればうまく切り抜けられるか、ぼくにはわかっているからね」ジャックは得意げににんまりして、彼女を笑わせた。「ともかく、料理人は納得して、宴の残り物をあれこれ出してくれたのさ。ただし、そのオートミールの粥も一緒に押しつけられたんだけどね」糊状に固まりかけた物体を、イソベルがこわごわとつつく。「それはぜんぶ、きみにあげるよ」

それに応え、イソベルはパンの切れ端にバターとジャムをつけて口に入れた。「あら、だめよ、だんなさま。料理人があきらかにあなたのために用意したものを、ひと口たりともいただくわけにはいかないわ」

「それはやさしすぎるなあ」ジャックはもうひとつ細長いパンを取って割り、黒くて丸い薄切りのなにかをはさんだ。「これがなにでできているかは聞かないでおくよ。せっかくおいしいのに、材料を知っていやな思いをしたくないからね」

「それは賢明だと思うわ」イソベルはジャックを見て、口もとをほころばせた。それまで彼女は落ち着いたジャックしか見たことがなく、こんなふうに無防備でほがらかと言ってもいいような彼は初めてだった。皮肉めいた冷笑的なとげとげしさもやわらいでいる。いままでより若く見え、少年ぽいとさえ思えた。ふと、自分がどれほど彼にこういう明るい表情をしていてほしいと思っているかに気づいて、イソベルの胸は締めつけられた。「下の様子はどう？　まだ浮かれ騒いでいるのかしら？」

「いや、うれしいことに、ほとんどの客は帰ったよ」ジャックはくっくっと笑った。「納屋の床で寝ているのは大勢いるけどね。召使いが何人か、片づけに動きまわっていた。きみのいとこおじのロバートは図書室にいたけど、顔を合わせずにすんだよ。きみのおばさんは、昨夜酔っぱらったからというよりも、おそらく彼に会わないために部屋にこもっているね――たぶんふたりのそういうのがいやで、グレゴリーは来なかったんだろう」

イソベルはお茶の最後のひと口を飲み、半分ほど空いた食事の皿を見おろした。部屋を見まわし、もうここにいる理由もないことに気づいた。「あの……わたしも……部屋に戻ったほうがいいわね」

「さっき小間使いに、きみの風呂を用意してくれと言ってきた。入りたいんじゃないかと思って」

「ええ、入りたいわ」イソベルの顔が輝く。

「ここに持ってくることになっているんだが」ジャックは彼女の顔を見て言った。「きみの服も一緒に」ひと息おいてつづける。「きみがいやじゃなければ」

「ええ。いえ、つまり、いやじゃないってこと」イソベルは急にうろたえ、はにかんだ。

「あなたがそれでいいなら」

「ああ。そのほうがいいよ」ジャックの瞳の色が深くなり、たったそれだけでイソベルは体が反応するのを感じた。キスされるかしら、と思う。彼女としては、してほしかった。

ジャックが動きだそうとしたそのとき、おずおずとしたノックが聞こえ、小間使いがひとり入ってきた。ふたりめもつづいた。彼女たちは細長い湯舟を運んでいる。ふたりともまん丸に目を見ひらいて、興味津々といった様子だ。あちこちに視線が飛び、とくにイソベルに注意を向けながらも、懸命になにも見ていないふりをしている。ふたりがなにを考えているのか、イソベルには想像できて、頬が赤く染まった。さらにべつの小間使いが手桶で湯を運びこみ、それから数分間は小間使いたちがドアを行ったり来たりして湯をためていき、最後に足し湯のやかんを持ってきた。

注目の的になっているのがいたたまれず、イソベルは彼女たちと目が合わないようにしていた。きっと使用人部屋では、あとでこの部屋の様子がひとつひとつ詳しく語られるのだろう。乱れたベッドに始まり、床に散らばった衣服や、くしゃくしゃになった彼女の髪のこと、そして彼のガウンをまとっていたことまで。ようやく小間使いたちが出ていき、彼女たちの背中でドアが閉まると、息が詰まりそうなほど部屋は静まり返った。そっとジャックを盗み見たイソベルは、先ほどまで彼のそばで安心しきっていたのがうそのような気持ちだった。

「あの……わたし……これから湯浴みをするの。あなたは——」咳払いをする。「あなたは、その……」あいまいにドアのほうへ手を動かした。

「出ていかないのかって?」ジャックはもたれていたベッドの柱から離れた。官能的な笑みを浮かべ、瞳はとろんとして色が濃くなっている。「いや、ここにいるよ」こぶしで彼女の頬をなでる。「というより、きみと一緒に入ろうかと思っているんだ」

「ジャック!」イソベルの目が丸くなり、体温がどっとあがった。「でも、どうやって……」

「すぐにわかるよ」ジャックは身をかがめてキスをした。

19

ジャックとの湯浴みは楽しかっただけでなく時間もかかり、さらにそのあと身づくろいをするのも同じくらい時間がかかった――とくに、脱いだものをもう一度着直すのは。鏡の前に立ち、仕上げのピンを髪に挿していると、ジャックが隣りにやってきて並び、化粧だんすから鎖つきの懐中時計を取った。

「マルコムおじさまの時計を使ってくれているのね」イソベルは驚き、そしてうれしかった。「おばさまが喜ぶわ」

「せっかくいただいたのに、使わないのはもったいないほどの品だからね。巻き鍵を買って――」急に口が止まる。「しまった！　昨夜きみにわたすつもりだったのに」きびすを返して上着のところへ行き、内ポケットから平たく四角い箱を取りだした。

「これはなに？」箱を差しだされ、イソベルは驚いて尋ねた。

「開けてみて」おそるおそる手を出す彼女に、ジャックは笑った。「いいから。気にいると思うよ――いや、少なくとも、気にいってほしいと思っている」

蝶番《ちょうつがい》で留められたふたを開けたイソベルは、鋭く息をのんだ。黒いベルベットに包まれるかのように、真珠のイヤリングがひと組と、金の数珠玉と真珠でできたネックレスが入っていた。ネックレスの中央には、大きな乳白色の真珠がひと粒あしらわれている。「ジャック！　なんてきれいなの」きらきらと輝く瞳で彼女は彼を見あげた。

「少々の真珠でそんな顔をしてくれるなら、ダイヤモンドでも買ってくればよかったな」

「ばかね」イソベルは笑ってもう一度ネックレスをしげしげと眺め、なめらかな大粒真珠を人さし指でなでた。「ダイヤモンドもこれにはかなわなかったでしょう。でも、どうして？　どうやって？　こんなものをいただけるなんて思ってもいなかったわ」

「昔から、新郎は結婚の贈り物をするものじゃなかったっけ？」

「ええ、そうね――でもロンドンではどうだか知らないもの。それに、田舎に来るとき、もしかしたら結婚するかもしれないなんて思ってポケットに宝石を入れておいたりもしないでしょう？」

「そうだね。でも、ほら、インヴァネスに行ってきたから」

「インヴァネス！」イソベルは目を丸くして彼を見た。「インヴァネスに行ったのは、そのためだったの？」

「そうだよ」ジャックは不思議そうな顔で彼女を見た。「いや、紳士用の品で買うものもあったし、服も仕立てなきゃならなかった。ここに来たときは長逗留するつもりではなかったからね。それに、時計の巻き鍵も必要だった。お祝いの贈り物まで入り用になって、村では適当なものが見つからないだろうと思ったんだ。残念ながら、インヴァネスでもそれほど選べなかったんだが」息を継いで、眉をひそめる。「ずいぶん驚かせてしまったようだね」

「いいえ。いえ、あの、そうね、少しは驚いたわ。ただ、わたしが思っていたのは――」イソベルの言葉がとぎれた。窮地に陥ったことに、突然気づいたのだ。

「なにを思っていたんだい？」ジャックは箱を取って化粧だんすにおいた。「イソベル……きみは、どうしてぼくがインヴァネスに行ったと思ったんだ？」

「それは……あの、そういう……そういう場所に行ったんじゃないかと……ほら、ねえ？……」

「ねえ、と言われても」そこでジャックは、はたと止まった。「もしかして、ぼくが売春宿を探しにいったと思ったのかい？」そう言って笑いだす。

「男の人はそういうことをするのでしょう？」イソベルは弁解するように言った。「あなたは結婚まぎわだったもの」

「それもスコットランドで結婚するときの習わしなのかい？」ジャックがさらに激しく笑う。

「結婚式の前の一週間、放蕩三昧《ざんまい》するって？」

「いいえ、もちろんそんな習わしはないわ。でもエリザベスおばさまが――」

「きみのおばさんに、娼婦を買うためにインヴァネスへ行くなんて言った覚えはないぞ」笑いは止まったが、目がまだ楽しそうだ。

「出かける目的をだれにも言わなかったら、わかるはずがないわ」

「きみは訊かなかったじゃないか」

「わたしに知ってほしいなら、言ってくれると思ったのよ。エリザベスおばさまも、レディには聞かせたくないようなことだろうなんて言うものだから、あなたが出かけたのは……その……欲求を満たすためなんだと……」イソベルは肩をすくめて目をそらした。「でもたいしたことじゃないわ。ほんとうに」

「いいや、そんなことはないね」ジャックは彼女のあごに指をかけて上向かせた。「やきもちを焼いたかい？」

「いいえ、まさか」

「正直じゃないな」彼女の目を見てにこりと笑う。「いいんだよ、べつに。女性は少しくらい妬いてくれるほうがいい」軽くキスをする。「インヴァネスで女性をみつくろったりはしていないよ。欲求があったのはたしかだけど——しかもそれは、ベイラナンに戻ってきてからますます強まっているんだが」ジャックは両手でゆっくりと彼女の背中を上下になでさすった。「でも、それを満たしたい相手は、きみだけだ」

「ああ」イソベルは彼に寄りかかり、うれしくてほっとした顔を見られないようにした。「わたしたちがしたことを、ほかの女性ともしただなんて、考えたくないわ」

「ぼくたちがしたのとまったく同じことは、これまで一度もしていないんじゃないかと思うよ」ジャックはイソベルの頭のてっぺんにキスをした。「だからきみは、ぼくが戻ってきた夜にあんなに落ち着きをなくしていたのかい？」

イソベルはため息をついてうなずいた。「ええ」泣きたいような気持ちで認める。「あんなことを言ってごめんなさい。本気で言ったわけじゃ――」

「ぼくのことを知らないって言ったこと？　でも、そのとおりだ。知らなかったんだから」軽い口調で彼は言った。

イソベルが顔をあげると、目がいたずらっぽく光っていた。「いまはもっとよく知っていると思うわ」

「たしかに」ジャックがふたたびキスをする。さっきよりも深く。「さあ、ちょっとこっちを向いて。宝石が似合っているかどうか見てみよう」

イソベルは言われたとおり鏡に向き直り、ジャックがネックレスを彼女の首にかけて留めた。彼は両腕をまわして彼女のウエストを抱き、自分に押しつけるようにして、鏡に映った彼女を見つめた。

「思ったとおりだ」

「ほんとうにきれいだわ。ありがとう」イソベルはつやのある真珠をもう一度なでたが、それから眉をひそめた。「これは――」彼を振り返って、まじまじと見る。夕食のために着替えたジャックは、いつもの真っ白なクラヴァットを首に巻いていたが、その中央は飾り気のない金色のピンで留めつけられていた。「襟巻き留めはどうしたの？　真珠のついた」

「ぼくの襟巻き留めを覚えていてくれたのかい？」ジャックは眉をくいっとあげた。「それはうれしいな」

「これがそうなの？　ネックレスをつくるために、襟巻き留めから真珠をはずしたの？」

「ああ。どうにも適当なネックレスがなくてね、宝石《いし》もあまりいいのをおいていなかった。でも真珠のイヤリングはなかなかよかったし、ネックレスのほうも少し手を加えればいいかなと思ったんだ。すまない」ジャックはどことなくかたい口調で言った。「ほかに持ちあわせがなくてね。ロンドンでもっといいものを見つけてくるよ」

「そんな！　いいのよ！」イソベルはいまにも彼にネックレスを奪われるとでもいうように、手で覆って守った。「とても気にいったわ。ほかのものなんていらないの。これのためにあなたが自分のものをあきらめてくれたなんて、それだけでよけいに特別なものになるわ」イソベルはとっさに彼の手を取り、つま先立ちになってキスをした。

ジャックは満面の笑みで彼女を見おろした。「それなら、きみの指輪についている宝石は、ぼくのカフスから取ったんだってことも言っておこうかな」

イソベルは声をあげて笑い、もう一度、抱きついた。

そうして結婚生活が始まったが、想像していたような問題は起きなかった。いや、ひとつだけ悩んだのが、夫婦の作法という問題だった。眠る場所には、なにか決まりがあるのだろうか。彼からなにも言われないのに、勝手に彼のベッドに自分の場所をつくるのは、あまりにも大胆に思えた。とはいえ、もし自分の部屋にいて彼が来てくれるのを待っていたら、その夜は一緒にいたくないのだと思われないだろうか？　それに、着替えや身じたくも、どこですればいいのだろう。

幸い、ジャックは毎晩、階段をあがると彼女にキスしはじめ、自分の部屋に連れていったのでそういう悩みが現実のものになることはなかった。毎朝、イソベルはすみやかに自分の部屋に戻って着替えたが、なんとなくやましいことをしているような気がして、召使いたちに出くわしてばつの悪い思いをしませんようにと思っていた。

そして、ジャックの部屋は少しずつ変わっていった。まず、ふたつめの椅子が暖炉の前に増えた。数日後には優美な椅子のついた鏡台が加わり、それを見ると、イソベルの胸はほんわかとあたたかくなった。背の部分を銀で飾ったヘアブラシと櫛が、鏡台の片側におかれた鏡張りの皿に入っている。その横にはヘアピンの皿があり、鏡の前にはさまざまな香水や化粧品のびんが並んでいた。

「化粧だんすの前に立って髪をととのえるのは、やりにくいんじゃないかと思ってね」

ジャックがぎこちなく言った。

「すばらしいお心遣いをありがとう」イソベルは彼に向き直った。

「ああ、その……そのほうが、なんというか……」彼がなんとなくあたりに目をやったり、カフスを直したりする。

「実用的よね」イソベルが代わりに言った。急にしどろもどろになった彼が、少し楽しく思える。

「そうなんだ」ジャックは言いよどんだ。「きみのものを運びいれたりして、やりすぎになっていないといいんだが」鏡台のほうを手で示し、それから化粧だんすのほうに向いたが、自分のブラシと櫛をなんとも必死な様子できっちりそろえたりする。「もちろん、きみ次第で、もとに戻したっていいんだ。ぼくは……その、不便だと思って……毎朝きみが自分の部屋に戻って身じたくするのが。この部屋にはたっぷり場所があるし、ぼくの服なんてそれほどないし。インヴァネスで買ったものが届いても、空いてる抽斗はたくさんあると思うんだ。それに、衣装だんすはすかすかだ。きみの服をこの部屋においておいたら楽だろうし、きみもいいんじゃないかと」ようやく話がとぎれ、ジャックは彼女に向き直った。

「ジャック……部屋を一緒に使おうと言ってくれているの？」イソベルはにこりとし、ちょっぴりからかうような声で言った。

「ええと、うん、そうなんだ。もちろん、きみがいやなら、それは――」

「いいえ、いやじゃないわ」口をはさみながらも小さな笑い声が出て、彼のほうに足を踏みだす。「とてもいい考えだと思うわ」

「そうか、それなら、決まりだね」ジャックは大きく表情をゆるめ、彼女を抱きあげてベッドに運んだ。

思い返すと、ふたりのおしゃべりはたいていそうやって終わるような気がした。おそらくそれが、結婚して驚いたことのなかでいちばんすてきなことではないだろうか。


「それで、花嫁さんは元気？」イソベルが顔をあげると、書斎のドアのところにメグが立っていた。

「メグ！」イソベルは弾かれたように椅子を立ち、友のところに行って抱きしめた。「会えてとてもうれしいわ」

「料理人のところにハーブを持ってきたから、あなたの顔も見ておこうと思って」メグはひと呼吸おいて笑顔になった。「結婚式のあとどうしているか訊こうと思っていたんだけど、あなたの顔を見たら、万事うまくいってるってわかったわ」

「そうなの」イソベルは満面の笑みを浮かべた。「ああ、メグ、うまくいきすぎてこわいくらいよ」

「どうやら、清いままの結婚を貫くことはなくなったみたいね」メグの瞳が躍った。

「ええ」イソベルの頬がほんのりと色づく。「ふたを開けてみたら、ジャックはわたしにほとんど苦労がないようにしてくれるの。厚かましくも甘えてしまっているけれど、彼にはほんとうに感謝しているわ。結婚生活がこんなふうだなんて、想像したこともなかった。そんなの、ばかげているって思うでしょうね。ずっとあんな信条を掲げておきながら、守れていないんですもの」

「なにを言ってるの。あなたが幸せなら、それがなにより大事なことなのよ。結婚生活を楽しむのがばかげているなんてこと、あり得ないわ」

「彼がロンドンに帰ってしまったら、きっとものすごくばかげていると思うようになるわ」

「ずっとここにいるかもしれないわよ。彼だって幸せなのかも」

「一見、そう見えるのだけど」イソベルは祈るような笑みを浮かべた。「でも、いまは目新しくて楽しいだけかもしれない。しばらくしたら慣れてくるわ。飽きるわ。みんなそうだもの。男性は狩りを楽しむけれど、手に入れたら物足りなくなるって言うじゃない」

「その〝みんな〟っていうのはだれのこと？　男の人が全員そういう人だとはかぎらないわ。どうして彼が飽きたりするの？」

「だって、彼は都会の暮らしに慣れているもの。人がたくさんいて、刺激があって、娯楽があって。ここではほとんどすることもない。浜辺を歩いたり、城塞に行ったりはしているけれど。石の遺跡まで馬を走らせたこともあるの。でも、ほかには彼の興味を引くようなものはないわ」イソベルは言葉を切って顔をくもらせた。「このごろジャックは毎日、馬で出かけるようになったの。早くも退屈してきたんじゃないかって不安だわ。小作人たちと話をするようになっているらしいの」

「馬に乗るのが好きだったり、景色を愛でていたりするからって、退屈しているってことにはならないわ。ここの土地や人々に興味を持つのも、まったく悪いことじゃない。悪いどころか、その反対のように思えるけど」

「わたしもそう思いたいのだけれど」イソベルは小さく笑って肩をすくめた。「まあ、そうでなくても、わたしもわかっていてこうしようと決めたのだもの。受けいれなくてはね」

「もしかして、赤ちゃんができたのに捨てられるかもしれないって心配しているの？　だったら、やりようが――」

「そんな。ちがうわ、ちがうの」あわててイソベルは言った。「それどころか、その反対なの」イソベルはおなかに手を当てた。「ずっと不思議に思っていたの。とんでもなく痛くて苦しいことなのに、世の女性たちはどうして子どもを産みたいと思うのかしらって。でもいまは……ジャックに似た男の子が駆けまわっているところを想像すると、胸が幸せではちきれそうになるわ」

「それなら、ぜひとも子どもを産んでほしいわ」メグはイソベルの手を取ってやさしく握った。

「わたしのことはこれくらいにして」イソベルはにこりと笑い、メグに座るよう手を振った。

「さあ、座って、村の噂をみんな聞かせてちょうだい。この二週間、すっかりごぶさたしてしまったんだもの」

ふたりは腰を落ち着けて楽しくおしゃべりした。一時間後にメグは帰ったが、そのあとイソベルは帳簿の作業に身が入らなくなった。ジャックがベイラナンを離れてしまうかもしれないという話をして不安になり、書斎を行ったり来たりしてしまうのだ。脇のドアがきしむ音がしてジャックの足音が廊下に聞こえると、心臓がはねて、彼女は笑顔で出迎えに行った。

「イソベル、いとしいきみ」ジャックが身をかがめてキスをする。「帰ってくるあいだ、ずっとあれこれ考え事をしていたよ」

「退屈な乗馬だったの？」

「いや、その逆だ」ジャックは彼女の肩を抱き、ゆっくりと階段に向かった。「すごく楽しかったよ」なにか企んでいるかのような顔で彼女を見おろす。「どんなに楽しいことを考えていたか、今夜じっくりと教えてあげよう。いや……」少し考える。「これから手を洗って夕食のための着替えをするから、一緒においで。そうすれば、すぐに教えてあげられる」

イソベルは諭すように小さく彼をつねったものの、いそいそとついていった。階段を途中まであがったところで、エリザベスが上に出てきた。「イソベル！　馬車を見た？　いったいどなたかしら？」

「馬車って？」イソベルはぽかんとしておばを見た。

「道をあがってきた馬車よ」エリザベスが丁寧に説明しながら階段をおり、ふたりの前まで来た。「ついいましがた、窓から見えたの」

イソベルは小さくうめいた。「ロバートおじさまかしら」

「いいえ、ロビーの馬車ではなかったわ。駅馬車だったもの。きっとお客さまよ」

「でも、いったいだれがこんなところへ来るというの？」前にも同じような言葉を口にしたことがあったとイソベルは思いだした。ジャックがここへ来たときだ。もう大昔のことのように思える。

「いったい、どなたなんだか」

三人は玄関のほうに顔を向けた。当然、馬車の来訪に気づいていたハミッシュも廊下を急ぎ足で駆けつけたが、彼がドアを開ける前に勢いよくそれがひらき、長身で金髪の男性がなかに入ってきた。

「アンドリュー！」イソベルが鋭く息をのむと、男性も彼女のほうに顔を向けた。

「やあ、イジー姉さん」彼は陽気な声を出した。

驚いて動けなくなっていたイソベルはわれに返って階段をおりはじめ、おばもあとにつづいた。さらにジャックも、いくぶんゆっくりとおりていく。アンドリューはイソベルに抱きつかれて笑い声をあげ、それから、うれしくて頰を上気させたおばを抱きしめた。

そのあと、女性ふたりのうしろに視線を移した。「ジャック」

「アンドリュー」ケンジントンが会釈を返す。「こいつは驚いたな」

「ええ、ほんとうに」イソベルは満面の笑みを浮かべた。「どうして帰ってくることを手紙で知らせなかったの？　いつもなら……」

「びっくりさせたかったんだよ」アンドリューはにんまり笑った。「それに、客を連れてきたんだ」

アンドリューの視線がジャックの顔に据えられた。彼は大げさに片腕を振り、年かさのふくよかな女性の登場を知らせた。黒の馬車用ドレスに身を包み、フリルやリボンで飾りたてたボンネット帽をかぶった女性――彼女は足を止め、はにかんだように一同に微笑みかけた。

「ごきげんよう」

ジャックの口から、厳しい声がもれた。「母さん」

20

口がぽかんと開きそうになるのをこらえ、イソベルはジャックが前に進みでて母親の手の上に身をかがめるのを見ていた。その相手の女性にことさら興味をかきたてられるのは、しかたがないというものだ。ジャックの母親はほどよくふくよかで、かつては美人だったのだろうと思われる容姿をしていた。馬車用ドレスもボンネット帽と同じく、フリルやリボンがふんだんにあしらわれている。ジャックにはあまり似ていなかった。瞳の色はもっと淡い水色で、帽子から覗く髪は明るい茶色にだいぶ白いものが混じっている。かわいらしい丸顔には、ジャックの顔立ちを引きたたせているひときわ高い頬骨はまったく見られない。

「ほんとうに驚いたな」ジャックが感情の読めない視線をアンドリューにちらりと投げると、挑発するようなぎらついた視線が返ってきた。「来てくれてありがたいと思うべきなんだろうか、アンドリュー」

「ええ、そうですとも」女性はさえずり、忍び笑いをしてうなずいた。「サー・アンドリューはご親切に、わたしに連絡を取って一緒に連れてきてくださったの。もちろん、あなたからの結婚を知らせる手紙は届いていたけれど。ねえ、ジャック、お式に出られなくてとても残念だったわ」

「そうだね。ああ、紹介します、妻のイソベルです」ジャックは丁重に言い、イソベルに向き直った。「こちらは母のミリセント・ケンジントンだ」

「はじめまして、ミセス・ケンジントン。ベイラナンへようこそ」

「まあ、なんてすてきな名前なのかしら。ベイラナンですって」女性はまたもやさえずるような声を出した。「残念ながらうまく言えないけれど、サー・アンドリューからお屋敷の話を聞くのはとても楽しかったわ。こちらの皆さまはすばらしい話し方をされるわよね、ジャック？」

「ええ」ジャックはつっけんどんに言い、エリザベスを紹介した。

「お迎えする準備がなにもととのっていなくて申し訳ありません、奥さま」イソベルが母親に言った。「どうぞ、なかへお入りになって。お茶を用意させますわ。長旅でお疲れになったでしょう」

「ええ、ほんとうに、長い旅でしたわ。でも、もちろん、すばらしい旅でしたけど。とてもきれいな地方で」ミセス・ケンジントンはぺちゃくちゃとしゃべりながらエリザベスに客間へ案内され、うしろからジャックとアンドリューがついていった。

イソベルは、好奇心むきだしでなりゆきを見守っているハミッシュのところに行った。彼の腕をつかんで脇に引っ張っていく。「お茶とお菓子をお願いね。それから小間使いたちを上にあがらせて、大至急、ミセス・ケンジントンのお部屋を用意させて」

いまさらながら、やはり結婚式のあと祖母の部屋を片づけておけばよかったとイソベルは思った。あそこなら広くて使い勝手もよく、古風で上品で当主の母親を迎えるにふさわしい、最高の部屋だったのに。

「〈緑の間〉にお通しして」そう指示したあと、イソベルは陰気につけ加えた。「アンドリューの部屋はあとでいいわ。なんの知らせもなくいきなりこんなことをして、むきだしの冷たいベッドで寝かせてやればいいのよ」

「がじこまりました。アンドリューざまはいつも派手にお戻りになりまずがらね」

そんな表現では追いつかないわと思いながら、イソベルはみんなのところへ行った。ジャックの母親とアンドリューがいきなりそろって姿をあらわして、ジャックがうれしく思っていないことはあきらかだ。アンドリューもそれをよくわかっているにちがいない。アンドリューは昔から人をからかって遊ぶようなところがあった。

しかしわからないのは、どうしてジャックは自分の母親がやってきたのに気にいらないのかということだ。結婚式の前に悶々としていた思いが、また押し寄せてよみがえった。彼はわざと自分の過去を隠したのだろうか。でも、どうしてそんなことをする必要があるのだろう?

イソベルが客間にすべりこむと、みなはソファや椅子に座っておしゃべりをしていたが、ジャックだけは少し離れてマントルピースにもたれ、みなの様子を見ていた。彼女が入っていくとこちらに顔を向けたが、警戒しているような顔つきだった。一瞬、足をとめたイソベルは、彼のところに行こうかと思ったものの、ふたりそろってマントルピースのところに立っているのもおかしいと思い直し、ソファと直角におかれたひじ掛け椅子に腰をおろした。

会話の内容は、ここに来る道中の美しい自然や、苦労といった話が中心だった。イソベルが腰をおろすのを見計らったように、ジャックがくだけた調子で言った。「ミセス・ウィーラーはどうしたんだい？　彼女も一緒に来ているのかな？」

ミセス・ウィーラー？　彼にはまだ内緒の家族がいるの？　ジャックの母親がうかがうようにジャックを見やり、咳払いをした。おかしなことだが、彼女はジャックを少しこわがっているように見える。

「いいえ、あの、来ていないわ」

「駅馬車はそんなに大きくないからね」アンドリューがけだるい様子で口を出した。「うちの召使いが小間使いになってお世話するからと、ぼくがミセス・ケンジントンに言ったんだよ」

「ミセス・ウィーラーは小間使いというより付き添いだ」ジャックの声はにべもない。

「でも、彼女は少し退屈なところがあるのよ」ミセス・ケンジントンはジャックを見ないようにしてあわててつづけた。「それに駅馬車のなかでは、彼女のおしゃべりから逃げられないでしょう。サー・アンドリューがなんでもやってくださるのだから、付き添いはいらなかったの。ほんとうにご親切にしていただいて」ミセス・ケンジントンはイソベルの弟ににっこり笑ってから、イソベルに心配そうな顔を向けた。「こんなふうにうかがって、悪く思わないでくださいね。ご迷惑なのはわかっているのですけど、到着するころには手紙も着くだろうとサー・アンドリューがおっしゃってくださって」

「まったく迷惑なんかじゃありませんわ」イソベルはすぐさま返した。「いつでもいらしてくださってても大歓迎です。お目にかかれてとてもうれしいですわ」

ミセス・ケンジントンの顔が明るく輝いた。「じつを言うと、ジャックがあなたをロンドンに連れてくるまで待ちきれませんでしたの。だって、ほんとうに驚いたんですもの。ジャックはもう結婚しないんじゃないか、孫の顔も見せてくれないんじゃないかと思いはじめていましたのよ」

ハミッシュがお茶とお菓子の乗った盆を運んできて、型どおりのお茶の時間になった。奇妙でどこかぎこちないおしゃべりから気がそれたのはありがたかったが、それでもまだ空気は張りつめていた。数分後、ハミッシュが片づけに戻ってきて意味ありげにうなずいたので、イソベルはすかさずその場を締めくくった。

「お部屋の用意ができたようですわ。上にあがってお体をやすめてください」イソベルは立ちあがり、みなの動きをうながした。

ジャックが母親に腕を差しだし、エリザベスもふたりに付き添ったが、イソベルはみなが出ていくと弟の腕を取って引きとめた。「あなたはここでなにをしているの、アンドリュー？　なんのために帰ってきたの？」

「なんだい、イジー姉さん、ぼくに会えてうれしくないの？」

「とぼけるのはやめて。わたしはあなたがハイハイをしているころから見てきたのよ。なにか悪さをしようとしているのは、はっきりわかるわ。そもそもわたしが結婚したことだって、どうしてわかったの？」

「姉さんから聞いたのでないことはたしかだね。これから結婚するなんてこと、この世でただひとりの弟には知らせるものだと世間では思うだろうけど」

「ロバートおじさまね？　あのおせっかい焼き――」

「たしかにおじさんはおせっかいさ。でもね、イジー姉さん」アンドリューは上品な物言いをやめ、イソベルにもはるかになじみ深い、なんとも傷ついたような口調に戻った。「ちょっとやりすぎじゃないのかい、あんなカード賭博で成りあがったケンジントンと結婚するなんて。あいつはぼくからベイラナンを奪ったんだよ」

「それはつまり、あなたが彼にベイラナンをあげたということでしょう。わたしやエリザベスおばさまのことを、ちらりとでも考えた？　住む場所を失ったら、どうすればいいのかということも?」

「取られるつもりじゃなかったんだ!」アンドリューは怒って口答えした。「運が向いてくるのはわかってたんだ。左手に父さんの指輪をはめていたんだから。そうだろ。前の週、ハーチェスターに勝って黄金像を手に入れたときは、たしか右手にはめていたって気づいて、左にはめ直したんだから」

「アンドリュー!」イソベルはかっと目を見開いた。「それがどんなにばかばかしいことか、自分でもわかるでしょうに」

「わからないのは姉さんだよ」弟はふてくされたように言った。「なんにも知らないくせに。少々負けたからって、そこでやめるわけにはいかなかったんだよ。そんなの、しみったれて見えるじゃないか」

「そのとおりなんだからしかたがないでしょう!」

「ハーチェスターやサイラス・ブランドンもその場にいたんだ。サイラスは先週、一万もすったのに、顔色ひとつ変えなかったよ」

「それは彼がばかなのよ。だからって、あなたまでそれにつきあうつもりなの?」

「彼はばかじゃない。最高にいかしてるんだ。彼みたいになれるのなら、どんな犠牲もいとわないってやつらは大勢いるよ。金の問題じゃないんだ」

「そんな、どうでもいいようなことのために、あなたは大金をつぎこんでいるのね」

「ほら。やっぱりだ。叱られると思ってたよ」アンドリューは急に幼く、しょんぼりして見えた。子どものころ、爪《たこ》がこわれたり、お気にいりのおもちゃをなくしたりしたときとまるで同じで、イソベルはふいに弟がいとおしく、そして残念に思えて、胸を突かれたような痛みに襲われた。

「ああ、アンドリュー」彼女は肩を落とし、怒りもどこかに消えていった。

「うん、わかってる」アンドリューの目に光るものがあった。前に出て姉の肩を両腕で抱き、頭をさげて姉の頭と合わせた。「なにもかも、めちゃくちゃにしてしまった。ごめんよ、イジー姉さん。もうほかに行くところがなかったんだ」

「もちろん、ここに帰ってきてくれればいいのよ。いつだって、帰ってきてくれれば」

アンドリューは一瞬、姉をきつく抱きしめてから、顔をそむけて窓に向かい、外を見た。

「でも、もうぼくの屋敷じゃなくなった」

「わたしの屋敷だから、あなたのものでもあるわ」

アンドリューは哀しげな笑みを浮かべ、顔にかかった髪をかきあげた。見覚えのある物憂げな手つきで。「姉さんがどうして彼と結婚したのか、わかるよ。ぼくもいろいろ言ったけど、ベイラナンを失わないためには彼と結婚するしかなかったんだよね。でも……姉さんが自分の身をおとしめたんだと思うと……。あんな野郎の名前を名乗るだなんて」

「アンディ。ジャックはわたしの夫よ。そんなふうに言うのは許しません」

「ああ、そうだね。姉さんの言うとおりさ。当主は敬わないとね」とげとげしさの残る口調だったが、アンドリューは心を決めたような顔で笑った。「旅の汚れを落としてひと眠りするよ。そうしたら、またお行儀よくするから」

イソベルは弟の腕を取って一緒に階段をあがり、廊下で頰にキスをして別れた。「帰ってきてくれてうれしいわ、アンドリュー」

思ったとおり、ジャックは夫婦の部屋にいた。マントルピースに片腕をかけて暖炉の前に立ち、火かき棒で炭をかきまわしながらじっと見つめている。乗馬服の上着がベッドの足もとにくしゃくしゃのまま放置され、ブーツはふたりの中間あたりで横倒しに転がっていた。どうやら足から引き抜いて投げつけたらしいことは、容易に想像できた。彼女が入っていった音でジャックは体を起こし、振り返った。背中はこわばり、表情もよそよそしい。もしかしたらさっきまでは怒っていたのかもしれないが、いまは冷ややかで慇懃な表情におきかわっていた――さらに、なんなのかよくわからないけれど、おそらく警戒心のようなものも見え隠れしている。

「で、ぼくの家族に会ったわけだね」口調は軽いが、彼の目に楽しげな輝きはなかった。

「ええ。うれしいわ。あなたのお母さまはすてきなかたね」彼のほうに足を進めながら、イソベルの頭のなかには質問が泡のように次々と浮かんでいた。「でも、どうしてお母さまのことを教えてくれなかったの？」

「いきなり訪ねてこられて、申し訳なかった」ジャックは堅苦しい言い方をした。「ここを訪ねようと考えるかもしれないなんてわかっていたら、前もって話しておいたんだが——いや、母はきみの弟に入れ知恵されたのかもしれないな」その声に怒りがにじんだ。彼は火かき棒の先を炉床についてイソベルのほうに向き直ったが、棒が逃げだすとでもいうように柄を握りしめたままだった。「きみが母と会うことになるとは思っていなかったんだ。ぼくらが結婚した経緯を考えると」

イソベルは、はっとして固まった。そうだ。結婚したといっても、ほんものの結婚ではないのだ。彼にとってはつかのまの出来事で、なんでもないことなのだから、自分の家族について話すまでもない。彼は警戒しているのだと思ったけれど、たんになんの関心もないだけだった。この二週間の幸せは、愚か者の夢でしかなかったのだ。今日の午後、浮かれてメグにぺらぺらとしゃべったことを思いだすと、顔が赤くなる。ジャックと親しくなったといっても、それは体だけのことだったのに。

「そうね」彼と同じくらい冷静な、よそよそしい声が出せて、イソベルはほっとした。「ほかにもまだ話し忘れている人はいるの？　お父さまとか？　きょうだいは？　どこかの屋根裏に隠れているおかしなおじさまとか？」

「いいや」彼の声は氷そのものだった。「いきなり姿をあらわすような厄介な親族は、もういないよ、ほんとうだ。きみの評判を落とす恥さらしの最たるものは、あいかわらずこのぼくというわけで」

「やめて」イソベルのなかに激しい怒りが湧いた。「そんなふうに言ったら、わたしのほうがひどいことをしているみたいじゃないの。あなたやあなたのお母さまを侮辱したかのような。過去を隠したのはあなたでしょう。うそをついたのも。そんなことはなんでもないことだとか、母親がいることを〝忘れていた〟だとか、お母さまのことを言わなかったのはうそをついたのとはちがうだとか、言わないでね。あえて話さないということを、あなたが選んだんだから。お母さまのことも、そのほかのことも。あなたはわたしに教えたくなかったのよ。わたしはあなたの妻なのに、軽い知りあいみたいな扱いを――いいえ、もっと悪いわ。あなたのことを最小限しか知らないとはいえ、まるで信用のおけない相手みたいな扱いだもの」

「なにをばかな！」たたきつけるようにして棒立てに突っこまれた火かき棒は、大きな音をたてて床に転がった。「どうしてそんなことを気にするんだ？　ぼくの過去がそんなに重要なのか？　ぼくの頭のなかを隅々まで覗かなければ、気がやすまらないとでも？　きみはいまここにいるぼくを知っているじゃないか。それでは足りないのか？」

「ええ！」イソベルは自分の剣幕に自分でも驚いた。いつのまにか体の両脇で力いっぱい手を握りしめていて、意識して力を抜かなければならなかった。一歩うしろにさがり、感情的にならないようにして言った。「足りないわ。あきらかにわたしたちの結婚はまちがいだった。わたしたちを結びつけているものは、あれだけだもの」イソベルがベッドを指さす。「わたしはあなたにとって商売女と同じなのよ。わたしはベイラナンと引き換えに買われているだけ」彼女はきびすを返してドアに向かった。

「イソベル……」

彼女は足を止めたが、振り返らなかった。「もういいの。夕食の席で会いましょう」

そのままイソベルはドアを出た。

21

料理人はアンドリューが帰郷して喜び勇んだのか、それともジャックの母親に腕が悪いと思われたくなかったのか、夕食にはイソベルがめったにお目にかかれないほど料理が並んだ。ミセス・ケンジントンを感動させるのが目的だったのなら、成功したと言えるだろう。なぜなら彼女は、料理が出てくるたびに大喜びしたからだ。料理だけでなく、なににつけてもミリセント・ケンジントンはそういう反応をするのだということが、だんだんイソベルにもわかってきた。ロンドンからの旅は〝とても楽しく〟、景色は〝すばらしく〟、湖は〝息をのむような美しさ〟で、ベイラナンは〝お城〟なのだそうだ。

「ここを気にいっていただけてうれしいですわ」ぽっかりと空虚で寒々しい胸の内が声に出ていなければいいけれど、とイソベルは思った。夕食前の飲み物のために控えの間に集まったとき、イソベルとジャックは堅苦しい会釈と挨拶の言葉を交わしただけだった。そのことを彼が気に病んでいるのかどうかは、まったくわからなかった。

「もう大好きになりましたわ」ミリセントが請けあう。

「母には大好きなものがたくさんあるんだよ」ジャックが口をはさんだ。

「まあ、この子ったら」母親が彼の腕を軽くたたき、にこりと笑いかけた。「ジャックは昔から冷静な子で。わたしは夢みたいなことばかり言うと思われていますの」

「それなら、ここは楽しいですよ。キンクランノッホは夢みたいな場所ですから」アンドリューがにこやかに答えた。「ああ、グラスが空いているじゃありませんか。ハミッシュ、ミセス・ケンジントンにワインのおかわりを」上座についたジャックが身じろぎし、アンドリューはそちらを見やった。「これは失礼」ばつが悪そうに言う。「差しでがましいまねをしたね——あいにく、つい習慣で」

「いや、まったくかまわないよ」ジャックはよどみなく答えた。「だが、母はもうじゅうぶんにワインをいただいたんじゃないかな」

「ええ、そうね」ミリセント・ケンジントンがうなずき、いくつあるかわからない巻き髪が揺れた。「ジャックはわたしがあまりお酒をたしなまないことを知っているの。でもこのワインはとてもおいしいから、もう少しだけいただこうかしら。家では飲めませんでしたから。父がとても厳しい人で。いとしのサットンとはまるでちがっていましたわ」なつかしそうにため息をついたあと、説明をつけたした。「ジャックの父親のことですわ、ご存じよね」

「えっ、ええ」イソベルは返事をした。ご存じもなにも、もちろん知らない。彼女はジャックのほうを見たくなるのをなんとかこらえた。

「ぼくはサットンさんのことは知らないなあ」アンドリューが会話の空白を埋めた。

「もう亡くなっている」ジャックはそっけなく言った。

「ええ、もうずいぶん前に」ミセス・ケンジントンは涙声になり、目の端を押さえた。「かわいそうなサットン。あの人のことを思わない日はありません。彼は気の毒な子どもの命を救ったんだと考えて、心をなぐさめるようにしています——馬車の車輪の下敷きになりかけた子を助けたんですわ」

「まあ、なんてこと！」エリザベスが声をあげた。

ミリセント・ケンジントンはうなずいた。「ええ、ほんとうに。でも不運なことに、自分は逃げられなくて。いまわの際に、わたしとジャックへの言葉を口走ったそうなんですけれど、わたしはその場にいなかったので」

「なんてお気の毒なんでしょう」エリザベスが心から言った。「まったく存じませんでした」

「ええ。ジャックは話したがらないんです、無理もありませんが。父親が天に召されてしまったとき、この子はまだ大人になりきらない年ごろで」

イソベルはジャックを盗み見た。彼はやたらと熱心に懐中時計の鎖をととのえていた。

「おひとりでお子さんを育てるのは、さぞかしたいへんだったことでしょう」エリザベスが同情する。

「ええ。ほんとうにそうでした。でも、ジャックは頼りになりましたから。昔からずっと」

ミセス・ケンジントンはいとおしげなまなざしを息子に向けた。「この子は夫にそっくりですの。ジャックを見ればサットンに会ったも同じですわ。背が高くて、ハンサムで」

ジャックのあごがぴくりと動いた。「母さん、やめてくれ」

「わたしがほめるといやがるんです」ミセス・ケンジントンはくすくす笑った。「もうやめておくわね。あとは、あなただけにそっとね、イソベル」内緒話をするかのように、イソベルに向き直った。「わたしがサットンを初めて目にした瞬間の気持ち、あなたならきっとわかってくださるわね」ほうっと息をついて、片手を心臓の上に当てる。「あの舞台の上でひと目見たときから、わかったの」

「舞台？」アンドリューが愉快そうな声で訊いた。「ジャックのお父さんは役者だったんですか？」

「舞台役者のなかでも最高の人だったわ」ミリセントがにこりと笑う。「あの声。あの優雅さ。出会ったときは〈ハムレット〉が上演されていたの。あの人はレアーティーズを演じていたけれど、ハムレット役をやればいいのにと思ったわ。だって、あの人には王子役のほうが似合うんですもの。わたしたちは舞台の右手の桟敷席《さじき》にいたのだけれど、彼がこちら側にやってきたとき、まっすぐにわたしの目を見たのよ。あのとき――あのとき、あの場所で、わかったの。彼こそ結婚する人だって。もちろん、父は反対したけれど」

「びっくりだ」アンドリューがつぶやき、すかさずイソベルは黙りなさいという顔を向けた。

「だから、駆け落ちするしかなかったのよ」

「そうだろうなあ」アンドリューが合いの手を入れる。

「父は、自分のところではたらく助手とわたしを結婚させたかったの。父は事務弁護士だったから。アーサー・ベニングは父のもとで実地訓練をしていて、とても頭のいい人だったわ。父はわたしに将来の不安がないようにと言っていたけれど、ミスター・ベニングの話すことときたら法律とお天気のことだけで、好きにはなれなかったの。でもサットンに会ったとき、この人こそ結婚相手だとわかったのよ」

「まるで〝泣き虫アニー〟ね」エリザベスが言った。

「え？　だれだって？」アンドリューが怪訝な顔をした。ジャックは石のような無表情のままだ。

「〝泣き虫アニー〟よ」イソベルがくり返した。「覚えているでしょう、アンドリュー。おばさまが水車小屋のお話をしてくれるときに出てきた女性のこと」

「そうよ」エリザベスはうなずいた。「アグネスおばさまから聞いたお話だけれど、ぞっとするようなお話よ、教えてあげる。アニーの父親は彼女をレアードに嫁がせたいと思っていたのだけれど、レアードはひどい男で、アニーはほんとうに思いを寄せている粉屋の息子と駆け落ちしたの。でも不首尾に終わってしまった。レアードは青年の首を落とし、アニーは水車小屋でおぼれてみずから命を断ったのよ」

「まあ、そんな」ミリセントが目を大きく見ひらいた。「じゃあ、彼女は幽霊になってしまったの？」

「ええ、そうよ。夜な夜な水辺を歩きまわり、むせび泣きながら、あわれな青年の首を探しているの。水車小屋に近づきすぎると、昼間であっても、水のなかへ引きずりこまれて、放してもらえないのですって」

「いや、母さん」ジャックが冷ややかに言った。「ミス・ローズからは、ハイランドに伝わる物語がたくさん聞けると思いますよ」

「すてき！　ロマンティックなお話は大好きなの。たとえ哀しい終わり方でもね。まったく、そういうお話の多いこと」

「ぼくはずっと、おばさまがそういう話をするのは、グレゴリーとぼくを水車小屋に近づけないためだと思っていたよ」アンドリューが言った。

エリザベスの瞳が輝く。「お話も役に立つものでしょう？」

「レディのみなさま、そろそろこのあたりで席をはずして、殿方にポートワインを飲んでいただきましょうか」イソベルは言い、だれからの返事も待たずに立ちあがった。

みなが立ちあがり、女性たちの椅子を引くひかえめな音がつづく。イソベルは弟とジャックのおじぎにおざなりな笑顔を返すと、ミセス・ケンジントンと腕を組んでドアに向かった。

視界の端に、ジャックが動くのが映った。彼女のほうにやってきて話しかけるのではと思ったけれど、彼はそうしなかった。たしかに顔を合わせるのは気まずいが、実際に話しかけようともしてくれなかったことは、彼女の心をいっそう深く傷つけた。

婦人がたが部屋を出ていくのを、ジャックはこわい目で見つめていた。ほんとうはイソベルを呼びとめたかった。引き戻して、話をして、あのよそよそしさをぶち破りたかった。けれど、まわりに人がいたのでは、そんなことはできない。いや、母親とアンドリューがひょっこりあらわれる前のような状況には、もう戻れやしない。屋敷に母親がやってきて足を踏みいれた瞬間から、すでにわかっていた。ただ、こんなに早くそのときが来るとは思っていなかっただけだ。

愚かにも、ジャックはやり方を誤った。イソベルが相手だと、しょっちゅうそうなっている気がする。いつもは冷静に、気楽に話すことができるのに——イソベルには口が達者だとも言われたのに——それができない。彼女になんと言ったらいいのか、まるでわからない。もはや彼女の弟に対する怒りを抑えこみ、これから悲惨なことになるのがわかっていながら、いつもどおりの平気な顔をしていることしかできなかった。

思い返してみると、彼がなにを言おうが同じだったのだろう。イソベルの怒りは、彼が笑ったりキスしたりすればどうにかなるというものではない。彼女の顔に浮かんだ表情に、ジャックは凍りついた。彼女の言葉には胸を貫かれた。どうして彼女は、彼の人生の薄汚れたところまでも、すべてを知ろうなどと思ったのだろう。

ジャックは身をひるがえし、すべての元凶に向き直った。アンドリューはテーブルから離した椅子にゆったり腰かけ、脚を前に投げだして、自分の居場所たる屋敷でくつろいでいた。ジャックは小さないらだちが収まるのを待ってから、口をひらいた。頭に血がのぼった状態で行動すると、たいてい失敗する。

どうやら沈黙がアンドリューには効いたらしい。少しして身じろぎし、自分から口をひらいた。「どうしてここに来たんだと、思っているだろうね」

「いや、きみがここに来た理由ならよくわかっているさ。借金まみれになったからだろう。だが、年かさの女を一緒に連れてこようと思った理由は、さっぱりわからないね」

アンドリューの瞳が躍った。「結婚祝いもないんじゃ、来られないだろう？　きっとあんたは、母親に新妻を会わせたいと思っているだろうと思ってね。その逆もしかりだけど」

「前もってお姉さんに知らせるくらいの気遣いはしたほうがよかったんじゃないか。そうすれば部屋も準備できたのに」

「イソベル姉さんならだいじょうぶさ」アンドリューは手をひょいっと振ってあしらった。「姉さんはぼくの気まぐれに慣れてるから。それに、姉さんがこの屋敷を荒れさせておくはずはないし。なによりもベイラナンを大切にしてるからね――それはあんたももう知ってるだろうけど」

「ああ、たしかに。そこのところをわかっている人間がいて、よかったよ」ジャックはその言葉に皮肉をこめ、アンドリューの顔を見据えた。

アンドリューの頬がかすかに赤らみ、目をそらした。「あの夜は、ぜったいに勝つと思っていたんだ」

「ほう。賭博師はだれもがそう言うな」

アンドリューの目に怒りが燃えあがったが、そこへハミッシュがポートワインを乗せた盆をあわただしく運んできたため、口から出るはずだった言葉はのみこまれた。執事はテーブルに盆をおろしたが、なんとなくふたりのちょうど中間あたりにおいた。「どうぞ、アンドリューざま。お戻りになられて、ようございました」

青年はにっこり笑った。「ここはいい。ハイランドの空気ほどいいものはないな」

「ええ、さようでございます」気むずかしい執事が顔をほころばせる。

「おまえの妻によろしく言ってくれ」

「がじごまりました」今度はジャックに向き直って慇懃にうなずく。「だんなざま、なにかご用は?」

「ありがとう、ハミッシュ。これでいい」

執事が出ていき背中でドアが閉まると、ジャックが言った。「彼はハイランド以外の空気を吸ったことはないのか?」

アンドリューがふくみ笑いをする。「ないね。インヴァネスでさえ行ったことがないんじゃないかな。でも、ハイランダーならだれであろうと、自分の住むところのものがどこのなによりもいいんだよ」

ジャックはそれぞれのグラスにたっぷりとポートワインをつぎ、つかのま、おだやかな時間をとった。「ぼくは妻を動揺させたくないんだ。きみを心から愛していることは知っているから、彼女のために休戦といこうじゃないか」

「休戦？　ぼくらが戦争をしていたとは知らなかった」アンドリューは酒をひと口飲み、ゆったりとかまえた。

「では、協定ということにしようか？　きみのことはよく知らないから、ぼくの母親をこの屋敷に連れてきた理由はわからない。だが、率先して母を捜しだしてきたきみの評価は、上げざるを得ないね」

「それは、彼女を世間から隠してきたということかい？」

ジャックは身を乗りだし、この若い男の気取った顔にこぶしをめりこませてやりたいという衝動をこらえた。「ぼくが言っているのは、ベイラナンはぼくのものであって、その事実を忘れるなということだ。ぼくの裁量できみを追いだすこともできるんだ。いくら子どもじみた悪ふざけをしようと、とげのある物言いをしようと、なにも変わらない。きみをここにおいてやっているのは、ひとえにイソベルの気持ちを尊重しているからだ。だがあんまり図に乗ると、それもどうなるかわからないぞ。いいな？」

「わかったよ」アンドリューはすねたような顔をした。「脅さなくたっていい。イソベル姉さんを傷つけるようなことはしないよ」

ジャックは片眉をつりあげるだけの返事をし、ワインをいっきにあおった。「きみもぜんぶ飲め。そろそろご婦人がたに合流するころあいだ」

しかし女性たちのところへ行っても、やすらいだ気分にはまったくならなかった。客間に入ったとたん、イソベルの姿がないことに気づいたからだ。母親によると、もう部屋にさがったということで、ミセス・ケンジントンはかわいい義理の娘の健康をずいぶん心配していた。すぐにエリザベスが、イソベルはめったに病気はしないんですよと取りなそうとしたが、ミセス・ケンジントンは知りあいの親戚や友人、そして自分の親戚が何人も、急に具合を悪くしたことを思いださずにいられないようだった。どうやらどの例をとっても、最後は早すぎる——そして多くは見るに耐えない——死を迎えることになったらしい。

ジャックはいきなり立ちあがった。「母さん、そんな話を聞いていては、イソベルを見にいかずにはいられません。ちょっと失礼します。ご婦人がた。アンドリュー」そちらに会釈し、大股で部屋を出た。最初はすぐに二階へあがってイソベルと話をしようと思ったが、階段のあがり口で止まった。なんの心がまえもないまま話をするのは、まちがいなく最悪の手だろう。感情に走ってイソベルと話をすれば事態をめちゃくちゃにしてしまうということは、これまでに一度ならずも経験している。まずは一歩離れ、時間をとってよく考えて、彼女の気持ちをうまく取り戻す作戦を練らなければならない。

ジャックは向きを変えて玄関を出ると屋敷をまわりこみ、いまではなじみになったでこぼこの道に足を進めた。ひんやりとした夜の空気には、これまたなじみになった木と土のにおいがして、そこにはかすかな泥炭のにおいも混じっていた。石炭の燃えるにおいや汚水のにおいがたちこめるロンドンとは大ちがいだ。街に戻ったら、このにおいがきっとなつかしくなるのだろう。夜の散歩も。イソベルも。

ジャックは足を止め、両手をポケットに突っこんで、なにを見るでもなく前を見つめた。いったい自分はどうしてしまったんだ？　これほど混乱したことも、これほどかき乱されたことも、これほど女性の心を取り戻したいと思ったことも、初めてだ。いままではなんの不安も後悔もなく、好きなように生きてきた。だれのきげんを取る必要もなかった。自分のことしか考えていなかった。それはすなおに認めよう。そういう生き方でいいとも思っていた。そして自分が決めれば、いまこの瞬間にもそういう生活に戻れるのだ。

だが彼はいまここにいて、突然、人々に囲まれている――妻がいて、親戚がいて、イソベルにとってなにかしら大切な、いろんな人がいて――そしてなにより大勢の小作人たちがいて、イソベルによると、彼らの命運は彼にかかっているのだという。たまたま博打で勝って、屋敷を手に入れただけなのに。さらに屋敷には、奥方までついてきた。

ジャックは振り返り、大きくそびえる灰色の屋敷を見あげた。屋敷の裏手にまわりこんだ彼は、いま、何週間か前に怪しい男を追いかけた道の端まで来ていた。上を見ると彼の部屋の窓が見え、カーテンの奥に明かりがついているのがわかった。イソベルはまだ起きているのだ。彼女のところへ行って、キスをして、やさしくなでて、彼に対して抱いている悪感情をみんな忘れさせて、腕のなかで快感にとろけさせてやりたい。そう思うと、期待で体が張りつめた。

彼女のそばに行きたい。快楽と熱におぼれ、彼女の奥深くに入りこんで、絶頂で粉々に砕けたい。こんなところに突っ立っているなんて、ばかばかしい。こんな情けない、まぬけで寒々しい気持ちで……しかし窓の明かりが消えても、彼は足を踏みだせなかった。彼女は自分がいなくても、ひとりで床についたのだ。

そう思って体が止まったが、一瞬のち、まだ眠りについたはずはないという考えがよぎった。もし眠ってしまっていても、楽しいやり方で起こすことはできる。それには暗いほうがいい。いつでも暗いほうが。

ジャックは勝手口からなかに入った。いまではドアをタイルの床にこすらずに、すきまから体をねじこむのもお手のものだ。胸をはやらせながら階段をあがり、するりと部屋に入った。月明かりでぼんやりと浮かびあがったベッドに音もなく近づく。しかしそこで、はたと止まった。自分が目にしたものが一瞬、信じられなかった。

ベッドにはだれもいなかった。ジャックはあたりを見まわしたが、イソベルはどこにもいない。眉をひそめて彼はランプをつけた。下におりたのか？　振り向いた彼の視線が、鏡台にさがった。彼女のブラシやびんがなくなっている。ジャックの心臓は激しく打ちはじめた。化粧だんすに行っていちばん上の抽斗を開け、次にその下も開ける。空だ。抽斗はすべて空だった。衣装だんすにも行ったが、開ける前から、彼女の服がそこにないことはわかっていた。彼女は自分のものをすべて自分の部屋に移してしまったのだ。イソベルは、彼を見限った。

22

目を開けたイソベルは、自分がどこにいるのかわからなかった。胸のあたりが重苦しい。次の瞬間、前の日のことを思いだした。ミセス・ケンジントンがやってきたこと、ジャックと交わした苦々しい言葉、ジャックの部屋で過ごした寒々しい孤独な時間――あのとき、自分のものを自分の部屋に戻そうと決めたのだ。いま彼女が横になっているのは自分のベッドだけれど、まるで知らない場所のように思えた。

イソベルは寝返りを打ち、枕に頭を沈みこませた。最後の服をここに移してまもなく、ジャックが彼の部屋にあがってくる足音が聞こえた。しばらくのあいだ、彼女は動くこともできず立ちつくし、心臓をどきどきさせながら、彼は彼女の部屋に来るだろうか、彼女を説得してやめさせ、自分の部屋に戻るように言うだろうかと考えていた。けれど、彼はなにもしなかった。よかったじゃないのと自分に言い聞かせ、少ししてから床についた。そして、泣き疲れて眠った。

イソベルはため息をついて起きあがり、ひざを曲げて両腕で抱え、ひざに顔をうつぶせた。

昨日の朝のいまごろは、ジャックとベッドにいて満足感に浸り、とりとめのない言葉を交わしていたのに。いまはひとりぼっち。心臓が胸のなかで腫れあがり、膿んでいるような気がする。たった一日で、こんなにもすべてが変わってしまうものなの？

昨夜の自分の決断がよかったのかどうか、イソベルにはわからなかった。もしかしたら、ふたりのあいだの溝を深めただけかもしれない。ジャックもそれを縮めようとはしないかもしれない。けれど、あそこでひとり座って、彼が来るのを待っていることなどできなかったし、ましてや彼と眠ることなんてできなかった。彼が自分の人生を少しも彼女とわかちあいたいと思っていないことがわかっているのに、彼と人生をともにすることはできない。イソベルが質問をしたら彼はひどく怒って、まるで彼女が踏みこんでいったかのように受け取ったのだから。

イソベルはまたため息をついて、滅入るような考えを押しやった。お客さまをもてなさなければならないし、やらなければならないこともある。ただ鬱々としているわけにはいかなかった。ジャックとのあいだに問題があっても、生活していかなければならないのだ。彼女は着替えると、髪をひとまとめにねじって垂らし、下におりていった。すると全員が――いつもは寝坊する弟までが、起きてそろっていた。ジャックは礼儀正しく立ちあがり、彼女も同じように礼儀正しくうなずいて返した。彼はまた他人に戻ってしまった。

「ジャックが朝食のあと、遠乗りに出かけるつもりだという話を聞いていたのよ」エリザベスが言った。

「こんなに田舎に染まったなんて信じられないわ」ミリセントが微笑み、身を乗りだして息子の手を軽くたたいた。「ジャックはずっと都会のほうが好きでしたの。することがたくさんあるでしょう？」

「ええ。ここは少し退屈なんじゃないかと思います」イソベルはまるで灰を嚙んでいるような心地で言ったが、努めて軽い口調をたもった。

「退屈なものか」ジャックが言った。「アンガス・マッケイに釣りを教えてもらう約束をしているんだ」

「アンガス・マッケイ？」イソベルの手がお茶のカップを持ちあげている途中で止まった。

「コービー高地のアンガスじいさんかい？」アンドリューが訊いた。

「ああ。そんなにへんなことかな？　ある日すっかり道に迷ってしまって、彼の小屋に行き着いたんだ」

「それで、追いはらわれなかったのか？」

「いや、もちろんやられた。でも一度きりだ。あのじいさんにはけっこう好かれているんじゃないかと思うんだが」

「驚かされることばかりね」エリザベスは笑った。「老アンガスが気にいった人なんて、お目にかかったことがないわよ」

ジャックは朝食後まもなく出かけ、アンドリューはまたいとこのグレゴリーに会いにいくつもりだと言った。イソベルは、おばとミセス・ケンジントンとともに居間に移ったが、ふたりは刺繍の話で盛りあがったので、すぐに退屈してしまった。ジャックの母親はエリザベスに負けず劣らず刺繍が好きなようだ。

それからの数日間は、似たようなものだった。ジャックは明るいうちは、ほとんど外で時間を過ごした。乗馬か、散歩か、なんなのかイソベルにはよくわからなかったが、ほかにも人がいるときでないと彼と話すことはほとんどなく、話しても堅苦しく他人行儀なやり取りだけだった。

さびしかった。夢にも思わなかったほどジャックが恋しかった。そう、心だけでなく、体の奥が、彼を求めてうずいていた。ずっと男性とのふれあいなどなしに生きてきて、なんの不自由も感じていなかったのに。でもいまは――いまはもう、ほかのことが考えられない。ほかのものを夢に見ることもないし、ほかでは満たされることもない。ジャックの手、ジャックの口でなければ。あの引きしまった大きな体に包まれ、体の奥深くに彼を迎えいれるのでなければ。

イソベルの心は絶え間なくあの愛の営みの記憶に戻っていき、そんなことを考えてはいけないようなときでも脚のあいだに熱が広がって、彼の愛撫を待つかのように胸がふくらんでうずいた。夜はいきなり目覚めたかと思うと、汗びっしょりで肌が焼けるように熱く、体の奥がうずいて止まらない。ベッドでじっと横になりながら、ジャックに来てほしい、抱きしめてほしい、そしてふたりのあいだにできたこの壁をこわしてほしいと祈るのだった。

けれど、ジャックは来なかった。イソベルは切羽詰まって、さびしくて、恋しくて、何度も彼のところに行こうかと思ったけれど、そのたびに勇気が出なかった。彼の部屋を訪ねていったとして、もし毎朝、食事の席で向けられるようなよそよそしい目で見られたら、耐えられないと思った。たとえなかに入れてくれて、抱きしめて欲望を満たしてくれたとしても、それではなにも変わらない。体のうずきは薄れたとしても、心は空虚なままだろう。

アンドリューはグレゴリーのところで何日か過ごしていて、イソベルにとってはありがたかった。アンドリューがいて当てこすりやいやみを言われたら、もっとやりにくい雰囲気になっていただろう。彼は昔からよく口のまわるほうだったが、あれほど辛らつな物言いをしていただろうか。きっとロンドンに行ってそうなったにちがいない。あるいは、昔はただ気づかなかっただけかもしれない。以前はわからなかった性質が、いくつか出ていることに彼女は気づいた。

けれど一週間も経たずにアンドリューは、ロバートの小言にうんざりしてベイラナンに戻ってきた。弟が帰ってきて困っているようなそぶりを、イソベルはできるだけ見せないようにした。少なくともグレゴリーが弟と一緒にやってきてくれた。厳しいことばかり言う父親から逃れられて、グレゴリーも喜んでいるらしい。それに、人なつこくておもしろい話をする彼がいると場がやわらぎ、険悪になったときにはいつも彼に頼って、ちょっとした会話を始めてもらうことができた。

若いアンドリューとグレゴリーがミリセントとエリザベスを楽しませてくれているので、イソベルはやはり祖母の部屋を片づけることにした。なにはともあれ、胸に渦巻く痛みから気をそらすことができるからだ。

薄暗い部屋に入ったイソベルは、重いカーテンを押し開けて太陽の日射しを入れてから、部屋を調べはじめた。奇妙なことに、化粧だんすにかけられた埃よけの布が片側に寄っている。近くに寄ってみると、布の端が抽斗にはさまれていた。イソベルは眉をひそめ、少しいやな感じを覚えた。はさまった部分を引っ張りだし、布をはずしてマホガニーの天面をあらわにして、布をベッドに放り投げた。べつの抽斗もわずかに開いているのがわかった。衣類の一部が少しはみでてはさまっているために、きちんと閉まらないのだ。

イソベルは抽斗を開け、乱れた衣類を直した。数週間前にこの部屋を片づけようとしたときは、抽斗のなかのものはすべてきっちりととのっていた。不安になって、ほかの抽斗も次々に開けてみる。どの抽斗も、中身が乱れていた。しかも化粧だんすをよく見ると、重たい家具の片側が反対側よりも壁から離れている。

イソベルは衣装だんすも開けてみた。上の棚から帽子が転がりでて床に落ちた。前はきっちり並んでいた靴もばらばらで、なかには横倒しになっているものもある。鏡台の上のびん

や箱は片側に寄せられていた。こわれたものはなさそうだし、台の上はものでいっぱいのまま
だ。しかしだれかがここに入って、祖母の持ち物を引っかきまわしたことはあきらかだ。

イソベルは両手を腰に当ててぐるりとひとまわりし、部屋全体を見まわした。こんな古い部屋をだれかが引っかきまわしたと思うなんて、ばかげている——いったいなんのために？　けれど、こうして証拠があるのだから無視することはできない。埃よけの布をはずし、注意深く調べてみることにした。なくなったものがあるかどうか見極めるのは、抽斗になにが入っていたかよく覚えていないから、むずかしい。けれど、だれかがここを引っかきまわしたという確信は増していて、どうしようもなく不安な気持ちになった。

そのとき足音が聞こえ、立ちあがって部屋の外を見にいくと、ちょうどジャックが階段をあがってきたところだった。大きな安堵感が押し寄せる。「ジャック！」

彼が顔をあげて彼女を見た。「イソベル。どうした？」すばやく数歩進んだだけで彼女のところまで来ると、ジャックはイソベルの腕に手を伸ばした。ほんのつかのま、ふたりのあいだにはなにも変わったところなどないように思えた。「なんだ、いったいなにがあった？」

「わからないの」イソベルは彼に寄りかかり、彼の胸に頰を寄せたいという衝動に駆られた。けれど体がこわばり、つかのまのささやかな時間は終わってしまった。

ジャックも一歩うしろにさがり、よそよそしい表情に戻る。「どうしたんだい？　なにか悪いことでもあったんじゃないかと思ったよ」

「祖母の部屋の片づけをしようとしていたの。あなたのお母さまがいらっしゃるのに間にあわなくて、申し訳なかったから」

「いまの部屋でじゅうぶんだと思っているさ」

「だといいのだけれど。でも、それが問題ではないの。どうやら、だれかが祖母の部屋に入ったらしいのよ」

「小間使いでは？」ジャックは言ってみた。「なにも問題はないと思うが」

「いいえ、小間使いが入ったのとはまったく逆なの。きれいになっているのではなくて、散らかっているのよ。抽斗は開いているし、服は乱れているし。まるで探しものでもしたみたいに」

「探しもの？」ジャックは眉をひそめた。「だれが？」

「わからないわ。男性なのか女性なのかも。でも、だれであっても、どうしてレディ・コーデリアのものを引っかきまわしたりするのかしら？」

「きみのおばさんが、母親の部屋で探しものをしていたのかもしれないよ」

「かもしれないわ。でも散らかったままにするなんて、エリザベスおばさまらしくないわ。ねえ、これを見て」とっさにイソベルは彼の腕に手を伸ばしたが、なにをしているかに気づいて、手を体の脇におろした。ばつが悪くて顔をそむけ、レディ・コーデリアの部屋に戻った。「ほらね？」イソベルは部屋全体を示すように腕を振った。「エリザベスおばさまはいつも整理整頓なさっているかただし、ずっと母親に畏敬の念をお持ちだったようだし。おばさまなら、すべてをきちんとするはずだわ」

部屋を見まわしたジャックは、眉間のしわを深くした。「きみが入ったときには、もうこうだったのかい？」

「いいえ。埃よけの布はかかっていたわ」衣装だんすの扉を開けて、横倒しになった靴を見せる。「ほら、このとおり」ほかにも抽斗をいくつか開けて、乱れた中身を見せた。「前にここに入ったときは、すべてがきちんとととのっていたのに。それに、ここにはだれも入らないの。はたきがけもしないわ。だから、すべてのものに埃よけの布がかぶされているの」

「泥棒だと思うかい？」

「でも、そんなことがあり得るかしら？　ここには価値の高いものなんてないのに。上等な宝石類は、ずっと昔に下の金庫にしまいこんであると思うの。なくなったものはあるかもしれないけれど。おばさまならわかるかも」イソベルは自信のなさそうな顔で言った。

「盗まれたものがあるとしたら、犯人はだれだろう？　使用人だろうか？」

「その可能性がいちばん高いわね。屋敷にはかならずだれかがいるから、よその人が見られずに入ってくるのはむずかしいわ。でも、召使いは全員、正直者で忠実よ」

「勝手口が開く音を聞いた、あの夜のことを思いだすね」いつものにやりとしたジャックの笑いが、その顔に広がった。「きみが、あの悩ましいナイトガウン一枚で外に出てきた夜だよ。覚えているかい？　ぼくはだれかが忍びこんだと思った。だがひょっとしたら、外に出た音だったのかもしれない。きみのおばあさまの部屋を物色したあとで」

「そんな」イソベルはあわてて言いながら、染まった頬を見られないように横を向いた。

「あの夜のあとも、この部屋には入ったことがあるわ。でもそのときも、まだ整然としていたのよ」

「最後にここに入ったのはいつ？」

イソベルは考えた。「結婚式の二、三日前には、まだ片づけをしていたわ」

「結婚式の宴の夜には、大勢の人間が敷地に入っていた。たいてい屋敷のほうはひとけが少なくなっていたから、だれかが少しくらい宴を離れても気づかなかったんじゃないかな。急いでいて、荒っぽい探し方になったのかも」ジャックの瞳が光った。「だが、どうしてこの部屋だけなんだ？」

「わからないわ。泥棒というのは、たいていわかりやすいものを狙うと思うのだけど。銀器だとか、金庫だとか」

「なにか決まった特別なものを探していたにちがいないな」イソベルがうなずき、ジャックはつづけた。「だが、部屋全体を引っかきまわしているのなら、簡単には見つからなかったんだろうな」

「あるいは、探しだせなかったか」

「ぼくらだったら探しだせるかもしれない」ジャックはにやりと笑った。「探してみる?」

「もちろん」彼がこんな表情をしていてくれるなら、たとえ興味のないことであったとしても、なんでもしたかった。イソベルは部屋を見まわした。「祖母の宝石箱はここにあるわ。まずは、あれからよね。祖母はとても気にいっていたの」

長方形の箱は、小さな抽斗式のものだった。イソベルは抽斗をひとつひとつ開けていったが、それぞれにネックレスやブレスレットが入っていた。「これはふだん使いのものよ。祖母が着けているのを何度も見たことがあるけれど、高価な品ではないと思うの。黒玉やめのう、象牙のカメオ彫り」

「もっとわかりにくいところにあるものだと思う。でなければ、こんなに探してはいないだろう」ジャックは箱を手に取り、表面を慎重になでながら、あちこちの大きさをじっくりと調べた。底のほうまで。

「なにをしているの?」

「からくりがないか見ているんだ――ばねとか、留め針とか、くぼみとか、隠し扉が開くようなもの。ああ、ないなあ」ジャックは箱をおいた。「収納箱を見てみよう」

ベッドの足もとにある収納箱の前にひざをつき、ふたを開けようとしたが、あがらなかった。「鍵がかかっている」ジャックはイソベルを振り返った。「なにかありそうだぞ」

「そうね、でも鍵がどこにあるかわからないわ」イソベルは困ったように部屋を見まわした。

「どこにも鍵なんて見当たらなかったし」

「だいじょうぶ」ジャックはイソベルの髪からヘアピンを一本抜き、収納箱のそばにひざをついた。ピンを挿しこんで慎重に動かし、身をかがめて鍵穴に頭を近づけ、耳をそばだてる。音をたてて鍵がはねあがると、驚いているイソベルに彼はにんまりと笑いかけ、ふたを開けた。

あいにく、なかに入っていたのは、ハーブのにおいのする毛布だけだった。

ふたりは部屋じゅうを動きまわり、抽斗を開けたり、家具の上や下やうしろに手を入れてみたり、軽くたたいて空洞がないかを見たりしていった。ジャックは火かき棒を、家具のうしろや下に突っこんだり、スツールにあがって背の高い衣装だんすの上まで見たりもした。スツールをおりた彼は、部屋全体を見わたした。

「あの本は」隅の安楽椅子の隣りにある背の低い書棚に、ジャックはあごをしゃくった。その前にしゃがんで一冊一冊本を引っ張りだし、ページをぱらぱらとめくって製本を確かめる。

「そんなにたくさん見るべきところがわかるなんて、なんだかびっくりしたわ」イソベルは彼のそばにある椅子に座り、本を一冊手に取った。はかなくもおだやかなこの時間が、できるだけ長くつづいてほしいと思いながら。慎重に行動すれば、もっと実りのあるものへつなげられるかもしれない。

「人がものを隠しそうなところを知っているだけだよ」ジャックは横目で彼女を見た。「とくに金目のものはね」イソベルが口をひらいたのを見て、つけ加える。「いや、どうやって知ったかは訊かないでくれ」

「ジャック！　まさか、あなたは泥棒なの？」

「大昔にはそういうこともあったという程度かな」彼はおだやかに答えた。「でも、きみも見たとおり、まだ鍵を開けるくらいのことはできるよ」指を曲げて見せる。

「そんなに自慢するようなことでもないと思うわ」イソベルは笑った。

本をすべて調べおわるころには、イソベルの肩は痛み、おなかは鳴りそうになっていた。椅子にもたれて息をつく。「調べてもなにも変わらないわね。埃っぽくなっただけで」

「ふむ」ジャックはベッド脇の小さなテーブルに歩いていき、身をかがめて茶色の革の装丁をほどこした大きくて立派な本を取りあげた。「レディ・コーデリアの聖書かな？」

「ええ」ジャックが製本を調べだしたので、イソベルはまた興味が湧いてきた。

「聖書というのは、そばにおいておくことの多いものだ」しかし、しばらくしてジャックは残念そうに頭を振って、本をおいた。そのテーブルの下部にある抽斗を開け、なかを調べはじめる。

イソベルが、はっとした。「でも、それは祖母がふだん読んでいたものではないわ」

ジャックが振り返って彼女を見る。「もう少し小ぶりなものを持っていたの。厳密には聖書というわけではなかったのだけれど。『規律書』という祈禱書《きとう》ね。祖母は毎晩、それを読んでいたわ」

「どこにあるか、わかるかい？」

「ええ、もちろん。わたしにくださったから」

イソベルは自分の部屋に急いで戻り、ジャックもついていった。衣装だんすのところまで行った彼女は、ジャックをちらりと振り返った。彼は部屋を見まわしている。ふと、なんて奇妙な状況だろうとイソベルは思った。自分が育った部屋に、ジャックとともにこうして立っている。一度は彼の部屋に移ったのに、ここに戻ってきてしまった。彼がこちらを向いたが、その目はまたよそよそしいものになっていて、彼も同じような気分になっているのだとわかった。

イソベルはため息が出そうになるのをこらえ、衣装だんすを開けて、つま先立ちになってブリキの缶をおろした。「これは祖母のキャンディの缶だったの」ふたをひねるようにして開ける。「ボタンなんかをここに入れていて、子どものころはそれで遊ばせてくれたりしたわ。まるで魔法みたいだと思ってた」彼女はボタンやらなにやらを引っかきまわして、口もとをゆるめた。「祖母が亡くなっても、思い出があるからこれは取っておいたの。それで祈禱書もここに入れておいたのよ」

イソベルは小さな本を取りだしてジャックにわたした。濃いワイン色の上等な革の装丁で、表紙には金箔で文字が押されていたが、使いこまれて半ばはげてしまっていた。ジャックはそっと受け取って両手で上に下にひっくり返し、本を開いて人さし指でやさしく綴《と》じ目をなぞった。次に背表紙をひらいて、同じようにする。ふいに彼の指が止まった。

「どうしたの？　なにかあったの？」

「わからない。綴じ目がちょっと」窓辺まで行ったジャックは、日の当たるところでそれをよくよく見た。「綴じ目がそろっていないし、糸が少しちがっているように見えるな」縫い目を引っ張ってみる彼を見て、イソベルは鏡台から毛抜きを持ってきた。ジャックは綴じ目をいくつか引き抜き、革の装丁をぐっとひらいて内側を覗いた。両の眉がつりあがる。「なにかある」

「えっ？」さらに綴じ目をほどくジャックに、イソベルは近寄った。「なにかしら？」

「よくわからない。紙、かな」表紙を片手でぐいと広げ、銀の毛抜きを挿しこんで、慎重に引きだしたものは……黄ばんで折りたたまれた紙だった。

ジャックが四角い紙を鏡台の上においてそっと広げると、反対側にもう一度たたまれているることがわかった。折ったところには丸く蠟《ろう》がついていたが乾いており、もはや紙を貼りつける役目は果たしていなかった。

「ローズ家の封蠟だわ」イソベルが勢いこんで言い、花の形に印を押された赤い蠟を指さした。「このバラの紋章はうちのものよ。屋敷じゅうの石膏部分にこの紋章があるでしょう？マルコムの肖像画の、短剣の柄の部分にも。そしてわたしたちの部屋のベッドの柱にも彫りこまれているわ」

「暖炉の側面にもね」ジャックが言い、紙を慎重に広げた。しわが寄ってもろくなり、年月の経過で黄ばんでかび、かびのしみもできている。インクで書かれた数行の文字は色あせていた。

「まあ、これは」イソベルは息をのみ、いちばん下に書かれている力強いMの文字を見つめた。「サー・マルコムの書いた手紙だわ」

23

「レディ・コーデリアのご主人の？」ジャックが尋ねた。「軍資金を持ち帰った？」

「そうよ。エリザベスおばさまのお父さまよ」イソベルは紙の上にかがみ、目を細めて手書き文字を読んだ。「〝わが最愛のひとへ〟ですって」ジャックを見あげる。「恋文ね。祖母がずっと取っておいたのもわかるわ」イソベルはまた手紙を読みだした。「〝気をつけて。そこらじゅうにロブスターがいる〟——イングランド兵のことね。イングランド兵は〝赤服のロブスター〟と呼ばれていたから。つづきは——〝だめだ〟——かしら。あっ、わかったわ、〝きみのところへは行っては〟だわ。〝だめだ、きみのところへ行っては。また離れなければならない。どうしてもやらなければならない仕事がある。だが、もう一度だけ、どうしてもきみに会いたい〟次はかびの汚れで読めないけれど、そのあとは〝きみへ〟か〝きみに〟か。それから〝来てくれ。どこかはわかるだろう？　わたしもそこへ行く。わたしの心はいつでもきみのものだ。M〟ああ、ジャック」イソベルは顔をあげて涙の光る目で彼を見た。

「きっと彼の最後の手紙だわ」

ジャックは手を伸ばし、彼女の頬をこぶしでぬぐった。まなざしがあたたかい。「彼はおばあさまを愛していたんだね」彼が身を寄せ、キスされるのではとイソベルは一瞬思った。急に心臓が大きく打ち、ためらいで体がこわばる。彼の表情がわずかに変わり、手をおろして一歩さがった。「彼がフランスから戻ったのはまちがいなさそうだね。きみのおばさんが言ったとおり」

「ええ」イソベルは震える息を吸った。ほっとしているのか、がっかりしているのか、わからない。「兵士のことが書かれているということは、〈カロデンの戦い〉のあとね。チャールズ王子を捜しにいかなければならなかったはずよ。それが彼の仕事だったにちがいないわ。屋敷に近づけなかったようだから、おそらく兵士に見張られていたのね」

「それで、彼女にしかわからない場所で会おうという、謎めいた内容なんだね」

「会えたのかしら」イソベルは考えこんだ。「会えたのならいいんだけれど。会えなかったとしたら哀しすぎるわ」

「エリザベスおばさんに見せてみよう。この手紙は彼女の話を裏づけるものだよ。彼女の父親は、ほんとうに帰ってきていたんだ。だが……」ジャックは眉をひそめて間をおいた。

「おばさんの記憶が正しいとすると、サー・マルコムはこの屋敷に戻ってきたことになる」

「おそらく祖母は、ここに書いてある場所には行けなかったんじゃないかしら。それで、サー・マルコムは危険も顧みず、屋敷に戻らなければと思ったのかも」

「あるいは、スコットランドに戻ってきたというところまではおばさんが言っていたことも正しかったが、記憶が少しおぼろなところもあったのかもしれない」ジャックが言い添える。「彼が懐中時計をわたしたのはレディ・コーデリアで、彼女がおばさんにあげたとか。それが時間とともに……おばさんの頭のなかで話がいいように変わったのかもしれない」

「そうかもしれないわ」イソベルはため息をついて同意した。「おばさまは、彼が暖炉のなかに消えていったのを覚えている、とも言っているわ。だから、どれくらいおばさまの記憶が信用できるかどうかわからないの。祖母がおばさまを寝かしつけるときにそんな話をして、なだめたということも考えられるし。それをおばさまが、時間が経つにつれて自分の経験したことだと錯覚するようになったのかも。でも少なくとも、おばさまが正しかったことは証明されたわ。サー・マルコムは〈カロデンの戦い〉の知らせを聞いて、植民地に逃げたのではなかった。彼はスコットランドに帰ってきたのよ」

「そうだね」ジャックはうなずいた。「ぼくが気になるのは、これでほんとうにお宝があったのかどうかということだよ」

ジャックの疑問に対する答えは、断然〝あった〟のほうだった。少なくとも、その日の夕食に集まった人たち――とくにアンドリューとグレゴリー――にとっては。マルコムがフランスから帰ってきたという証拠があるとイソベルが発表すると、みな一様に言葉を失って彼女を見つめた。イソベルは得意げな顔で微笑み、エリザベスの前のテーブルに手紙を広げた。おばは目を丸くした。

「イソベル、どこにこんなものがあったの？」エリザベスの目に涙があふれそうになる。

「父の字だわ」

「おばあさまの古い祈禱書に入っていたの」手紙を探すことになったいきさつは、うまくごまかした。「その……綴じ目がゆるんで、なかからこれが出てきたのよ。おじいさまはキンクランノッホに戻ってからこれを書いたようね」

アンドリューとグレゴリーはすぐさまエリザベスのまわりに集まり、首を伸ばして手紙を読んだ。アンドリューがぽかんと口を開けた。「これはほんとうにおじいさまの手紙なのかい？　ほんとうにフランスから帰ってきたって？」

「わたしはずっとそう言ってきたでしょう、アンドリュー」おばが言う。

「うん、だけど、ということは――」

「宝はあるんだ！」グレゴリーが歓声をあげた。「ほんとうに、ここに宝が隠されているってことだ。やっぱりそうだったんだ！　昔、よく探しにいってたのは覚えてるかい、アンディ？」

「もちろんさ」いつもの落ち着きをなくしたアンドリューは、目が少年のように輝いていた。

「これは宝探しをするべきだよ！」

「あなたたちが探しまわっていたことは、わたしも覚えているけれど」イソベルが戒めるように言った。「そこらじゅう、また穴だらけにしないでね」

グレゴリーが声をあげて笑った。「今度はもっと科学的にやるさ。なあ？」

「手紙があったって、なんの手がかりにもならないわよ」イソベルは指摘した。「手がかりどころか、宝があるという証拠にすらならないんだから。宝のことなんてなにも書いていないし」

「いや、おばあさまへの手紙に宝のことをつらつらと書いたりはしないさ」グレゴリーが小ばかにしたように言った。「でも、彼は軍資金集めにフランスへわたったんだから、戻ってきたときに金を持っていた可能性は高いよ」

「いったいなんのことなの」ジャックの母親が、好奇心で目を丸くして口をはさんだ。「お宝ってなんなの？」

グレゴリーはベイラナンのレアードと行方不明のお宝について、嬉々として大げさに長広舌をふるった。ミセス・ケンジントンの反応はまさしくグレゴリーが満足いくもので、息をのんだり、声をあげたり、胸に手を当てたりした。

「んまあ！　そしてレアードはほんとうにあなたのお部屋にいらしたというのね、エリザベス？」ミリセントはイソベルのおばに顔を向けた。

「ええ、そうなの、そしてグレゴリーが言ったとおり、この時計をくださったのよ。ジャック、お母さまに見せてあげて」
言われるままに、ジャックは時計を鎖からはずしてミリセントにわたした。「おじいさまの時計を持っていたなんて、知らなかったよ」

「エリザベスおばさん！」アンドリューが目をむいた。「おじいさまの時計を持っていたなんて、知らなかったよ」

「あらまあ、そうなのよ」エリザベスはうなずいた。

「どうして話してくれなかったのさ？」アンドリューはイソベルに向かって眉をひそめた。

「知らなかったのはぼくだけかい？　グレッグはぜんぶ知ってるみたいだし」

「いいえ、つい最近まで、だれも知らなかったのよ、アンディ」急にむっとした弟を見て、イソベルはあわてて取りなした。「おばさまから聞いたのは、ほんの数週間前のことよ」

「でも、どうして彼が持っているんだい？」アンドリューがジャックを見た。

「きみのおばさんからもらったんだよ」ジャックは落ち着きはらった様子で言った。

「そうなの、結婚祝いよ」エリザベスが説明する。

「とてもすてきな品だわ」ミリセントが言ってエリザベスに微笑みかけた。「すばらしいお心遣いですわ」

「ああ、まったくだ」アンドリューが吐きだすように言った。

「アンドリュー」イソベルはあわてて話題を変えようとした。「あなたとグレゴリーは、ほんとうに宝探しをするつもりなの？」

話に乗ってこないかとも思ったが、弟はかたいながら笑みを浮かべた。「べつにいいだろう？　それとも、おじいさまの財宝もジャックのものなのかい？」

「おじいさまのお金は、もうずっと昔に使われてしまったんじゃないかしら」イソベルは軽い口調で答えながらも、弟をいさめるような顔をした。「もしあったとしても」

「しらけるようなことを言うなよ、イジー」釘を刺そうとするイソベルの発言を、グレゴリーがかわした。「どうして宝はないなんて思うんだい？」

「ないとは言っていないわ。なさそうだと思っているだけ。この手紙では、やらなければならないことがあると書いてあるけれど、それは王子を捜しだすことだと思うの。もちろん、お金は持っていったでしょう。でも、ここにおいていったとしたら、おばあさまに預けたでしょうから、反乱のあとの貧しかった時期に使い果たしてしまったんじゃないかしら」

「とても謎めいているのね！」ミリセントが両手を打ちつけて瞳を輝かせた。「わくわくするわ！　あなたのお父さんならどうしたと思う、ジャック？」息子に向かってうなずく。

「きっと探しに出かけたでしょうね」

「だろうね」ジャックはぶっきらぼうに答えた。「ぼくは遠慮しておくよ。ベイラナンは探し物をするにはずいぶん広いからね」

「子どものころみたいに、やみくもに探したりはしないさ」グレゴリーが言った。「考えてみれば、自分の土地に適当に穴を掘って埋めたりするかい？　この手紙を読めばわかるけど、彼はどこかに隠れていたみたいだ。つまり、そこが宝の隠し場所でもあるわけだ。ベイラナンの地所内ですらないかもしれない。まずぼくが考えるのは、洞窟だね。あるいは、あの古い城塞か」

「グレゴリー……」イソベルはぎょっとした。「どうかあなたたち、遺跡をつつきまわしたりしないでね。どんなにもろくなっているか知っているでしょう? けがをしてしまうわ」

「心配性の姉さん気質が抜けないんだね」グレゴリーがにやりとした。「わかったよ、遺跡には近づかないから、心配しないで。いずれにしろ、ぼくは海の近くの洞窟が怪しいと思っているんだ。海から上陸したんだろうから、兵士から隠れるのにそれ以上の場所はないだろう?」

「気をつけろよ、グレゴリー。今度は姉さんは、洞窟で迷子にならないでとか言いだすぞ」アンドリューはふきげんになっていたのも忘れて冗談を飛ばしたが、イソベルに向けた笑顔は少しこわばっていた。

言葉にたがわず、翌日グレゴリーとアンドリューは宝探しに乗りだした。ベイラナンから始めるのが楽だろうということで、グレゴリーは屋敷に泊まりこむことになり、彼が子どものころに使っていたアンドリューの隣りの古い部屋に入った。ふたりは毎朝出かけ、お茶の時間になると帰ってきて、その日の冒険譚《たん》をレディたちに聞かせて楽しませた。

ふたりのことをよく知るイソベルは、話をいくぶん割り引いて冷静に聞いていたが、ミリセントとエリザベスははるかに興味深げに耳を傾け、どんなに深くまで洞窟に入っていったか、洞窟内で出くわした穴がどんなに深かったか、いかに満潮で閉じこめられる危険に遭遇したかという話を聞いて、それ相応に感動していた。

イソベルはレディ・コーデリアの部屋を片づけることに専念した。ある日の午後、衣装だんすの中身を整理しているとおばの悲鳴が聞こえ、つづいてミリセントの驚いた声が響いた。

「ジャック、いったいどうしたの？　どうして血が出ているの？」

すぐさまイソベルは立って部屋を飛びだし、階段を駆けおりた。ジャックが玄関にいて、母親やエリザベスと向かいあっていた。髪も服も泥だらけで枝や葉までくっついている。シャツの前が大きく破れ、長い引っかき傷が見えていた。片方の頬には真っ赤にすりむけたところがあり、髪は血だらけで固まっている。

「ジャック！　だいじょうぶなの？　なにがあったの？」イソベルは彼のあごに手をかけ、つま先立ちになって彼の顔を調べた。

彼はかぶりを振った。「たいしたことはないよ、ほんとうだ。ひどいけがに見えるだけで。頭の傷はたくさん血が出るものなんだよ」

「でも、どうして――なにが――」

「岩の崩落に遭ってね。馬で進んでいるときに大きな音が聞こえて、顔をあげたら大岩が山の斜面を転げおちてきていたんだ」

イソベルは大きく息をのみ、彼の腕をつかんだ。「ジャック、死んでいたかもしれないじゃないの！」

彼の母親が甲高いうめき声をあげて、大きく体を揺らした。エリザベスは彼女の腕をつかみ、近くのベンチに連れていった。イソベルの目にはジャックしか入っていない。

「いや」ジャックはおだやかに返事をした。「幸い、馬がぼくより速く反応してくれて、最初の音でファラオはもう駆けだしていたんだ。まあ、あいにくそれで、ぼくは木にぶつかって転がりおちてしまったんだが」自分の左脚を見おろす。イソベルもそこに目をやると、ブリーチズに大きな裂け目ができており、おまけに上等な乗馬用ブーツの横にも大きなすれ傷がついているのが見えた。彼が哀しそうにつけ加える。「〈ホビー〉の一張羅のブーツが台なしだ」

「なにを言っているの」イソベルの声は恐怖と安堵できつくなっていた。「ブーツなんてどうでもいいでしょう？　岩がぶつからなくて運がよかったのよ。さあ」彼女はジャックのウエストに腕をまわし、階段のほうにいざなった。「汚れを落として傷口にお薬をつけましょう。ひとりで乗馬に行ったのがいけなかったのよ。今度は馬丁を連れていってちょうだい」

階段をあがって彼の部屋に向かいながら小言を言う。「わたしも岩のことを注意していなかったわね。ときどき崩落することがあるの。とくに雨がたくさん降ったあとは」

「それなら、いつもってことじゃないか」

「ちゃかさないで。真剣に話しているの」イソベルは彼をベッドのほうへ向かわせた。「上着を脱ぎましょう」手を伸ばし、おそるおそる彼の肩から上着を取っていく。

「そんなに慎重にならなくてもいいよ。骨は折れていないから」

「ええ、頭のけがだけでよかったわ。さあ、もう口を閉じて。座ってちょうだい」彼をベッドに座らせると、イソベルはしゃがんでブーツを脱がせはじめた。ふと顔をあげると、彼はクラヴァットをほどきながら、深みをおびた目で彼女を見つめていた。椅子でくつろぎながら彼女を見ているときも、こういうまなざしをしていることがある。そういうときは、ほぼかならず、彼女をベッドへさらっていくことになるのだ。

いっきにイソベルの顔がほてった。思えばこの数分は、ミセス・ケンジントンがやってくる前と変わらないやり取りができていた。彼を心配するあまり、ぎくしゃくしていたこの数日間のことなど忘れていたのだ。突然、この状況が、とても悩ましいものであることにイソベルは気づいた。その空気を断ち切るようにやおら立ちあがり、洗面台に行って布をぬらした。

ジャックのあごに手を添えて顔の血や泥をぬぐい、髪の生え際にこびりついた血を軽くたたくようにしてそっと落としていく。「見た目ほどひどい傷ではないわね」

「だからそう言っただろう。頭のけがは、おかしくなくらい血が出るものなんだ」ジャックがびくりと動く。「いたっ。気をつけてくれよ」

「きれいにしなきゃいけないの。そんなにのんきなことを言っていたら、もっとひどいことになるのよ」イソベルは手を止めて彼と目を合わせた。「もっと気をつけるって約束してちょうだい」

「この世でいちばん慎重な生き物になるよ。うさぎみたいに、まず頭を出して、あらゆる方向を確認するようにする」

「ふざけないで」イソベルは顔をしかめた。「死んでいたかもしれないのよ」

ジャックの瞳が急に熱く、真剣なものになった。「心配してくれるのかい？」

「なんですって？」イソベルは一歩さがった。「するに決まっているでしょう。どうしてそんなことを言うの？」

「最近、ちょっとわからなくなってきたからね」ジャックは立ちあがり、シャツのボタンをはずしはじめた。「もう行ってくれ」突き放すように言って、背を向ける。「服を脱ぐから。きみにいやな思いをさせたくない」

「そんな理由で、わたしがあなたの部屋から出ていったと思っているの？　あなたのことなんてどうでもいいからだと？」

「ほかにどんな理由があるというんだ？」彼の声は氷のように冷たかった。「きみはぼくという人間を知り、自分がなにをしたかに気づいた——ローズ家の名を穢《けが》したことに。レアードの娘は身分の低い男のベッドにあがるものではないということだろう」

「なんておばかさんなの！」イソベルは布を投げつけるように洗面器に戻し、ずかずかとドアに向かった。振り返った彼女の体はこわばり、全身から怒りが放たれているかのようだった。「わたしが出ていったのは、どうでもいいからではないわ。大切すぎるからよ！」

「イソベル――」ジャックが彼女のほうに一歩踏みだす。

「来ないで！」イソベルは片手をあげた。「来ないで。わたしに近づかないで」

「ぼくには、きみがなにを求めているかさえわからないよ」絞りだすように言ったジャックの表情は、苦悩を絵に描いたようなものだった。

「そうでしょうね」ふいにイソベルの顔から怒りが消え、つらく哀しげな表情だけが残った。

「だから、わたしの心はつぶれそうなの」

彼女は背を向け、部屋を出ていった。

その日、イソベルは夕食に顔を出すのが遅れていた。午後にあんなことがあったあとで、ジャックと顔を合わせるのがこわかったのだ。しかしほかの人々が集まっている控えの間に足を踏みいれたとき、ジャックの姿はそこにはなかった。部屋の雰囲気はなごやかで、グレゴリーがぺらぺらとまくしたて、彼の大げさなお世辞にミセス・ケンジントンが忍び笑いをして頬を染めている。それをエリザベスとアンドリューがにこやかに眺めているという具合だった。イソベルもできるだけ仲間に加わろうとしたが、どうでもいいようなやり取りにうまく加わることはできなかった。

「ジャック!」ミリセントが声をあげた。「来たのね。けががひどくておりてこられないのかと心配していたわ」

イソベルは暴れる心臓をなだめ、胸の内で乱れている感情が顔に出ないよう必死でこらえながらそちらを向いた。

「だいじょうぶだよ」ジャックは肩をすくめた。部屋に入ってくるときもイソベルのほうは見なかった。「たいしたけがじゃないから。あまり心配しないで」

「心配するに決まっているでしょう。母親とはそういうものよ」ミリセントは自分の隣りの座席を軽くたたいた。「ほら、おかけなさい。ミスター・ローズがとてもおもしろいお話をしてくださっていたのよ」

「グレゴリーです、奥さん」イソベルのまたいとこは言った。「グレゴリーと呼んでください。なんといっても、もう親戚なんですから。ね?」そこで間をおいて考える。「でも、ええと、親戚といってもどういう間柄になるのかな。またいとこの義理のお母さん? でもどれくらいの近さだろう?」

「わたしに訊いてもだめですわ、お若いかた。数字はからきしだめですの。ジャックが教えてくれますわ。この子は昔から数字に強くて。数字に関してはこんなに頭のいいやつはいないって、彼の父親が申していましたのよ。どんなカードも覚えて――」

「母さん、やめてくれ、恥ずかしい」ジャックが冷ややかに口をはさんだ。

「ミセス・ケンジントン、グラスが空いていますよ。シェリーのおかわりをお持ちしましょうか」アンドリューは礼儀正しく言い、椅子から立ちかけた。

「おやさしいのね」ミセス・ケンジントンはにこりとした。「そうですわね、いただいたほうがいいかしら。のどが渇いたわ。ずいぶんしゃべったから」

ジャックはアンドリューが立ちあがる前にグラスをさっと取った。「いいよ、サー・アンドリュー。ぼくが持ってこよう」

「そうかい」アンドリューは気安く笑って椅子にもたれた。

ふたりのあいだで交わされていることに、イソベルが気づかないわけにはいかなかった。ジャックはシェリーのグラスを持ちながら、おかわりをつぎにいこうともしない。彼女は弟を盗み見た。この数日、アンドリューとグレゴリーが宝探しに出かけているおかげで、アンドリューが屋敷にいないのはありがたかった。でなければ彼は、言わなくてもいいことをうっかり口にしていたかもしれない。

懐中時計のことを弟が快く思っていないのはわかっている。無理もないことだとイソベルも思っていた。エリザベスが甥ではなく赤の他人に時計をわたすことにした当初、イソベルも驚いたのだから。だがアンドリューが怒るのは筋が通らない――彼だって賭け事で屋敷と土地を失ったのだし、エリザベスが自分のものをだれにあげようと自由だ――それでもやはり、弟に同情する気持ちもあった。けれど夫と弟のぎくしゃくした関係が口論にまで発展したら、板ばさみになってしまうのがこわい。できればアンドリューにはロンドンに戻ってほしいけれど、そう思うのもまた彼女をやましい気持ちにさせるのだった。

「ジャック」ミリセントが息子に向かって眉をひそめた。「のどがカラカラに渇いているんだけど」不満げな声音にイソベルは驚いた。ミセス・ケンジントンはおしゃべりで、思慮が浅いとさえ言えるかもしれないが、これまでジャックへの愛情を感じられる言動しか見たことがなかったのに。

ジャックはためらいがちに母親を見おろした。「もう、すぐにも食堂に移るよ」

「でもそれまで待てないわ」

「そうか。では」彼はおとなしく従っておじぎをし、部屋を横切って母親のグラスにシェリーを少しついだ。戻ってくるかこないかというところでハミッシュが入ってきて、夕食の用意ができたことを告げた。「ああ、ほら」ジャックはミリセントのそばにあるテーブルにグラスをおき、手を差しだして立ちあがらせた。

母親はグラスをつかみ、頭をのけぞらせていっきにグラスを空けた。「ああ、ずっと楽になったわ」立ちあがってジャックの腕を取り、微笑みかける。「すてきな子ね。あなたのお父さんにそっくり」

ミリセントはジャックの腕にしっかりとまとわりつき、廊下に出て食堂までの短い距離を歩いていった。ジャックの母親が少し酔っていることにイソベルは気づいた。うつむいて、口もとがゆるむのを隠す。シェリー酒をあんな小さなグラスに二杯で足もとがおぼつかなくなるなんて、きっとミリセントは酒に慣れていないのだろう。

しかしほほえましく思ったのもつかのま、ミリセントはひと皿目の料理が終わってもいないうちにワインのグラスを空けてしまった。ハミッシュがミセス・ケンジントンのほうに歩きだす。あきらかにワインのおかわりをつぐつもりなのだ。お酒に慣れていない彼女が失態をしたり、ひょっとして具合が悪くなったりしたらなお悪いと少し心配になったイソベルは、顔つきで執事を止めた。しかし数分後、ミリセントがきょろきょろとあたりを見まわしはじめ、とうとう体をひねってハミッシュに合図し、ワイングラスの縁をとん、とたたいた。執事はイソベルを見たが、なにをどうやったとしてもミリセントに恥をかかせるだけなので、イソベルは執事に笑顔を見せてワインをそそがせた。

夕食が進むあいだも、ミリセントは飲みつづけた。グレゴリーの冗談まじりの話に長々と大声で笑い、自分もだらだらとしゃべっては、ときおりなにを言っているのか自分でもわからなくなるようだった。ジャックのけわしい表情を見やったイソベルは、ミリセントは酒を飲み慣れていないのではなく、その逆なのだとわかった。

そこでこっそりと、ハミッシュにいつもより料理を早め早めに出すように指示したら、とうとうアンドリューが文句を言った。「あっ、おい、まだ終わっていないよ。早食い競争でもしてたっけ?」

「ばかなことを言わないで、アンドリュー」イソベルは笑った。「あなたの食べるのが遅いだけでしょう」

アンドリューは否定しようとしたが、グレゴリーがイソベルの肩を持った。「そのとおりだぞ、アンディ。なにを言ったって無駄だよ」

「ジャックはまったくその反対で」ミリセントが口をひらいたが、ろれつがまわっていなかった。「いつもせわしないの。わたしのジャックはそういう子なのよ。父親と同じ。早くって、いつもあわただしくて」グラスを持ちあげて、またおいたが、目には涙があふれていた。「あの人に会いたいわ。あなたはさびしくないの、ジャッキー?」息子に問いかける。

ジャックの顔はまるで石のようだった。「もういないんだな、とはよく考えるよ」

「ほら。やっぱり。なにを言ったって、母親のわたしはごまかせないわよ」ミリセントはイソベルに向いた。「あの人はすばらしい人でしたわ、ええ。あなたにも会っていただけたらよかったのに。あなたもきっと、あの人を気にいったはずよ」

「ええ、おっしゃるとおりだと思います」

「勇敢な人でもありました。亡くなるのが早すぎましたわ、でも……」ミリセントがしゃくりあげ、瞳に揺れていた涙があふれだす。「あの人は自分の望むとおりに亡くなったのよ。あの人がいなければ、あの娘《こ》は火事で亡くなっていたでしょうから」

「火事？」エリザベスがおうむ返しに言った。イソベルが見ると、おばも自分と同じように怪訝な顔をしていた。

「わたしの人生には哀しいことがありすぎますわ」ミリセントはナプキンを目の縁に押し当てた。「最初はサットンがいなくなって、次はわたしの子羊ちゃんが」

「母さん」ジャックがすばやく割って入った。「落ち着いて。なにかほかのことを話そう」

「この子は、わたしがあの娘のことを話すのをいやがるのよ」ミリセントはイソベルに言った。「わたしのドリーのこと」彼女はなじるような目でジャックを見た。「あなたはいつもわたしを黙らせようとするのね。やめてちょうだい。とても耐えられないわ」

「ミセス・ケンジントン……」イソベルはとっさに彼女の腕に手をかけた。「どうか哀しまれないで。ジャックは、あなたにつらい思いをしてほしくないだけですわ」

「この子は」ミリセントがあまりにも憎々しげな顔でジャックを見たので、イソベルはびっくりして目を丸くした。「そういうのではないわ。この子はわたしのせいだと思っているのよ」ジャックの母親は目を光らせ、さっとイソベルのほうに向いた。「この子はわたしが大きらいなの。わたしが悪いと思っているのよ」ミリセントは顔をゆがませて泣きだした。

「この子の言うとおりよ、わたしが悪いの、わたしが」

一瞬、イソベルは動けなくなった。テーブルの先では、おばがぎょっとした顔で凝視しているし、グレゴリーはこんなところにいなきゃよかったというような顔をしている。もちろんジャックは、大理石の像みたいに冷たく人間味のない顔つきになっていて、アンドリューは……さげすむような表情を浮かべていたが、ざまあみろとでも言いたげな表情も瞳によぎったのを、イソベルは見逃さなかった。

イソベルのなかに怒りが湧きあがり、その勢いで体が動いた。弾かれたように立ちあがると、テーブルをまわりこんでジャックの母親のところへ行った。「これでは具合を悪くされてしまいますわ」やさしくミリセントに言い、彼女の腕の下に手を入れて立たせようとした。「ベッドまでご一緒します。横になって少しやすんでください」

「やすみたくなどないわ！」強い口調でミリセントが言い放ったが、すぐに手で口を覆った。「あっ！　ごめんなさい！　いまのは――その、こんなことを言ってはいけなかったわ。あなたはとてもやさしい、すてきな女性よ」両腕を伸ばし、ふらつきながらイソベルを抱きしめる。「ほんとうにごめんなさい。この子があなたに出会えてほんとうによかったわ。ほんとうに。なのにわたしったら――」ミリセントはうしろにさがり、頬の涙を子どものようにごしごしこすった。「――なんてことを」

「ご一緒しますわ」

「いいえ、いいの」ミセス・ケンジントンはよろめきながら離れた。「行くわ。ひとりで」高い椅子の背にぶつかり、イソベルは支えようと手を出した。

「いいよ。ぼくが行こう」ジャックがふたりのところに来て、母親のウエストをしっかりと腕で抱えた。「ほら、母さん。二階に行くよ」

「いい子ね」ミリセントは泣き笑いのような顔で息子を見あげた。「ごめんなさい」また涙が流れそうになり、息子の胸に頭をもたせかけて顔をうずめた。「わたしはひどい母親だわ。わかっているの。どうか許して。わたしがめちゃくちゃにしたのよ。めちゃくちゃに。そんなつもりはなかったのに」

「ちがう、母さんのせいなんかじゃないよ」うんざりしたような声ではあったが、冷たい響きはなかった。

「わたしのことを恨んでいないの？　どうかきらいじゃないと言って」

「ああ、きらいじゃないよ」ジャックは母親を支えながらドアを出た。イソベルはドア越しに、はっきりしないふたりの小さな声が廊下を遠ざかっていくのを聞いていた。

24

　イソベルは魂が抜けたようにぼう然としたまま、テーブルに戻った。

「ああ、なんてこと」エリザベスが言った。「気の毒なかたね」

「ごめんよ、イジー」とグレゴリー。「メグのところからクロイチゴの気つけ薬をもらってきたりしなければよかった。きっと夕食の前に飲んでしまったんだね。こんなことになるとは……」

「いいえ、アンドリューはわかっていたと思うわ」イソベルは弟を冷ややかに見た。「そうでしょう、アンドリュー？　あなたはわざと、彼女に気つけ薬をもらってきたのね？」

　アンドリューはなげやりな感じで肩をすくめた。「彼女が酒に弱いのは、どうしようもないじゃないか？」

「アンドリュー、あなたって人は！　だからあなたは帰ってきたの？　どうして彼女を連れてきたの？　ジャックに仕返しをするため？　彼をはずかしめようとして？」

「ぼくがここに帰ってきたのは、ほかに行くところがなかったからだよ！」アンドリューはたたきつけるように言って立ちあがり、姉と向きあった。「飲んだくれの派手好きな母親をケンジントンが隠していたのは、ぼくのせいなのかい？　あの母親のためにあいつが付き添い人を雇っていたのも？　そんなにひどいと言われるようなことを、ぼくはしたのかな？　人を殺《あや》めたわけでもあるまいし。気つけ薬をあげただけだ。姉さんのために新しい義母《ははおや》を連れてきて、どういう家族の一員になったかをわからせてあげたんじゃないか」

「それじゃあ、あなたが仕返しをしたかったのは、ジャックと結婚したわたしなの？」

「ばかを言うなよ」アンドリューは椅子に戻って腕を組み、ぶつぶつ言った。「気つけ薬だって、ぼくが飲ませたわけじゃない」

「どうなるかはわかっていたはずよ。ああ、アンドリュー」イソベルはため息をついて椅子に腰をおろした。声には勢いがなくなっていた。「あなたがジャックに腹を立てているのはわかっているし、彼と結婚したことでわたしにも裏切られたように思っているんでしょう？」

「ちがうよ、イソベル」グレゴリーが口をはさんだ。「きみがそうしたのはベイラナンを救うためだって、アンディもわかっている。ぼくらみんな、わかってるよ。だれもきみを責めたりしない。それにケンジントンは、そんなに悪いやつじゃなさそうだ」

「でも、あいつを好きになる必要はなかったじゃないか」アンドリューが強く言い返す。グレゴリーは鼻を鳴らし、イソベルも目をくるりとまわした。

「子どもじみたまねはやめなさい、アンドリュー。自分でもわかっているはずよ。あなたがいたずら好きなのは知っているし、男と女ではおもしろいと思うものがちがうことも知っているつもりよ。でもこれは、ただジャックにいたずらを仕掛けたというのとはわけがちがうわ。新しい家族の前で、あの気の毒な女性を笑いものにしたのよ」

「自業自得だろ。どうしてそんなに熱くなるのさ。いつも酔っぱらって一輪車みたいにふらついてる親戚なんて、どこの家でも何人かはいるもんだろう」

「それは言えてるな」グレゴリーが加勢に入った。「うちのマードックおじさんを思いうかべてみてよ」

「それはまたべつの話でしょう。彼らはご婦人《レディ》じゃないんだから」

「あれ、ミリセントだって淑女《レディ》じゃ――」

「アンドリュー！」イソベルの目が光った。「口を慎みなさい」

弟は黙った。気まずい沈黙がつづき、エリザベスが不安そうにアンドリューとイソベルを交互に見やる。しばらくしてから、彼女は口をひらいた。「あの、少しわからなくなってしまったのだけど。このあいだミリセントは、ご主人は馬車の事故で亡くなったと言っていなかったかしら？」

「ああ。どうやら死に方がときどき変わるらしいね」アンドリューは突っかかるように姉を見た。

「どうやって亡くなったか、わたしは知らないのよ、エリザベスおばさま。今夜ジャックのお母さまがおっしゃったことは、あまりあてにならないと思っているわ」

「わたし、行ってきたほうがいいかしら」エリザベスは心配そうに眉根を寄せた。

「ありがとう。でもわたしがこれから行って、様子を見てくるわ。おばさまはおやすみになる前に行ってくださるかしら」

「ええ、もちろんよ」

イソベルは席を立ち、弟には目もくれずにテーブルを離れた。まずジャックの部屋に行ってみたが、だれもいなかった。彼の母親の部屋を覗いてみても、やはり彼はおらず、ミセス・ケンジントンだけがベッドでぐっすり眠っていた。

自分の部屋に戻ったイソベルは、落ち着きなく歩きまわった。ジャックに会って抱きしめて、傷ついた心を癒してあげたかった。どうして彼が母親の到着に動揺したか、いまならわかる。どうして母親の話をしたがらなかったのかということも。しかし、彼がイソベルを信頼して心の奥に秘めたものを明かしてはくれなかったのだと思うと、胸が痛くなった。あきらかに彼は、いつもどおり自分ひとりで対処する道を選んだのであり、彼女には頼りたくない、あるいは頼れないと思ったのだ。それがなによりつらかった。

イソベルは暗い外がよく見えるようにランプを消し、窓辺に立って彼が見えないかと目を凝らした。そのとき背後でドアがひらいた。さっと振り向くと、ジャックがドアのところに立っていた。その顔には苦悩が刻まれ、いつもの落ち着きは消え失せていた。イソベルは想いが胸に迫り、のどがふさがれたようにしゃべれなくなった。

「イソベル」ジャックの声は低くかすれていた。もう一歩前に出て、止まる。「頼むから突き放さないでくれ。きみが……きみが必要なんだ」

涙がこみあげ、イソベルは彼に駆け寄って抱きついた。彼の腕が鉄の輪のようにがっちりと彼女を抱きかかえる。ジャックはそのままイソベルの髪に顔をうずめて、何度も何度も彼女の名を呼んだ。彼の口づけは、頭がぼうっとするまでつづいた。けれどイソベルもキスを終わらせたくなくて必死にしがみつく。彼の唇は激しく、貪欲で、彼の全身が火のように熱い。ジャックはイソベルを床から持ちあげてベッドへ運んだ。

やさしさはなかった。上品さも、焦らすようなところも、甘さもなく、ただむきだしのすさまじい欲望だけがそこにあった。ジャックはイソベルの服の留め具を引きちぎらんばかりにつかみ、結び目がちぎれようがボタンが弾けとぼうがおかまいなしに彼女の胸をあらわにして、むしゃぶりついた。いままでになかったような激しく切羽詰まった情交は、イソベルの欲望にも火をつけた。

指をジャックの背中に食いこませ、シャツの存在がもどかしいというように激しくまさぐる。彼は体を起こしてシャツをむしり取り、脇に放り投げて、また彼女に覆いかぶさった。イソベルもきつく抱きつき、彼の背中に爪を立てて、せりあがる欲望に身を焦がした。体はほてり、汗ばんで、震えまで出てきた。ジャックが下に手を伸ばして彼女のスカートをウエストまでまくりあげ、自分と自分の欲するもののあいだにある最後の薄っぺらい障壁に手をかけて、木綿の長ドロワーズを引き裂く。探り当てた彼女の中心がしっとりとうるおっていることを知り、彼の口からうめきがもれた。

ジャックは自分のブリーチズをもどかしく探り、そしていっきに彼女のなかにすべりこんだ。彼で満たされ、ほかのものではまねできない充足感を覚えたイソベルの口から、こらえきれない甘いうめきがこぼれる。彼が腰を突きいれはじめた。イソベルは彼を自分につなぎとめるかのように、腕と脚でひしと抱きついた。彼の激情の嵐にどうしようもなく身を投げだし、ついにはさらわれて引きこまれ、もつれあうように悦楽の深みへとのみこまれていった。

ふたりは精魂尽き果て、満ち足りたまま寄り添っていた。そうしてしばらく経ってから、暗がりのなかでとうとうジャックが話しはじめた。

「あれがぼくの母なんだ。酒を飲んで、うそをついて、自分が結婚したろくでなしと、惑わされた自分のことしか考えていない女が」

「ええ、つらいでしょうね」

「いや」ジャックはひとことで否定したが、その声音は苦々しいものだった。「そんなに長いことも苦しんだわけじゃない。ぼくは十六のとき、母とは縁を切ったんだ。父に捨てられたあとも母は父のところに戻ったりして、もうたくさんだと思った。母のうそも、涙も、責めたてられるのも」

イソベルはなんと言っていいかわからず、彼をしっかりと抱きしめた。

「たしかに、父を失った母の哀しみはほんものだったよ。だけど父の死は――べつに立派な死に様だったわけでもないんだ。母は自分の人生が劇的なものに見えるように、話をでっちあげているだけだ。自分の気にいるようにね。酒とうそのくり返しで、母にはほんとうの話がもうわかっていないんじゃないかと思うくらいさ」

「それじゃあ、お父さまはまだ生きていらっしゃるの？」イソベルは驚いて尋ねた。「お父さまとは会っているの？　彼は――」

「いや、父までいきなり降って湧くんじゃないかなんて心配はしなくていい。ずっと前に死んだよ。父は母を捨てた。何度も。自分の都合でぼくらを捨てていくんだ。ほかに女ができたり、うまい話や楽しいことが見つかったりするたびに」ジャックは肩をすくめた。「そして、最後のときがきた。新しく貢いでくれる女とアメリカにわたっていったよ。そのときには、ぼくはもう何年も会っていなかったけど、母はもちろん打ちひしがれた。いつだって父を自分のもとに取り戻して、そのたびに今度こそ、ずっといてくれると思うんだろうね。父がいないあいだは酒がなぐさめになるけど、父が姿をあらわしたときの喜びにはまったく及ばない。母はなによりも父を愛していた。もう十五年近く会っていないいまでも、愛している。父は——」いったん言葉を切ったが、ひとことひとこと区切るように、はっきりとつづけた。「父はうそつきだった。詐欺師だ。ぺてん師だ。なにを考えるのも、自分のため。どんな状況でも、どうやったら金をせしめられるかということしか考えない。ぼくは、そんな父に似ている自分に虫酸《むしず》が走るんだ。ぼくも父と同じだ」

「いいえ、わたしはそうは思わないわ」

「そうだろうね」ジャックは口をゆがめて笑った。「でも、ぼくが言っていることはまぎれもない真実だ。ぼくはすべてを父から教わった。どういう人間に見せかけるか——話し方、服装、立ち居ふるまい。サットン・ケンジントンはたしかに才能のある役者だった。いや、父の名前も、ぼくの名前も偽名だったと思うけどね。なにより、紳士としての役柄を仕込まれたよ。ちょっとした賭け事に集まっただけの人間でも、どう操ればいいかを教えられた。必要とあらば、物乞いの格好や動きまで。金になるなら、かわいそうな孤児にもなってみせた。手の使い方もたたきこまれたしね」ジャックは両手の指を動かした。「きみのヘアピンで収納箱の鍵を開けたときの、きみの顔。ああいうことができるのはどういうことか、わかっていたんだろう?」

「ぼくは手先が器用なんだ。子どものころから手がよく動いて、足もそれ以上に速かった。きみが見たこともないような、腕ききのすりだったよ。父がカードをしているときに、子どものぼくがうろついていても、だれも怪しまなかった。母の言っていたとおり、ぼくは数字に強かった。父に甘えるふりをして寄りかかり、テーブルのだれがどんな手を持っているか、こっそり教えたよ。勝負の最中に手のひらにカードを隠し持っていたり、いかさま用のさいころに替えても、だれにもばれなかった。そんなずるいことをしていながら、才能があると父にほめられたら、やはりうれしかった、最低だよ。へまをしたら横面をはられるのはつらかったけど、それ以上にうれしかったんだ」

「父親に命令されて悪いことをしたって、子どもに罪はないわ」イソベルは言った。

ジャックは肩をすくめた。「自分の意志でもあったんだよ。大きくなって、まともに勝負をしてもやっていけるとわかってからは、足を洗った。自分の首をかけてまで危ない橋をわたりつづけることもないからね」

「なにを言おうと、あなたはやさしい心の持ち主よ。わたしにはわかるの。あなたがどう感じているにせよ、なにが起きたにせよ、あなたはお母さまの面倒を見てきたのだから」

ジャックは鼻を鳴らした。「ぼくは母に放っておいてもらいたくて、金をわたしただけだ。最後に父に捨てられたあと、母はぼくのところへやってきた。文無しになって、行くあてもなくなってあらわれるたび、ぼくは金をわたしたよ。でも、どうにもならないのはわかっていたから、まとまった金ができたときに家をあてがって、人を雇ったんだ。名目上は付き添いだが、実際は見張りだね。ミセス・ウィーラーには母が酒を飲まないように監視させ、もし母がうまく彼女を出し抜いて酒を飲んでしまったときには、外に出さないように、おかしなことをやらかさないように見張らせた。ミセス・ウィーラーは母のおしゃべりを聞いて、寝かしつけて、夜も一緒に起きていて、母が浴びるように酒を——」ふいに彼は黙った。

「こんな話、きみの耳には毒だ」

「あなたはできるだけのことをしたわ」

「できた息子のように言わないでくれ」ジャックはきしるような声を出した。「ぼくは金を出しただけだ。母はぼくを産んでくれたし、ぼくを殴りもしなかった人だから、これからも母の世話にかかる金は出すつもりだ。でも、訪ねていくことはめったにないんだ。一時間もいると、帰りたくてたまらなくなる。ぼくは母の話を信じることもないし、なだめることもしない。母を愛せないんだ。完全に母から逃げたいとさえ思ってしまうんだ」

「ああ、ジャック……」彼の厳しい声の奥にひそむ苦悩を感じ、イソベルの目に涙があふれた。

ジャックは大きく息を吐き、体の力を抜いた。「ああ、イソベル、許してくれ。きみを泣かせるつもりはなかった。いいかい、きみがミリセント・ケンジントンのために泣く必要はないんだ」

「彼女のために泣いているんじゃないわ」胸がいっぱいで声を詰まらせたイソベルは、頬をぬらす涙をはらった。「あなたのために泣いているの」

「イソベル」ジャックは彼女をきつく抱きしめ、彼女の髪に口づけて、やわらかなやさしい声で彼女の名前をつぶやいた。

それからふたりは愛を交わした。先ほどのように切羽詰まった、欲望と激情の脈打つものではなく、甘いキスと焦らすような愛撫に時間をかける、やさしいものだった。ひとつになってからもゆっくりと楽しむように欲望を高めていき、最後は激情をはじけさせて深い快楽の波にさらわれ、ふたり一緒に歓喜の世界へとたゆたっていった。

翌朝、朝食の席についたのが自分とジャックとエリザベスだけだったことに、イソベルはべつだん驚きもしなかった。アンドリューとグレゴリーはいつも朝が遅いし、とくに弟はいまジャックと顔を合わせたくないはずだ。ジャックの母親が姿をあらわすのも、まだ数時間はかかるだろう。イソベルはほっとした。今朝の幸せな気分に影を落としたくはなかったから。

前の晩に起きた哀しい出来事を思えば、こんな気持ちになるのは少し不謹慎かと思ったけれど、ジャックのほうも嵐が過ぎたあとのように、くつろいだ様子で笑顔を見せていた。朝の乗馬に出かけるときにはイソベルを抱き寄せ、屋敷のだれが見ているかわからない階段下だというのに、キスをした。

ジャックが出かけてすぐ、グレゴリーが軽い足取りで階段をおりてきた。やはりジャックが出かけるまで、二階で時間をつぶしていたらしい。「やあ、イソベル」

「ごきげんね」イソベルは言い、彼のあとから食堂に入った。

「知ってるくせに。ぼくはふさぎこむより、明るくしていたほうがはるかにいいと思ってるんだ」

「弟とは反対ね？」

グレゴリーは肩をすくめてテーブルについた。「アンドリューもすぐに元気になるよ」彼がにやりとする。「宝が見つかれば」

「本気で信じているの？」イソベルは訊きながら、ふたりぶんのお茶をついだ。

「もちろん。財宝ざくざくを信じていたほうが、これまた楽しいだろう？」グレゴリーはお茶をぐいっと飲んだ。「でも、方向を変えてみようってことになったんだ。ぼくは食事が終わったらキンクランノッホに戻る。アンドリューも」にっと笑う。「きみはほっとできるだろうね」

「アンドリューとジャックが同じ部屋にいないほうが、ここでの生活が楽に送れることは否定しないわ。それについてはお礼を言うわ」

「キンクランノッホの町からでも洞窟は同じくらいの距離だからね。町からのほうが近い箇所もあるかもしれない。それに、ぼくは計画性のない人間だけど、もう少し行き当たりばったりでない進み方をしないと。綿密に計画を立てて、順序よく見ていかないとね。父さんにも少し知恵を借りようと思っているんだ。サー・マルコムがどうしたか、どこへ行ったかは、父さんのほうがよくわかると思う。たぶんサー・マルコムは、うちの祖父と一緒に隠れていたんじゃないかな。〈カロデンの戦い〉よりもあとだから、ファーガスおじいさまもここにいたと思うんだ。なんといっても、きょうだいなんだから。おそらく協力していたと思うよ」

「そうね」イソベルは、当時ロバートは三つや四つだったのだから、自分のおじの所在については なにも知らない――あるいは覚えていないだろうと思ったが、あえて指摘はしなかった。「大おじのファーガスおじさまがいつ戻ってきたかは、聞いたことがないんだけれど」

「当時はだれもがイングランド人から隠れていたと思うよ」

そのとき、食べ物を乗せた盆を持ってハミッシュがあらわれたので会話はとぎれ、グレゴリーはいそいそと食事をした。

「じゃあ、食べたら出発するの？」彼の食事が落ち着いたころを見計らって、イソベルは尋ねた。

「うん。アンドリューはさっき見にいったら、まだぜんぜん用意もできていなかったし。あいつがどういう感じか知ってるだろう？　あいつが襟巻きを満足いくまで直すのを待っていたら、午前中が無駄になっちまう。あとから来るさ」

ところがアンドリューは、どうやらまたいとこが思っていたよりもベイラナンを早く出たいと思っていたようだ。グレゴリーが出発して一時間もせずに、居間のドアにあらわれた。「ぼくが出発の挨拶に来たよ」態度は横柄だったが、いじましくこんなことを言い添えた。「ぼくが出ていってうれしいんだろうね。お望みなら、グレゴリーの家からまっすぐロンドンに帰るよ」

「ばかなことを言わないで、アンディ」イソベルが言い、おばも否定の言葉を立てつづけに口にしてアンドリューを抱擁した。「もちろん、急いでロンドンに帰ってほしくはないわ。ベイラナンはあなたの家なのよ、いつ戻ってきてくれても歓迎するわ」

「姉さんの夫はそう言わないんじゃないかな」アンドリューはいくらかふだんの表情に戻り、エリザベスに抱擁を返して背中を軽くたたいた。「ねえ、おばさん、ぼくは永遠にいなくなるわけじゃないよ。何日かグレゴリーと彼のお父上のところに泊まるだけだ。おばさんの記憶から、ぼくの悪い行いが薄れてくるまでね」それからイソベルのほうをおどおどと見た。「ごめんよ、イジー姉さん。姉さんの言うとおりだった。あんなことはするべきじゃなかった。許してくれるかい？」

「もちろんよ。でも、あなたが謝らなきゃいけないのはミセス・ケンジントンでしょう。それからジャックと」

「えっ」アンドリューの眉がぎょっとしたようにつりあがり、イソベルは思わず笑いそうになった。「いや、あの、そりゃそうなんだけど。キンクランノッホから戻ってきたらね。いまは、その……ミセス・ケンジントンも昨夜のことを話すのはばつが悪いだろうし。それに、もう行かなきゃならないんだ。いったいなにがあったんだとグレゴリーに思われるよ」

「でも、あなた、なにか食べていかないと」エリザベスが反対した。

「いや、急ぐから。料理人がソーセージをはさんだパンくらい持たせてくれるだろう」彼はあわただしく挨拶をして部屋を出ていった。

そのうしろ姿を、イソベルは胸にさびしさを秘めて見つめていた。アンドリューは、いつまで経っても変わることはないのだろうか。

「あの子が心配だわ」イソベルの胸の内を読んだかのようなエリザベスの言葉に、イソベルは驚かされた。おばは刺繍を手に取って、また腰をおろした。「ふう。あの子たちはかわいいけれど、また屋敷が静かになったのはありがたいわ」

イソベルは笑顔でうなずいて、窓辺の書き物机の前に座り、おばがせっせと針を動かすあいだに手紙の整理をした。そんなふうに朝のうちはおだやかに過ぎたが、昼少し前になったころミリセントがおりてきた。ミリセントは青ざめて沈んだ面持ちで、ドアのところに立った。

「ミセス・ケンジントン」イソベルは立ちあがって彼女のところへ行った。「お加減はよくなりましたか？」

「ええ、それはもう」ミリセントは手をあげて、巻いた髪を落ち着きなくさわった。「あの

——おわびしなければいけません。昨夜はわたしったら、いったいどうしてしまったのか」

彼女はイソベルと目を合わせることができず、イソベルからエリザベスへと目を泳がせ、それからソファに向かった。避難場所に着いたとでもいうように、ほっとした様子でそこに座る。「あの、昨夜はちょっとふらふらしてしまって。熱でも出てきたかと心配でしたけれど、もうだいじょうぶですわ」

「ちょっと考えてみたのですけれど」イソベルは慎重に切りだした。「アンドリューがメグからもらってきたという気つけ薬に、なにか合わないものが入っていたんじゃないでしょうか」

「ええ、そうなの！」ミリセントはその説に飛びついた。「おっしゃるとおりですわ。お酒には慣れておりませんの。父がとても厳しかったものですから」

「でも、イソベル、メグのもののどこが悪——」エリザベスの言葉が唐突にとぎれた。

「あっ、ええ、そうかもしれないわね！」

「残りは小間使いに捨てさせますわ」イソベルはよどみなく言った。

「あら、そんな……そこまでしなくても」ミリセントの眉根が寄った。

「いいえ、そうしましょう。またお加減が悪くなってはいけません」

「でも、サー・アンドリューに悪いですわ。あんなにやさしいかたなのに」

「弟ならわかってくれますから」イソベルは請けあった。「ご心配なさらないで」

「そうですか。ええ、そうですわね。ありがとうございます」ミリセントは弱々しく言った。しばらく座ったまま、ハンカチを手でもんでいた。「ジャックはわたしのことを怒っているでしょうね」

「彼もわかってくれますわ」

「そうかしら」ミリセントの声は疑わしげだった。「あの子はどこに？」あいまいにあたりを見やる。

「乗馬に出かけました。でも、まもなく戻ってくると思いますわ。もうお昼の時間ですもの」

「まあ。そうですか、そういえば、あの子は昔から馬が好きでしたわ」ミリセントはいったん口を閉じ、手でもんでいたハンカチを見おろした。「あの……わたしはときどき、その、母親としてふがいないときがありますの」

そんなことを言われてもイソベルは返す言葉に困ったが、エリザベスがすぐに応えてくれて助かった。「そんなことはありませんわ、ミリセント。わたしもアンドリューに対してまったく同じ気持ちになることがあります。男の子を育てるのはむずかしいですわ。そう思いません？」

「ええ」ミリセントが明るくなった。「そのとおりです。とくに父親がいないと」

「まったくですわ」

ミリセントがエリザベスと話しだしたのを機に、イソベルは帳簿の仕事があるからと言って、その場を離れた。まず執事のいる食器室に行くと、ハミッシュと召使いのひとりが銀器を磨いていた。いつ終わるとも知れない作業だ。

「エディス、ミセス・ケンジントンのお部屋に行って、そこにある気つけ薬を捨ててちょうだい。お体に合わないようなの」出ていこうとした召使いにつけ加える。「それから、ほかにもお酒類があったら、ぜんぶね」そのあとハミッシュに向き直った。「しばらくのあいだ、食事のときにワインは出さないようにするわ、ハミッシュ」

「はい、お嬢さま」彼女の決定に不服かどうかは、まったくわからなかった。「ウイスキーとブランデーのデカンタは、喫煙室の棚におぐことにいだじまじょうか?」

「それはいいわね。棚の鍵は、ミスター・ケンジントンが戻ってきたら彼にわたしてちょうだい」

イソベルはミリセントに失礼な態度を取ることはできないし、気の毒に思わずにもいられない。それでも、前の晩のような場面にまたジャックが巻きこまれてはならないと思ったのだ。少し配慮をすることで、ミリセントに恥をかかせずにそれができればいいのだが。なんとか手を打つことができてほっとし、イソベルは下の書斎に向かった。

ほんとうは帳簿の仕事などなかったけれど、ひとりになれるのはありがたかった。手紙の返信などを書きながら、何度か手を止めてジャックに思いをはせた。しかししばらくして食堂に行くと、ジャックはまだ昼食に帰ってきておらず、がっかりした。

それから一時間、そして二時間経っても彼は戻らず、イソベルは心配になりだした。お茶の時間が来て、さらに過ぎてもやはり戻らないとなると、胃のあたりが落ち着かなくなった。ミリセントにジャックのことを訊かれたときには、できるだけ冷静な態度を心がけ、住人とどこかで話しこんでいるのだろうと答えた。しかし自分は一目散に外に出て厩に行き、馬丁に尋ねてみた。いつもより帰りが遅くなるとか、どこに行くつもりだとか、いつ戻るつもりだとか、それはなにも言っていかなかったらしい。満足のいく答えがまったく見つからないまま、イソベルは屋敷に戻った。

ばかみたい、とイソベルは自分に言い聞かせた。ジャックは一人前の大人の男性だ。自分がそうしたいと思えば、まる一日、外にいたってかまわない。何時に戻ると言って出ていったわけでもないのだし。昨日、崩落事故に遭ったから、過剰に心配になっているだけだ。また事故に巻きこまれると思うなんて、ばかげている。それでも、彼になにかあったのではないか、転んで脚を傷めたりしていないか、具合が悪くなったり落馬したりしていないか、あれこれと起こり得る事態が頭をよぎって、どこかで倒れて戻ってこられずにいるのではないかと思ってしまう。それを、自分はまだ知らずにいるのではないかと。

屋敷に近づいたときに馬のいななきが聞こえ、イソベルは胸を躍らせて振り返った。馬を引いて屋敷に向かって歩いてくる男性が見えた。イソベルが笑顔に変わりかけた次の瞬間、その長身の男性の髪が日射しを受けて金色に輝いているのを見て取った。そのあと、馬はたしかにジャックの馬だということもわかった。そして、馬の背中にだらりとした男性の体が揺られているということも。

25

「ジャック！」イソベルはスカートを持ちあげ、馬に向かって駆けだした。いまはもう、馬を引いているのがコールだということはわかっていた。そして馬上の男性は、顔は見えないけれど、自分の夫だ。「コール！　なにがあったの？」彼女はよろめくようにして止まった。心臓が凍りつきそうで、息はぜいぜいと荒くなっている。「ああ、なんてこと。ジャック。だいじょうぶなの？　なにがあったの？」

馬に近づくと、馬は横にはねた。

「どう、どう、落ち着け」コールがなだめるように声をかけて馬のほうに向き、首をなでてやった。「こいつはおびえているんだよ、イジー、そんなに急に近づいちゃだめだ」

イソベルはうなずき、銅像のようにじっとして、両手を胸で握りあわせた。「なにがあったの？　彼は……彼は……」のどが詰まって言葉が出てこない。

「生きてるよ、うん」コールの口調があまりにけわしく、イソベルのほうは生きた心地がしなかった。彼は様子をうかがうように彼女を見た。「倒れているところを見つけたんだ。撃たれてる」

イソベルは彼を見つめることしかできなかった。耳鳴りがしはじめ、視界が暗くなってくる。

「イジー？　きみまで倒れないでくれ。ふたりは運べないよ」コールは彼女の腕をつかんだ。

「ええ」イソベルはほんの一瞬、コールの腕に寄りかかり、大きく息を吸ってから体を起こした。「ええ、倒れはしないわ。いったいなにがあったの？　どうして――」

「わからない。でも、いまそれは重要じゃない。彼を馬からおろすのに人を呼んできてくれ」

うなずくと、イソベルはそれ以上の質問をして時間を無駄にすることはなかった。厨房に走ってハミッシュを呼んだ。数分のうちに、ハミッシュとコールが馬からジャックをおろし、それから召使いたちと交代して二階に運ぶよう指示した。

イソベルは召使いたちを見送るや、勢いよく振り返った。「コール――」

「うん、わかってる。すぐメグのところに行くよ」コールは桟橋のほうに向かい、イソベルはきびすを返して階段をあがる召使いのところへ急いだ。

半分ほど階段をあがったところで追いついた。召使いたちに運ばれているジャックはぐったりとして血の気がなく、肩から胸にかけて赤黒いしみがついていて、イソベルの心臓はひどく乱れた。足を止めて手すりを握りしめる。落ち着かなければならない。強くならなければば。ここで自分が取り乱してあたふたしても、なにもジャックのためにはならない。息を吸って心を落ち着け、イソベルは階段をあがっていった。

「イソベル?」エリザベスが居間のドアのところにあらわれた。「何事なの? いまのはジャック――」

「ジャック!」不安げなミリセントの声がエリザベスのうしろから聞こえ、すぐにミリセントの頭が廊下に出てきた。「ジャックがどうかしたの?」

「あの……いいえ……馬に乗っていてけがをしたようです。さっきコールが彼を運んできたの」

彼の母親は金切り声をあげてドアの柱に倒れかかり、片手で口を覆った。

「お願いですから、心配なさらないで」あわててイソベルは言った。「すぐに様子を見てきますから」

「わたしも行かないと」ミリセントは柱を押しやって離れ、決然とイソベルのほうに歩きだそうとした。

イソベルがすがるような目でおばを見る。

「ミリセント」エリザベスが察してミリセントを追いかけ、手をつかんで止めた。「だめよ。こちらへ。うろたえないで。イソベルがきちんとしますから。約束するわ」

「でも、行かなくちゃ。わたしの息子なのよ」

イソベルは背を向け、婦人ふたりを残して部屋に入った。息子に会いたいと言い張るミリセントは、ほかの人になんとかしてもらわなければ。イソベルにはジャックのことしか考えられない。

ハミッシュと召使いたちがジャックをベッドに寝かせ、ブーツを脱がせようと奮闘していた。ジャックの目は閉じられ、顔は蒼白で、まるで死人のように見える。わずかに胸が上下していることだけが、彼が生きているという証だった。胸の片側に広がっているしみは赤黒い茶色で、着衣の布地は乾いた血ですでにこわばっていた。イソベルは激しく息をのみ、手が震えないようにきつく握りあわせた。

背後に足音がしたと思うと、ミリセントがあえぐような声をもらし、すぐにエリザベスが彼女をなだめながら部屋の外へ連れだした。イソベルは背筋を伸ばし、ジャックの両手を握りしめた。

「ジャック?」声が震え、咳払いをする。「ジャック、イソベルよ。聞こえる?」

彼の目がゆっくりとひらいた。あざやかな青の瞳は、いまは霞がかかったようになっている。「イソベル」ささやきとも言えぬほどの声に、イソベルは身をかがめた。

「そうよ。ここにいるわ。ここは屋敷よ。これから手当てをするわ」

彼の舌が、乾いた唇をなめた。「水」

「ええ。水を持ってくるわ」彼女がハミッシュを見やると、彼は小間使いのひとりに手ぶりで指示し、小間使いが急いでグラスを取りにいった。「ハミッシュ、洗面器と水差しをここへ持ってきて。それから布も」イソベルはベッド脇の小さなテーブルにあごをしゃくった。

ハミッシュが言われたとおりのものをテーブルにおく。「上着を脱がせたほうがよろじいかと思いまず、お嬢ざま」手を伸ばして襟をつかみ、慎重にジャックの肩から脱がせようとした。

ジャックがうめいて、鋭く悪態をついた。

「やめて。傷に貼りついているんだわ」あわててイソベルは言った。「まずはぬらさないと」

イソベルはジャックの乾いた唇にぬれた布を当て、それから力を入れず慎重に、顔をぬぐった。ふたたび布をぬらして傷の上におき、水分をふくませて乾いた布地をゆるめる。

「はさみと清潔な布と包帯を持ってきて。もうすぐメグが来るけれど、わたしの薬箱も念のために取ってきてちょうだい」ドアに向かうハミッシュに、さらにつけたす。「それからブランデーも」

「イソベル……」

「ええ、ここにいるわ。お水が来たわよ」小間使いからグラスをもらうと、彼の口もとに持っていき、もう片方の手を彼の頭の下に差しいれた。彼は体を起こして座ろうとするようなしぐさをしたが、びくりとして、頭を少しあげられただけだった。ほんのふた口、三口飲ませたあと、イソベルは彼の頭を枕に戻した。「コールがメグを呼びにいってくれたから、すぐに来るわ」

「メグ?」ジャックは怪訝な顔をした。「あの、飲み薬をもらった?」

「そうよ。でも彼女はもっといろいろなことができるの。どんなお医者さまにかかるよりも頼りになるのよ。それに、キンクランノッホにはお医者さまがいないの。ここまで治療に来てもらうには何時間もかかるわ」イソベルはまた彼の手を取って握りしめた。「メグは信頼できるから」

「それまでに、この上着を脱がせるわね」うしろでひかえていた召使いが、彼女の言葉を聞いて前に進みでたが、イソベルは手を振ってさがらせた。「いいの。はさみで切るから。ジェニー、お裁縫用のはさみを取ってきて」

上着の袖に刃を入れようとすると、ジャックが抗議するような声をもらした。「これは新しいんだ」

「前にこんな大きな穴が空いていたら、もう着られないと思うわ」彼女は手短かに言った。「さあ、もうしゃべらないで」

イソベルは注意深く袖を上に切っていき、肩の線にまわって、そっと上着を傷口からはずしていった。布地はぬらしたものの、まだ少し傷に貼りついているので、ゆっくり進めなければならなかった。ジャックが低くうめき声をたてる。

「ごめんなさい」イソベルは彼を見た。いままで見たことがないほど顔色が悪く、目が泳いでいる。イソベルの目から涙があふれそうになった。「がんばって。もう少しよ」

上着をはぐように取ったあと、まだベストとその下のローンのシャツも取り除かなければならなかった。いまや真っ赤に染まった白いシャツをひらくのだと思うと胃が縮こまりそうだったが、シャツの布を切り裂いて彼の胸をあらわにし、ちょうど肩の下あたりに黒い穴の空いた生々しい赤い傷を見るのは、もっとつらかった。彼女は大きくつばを飲みこみ、彼の顔をちらりと見あげた。彼は目を閉じていた。けれども傷のまわりをきれいにしはじめると、その目がぱっとひらいた。

「ううっ！」奥歯を食いしばって彼が言う。

「ごめんなさい。痛くないようにしたいんだけど」

「あんまり……うまく……いってない」

「わかっているわ」彼が息も絶え絶えでうまくしゃべれていないのを聞いて、イソベルの声も揺らいだ。コールはメグを呼んでくるのにどれだけかかっているのか。マントルピースの時計を見やったが、あまり時間が経っていないのでびっくりした。「ハミッシュがブランデーを用意しているわ」

ハミッシュはジャックの頭を起こすのを手伝い、イソベルがブランデーを口にふくませた。酒のおかげで、少し顔色が戻ったようだ。彼女はグラスをおこうと立ちあがったが、ジャックはスカートを握りしめて離さなかった。

嗚咽《おえつ》でのどが詰まりそうになり、イソベルは彼のそばに戻って手を握った。「ここにいるわ、あなた。わたしはどこにも行かないから。がんばって」

まるで永遠かと思うような時間が過ぎたあと、廊下をやってくる敏捷《びんしょう》な軽い足音が聞こえ、メグが足早に部屋に入ってきた。

「よかった、来てくれて」イソベルはジャックの手をぎゅっと握ってから離し、うしろにさがろうとした。

ジャックが声をもらして目を開けた。「どこへ――」

「メグが来たの。メグに診てもらいましょう。わたしもすぐそばにいるわ」

「こんにちは」おだやかでほがらかとさえ言えそうな口調で、メグはジャックのそばについた。「たいへんなことになったみたいね」メグは身をかがめ、彼の目を覗きこむようにじっと見つめ、それから手を首に当てた。「いまから傷を診ます」

かすかな笑みらしきものをジャックは浮かべた。「どうとでもしてくれ」

「まあ、全力を尽くしますけど、あなたはわたしを呪いたくなるかもしれないわね」メグのあとから入ってきたコールが、化粧台の上に枝編みの物入れをおいていた。メグはその物入れのところに行き、小さなびんを取りだして、中身の液体を布につけた。そしてまたベッドのそばに戻った。「コール？」

「うん、ここにいる」コールはベッドのもう片側にまわりこみ、ジャックの上にかがみこんで、片手でジャックの胸を、もう片手でけがをしていないほうの腕を押さえた。メグもジャックの上に身をかがめ、傷を調べるために血をぬぐった。

ジャックが悪態をのみこみ、かかとでふんばったが、体がベッドから浮かないようコールがきつく押さえつけた。イソベルは胃がねじれそうな気分になって顔をそむけ、両手を握りしめて、のどにこみあげてくる泣き声を押し殺した。

「さてと」メグの声が聞こえる。「ちょっと待ってね。とりあえずブランデーを飲むといいわ。コール……」

メグはイソベルの腕を引いて、少し離れた。「ずいぶん血を流しているわ、見ればわかるでしょうけど。でも、肺に弾は当たっていないみたい。肺が詰まったような音はしないわ。それで、弾はまだ体内にあるの、鎖骨のすぐ下よ。弾を取りださなきゃならないわ。そのままにしておくと膿んでしまうから」

イソベルは青ざめたが、うなずいた。「わかったわ」

「コールに手伝わせるし、必要ならハミッシュにもお願いするわ。でも、あなたは部屋を出たほうがいいんじゃないかしら」

「いいえ、彼のそばについているわ」イソベルは断固としてかぶりを振った。

「だと思ったけど」メグは口もとをゆるめ、イソベルの肩に腕をかけた。「できるだけ痛くないようにするから」

「わかっているわ」

「飛びついてやめさせようとはしないでね」

「約束するわ」イソベルはメグと正面から向きあい、彼女の手を握った。「どうか彼を助けて、メグ。もし……もし彼が……」

「精いっぱいのことはするわ」メグはイソベルの手を握った。「さあ、わたしは準備をするから、ケンジントンの口にブランデーをふくませているコールを手伝ってやって」

メグは小ぶりの物入れのところに行き、イソベルはベッドに戻った。コールがジャックを半ば起こし、カップからブランデーを飲ませようとしている。

「まいった」コールがイソベルを振り返った。「少しは飲ませられたんだが、口を開けなくなっちまった。意識がなくなったのか、早くも酔いがまわってきたのか、わからない」

「ジャック、飲まないとだめよ」

「ほしくない」ジャックはもごもご言った。「きらいだ」

「最高級のブランデーよ、好きなはずよ。ほら」イソベルはコールからカップを取って、ジャックの口もとへ持っていった。

ジャックがひと口飲む。「こいつが」さっきよりは少し言葉がはっきりしていた。「こいつがきらいだ」幽霊のようなしかめ面をコールに向ける。

コールはくくっと笑った。「そいつはよかった、イングランド野郎さん。おれもあんたがきらいだよ」

「まったく、あなたたちふたりとも、意見が合ってよかったわね」イソベルははきはきと言ったが、ほんとうはジャックの胸に頰を寄せて泣きだしたい気分だった。「でも、わたしのためにもうひと口飲んでちょうだい。痛みが少しはやわらぐわ」

そんな調子で、あと数口はジャックに飲ませることができた。

「どうしてこいつがここにいる?」ジャックはぼやけた声で訊いた。「眠いんだ」

「それはわかっているわ。だから眠ってちょうだい。でも、あとひと口だけわたしのために飲んで」イソベルはもう一度カップをかたむけた。それからうしろにさがり、コールがジャックをベッドに寝かせるのに合わせて枕をはずした。

「おまえが撃ったのか?」ジャックがコールに尋ねた。

「いいや、ちがう。おれはあんたが道で倒れてるのを見つけただけだ。そのままおいていったら、イソベルが哀しむだろうと思ってね」

背を向けたコールに、ジャックは小さな声で言った「ありがとう」

イソベルはとても見ていられず部屋の隅にさがっていたが、それ以上離れることもできなかった。メグが手当てをするあいだ、くぐもったうめき声が聞こえるのがつらい。それでも彼のそばを離れられない。けれどコールの広い背中のおかげで視界がさえぎられ、メグがジャックにしているこ とが見えないのはありがたかった。

数分が経ち、ひときわ大きくジャックがうめいた。メグが言うのが聞こえる。「あら。気絶してしまったわ」

皿に金属の当たる音が聞こえ、ようやくメグがジャックの肩から弾を取りだして皿においたことがわかった。イソベルはぐったりと壁にもたれかかった。脚が震えて、これ以上体を支えていられるかどうかわからない。そのとき聞こえたメグの声にも、自分と同じ安堵がこもっていた。「ちっちゃな悪いやつ、取りだしたわよ」

イソベルは鏡台の椅子にへたりこみ、台の上に両ひじをついて頭を手に乗せた。背後ではメグとコールが声をひそめて会話をしながら、まだ作業をしていた。しかしようやく、メグが一歩さがって手を洗いにいった。

イソベルはベッドに駆け寄った。静かに横たわるジャックの顔は真っ白で、顔のまわりの黒髪がよけいに黒く見えた。下半身には寒くないように色とりどりの毛糸で編んだ毛布がかけられているが、上半身は裸で、肩にたっぷりと巻かれた白い包帯もむきだしだった。胸と腹には、まだ血の跡が残っている。

洗面器からこちらを向いて手をぬぐいながら、メグはイソベルに言った。「しばらく眠ると思うわ。いまはそれがなによりよ。アヘンチンキは持ってる?」イソベルがうなずくと、メグはつづけた。「よかった。痛みがひどくなったら、スプーン一杯あげてちょうだい。まだ血は出ると思うから、ひんぱんに包帯を替えてね。いつでもいいから、スープを飲ませてあげて。流したぶんの血をまたつくらないといけないわ。わたしはこれから食品庫に行って、いくつかおいていくものをつくるわね。包帯を替えるときに傷に塗る軟膏や、熱さましの飲み薬を。たぶんこれから熱が出ると思うから」

イソベルはうなずいた。「あの……彼は……」

「弾を取りだすのも失血も乗り越えたんだから、希望はあるわ。彼は若くて健康だし、つきっきりで看病もしてもらえそうだしね」メグはひと息ついて、友の目をまっすぐに見た。「最大の敵は、ばい菌に感染することよ。傷はきれいに洗って手当てをして、軟膏も塗ったわ。でも、もし腫れたり、熱を持ったり、膿みが出てきたりしたら、呼びにきてちょうだい。帰る前にもう一度、様子を見にくるわ。そして、また明日来るから」

「ありがとう」イソベルは友を力いっぱい抱きしめた。「ほんとうにありがとう」

「気をつけてね。あなたもやすめるときに眠っておいて。しっかり元気でいなくちゃならないわよ」

メグは物入れを片づけて部屋から運びだした。コールも姉につづいて出ていこうとしたが、イソベルがドアのところで彼の腕に手をかけて止めた。

「コール、なにがあったのか教えて」

「わからないよ、イジー。ぼくが見つけたときは、もうこんなだったんだ。フレイザーの小作地をちょっと行ったあたりの道で。どれくらいそこに倒れていたかは知らない。でも血の量からすると、しばらくは倒れていたんだろう。ごめん」イソベルがひるんだのを見て、コールは謝った。「馬に乗せたときに彼は気づいたんだけど、衰弱していてほとんどしゃべらなかった。ぼくも、馬に乗せてここに連れ帰ることしか考えていなかったから」

「わかっているわ。それにはとても感謝しているわ」

「イソベル、ぼくに感謝する必要はないんだよ」

「言わなきゃ気がすまないの」コールの腕をつかむイソベルの手に力がこもった。「でもね、コール、教えてちょうだい。いったいだれが、こんなことをするというの？」

コールはかぶりを振った。「わからない。でも、わざとかどうかもわからないよ。密猟者かもしれない」

「ジャックを鹿とまちがえるかしら。それはないと思うわ」

「事故だったのかもしれない。誤って発砲してしまって、弾の当たった相手を見て逃げだしたとか」

「ジャックは話してくれなかったけれど、インヴァネスから戻ってくるときに追いはぎに遭ったことは知っているわ」

「どうして知ってるんだ？　いや、そうか」コールはうんざりしたようにため息をついた。「噂か。酒場でくしゃみをしたら、翌日にはキンクランノッホの女がひとり残らず知ってるっていうもんな」

「ジャックがわたさなかったものがあって、追いはぎたちは不満に思ったと聞いたわ」

「うん。でも、それで彼を殺そうなどとはしなかったと思うけど」コールは言った。「イジー、まさか――そいつらのひとりが銃で襲ったと？」

「そうよ、まさかよ。でも、ほかになにか考えられる？　彼は地主だけれど、イングランド人よ。こころよく思わない者もいるのは知っているわ」イソベルは、強いまなざしでコールを見据えた。「彼はわたしの夫よ、コール。彼を傷つける者は、わたしを傷つける者。もし彼が死んだら、そうさせた人間を見つけるまでわたしの心はやすまらないわ。わたしは男ではないかもしれないけれど、ベイラナンのローズ家の人間よ」

「それはわかってるよ」コールはかすかな笑みを浮かべた。「この土地の男で、きみににらまれたいやつはいないさ」

「よかった。それはみんなに知っておいてもらいたいわ」

「ああ、そうする。約束だ」

「話を聞いてまわってくれる？　なにかわかったら教えて」

「ああ、わかった。きみの敵は、マンロー家の敵でもある」コールはにやりと笑った。「ぼくをこわがるやつはいないだろうが、赤毛のメグ・マンローをおそれないのは愚か者だけだ」

イソベルは微笑んだ。「ありがとう。それなら、もうひとつお願いしてもいい？」

「言ってみて」

「ジャックが殺されそうになったのは、これが二度目よ」

「岩の崩落のことを言ってるのかい？」コールの眉がつりあがった。「あれは事故だよ。岩が落ちてきただけだ」

「わたしも事故だと思っていたわ、今回のことが起きるまでは。コール、たった二日のあいだに、ジャックは二度も死にかけたのよ」

コールは眉根を寄せた。「明日の朝、調べてくるよ。彼が倒れていた場所も。なにかあるなら、見つかると思う」彼女の手を取って、軽くたたいた。「心配しないで。ゆっくりやすんで。彼の看護をよろしく」

イソベルはうなずき、ベッドに戻った。ジャックの手に手をすべりこませ、もう一度、彼の額をなでた。のどにこみあげるものがあったが、ぐっと抑えこむ。それからベッドの脇に椅子を引っ張ってきて、腰をおろして待った。

あとから振り返れば、そのときの午後と夕方は、きっとぼんやりとしか記憶に残っていないだろう。退屈と不安が入り混じった奇妙な気持ちで何時間もだらだらと過ぎていくなか、ときおり彼の額に手を当てて熱を確かめたり、メグに言われたとおり包帯を替えたりした。そのあいだずっと、ジャックはじっと眠ったままだった。たまに身じろぎすることはあっても、かならずうめき声をともなっていた。

イソベルは召使いに自分用の寝台を運びいれさせたが、横になってもひと晩じゅう気のやすまるときはなかった。けれど、ときおり眠っていたこともあったのだろう。突然はっと目を覚まして、どこにいるのかわからなくなることがあった。そんなときジャックの声が聞こえると、すべてが怒濤のごとくよみがえった。ベッドに駆け寄ると、ジャックは枕の上でせわしなく頭を動かし、額には汗で髪が貼りついていた。朝の光のなかで見る彼の顔は赤らみ、額に手を当てるまでもなく、彼女にはわかった。ジャックの額が、燃えるように熱くなっていることが。

26

熱はまる一日、猛威をふるった。一度ならずもジャックは目を覚ましてイソベルを見たが、彼女のことがわかっている様子はまったくなかった。メグがおいていってくれた熱さましのびんを取りにいったときなど、彼は大声をあげた。「イソベル！　だめだ、危ない。水が。そっちは湖だぞ」

振り返ってみると、ジャックは彼女の足もとのまったくぬれていない床を指さし、顔をゆがめていた。「でも、ここは——」

「すごく深いんだ。知らないのか。気をつけろ」ひじをついて起きあがろうとするが、痛みでびくりとする。

「よけるから、だいじょうぶよ」イソベルは急いで言い、鏡台をまわりこんだ。

するとようやくジャックはほっとして、枕に体を戻した。

イソベルは水に溶かした薬を持って彼のところに戻り、口もとに持っていったが、ジャックはまるで見知らぬ人間が毒を盛ろうとしているかのような顔で見返し、彼女の手を払って薬を毛布にこぼしてしまった。イソベルは意を決してハミッシュを呼び、ジャックを押さえつけて無理やり薬を飲ませた。

ベッドにつきっきりで長い一日を過ごした。熱をさげようと、ぬらした冷たい布で何度も彼の顔や胸をぬぐい、ベッドにかがみこんでばかりで背中が痛くなった。おばもしょっちゅう様子を見に顔を出し、たいていミリセントも一緒だったが、ミリセントは数フィート離れたところで両手をもみしだいて声もなく涙を流すばかりだった。しばらく看護を代わりましょうとおばは言ってくれたが、イソベルは首を横に振った。どんなに疲れていても、ジャックのそばを離れたくなかった。

夜になり、真夜中が近づくにつれて、ジャックはさらに抑えがきかなくなり、驚くことに熱もまだあがった。彼の顔は真っ赤になり、自分にしかわからない相手ととぎれとぎれにしゃべっている。イソベルはひと晩じゅう看護をつづけ、ぬらした冷たい布で何度も彼の顔をぬぐったが、彼の体から噴きでているかのような熱をどうにかできるのか、不安でたまらなかった。

ジャックに薬を飲ませるために年寄りのハミッシュを起こして無理をさせるのは気が引けたので、おばとミリセントに手伝ってもらった。薬を飲ませおえると、またエリザベスが何時間か代わりましょうと言ってくれた。

「いいえ」ミリセントが言った。「わたしにやらせて」彼女はイソベルの腕に手をかけ、目を覗きこんだ。「あなたは運びこんだ寝台で眠っていてちょうだい。用があれば起こすから」

イソベルは不安げにジャックを見やった。眠れるかどうかわからなかったが、頭はぼんやりしているし背中も痛い。少なくとも、少し横になれば楽になるだろう。

「ね、そうしてちょうだい」ミリセントは強く言った。「わたしはずっと――ジャックにとってよい母親ではなかった。でも、これくらいはできるわ。やりたいの。なにかあったら、すぐに呼ぶから。ね？」一瞬、彼女の顔に浮かんだひねたような笑みが、イソベルのなかでジャックのものと重なった。

イソベルはうなずいた。「ありがとうございます」

どうにか浅い眠りについたイソベルだったが、とぎれがちな意識のなかをたゆたい、おぼろげな夢にうなされてよく眠れなかった。ジャックの母親に起こされたときには、ほっとしたほどだ。

「またお薬が必要だと思うの」ミリセントは眉根を寄せた心配そうな顔をしていた。「最初はよかったんだけれど、またすごく熱があがって、じっとしていられないみたいで」

イソベルはうなずき、薬を用意した。ジャックは前に比べれば落ち着いたように見え、ふたりだけで薬を飲ませることができた。水も少し飲んでもらった。ミリセントがほっとした様子で出ていくと、イソベルはベッド脇に腰をおろして、いつ終わるとも知れない〝待つ〟という時間に戻った。

マットレスに頭をつけ、のみこまれそうになる絶望を必死でやりすごす。メグには焦らずに辛抱してと言われたけれど、夜の暗闇のなかでこうしていると、希望を持ちつづけるのはむずかしい。

「イソベル?」なにかが頭にふれ、イソベルははっと目を覚ました。部屋は明るく、いつのまにか眠ってしまったのだとわかった。首がすっかりねじ曲がったような気がする。

「イソベル」かすかな声が、また聞こえた。

「ジャック!」がばっと起きあがり、イソベルは言葉をなくして彼を見つめた。

彼の顔から赤みは消え、疲れは見えるが澄んだ目をしていた。「イソベル? どうしてここにいるんだ?」どことなく怪訝そうな口調だった。「体が重いよ」

「ああ、ジャック!」イソベルの口から笑いがもれだし、引き攣《つ》ったような笑いはやがて涙に変わった。ふたたび頭をマットレスにつけて、彼女は泣きだした。

「だいじょうぶだよ」ジャックが弱々しく彼女の頭をたたいた。「泣かないで、イジー」

彼女はジャックの手を取り、唇に持っていった。

「だいじょうぶだ」彼がつぶやき、またイソベルが頭をあげたときには、彼はちょうど目を閉じようとしているところだった。

イソベルはしばらく座って彼を見ながら、頰の涙をぬぐった。そして彼の手を握ったまま、また頭をさげて、眠りについた。

「なんだ、これは！」数時間後に目覚めたジャックは、より頭がすっきりしていただけでなく、声も大きくなっていた。

窓辺で日射しを浴びていたイソベルが振り返り、笑った。「あなたにとって、いい日になりそうね」

「いったいなにがどうなっているんだ？」ジャックは頭をあげて起きあがろうとしたが、顔をしかめて小さく悪態をついた。頭が枕に戻る。「真っ赤に焼けた火かき棒で胸のなかを引っかきまわされているみたいだ」

「覚えていないの？」イソベルは彼のところに戻ってきて、彼の額に手を当てた。ずいぶん熱はさがったが、それでもまだふつうよりはあたたかい。「あなたは撃たれたのよ」

「撃たれた！」ジャックは眉をつりあげて横を向き、考えこんだ。「屋敷に帰ろうとしていたんだ。それで――なにかがものすごい衝撃で肩にぶち当たって、手綱を落とした。ファラオがうしろ脚で立って――そうだ、爆発するような音が聞こえて――ぼくは吹き飛んだ」そこで間が開く。「そのあとのことは……ぼうっとして」ジャックは彼女の顔をなでてから、自分の髪をかきあげた。「いまは子猫並みにふにゃふにゃだ」

「無理もないわ。血をたくさん流したんだもの。きっと――」イソベルの声が詰まった。

「何時間も倒れていたにちがいないわ」

「イソベル……」ジャックは手を伸ばして彼女の手を取った。「また泣きだすんじゃないだろうね？」

「いいえ。まさか」決然とした笑みを見せる。「前は……疲れていたのよ」

ジャックは彼女のこぶしを親指でなでた。「ずっとそばについていてくれたんだね。ぼくは――少しは覚えているんだ」落ち着かなげにじゅうたんのほうを見る。「床に水たまりはあったのかな？」

「いいえ」イソベルはくすくす笑い、彼の手を握ったままベッドの片側に腰をおろした。「でも、あなたは水たまりがあると思っていたみたいだね。熱で朦朧《もうろう》としていたんだわ」

「なにもかもが……少しおかしくなっていたみたいだ」彼が眉をひそめる。

「ほかにはなにか覚えているかしら？」

「撃たれたときのこと？　とくになにも。ときどき意識が戻ったことくらいかな。太陽がまぶしくて。そうだな――そうだ、歩こうとしたんだけど、倒れてしまったんだ。コール・マンローがいたかもしれない」

「彼があなたを見つけて、屋敷まで運んでくれたのよ」

「馬に乗せられていたことは覚えているよ。一歩ごとに、肩にすさまじい痛みが走って」顔をくもらせる。「あの赤毛の――メグ・マンローもここにいたね。彼女が弾を取りだしてくれたのか？」驚きで声が高くなった。

「そうよ。しかも、とても立派にやってくれたわ。薬も調合してくれたのよ」イソベルは慎重につづけた。「だれかを見たかしら？　撃たれたときに」

「撃った相手をってことかい？」ジャックはかぶりを振った。「コールしか見ていないよ」

イソベルは渋い顔をした。「もう彼を責めたりしないでちょうだい。コールはあなたを撃っていないわ。屋敷に連れ帰ってくれたのよ。あなたの命を救ってくれたの。あなたを撃った直後に、そんなことをすると思う？」

ジャックは小さくうなった。「しないだろうな」

「密猟者じゃないかとコールは思っているわ。事故じゃないかって」

「かもしれない」

「疲れているでしょう。眠らないとね」イソベルは立ちあがり、身をかがめて彼の頰にキスをした。「スープを持ってこさせるわ」

ドアのところでイソベルは止まり、さっと振り返った。「あなたのお母さまとエリザベスおばさまには、あなたの意識が戻って具合もよくなっていることは伝えたの。とても喜んでいらしたわ。お母さまは、昨夜わたしが眠っているあいだ、あなたに付き添っていてくださったのよ。きっとあなたの顔を見にいらっしゃりたいと思うわ」

ジャックは長いことイソベルを見つめていたが、やがて息をついた。「わかったよ。母さんを呼んでくれ」

イソベルが部屋を出たあと、ジャックはベッドの高い天蓋を見あげて横になっていた。まるでひっくり返ったカメのようだ。弱って、魂の抜けたカメ。枕の上でずりあがろうとしたが、どんな動きをしても胸と肩が焼けるように痛むことがわかった。あきらかに、自分ひとりではなにもできないのだ。そう思うと腹立たしかった。コール・マンローに屋敷まで連れ帰ってもらったというだけでもいまいましいのに、そんな姿をイソベルに見られたとは。

母親がためらいがちにそっと部屋に入ってきたときは、おおいにほっとした。少なくとも、これでイソベルに体を起こしてくれと頼む必要がなくなった。母親にやってもらえばいいのだから。「よかった」

いつになく歓迎されるような言葉を聞いて、ミリセントは目をしばたたいたが、すぐに息子のベッドに駆け寄った。「ああ、ジャック、心配したのよ。あなたがわたしを恨んだまま死んでしまうかもしれないと思って、耐えられなかったわ」彼女の目に涙があふれる。

「ああ、わかるよ。頼むから、そんなことで泣かないでくれ。母さんを恨んでなんかいないよ。それに、なんにせよ、死ななかったし」

「あなたったら、いつも冷たいんだから」

「母さん、頼む。助けてくれ」

ミリセントは目を大きく見開いて息子を見つめた。

「ひとりじゃ起きあがれないんだ」

母親は合点のいった顔になった。「ああ……イソベルに頼らなければならないのがいやなのね」ミリセントは小さく忍び笑いをしながら近づき、息子の頭と胸の下に両手を差しいれた。「ね？　母親がいるのもたまには悪くないでしょう？」ジャックはどうにかこうにか起きあがった。

母親の手を借り、痛みで顔を真っ青にしながら、ジャックはどうにかこうにか起きあがった。ミリセントが彼の背中に枕を当ててやる。

「はい、できたわ」彼女は息子の脚を軽くたたいて、そばの椅子に腰をおろした。それから、彼が半死半生の状態で屋敷に運ばれてきたときの気持ちを、話して聞かせはじめた。

「少しばかり劇的な場面を見せられてよかったよ」ジャックはそんなことを言ったが、ひねた笑みのおかげで険《けん》のある言い方にはならなかった。

「まあ、あなたったら」ミリセントは手を軽く振ってあしらった。

「ほかのみんなは？」ジャックがさりげなく訊いてシーツのしわを伸ばす。

「そりゃあ、みんな驚きましたとも！　イソベルもずっと心配していたのよ。わたしにはわかったわ。ほら、わたしは細かいことにも気がつく――」

「彼女は……驚いていたかい？」

「もちろんよ！　みんな驚いていたわ」

「彼女の弟は？　アンドリューはいたのかな？」

ミリセントは眉根を絞って考えた。「いいえ、いなかったと思うわ。あなたの具合を見にくることもなかったんじゃないかしら。彼のすることとは思えないわね。いつもはとても思いやりのある人なのに」彼女は目を細めた。「ジャック、おかしなことを訊くのね。なにを考えているの？」

「クウィー・ボーノ」

「えっ、なんですって？　そういうむずかしい言葉を使わないでっていつも言っているでしょう。あなたのお父さんみたいだって思うときがあるわ」

「だれが得をするのか、って意味だよ」ジャックは説明した。

「だれが得を――」ミリセントは目をむいた。「ここのだれかがあなたを撃ったと思っているの？　この屋敷の人が？　やめて。ばかなことを言うものじゃないわ。密猟者よ、密猟者。事故だったのよ」

「そう考えるのが妥当なようだけど」

「イソベルを疑うなんて！」

「いや、まさか、それはないよ」そんなことは考えてもいなかった。

「彼女はずっとあなたにつきっきりだったのよ。睡眠も食事もほとんど取らずに。最初はわたしでさえ部屋に入れてくれなかったんだから。あなたの母親なのに」ミリセントはいささか憤慨したように言った。「まったく、イソベルは少しやかまし屋ね。まあ、あなたにはそう見えないでしょうけど。聞いてちょうだい、彼女ったら、わたしのあの気つけ薬を小間使いに捨てさせたのよ。あなたも知ってるでしょう、サー・アンドリューからいただいたもののこと。ちゃんとしたお薬だったのに。それに、いまはお食事のときにワインも出ないのよ。人が飲みたいと思っているのに少し失礼じゃないかしら」

「ほんとうにそんなことを？」ジャックの口の端が片方くいっとあがった。「たいした行動力だな」

「お金の問題じゃないかしら。ほら、スコットランド人がどんなふうだか、あなたも知ってるでしょう？」

ジャックは声をあげて笑った。「いいや、母さん、ぼくはスコットランド人のことをなにも知らなかったことがわかったよ」

「でも、まさかあなたを殺そうとはしないと思うんだけど。イソベルがあなたに夢中だってことは一目瞭然だもの」

「そうかな？　母さんにかかると、なんでもかんでも男女の話になるから」

「わたしは目をそむけずにしっかりと見ているからよ。あなたもたまにはそうしてごらんなさい」

「アンドリューは？　彼はどこにいたのかな？」

「知らないわ。わたしとは一緒にいなかったけど、若い男性が年増の女ふたりにずっとつきあっているとは思えないでしょう？　ああ！　そういえば、あの日は彼がグレゴリーのところに泊まりにいったんだわ。だから、彼ってことはあり得ないわね」

「ああ、なるほど」

「サー・アンドリューがあなたに危害を加えるなんて、想像もできないわ。彼はどこをとっても紳士ですもの――あの物言いに、あの物腰」

「世話になっている屋敷の主人を撃つなんて、かなりの無礼だものな」

「熱のせいね」ミリセントはうなずいた。「だから、そんなおそろしいことを考えるのよ。でも心配しないで。あなたがイソベルとアンドリューを疑っていることは、だれにも言わないから」

それはつまり、まちがいなく、だれにでも言うということだ――ジャックは内心うめいた。

ミリセントは息子に身を寄せた。「こういうの、すてきじゃないこと？　こんなふうに話ができるなんて。まるで昔に戻ったみたい。小さいころのことを覚えてる？　あなたにはなんでも話せたわ」

「ああ、覚えてるよ」

「あなたはほんとうにすばらしい子どもだったわ。たいへんなときもずっと支えてくれて。わたしのドリーの面倒もよく見てくれて。あなたはあの子をとてもかわいがっていたわね」

「ああ」

「哀しまないで、かわいいあなた」ミリセントはなぐさめるようにジャックの腕を軽くたたいた。「あの子はもっと幸せなところに行ったんだから」

「ああ、そうだね」

「あらあら、疲れさせてしまったわね。顔を見ればわかるわ。イソベルに怒られちゃう。そんなに長い時間は取らないからって言ったのに。眠ってちょうだいね」ミリセントは立ちあがり、息子の頬にキスをした。「横になるのを手伝いましょうか？」

「いや、このほうがいい」彼は母親が出ていくのを見て、頭を枕に沈ませた。骨の髄まで疲れているような気がする。母親の言うとおりだ。眠らなければならない。しかし目を閉じても、つい考えてしまう頭を止めることはできなかった。

イソベルが彼の命を奪おうとするはずがない。だが……彼が死ねば、大切なベイラナンを取り戻すことができる。ジャックは、地所を彼女に遺すという新しい遺言書をこしらえていた。それもインヴァネスでやった仕事のひとつだ。イソベルの瞳、笑顔、ふれあったやわらかな唇を思いだす。彼女であるはずがない。彼女の弟が撃ったというほうが、ずっとあり得そうだ。アンドリューは地所を取り戻すことはできないが、イソベルからの援助で生活はしていけるだろう。〈マントンズ〉の射撃場を訪れていた青年紳士のなかに、彼はいただろうか？　可能性はある。それに、離れた場所から人の命を狙うというのは、彼の性格にも合っていそうだ。

あるいはコールか――しかし彼は、どちらかといえば、正面からかかっていく性分だろう。何者かに襲われたあの夜、自分の命を救ってくれたのはコールだということに疑いはなかった。それにコールは、ジャックを屋敷まで運んでくれた。しかしもしかしたら、ジャックはもう助からないと思いつつ、救ったふりをして、犯人ではないように見せかけようとしたのかもしれない。人を好きになれば、人間はおかしなことをしでかしてしまうものだ。イソベルはちがうと言っていたが、あの男が彼女に欲を抱いていないとは、ジャックには思えなかった。そうだろう?

あるいは、小作人のだれかが、ジャックという重荷をイソベルから取り除いてやろうと思ったのかもしれない。はたまた、どこかの追いはぎが、地主を狙ってやろうと思ったか。

だが、イソベルではない。断じてイソベルではないはずだ。

27

ジャックはけがをして一日目、二日目はほとんど寝ていたが、けが人としてなかなか手ごわいということにイソベルはすぐに気づかされた。彼は出したスープに文句を言い、オートミールの粥にはさらにぼやいた。落ち着きがなく、一日じゅうベッドで寝ているのがいやだと言うわりに、彼女が体を起こそうとしたりベッドから出そうとしたりすると、逆らって言うことを聞かないのだ。だから彼女は、彼が倒れやしないかとはらはらしながら、そばで見守るだけだった。きっと彼女にいてほしくないのだろうと思うこともあったが、だからといって二十分も放っておくと、彼は怒りっぽくなってくる。

自分では片腕ひとつあげられないくせに、ジャックは起きあがって、ベッドを出て、歩きまわって、ひとりで着替えたいと思っているのだ。腕を吊るのにこしらえた三角巾は、動きづらいと言う。ひげもちくちくするらしいが、彼女や召使いには剃らせようとせず、自分で洗面台の前に立つと言い張るのだった。

イソベルは本を読み聞かせたり、一緒にゲームをしたりして彼の気をまぎらわせようとしたが、彼が言うにはイソベルはカードがへたで、彼女に勝ってもなんともおもしろくないのだそうだ。とうとう、ある日の午後、三冊のうちのどの本を読んでほしいかということでもめていたとき、イソベルは言い放った。「あなたって、この世で生きている男性のなかでいちばん腹の立つ人だわ。撃たれたってしようがなかったのよ!」

なにを口走ったかに気づき、イソベルはおののいたように目を見張った。しかしジャックは吹きだして彼女のドレスの前をつかみ、引き寄せて口づけた。「ごめんよ、いとしいきみ《ラブ》。自分でも最悪だってわかってるんだよ」

「まったくだわ」イソベルも言い返した。「でも、いま言ったことは本気じゃないのよ。本気じゃないって、わかってくれているでしょう?」

「ああ、わかってるよ」ジャックはまた軽くキスをした。「きみが人を殺すような人だったら、今日ですでに二回は殴られているな」

「もっとよ」イソベルはにこやかに笑い、手を伸ばして彼の髪をなでた。

「死ぬほど退屈なんだよ。それに、部屋を歩いたり、窓辺に座ってるだけで疲れる自分がふがいなくて」

「でも二日前よりは、早くも体力がついてきているわ」

「屋敷の外に出たいんだ。同じ景色ばかりで飽きるよ」

「それなら明日、居間に顔を出して、エリザベスおばさまとあなたのお母さまとご一緒しましょう」

「つまり、ぼくの息の根を止めようってことだな」

「ジャック、ふざけないで」

「ぼくは……外に出て景色が見たいんだ」肩をすくめようとして、うっと顔をゆがめた。

「ほんとうは、小作人と話がしたいってところかな」

「彼らの多くが、あなたのことを訊きに屋敷までやってきたのよ」イソベルは、驚きが声ににじむのを完全には抑えられなかった。「どうやらあなたが思っているよりも、彼らはちゃんとあなたの小作人なのかもね」

「おやおや、ぼくはベイラナンのローズ家の人間じゃないんだよ」

「でも、〝いまいましいイングランド人〟でもなくなったわ」

「それは進歩かな」ジャックは彼女の腕を指先でたどった。「ねえ、ぼくの退屈の虫をなによりも退治してくれるものがあるんだけど」彼女を見あげるその目は、ぎらぎらと熱をもっていた。

「なに？」イソベルが怪しむように頭を引く。

彼の手はイソベルの腕をあがっていき、半袖の下にまですべりこんだ。「ベッドにあがってくれたら、教えてあげる」彼女を引っ張って、自分の隣りに座らせる。

「ジャック！　まさか本気でそんなこと」

「いいや」そろそろと手が彼女の前をあがり、やがて胸を包んだ。「本気だよ。撃たれはしたけど、死んじゃいない」けだるい手つきで彼女の胸の先端を親指がもてあそぶ。「実際、こうして話しているあいだにも、体力が戻ってきているのを感じるよ」

イソベルは笑ったが、少し息が切れていた。「わたしたちが話しているのは、そういう体力なの？」

ジャックがにやりと笑い、彼女のうなじに手をかけて頭をさげさせ、誤解しようもないほど濃厚に唇を合わせた。「きみが最高の薬なんだよ。そのドレスを脱いでくれたら、どれほど元気になったか見せてあげる」

イソベルは彼の額にキスをしながら、彼の手の感触におぼれた。「でも、ジャック、あなたは肩が……だめよ」

「だいじょうぶだ……きみがぜんぶやってくれたら」ジャックの手が彼女の脚を這いあがり、熱を持った中心をとらえた。「ああ、ここだ」そのまま指を動かしてまた唇を重ね、彼女の脚のあいだに欲望をあふれさせる。「熱いよ」嚙みつくような激しさで短いキスをしながら、合間に言葉を紡ぐ。「それに、ぬれてる。もうぼくを受けいれられるね」

イソベルは小さくうめき、両手で彼の顔を抱えたまま、濃厚なキスをたっぷりとした。ようやく顔をあげ、彼の目の奥を覗きこむ。「ほんとうにいいの？」

「どう思う？」かすれた声で言い、彼女の手を取ってシーツの下へ導いた。

「ああ、わかったわ」イソベルの唇が弧を描いて悩ましい笑みを浮かべる。彼女は髪からピンを抜きはじめた。「たぶん少しくらいは……楽しませてあげられるかも」

「ああ、頼むよ」けがをしていないほうの腕を曲げて頭の下に敷き、イソベルを眺める。彼女は頭を振って髪をおろし、手櫛ですいて、流れるような金髪を肩や胸に散らした。

そしてドレスのいちばん上のボタンに手をかけてゆっくりとはずし、急ぐことなく次のボタンへと手を移す。じれったいほど遅い彼女の手の動きに、ジャックの瞳の色が深まっていく。

「ずいぶん時間をかけるんだね」ジャックがつぶやいた。

「ごめんなさい」イソベルが無邪気に目を丸くする。「いけなかったかしら？　もうやめたほうがいいわね」

ジャックは息切れしたような笑いを小さくもらした。「冗談だろう」

「あなたがそう言うなら……」またひとつボタンをはずすと、もはや前身ごろの左右を合わせているのは飾り帯だけになった。左右が大きくひらき、下につけている女らしい生地の下着がV字の形で覗いている。イソベルは広く開いたドレスの襟ぐりをぐいと下に引き、肩を抜いた。

そのまま彼女の腕をするするとおりていく布地にジャックの目は釘付けになり、息は浅く、荒くなっていった。イソベルは少しだけ得意げに微笑むと、シュミーズを締めているリボンをつまんでゆっくりと引いた。結び目がはねるようにほどけ、シュミーズの両側の布をひらこうと手をかけたが、胸の内側の丸みがあらわになった。彼女はシュミーズの両側の布をひらこうと手をかけたが、そこで止まった。

「いいえ、待って。やはりだめよ」イソベルは唇をすぼめて考えるような顔をしながら、彼をまじまじと見た。「熱が高いみたいだし、息も荒いわ」身を乗りだしてジャックの額に手を当てる。「ほら、すごく熱いわ」

「イソベル……」ジャックが奥歯を嚙みしめて話す。「とんでもない焦らしようだ」

「そうね」イソベルは笑い、瞳を躍らせた。「でも、退屈しているってあなたが言ったのよ」

「もうしていないよ」ジャックはうなり、飾り帯の端をつかんだ。

「あらあら、だめよ。あなたはなにもしちゃいけないの」イソベルが体を起こす。「わたしにぜんぶやらせてくれなくちゃ」しっかりと彼の手と目を合わせたまましろにさがると、その動きで自然と飾り帯が引かれて、ゆっくりと彼の手のなかでほどけた。ひらききったシュミーズを、イソベルは体を揺らして脱いだ。「あなたが自分の手で脱がせているんだって、想像してみて」

「しているよ」ジャックの声が揺れている。

「あなたの指が、この髪をすいているわ」イソベルは動きを言葉に合わせ、豊かな髪に自分の指を差しいれ、すうっとすべらせた。「こういうこと、したいでしょう?」

た。

「ああ、したい」彼の目に宿る光は、火口《ほくち》に火をともすこともできそうだった。

イソベルは服を脱ぎつづける。下に手を伸ばしてペチコートをひざまであげ、形のいいふくらはぎをあらわにした。「あなたの手がペチコートの下にすべりこむわ……そして靴下留めをはずすの。片方ずつ」言葉どおりに靴下留めを取り、ベッドの上に放り投げる。

そのレースのひもをジャックは途中でつかみ、握りしめてかすれた声で言った。「それから、ぼくはなにをする？」

「こうすると思うわ」イソベルは、彼には手の届かないベッドの端に腰かけ、室内履きを脱いだ。長靴下に親指をかけて、おろしていく。「長靴下をおろすの。ゆっくりと、わたしの肌をなでるように」

「そうだな。きみの肌は絹のようだ」

彼の声ににじむ、うずくような欲望にイソベルはとろけそうになったが、ぐっとこらえて立ちあがり、服を脱ぎつづけた。少しずつはがすように衣服を取りながら、低い声でひとつひとつの過程を言葉にしていった。ジャックは貪るような目でじっと見つめている。イソベルにあおられる強烈な悦びを、期待がさらに高めていく。

とうとう一糸まとわぬ姿になったイソベルは、彼の視線に絡め取られそうな気分を味わいながら、ゆっくりと彼に近づいた。ベッドにあがると、ジャックが自分にかかっているシーツをぐいと押しやったが、イソベルはその手を押さえた。

「だめ。まだよ。まだ終わっていないの」身をかがめて彼の唇に口づける。「わたしにさせて」彼女の唇が彼の顔を伝っていくと、ジャックは言葉にならない声をもらした。「あなたを初めて見たときどんなふうに思ったか、話したかしら？」イソベルはにこりと笑って彼の目に見入り、親指で彼の頬骨をそっとなでた。「こんなふうにふれたかったの。キスしたかったわ」ふれたばかりの場所に、そっと唇を押し当てる。「あなたを感じたかった――レディなら望んではいけないような、あらゆる方法であなたを知りたいと思ったわ。でも、あのときのわたしはなにもわかっていなくて、自分の欲望にも気づいていなかったの」

「天国みたいだよ、イソベル……」かすれる彼の言葉を、イソベルはまたキスでふさいだ。

彼の頬、あご、額に羽根のようなキスを落とし、首筋に顔をうずめ、耳たぶをついばんでやさしくもてあそぶと、ジャックが鋭く喜悦の息を吸いこむ。彼の両手はせわしなくイソベルの体をまさぐった。脚や腰をなで、這いあがって胸を包んで愛撫する。その手が焼けつくように熱い。

イソベルは下に体をずらして彼の胸を口で探り、手はさらに下をさまよって彼の脚のあいだにすべりこんだ。ジャックがうめくように彼女の名を口走り、両手が彼女の髪にもぐりこむ。イソベルは上掛けを押しのけて彼にまたがり、そのまま体を沈めていった。彼の手に腰を抱えられ、動きはじめる。情熱の渦に絡め取られたかのように、ふたりはどんどん深みへはまっていった。彼女を見あげるジャックの顔は切羽詰まり、浮かされたような目は欲望で色濃く変わっている。表情から彼の高ぶりがイソベルにも伝わり、それで彼女の欲望もいっきにはじけた。

全身を駆けめぐる嵐の激しさに、イソベルは思わずベッドの頭板をつかんだ。ようやく収まったときには体に力が入らず、震えてジャックの隣りにへたりこんだ。彼は腕を彼女にまわし、そばに引き寄せた。

「ジャック、だめよ、気をつけて」

「かまうものか」鉄の輪をはめるかのようにがっちりと抱え、彼女の髪に顔をうずめた。

「きみを抱きしめていたいんだ」

そうしてほしかったのはイソベルも同じだったから、おとなしく従った。ジャックにぴたりと寄り添い、彼のウエストにゆるく腕をかける。体力を使い果たし、満ち足りたふたりはしっかりと抱きあった。

療養中で気分の落ち着かないジャックのために、イソベルは地所の帳簿を見てみないかと持ちかけた。驚いたことに彼が乗り気だったので、イソベルは帳簿を持ってきてあらゆることを説明した。地所の懐具合を知ることは、それまでイソベルが読んでやった本や相手になってやった遊びよりも、あきらかにジャックの興味を引いたようだった。

心に差したひと筋の希望の光を、イソベルは抑えることができなかった。帳簿の数字に興味を持ち、乗馬や小作人たちとのおしゃべりを楽しんでいるのなら、きっとジャックはここで幸せなのにちがいない。つまり、ベイラナンを離れたくないと思ってくれるかもしれない。もちろん、期待してはいけないことはわかっている。この人を愛するなんて、途方もなくばかげたことだろう。ふたりのあいだの契約に、愛情など関係なかったのだから。けれどもイソベルにとって、その〝契約〟は日に日にどうでもよくなり、知恵を絞るということは愛情とはなんの関係もないことだったのだと気づきはじめていた。

イソベルはジャックの部屋を出て、背中で静かにドアを閉めた。廊下の先の部屋から人の話し声が聞こえる。ひとりの声が、ほかのふたりぶんより大きいが、あきらかにそれはジャックの母親のものだった。

「でも、ジャックは気にしないわ！」イソベルは眉をひそめてミリセントの部屋へ足を向けた。ミリセントが声を張りあげるのが聞こえたが、つづく言葉は興奮したようなふたりぶんの女性の声にかき消された。

「静かにして！」イソベルはあわてて部屋に入った。「いったいここでなにが起こっているの？　いまちょうど、ジャックに少し眠るよう言ってきたところなのよ」

三人の女性はしゃべるのをやめてイソベルのほうを見た。ジャックの母親は、濃い琥珀《こはく》色の液体が入ったびんを手にして座っていた。そばにいる小間使いは両手をもみあわせ、エリザベスは両手を腰に当ててミリセントの前に立ち、目をらんらんと光らせている。

「イソベル！」振り返ったエリザベスは、ほっとしたような、と同時に申し訳なさそうな顔をしていた。

「この人たちは、わたしからささやかな元気の源を取りあげようとするのよ」ミリセントはイソベルに訴えた。「わけがわからないわ。なにも悪いことなんかしていないのに」しかしろれつが怪しく、顔も赤く、片側の髪が乱れおちているのを見れば、彼女の言葉にはあまり信憑性がなかった。

「まったく情けないわ」エリザベスが前に出た。「あのいまいましいアンガス・マッケイじいさんがね、このあいだ、ジャックにと言って、自分のところのウイスキーを持ってきたのよ。こんなとんでもないお酒で、けが人が元気になるとでも思ったのかしら。逆にお墓に送りこむようなものだわ！　わたしがばかだったのだけれど、それを書斎においてしまったの。アンガスが心配してくれたと知ったら、ジャックは喜ぶだろうと思って。ミリセントが書斎に入って見つけるとは思いもしなかったのよ」前にいる女性をなじるような目で見る。

「わたしに見つからないように隠したんでしょう！」ミリセントは立ちあがろうとしたが、どすんと椅子に座りこんだ。

彼女のひざの上で危なっかしく揺れている、ふたの開いたびんに小間使いが手を伸ばすと、ミリセントは両手でびんをつかんだ。「さわらないで！　これはわたしのよ。ジャックだって気にしないわ」

「おおいに気にしますとも」イソベルはぴしゃりと言って大股で歩み寄った。床に酒がこぼれるのもかまわず、ミリセントの手からびんをもぎ取り、小間使いに押しつけた。

「ルイーザ、これを持っていって捨ててちょうだい。おばさま——」エリザベスに向き直る。

「すみませんが、ふたりにしてください。ミセス・ケンジントンとふたりきりで話したいことがあるの」

「ええ、いいわ、もちろんよ」エリザベスは小間使いを追いたてるように部屋から出し、自分ももう一度、申し訳なさそうに姪を見てから、あとにつづいた。

口をぽかんと開けてイソベルを見つめていたミリセントが、勢いよく立ちあがった。

「いったいどういうつもりなの？　あなたになんの権利が……」

ミリセントの足もとがふらつき、イソベルは彼女の肩に手をかけて強く椅子に押し戻した。押さえつけるイソベルの手をミリセントは振りはらおうとしたが、できないとわかると、反抗的な子どものように歯を食いしばってイソベルを見あげた。

「あなたにはなんの権利も……」なおもミリセントが言う。

「いいえ、あります。そしてあなたもよくわかっているはずです」イソベルはミリセントの肩にかけた手をおろした。「ミセス・ケンジントン……」

「なあに、ミセス・ケンジントン？」高飛車に答えたミリセントは、ふふっと小さく笑って口を手で押さえた。「ばかみたい。わたしたち、両方ともミセス・ケンジントンだわ」

「ええ、そうですね」イソベルはため息をつき、しゃがんで義母と目の高さを合わせた。

「ミリセント、あなたはわたしの夫のお母さまです。だから、あなたには敬意を持って接しますわ。でも、はっきり申しあげなければいけないんです」

「そうなの？」ミリセントはしょげた。「もう――わたしを追いだすのね？」彼女の目にみるみる涙が湧いた。

「いいえ、まさか。もちろんいてくださって大歓迎ですわ。ベイラナンはあなたの息子さんの家ですから、もうあなたの家でもあります。あなたがどこで暮らすかは、あなたとジャックで決めてくだされぱいいんです」

「あの子はわたしと一緒になどいたくないわ」ミリセントは泣きだした。「わたしはずっとひどい母親だったから、きらわれているの。あの子にきらわれたってしかたがないのよ」

「きらってなどいませんわ。彼は長いあいだ、あなたの面倒を見てきたじゃありませんか……いろいろあったにせよ」

「そうよね」ミリセントは鼻をすすりあげ、目もとを押さえた。「あの子はすばらしい男性よ。ほんとうにそっくり――」

「いいえ」イソベルはミリセントをさえぎり、彼女の手首をつかんだ。「彼を、彼のお父さまと比べないでください。あなたがご主人のことをどう思われていようと、ジャックはご主人とはちがいます。彼はご主人と同じにならないように、懸命にがんばっています。サットン・ケンジントンはあなたのもとを去ったけれど、ジャックはそうしていません」

イソベルはミリセントの両手をしっかりとつかみ、視線で釘付けにした。そうすれば、自分の強い思いを彼女にも吹きこめるとでもいうように。「あなたがお酒好きだということは、もうわかっています。お酒を飲みすぎると、よくないふるまいをしてしまうということも」ミリセントの顔がくしゃりとゆがみ、イソベルは握る手に力をこめた。「いいえ、こちらを見てください。大事なことなんです。いまが――いまこそ、あなたの息子さんと新たな人生を始める絶好の機会なんですよ。わたしたちと一緒に、ここで幸せになれるんです」

「ええ」ミリセントはしきりにうなずいた。「ええ、幸せよ」鼻をすする。「エリザベスはとてもやさしいし」意味ありげにイソベルを見る。

「ええ、そうですね。でも、わたしはそれほどやさしくないわ。だから反発したっていいんです。どこであろうと、お酒を探してもかまいません。文句を言おうが、わたしをなじろうが、言い争いをしようが、かまわないんです。でも、ぜったいにあなたを勝たせはしませんよ。あるいは、わたしと一緒に努力してくださってもいいの。ずっとなりたかった母親になる努力をするとか。強くなって、お酒の誘惑とことごとく戦うとか。でもいずれにせよ、この屋敷でお酒は飲めません。ジャックに恥をかかせたり、ジャックを傷つけたりするようなことはさせませんから」

ミリセントは目をしばたたき、口を開けて、また閉じた。しかしとうとう、消えいるような声で言った。「ええ。そうしたいわ。心からそう思っているわ」

「すばらしい決意だね、母さん」ジャックの声に、ふたりとも勢いよく振り向いた。少し青い顔をしたジャックがドアの柱に寄りかかっていたが、口もとはかすかにほころんでいた。

「ぼくもあなたも、イソベルには勝てないよ、残念ながら。ぼくらがどんなに抗っても、正しい方向へ引っ張っていかれるから」

「ジャック！　いったいなにをしているの？」イソベルははじかれたように立ちあがった。

「眠るって言っていたのに」

「眠ろうとはしたんだよ」彼は反論したが、イソベルがウエストを抱えて向きを変えさせ、部屋に戻らせようとするとおとなしく従った。ジャックも彼女の肩を抱き、身をかがめてささやいた。「ちょっと口やかましいんじゃないのかい」

「つべこべ言わないでベッドに戻って」

ジャックは彼女の髪に唇を押しあてた。くくっと笑うのが、髪にかかる吐息で伝わった。

「きみと一緒に？　それならいつでも」


体力が戻るにつれ、ジャックのきげんもよくなっていった。屋敷を歩きまわれるようになると飛躍的に快復したが、まだ馬に乗れるほどでないことは彼にもわかっていた。イソベルも、しばらくは辛抱してくれたらと思っていた。彼に害をなそうという人間がいるところで馬に乗るなんて、おそろしくてたまらない。

銃で撃たれたときの話は、最初に話をしてから、一度もしていなかった。ジャックは密猟者の流れ弾が当たった事故として片づけることでよしとしており、イソベルもあえて自分の疑いを口にはしなかったのだ。しかしコールからの知らせでは、崩落事故が起きた斜面の上に行ってみると、岩に真新しいすれ傷や、岩をてこのようなものを使って下の道に転がした跡が見られたということだった。イソベルは、氷の槍で胸を突き刺されたような気がした。コールの目を見れば、やはり彼も、だれかがジャックを亡き者にしようとしたと考えていることがわかった。

そのようなことをだれができるのかと、イソベルは考えるのもつらかった。コールは、自分の知っている人間が犯人だとは思えないと言っていた。人を殺めるようなことができるのなら、ドナルド・マックリーを——人から恨みを買っているマードン伯爵の家令を——襲うほうが、はるかにあり得るというのだ。徐々にその人となりを知りつつある、あまつさえ好感を持ちつつある相手を小作人たちが手にかけるなんて、ばかげていると。イソベルの夫をそこまできらっている人間は、ひとりしかいない。ジャックが死ねば、得をする人間。

でも、アンドリューであるはずがない！

自分の弟が犯人だなどと、イソベルには思えなかった。これまで愛し、生まれたときから面倒を見てきたあの子が、人を殺めるような人間になるなんて。たしかに、憤慨したりむくれたりすることはある。恨みがましくも思っていただろう。けれど彼のそういう気持ちは、ジャックの母親をここへ連れてきたり彼女に深酒をさせるといった、軽い意地悪や悪ふざけの形であらわれるはずだった。血も凍るような人殺しなど、するはずがない。

こんな疑いはジャックには話すべきだと、イソベルはうしろめたい気持ちで思った。コールが調べてきたことを話さなければならない。けれども意を決して話を切りだそうとするたび、どうしてもできなかった。姉である自分でさえアンドリューを怪しいと思うのなら、ジャックはいったいどれほどの疑いを持つだろう。なんの確たる証拠もないのに、弟に疑いの目を向けさせるわけにはいかなかった。

アンドリューがどれほど怪しく見えようと、もっと確かなことがわからなければ断定はできない。コールがほかに怪しい人物を見つけてくるかもしれないし、とうてい事故には思えないけれど、やはり事故だったという証拠が見つかるかもしれない。それまでは、ジャックはこの屋敷にいれば彼女やハミッシュの目が届くのだから、安全だ。外に散歩に出るときでも、かならずイソベルが一緒に行くようにすればいい。それに、いまはコールが地所の見まわりを増やし、見慣れないものや人間に目を光らせている。ジャックがまた馬に乗りたいと言ったら……まあ、それはまたそのときに考えよう。

もう屋敷の外を散歩できるくらいになったとジャックは言い張り、イソベルも少し反対しただけであきらめ、屋敷のはるか上方にある高台のベンチへと彼と一緒に歩いていった。ふたりはしばらくそこで腰かけ、五月の日射しに背中をあたためられながら、湖のほうを眺めていた。

「また城塞を探検したいな」ジャックが遠くにそびえる遺跡を見つめる。

「そうね、行きましょう。料理人にお弁当をつくってもらって」

ジャックが横目でちらりと彼女を見て、ふっと笑った。「いつまでもぼくを守っていられるわけじゃないんだよ」

「いったいどういうことかしら」イソベルは取り澄ました顔で答えた。「わたしと一緒に行きたくないなら、無理にとは言わないわ」

ジャックはくくっと笑って彼女の手を取り、口もとへ持っていってキスをした。「一緒にいたいに決まっているじゃないか。城塞までピクニックするのが楽しみだよ」

しばらくして屋敷に戻ると、親戚が来ていたけれどちょうど帰ってしまい、会えなくて残念だったとジャックの母親が教えてくれた。

「グレゴリーが？　アンドリューも一緒だったの？」イソベルは胃が縮こまるような思いに駆られた。

「いいえ、あの子たちではなくて、ロバートよ」エリザベスは瞳を輝かせてつづけた。「ミリセントがね、彼はとてもハンサムだって」

「ロバートおじさまが？」イソベルは驚いた。

「ええ、姿勢がすばらしいわ」ミリセントが言った。「ひと目見て、軍人さんだとわかったわ。グレゴリーととてもよく似ているのね」

「ええ、そうかもしれません。わたしは彼をそういうふうに思ったことはなかったけれど」

「ロビーも父親似だったのよ」エリザベスは、あきらかにいつもよりいとこに好意的だった。「ファーガスおじさまは格好よかったもの。わたしのお父さまほどではなかったけれど。模造品という感じかしらね」

「あなたのお見舞いにいらしたのよ、ジャック」ミリセントがつづけた。「あなたに会えなくてとても残念がっていらしたわ」

「ふむ。でしょうね」

「グレッグとアンドリューの愚痴をこぼしにきたのがいちばんの目的でしょうけどね」エリザベスはくすくす笑った。「グレゴリーはあそこの屋敷の地下に隠し部屋があって、そこに財宝があると信じているらしいの」

「隠し部屋なんてあるの？」イソベルが尋ねた。

「聞いたことはないわね。ロバートは、グレゴリーが壁に穴を空けてでも探したがっていると言っていたわ」

「まあ、なんてこと」

「わくわくするようなお話ね」とミリセント。「いわゆる〝司祭の隠れ場〟（おもに一五五〇年代のイングランドでカト

（リックの聖職者をかくまうために家の中につくられた隠し空間）というものかしら」そこで眉をわずかにひそめる。「でもローズ隊長さんは、たとえ内密にでも、一族がカトリック教徒になったことはないとおっしゃっていたけれど」

「そうね」エリザベスも残念そうに同意した。「わたしもそういう話はまったく聞いたことがないわ。わたしの父は、帰郷したあとそういう隠れ場に身をひそめていたとグレゴリーは思っているようだけど、父はこの屋敷へ帰ってきたはずよ。どうしてファーガスおじさまのお屋敷に隠れなくちゃならないの？」

「そうよ、隠れる場所ならこのお屋敷にもたくさんありそうよ」ミリセントが言った。「わたしもこのあいだ迷って――」

イソベルが、がばと体を起こした。「隠れ場！」

「そうなのよ」エリザベスは不思議そうな顔で姪を見た。「さっきもその話をしていたの。でも、隠れ場などないとロバートは言っていたわ」

「いえ、ちがうの、この屋敷にということよ。ほら、おばさま、おばさまのお父さまが暖炉のなかへ消えていったって、おっしゃっていたじゃないの」

エリザベスは哀しげに顔をゆがめた。「ええ、少しおかしいと思うでしょうけれど、でも――きっとなにかまちがえていたのね。でも、父が廊下を進んで、この部屋に入ったことははっきりと覚えているの」彼女は壁から突きでている巨大な暖炉を指さした。

「イソベル、どういうことだい」ジャックが興味を持って身を乗りだした。「なにを考えている？」

「いいえ、それは――そんなはずはないでしょうけど」

「暖炉のなかに消えた？」

「〝司祭の隠れ場〟というのは、暖炉のそばにつくられることが多いのではなかった？」

「そうだな、隠れ場をつくるなら間口が広いほうが――」ジャックは口をつぐみ、立ちあがって身をひるがえして暖炉を見た。「あそこに〝司祭の隠れ場〟があると思っているのかい？」

「でもローズ家はカトリック教徒ではなかったわ。少なくとも宗教改革のあとは」

「〝司祭の隠れ場〟ではないかもしれない。でも秘密の通路だったらどうかしら？　古い城には隠し階段や隠し通路の言い伝えがたくさんあったわ」

「ええ、そうね」エリザベスがうなずいた。「海の洞窟に通じる地下道があってもおかしくないわ。包囲されたときの逃げ道として。この屋敷を建てたときに隠し通路をつくったと思う？　話を聞いたことはないのだけれど」

「ずっと秘密を守りとおしてきたのかもしれないわ」イソベルが暖炉に行き、ジャックもついていった。「一六〇〇年代には、まだローズ家の人間が脱出路を必要とすることがあったんじゃないかしら。あるいは秘密の出入口とか」

「暖炉のどちら側にお父上が消えていったか、覚えていますか？」ジャックが尋ねた。

「え――それはわからないわ。うんと昔のことですもの。わたしは廊下から覗いていただけだし」

「マントルピースよりもずいぶん飛びだしているな」ジャックは暖炉に接した壁を軽くたたき、くぐもった音のする場所がないか調べた。「この、暖炉の石の部分との境い目に、わずかだがすきまがある」ジャックは人さし指でそれをなぞった。「だが、ここが開くかな？」

イソベルが彼のところに行くと、エリザベスとミリセントも集まった。イソベルは彫りこまれた装飾部分をひとつ、ふたつと押してみた。「なにか仕掛けがあるかも。てこの仕組みとか――」身をかがめて近づき、大理石のマントルピースの端を覗きこむ。「このバラの形の装飾模様を見て」なじみのあるローズ家の紋章を彫りこんだところを指さした。「花の中心に穴があるわ」

ジャックが隣りに来て花の中心を指でこすってみた。「ほんとうだ。妙だな」

「大理石が欠けたのかしら」エリザベスが言った。

「でも穴は真ん丸なのよ。きりで空けたみたいに」

ジャックは反対側の端に行き、同じバラの模様を調べた。「こちらには穴はない」彼が振り返る。

「それに、傷というには大きいわ。この大きさじゃ――」イソベルははたと止まり、ジャックを見つめた。「あなたの時計の巻き鍵くらいあるわ」

「えっ？」ミリセントが怪訝な顔をした。

しかしエリザベスは鋭く息を吸いこんだ。「イソベル……まさか……」

ジャックは目を輝かせてベストのポケットから時計を引っ張りだした。「だからあなたのお父上は、巻き鍵を持っていたかったのでしょう。時計が必要だったのではなく、ほかのものを開けるために巻き鍵が必要だった。ものを隠しておくにはうまいやり方だ」ジャックは巻き鍵を穴に差しこんだ。ぴったり合致した。

イソベルをちらりと見てから、鍵をまわしてみた。最初は動かなかったが、力を入れると動いた。

「父の鍵はもっと長さがあったわ」エリザベスが言った。「思いだしたの。ちょっと変だなと思っていたのよ」

「長いほうがまわしやすいからね——てこの原理で」かちりと音がして、暖炉の石に沿った壁の細長い部分がひらいた。ゆっくりと回転するように開いたそこには、半円形の小さな空間があった。

「〝司祭の隠れ場〟だわ！」ミリセントが声をあげた。

「いや」ジャックはマントルピースから燭台を取り、空間を照らすように近づけた。「階段だ」

28

「隠し階段！」エリザベスの顔が輝き、興奮で両手を握りあわせた。「どこにつながっているのかしら？」

「わからないわ」らせん状におりていく薄暗い石の階段を、イソベルは覗きこんだ。

「きっと外に出られるのよ」エリザベスが言った。「屋敷への秘密の出入口だわ」

「だれにも見られずに出入りできるのね」イソベルも同意した。「それなら合点がいくわ。兵士に見つからなかったのはそういうわけなのよ」

「どこに通じているか、見てくるよ」ジャックが前に出た。ふと振り返ると、イソベルがマントルピースからもうひとつの燭台をつかんで、あとにつづこうとしていた。「待て。下にはなにがあるかわからない。危険かもしれないんだ。イソベル、きみは——」

彼女は片方の眉をくいっとあげた。「あなたひとりに楽しい思いをさせてあげると思っているのなら、肩だけじゃなく頭にもけがをすることになるわよ」

せまく急な階段を見た年かさの婦人ふたりは、しぶしぶながらも残って待つことにし、ジャックとイソベルのふたりでおりていった。ゆらめくろうそくの炎が、灰色の古い岩壁に不気味な影をつくる。

めまいがしそうならせん状の階段が、足もとと頭上の暗闇から次々とあらわれては消えていき、どこまでもつづいているように思えた。こもった空気はかび臭く、岩壁には地衣植物が貼りつき、ところどころ湿気で光っている。すべりやすくなっている石で足をすべらせ、転ぶかもしれないということを、イソベルはできるだけ考えないようにした。もしも転んでも、階段がせまいおかげで左右の壁にぶつかってとまってくれればいいのだが。

「これはどれくらいつづいているんだろう?」階段をおりるのに集中していたジャックが言った。「もう一階ぶんはおりたと思うんだが」

「地下室につながっているんじゃないかと思うの。大きめの隠し部屋にでも出るんじゃないかしら。サー・マルコムはそこで身をひそめていたとか」

そうこうするうち、ついにジャックが期待のこもった声をあげた。「土間が見えた!」

彼は最後の数段を駆けおり、イソベルもすぐあとにつづいた。階段が終わっても扉はなく、そこはかろうじてふたりの人間が通れるくらいの、天井の低い通路だった。それは前方の真っ暗な闇へと伸びていた。

「地下道だわ!」イソベルはジャックの手を握って一緒に進もうとした。

「屋敷の下かな?」

「だと思うわ。地下室の下なのか、あるいはこの壁の向こうが地下室なのか、わからないけど。これは脱出用の通路じゃないかしら」

「海岸の洞窟につながっているんだろうか?」ジャックが尋ねる。

イソベルは肩をすくめた。「洞窟はここからだいぶ距離があるわ。城塞のほうが洞窟には近いわね。でも海までずっと地下道をつくる必要もなかったと思うの。どこでとぎれてもおかしくないわ」

やがて地下道はせまくなり、ひとりずつしか通れなくなった。天井も低くて、ジャックは頭をかがめなければ通れない。岩壁は簀子《すのこ》のようなものに変わり、頭上の土の重みに耐えられるのだろうかとイソベルは不安になった。この地下道は百五十年前くらいのものだと考えられるし、サー・マルコムが六十年ほど前に通ってからは、使われていないだろう——彼がほんとうに使ったとしての話だが。いったいどれくらい劣化しているかわからない。支える木材が腐っていることは容易に想像できる。

足取りの遅くなったジャックが、ろうそくをかかげて悪態をついた。「崩れている」

「なんですって? そんな!」イソベルが気落ちした声をあげ、ジャックは彼女に見えるように振り返った。

ジャックの数フィート先で、地下道は泥と石と崩れたがれきで埋まっていた。これでは地下道がどこに通じているのか、わかりそうもなかった。

ふたりが階段から出てくると、ミリセントとエリザベスは案の定、地下道の話で盛りあがっていたが、落盤と聞いてがっかりした。

「洞窟を探索して出口を見つけるつもりなの？」ミリセントが尋ねた。

「いや、それは。ここからはかなり距離があるし。いずれにしろ、洞窟ではグレゴリーとアンドリューがすでに宝探しをしている。出入口があれば、彼らが見つけるかもしれない」そう言いながらもジャックは顔をしかめ、イソベルはおかしくなってしまった。お宝と聞いても興味を示さなかった彼が、地下道にはくやしがるほど好奇心を見せている。

「出入口はどこにでもあり得るわ」イソベルは言った。「敵に見られずに屋敷から出ることができれば、どこでもいいんですもの」

「湖の近くかもしれないわよ」とエリザベス。

「あるいは城塞か」ジャックが言う。

エリザベスはうなずいた。「城塞から洞窟までほんとうに地下道があるのなら、ここから城塞まで道を通せば、海までずっとだれにも知られずに行き来できるということね」

「城塞を調べるのは危険すぎるわ」イソベルはため息をついた。「この屋敷が建てられたころはまだだいじょうぶだっただろうし、祖父の時代でも安全だったかもしれない。でも、この六十年ですっかり劣化してしまっているのよ」

「そのとおりね」エリザベスが顔をくもらせた。「あなたとアンドリューが子どものころにも崩れていたもの」

「ロープを使ってよじのぼることはできるかもしれないな」ジャックが言った。

「それでも上から崩れてくる危険があるわ」イソベルが指摘した。「お願い、ジャック、そんなことはしないと約束して」

「わかってる。ぼくも命は惜しいからね。ただ、補強をすれば、将来的に調べることはできるかもしれない」

「そのうちにね」イソベルはさえぎった。「いちばん調べたほうがいいのは屋根裏だと思うわ」みなが怪訝な顔をしているので、つづけた。「屋根裏部屋を片づけていたとき、みんなの持ち物や紙が詰まった箱がたくさんあったの。手紙や、一覧表や、書類がね。ロバートおじさまがいくつか箱を持って帰って、わたしも衣類やなんかをかなり処分したけれど、紙のほとんどは積みあげてあるだけなのよ。それに、屋根裏でまったく手をつけていない部分もあるわ。だから、地下道もふくめたこの屋敷の大もとの設計図があるかもしれないでしょう。設計図じゃなくても、手紙とか指示書とか遺言書とか。あの地下道を祖父が使っていたのなら、あきらかに地下道があることはなんらかの形で伝えられてきたはずよ。祖父が生きていたら、父にも教えていたでしょうし」イソベルはエリザベスに向き直った。「父は地下道のことを知っていたと思う？」

「知らなかったんじゃないかしら」エリザベスは頭を振った。「わたしはなにも聞いたことがないし、それにあなたのお父さまは、物事を隠し立てする性格でもなかったでしょう？　わたしの記憶はおぼろげなところもあるけれど、地下道の話なんて、聞いたら忘れないと思うの。母もそんな話をしたことはなかったわ。母が知らなくても無理はないわね。ローズ家の人間は無口なほうだから。わたしの祖父は、一族に関わることはなんでもかたく口を閉ざしてしゃべらなかったそうよ。こういうことは、一族の長だけに伝えられていくものだったのかもしれないわ。配偶者であっても教えられなかったのよ」

それから数日のあいだ、四人ともが多大な時間を割いて、ローズ家に関わる膨大な書類を調べた。イソベルは屋根裏を片づけたときに脇にどけておいた箱を召使いにおろさせ、エリザベスとミリセントにそれらの中身を仕分けてもらういっぽう、イソベルとジャックは家の金庫に入っていた紙類から手をつけ、さらに書斎に残っていた記録を調べた。

しかしめぼしいものはなにも見つからず、今度はイソベルが屋根裏でまだ片づけていなかったところに手をつけた。彼女の父親のものがあれこれ入った箱があり、そのなかに彼女と弟が幼いころに書いたものが入っていたときには少し涙腺がゆるんで、その箱は脇によけてもう少しゆっくりと中身を調べた。

そういった作業を一週間つづけてもなにも収穫はなく、エリザベスとミリセントは刺繍とおしゃべりに戻り、ジャックはまた毎日馬に乗ることを口にするようになった。イソベルでさえ熱が冷めてきた。

そして、アンドリューが町から戻ってきた。いとこおじのロバートの家は退屈すぎて、とても暮らしていられないというのだ。イソベルは弟が帰ってきてうれしいというよりも不安のほうが大きく、身内に対して自分が薄情なようで、うしろめたく思わずにはいられなかった。予想どおり、アンドリューは地下道の話に興奮し、ぜひ隠し階段をおりて地下道を調べようと言い張った。

彼はグレゴリーと一緒に宝探しをしたときの失敗談を冗談まじりに話し、無邪気に笑った。そんな弟の熱意あふれる顔を見て、イソベルは弟への疑いは気のせいだと自分に言い聞かせた。それでもなお、弟がすぐに退屈してロンドンに戻ってくれたらと祈らずにはいられなかった。


アンドリューがベイラナンに戻った翌朝、ジャックは彼に書斎まで来るよう召使いに呼びにやらせた。案の定、彼は一時間近くも経ってから、ぶらぶらと入ってきた。ぞんざいに椅子にどすんと腰かけ、前に両脚を伸ばす。いかにもなげやりな態度だった。ジャックは襟首をつかんで立たせたい衝動に駆られたが、どうにかこらえた。彼と向かいあう位置に腰をおろし、長々と見つめる。

「なにか用があって呼んだんだろう」しびれを切らしたアンドリューが言い、身じろぎした。

「まるで校長に呼びだされたみたいだ」

「そういう経験はないな」

「ふん、そうだろうね」にやけ笑いのようなものがアンドリューの口の端に浮かんだ。

「そろそろロンドンに戻ったらどうだ」ジャックは単刀直入に言った。

「ロンドン！」アンドリューが、がばりと体を起こす。

「エディンバラでもいい。どちらでも好きなほうで。ここでなければ」

「あんたはぼくを、ぼくの家から放りだそうってわけ？」アンドリューは勢いよく立った。

「ぼくの家だ、アンドリュー。そのことについては、もう話はついていると思うが」

「ぼくはここで育ったんだ！　ここの人間だ！」

「ああ、それはわかっている。ぼくのほうがよそ者だってことも」

アンドリューは真っ赤な顔でこぶしを握ったが、ひじから折り曲げてかまえるように握りしめたその手を、ジャックは冷ややかに一瞥しただけだった。

「なあ、アンドリュー？　けんかでもしたいのか？」

アンドリューは歯を食いしばって彼をにらみつけ、一歩さがってこぶしをほどいた。ほんのわずかに肩をすくめる。「いや、まさか。ぼくは殴りあいなんかしないんだ」

「ごもっとも」

「本気じゃないんだろう？」アンドリューは落ち着きなく歩きまわった。「ミセス・ケンジントンの件でちょっと失敗したことをまだ言ってるのなら、もう二度としないと誓うよ。あんな騒ぎになるとは思わなかったんだ」

「ちがう。ぼくの母のことでも、きみがぼくらに恥をかかせようとしたことでもない。きみのお姉さんを思ってのことだ」

「イソベル姉さん！」アンドリューは鋭い目をジャックに向けた。「まさか、姉さんがぼくに出ていってほしいと言ってるんじゃないだろうね？」

「そんなわけがないだろう。彼女はきみを愛している。だが、もうきみのことはどうしようもないと思ったようだ。いまのきみの姿を見て」アンドリューの目が光ったが、彼はなにも言わなかった。ジャックは冷ややかで揺るぎない声のままつづけた。「おそらくあの夜、きみはイソベルに、ぼくと結婚したことがいかにまちがいだったかをわからせたかったんだろう。あるいは、彼女にどんな影響があるかなんて、なにも考えていなかったか。いかにもきみらしいが。しかし結局、きみは彼女をおおいに苦しめたんだ」

「あんたの母親が酒に弱いからって、どうして姉さんが苦しむんだ？」

「きみのさもしさのせいだよ。きみは彼女の屋敷で客に恥をかかせた。彼女はそれに責任を感じたんだ。イソベルのように愛情深い女性にとって、自分の愛する人間がどうしようもないやつだと思い知らされるのは、とんでもなくこたえるんだよ」

「あんたは立派だとでも言うつもりか！」

「ぼくだってイソベルにふさわしいとは思っていない。だが、彼女を守ることはできる。だからいま、こうしているんだ」

「ぼくから姉さんを守る必要なんかないよ。ぼくは姉さんを傷つけたりしない」

「そうかな？　すでに何度も傷つけているじゃないか。きみが酒や賭け事で人生を無駄にしていることを、彼女が嘆いていないと思うか？　ロンドンで遊び暮らして、きみを大切に思っている女性たちに会いに帰ってもこないのを、なんとも思っていないと？　きみは彼女たちのことを考えもせず、ふたりが暮らす屋敷をあっさり賭けで手放したんだぞ！」

「だけど姉さんがうまく処理したじゃないか？」アンドリューはむっつり言ってそっぽを向いた。

「赤の他人に自分を差しだして、事なきを得たんだろうが！　まったく、きみの身勝手にはあきれるな。なんでも望めるだけのものを与えられてきたんだろう。なにより、きみを愛し、やさしく大切に育ててくれた家族がいたのに。きみはそれを無駄にしたんだ」ジャックはそこで間をおき、深く息を吸った。「きみが昨日ベイラナンに戻ってきたときのイソベルの顔を見たか。うれしそうというより、心配で不安な顔をしていた。きみがぼくをきらっているのはわかっているが、正直言って、ぼくにはどうでもいいことだ。だが、きみがいままで編みだしてきたような子どもじみたやり方でぼくを攻撃すれば、イソベルは哀しむ。きみにそんなことをさせるわけにはいかない」

「ご立派なことで」アンドリューが答えた。「ぴかぴかの鎧《よろい》をまとった騎士のつもりか」

「ぼくは夫だ」ジャックの声は冷たく、問答無用の響きがあった。

「イソベル姉さんはこのことを知ってるのか？　血と肉をわけた家族が、生まれ育った屋敷から追いだされようとしていることを？」

「いや、知らない。これから知ることもない。ぜったいに言うんじゃないぞ」ジャックは前に出てアンドリューにのしかかるように立った。「イソベルに思い悩んでほしくないんだ。だから、自分でロンドンに帰ることにしたと言え。べつに意外でもなんでもないだろう。宝探しがしたいなら、もう二、三日はここに残ってもいい。だが、一週間以内には出ていくんだ」

「どうやって生活すればいいんだ？」

「信託財産があるのは知っている。生活するにはじゅうぶんなはずだ」

「はした金だよ」

「元金を減らさなければじゅうぶんな額はあるはずだ。それに、毎月の手当ても出そう」ジャックは釘を刺すように人さし指を立てた。「ただし、イソベルに手紙を書いて金の無心をしたり、愚痴をこぼしたりしたら、即刻打ち切る。ぼくに追いだされたと彼女に泣きついても同じだ。それからベイラナンに年に一度――できれば二度――は、おばと姉に顔を見せに帰ってこい。それを怠っても、仕送りは打ち切る」

「あんたが自分のために骨を折ってくれたと知ったら、イソベル姉さんは喜ぶと思うけど」

「彼女はぼくの力などなくてもやっていけるし、そのうえ、ぼくらみんなの暮らしまで支えているんだ。これからもそれをつづけていくだろう。ぼくはただ、きみのことでつらい思いをすることがないようにしておきたいだけだ。弟と夫との板ばさみにはしたくない。わかったな？」

「ああ、わかったよ。ぼくだってばかじゃない」

「ぼくの条件も了承するな？」

「ああ、くそったれ。するさ」アンドリューはきびすを返し、ずかずかとドアまで歩いていった。そこで頭だけめぐらせてジャックを見る。「あんたはロバートおじさんの言ってたとおりだったよ」

「ふむ。じゃあ、きみについて言っていたことも、そのとおりなんだろうな」ジャックはアンドリューが足音もやかましく出ていくのを、冷然と見守った。

馬をおりたジャックは、馬丁に手綱を投げわたした。アンドリューが屋敷に戻ってきたことで、早く馬に乗りたいという思いに拍車がかかった。思ったとおり、イソベルは反対して騒いだものの、いくら彼女でも、一生外に出ずにいることはできないと認めざるを得なかった。そして今日、初めて馬に乗って出かけたのだが、まるで石壁に止まった虫のように、全身をさらされているような気がしてならなかった。周囲の山や岩にはいくらでも敵がひそんでいられる。しかし努めてゆるめの駆け足を崩さず、うしろを振り返ったり、馬に乗る距離を縮めたりもしないようにした。おそれをなして逃げだすような男ではないことを、はっきりと見せつけてやるためだった。

しかしやはり、ファラオが厩前の庭まで戻ったときには、ほっとした。屋敷内に入ったジャックは、イソベルがいないことを知ってがっかりしたが、母やエリザベスもイソベルがどこに行ったか知らなかった。座っておしゃべりしましょうと誘われるのをなんとか振りきり、書斎に向かった。

イソベルがひとりでどこかに出かけたからといって、なんとなく傷ついたような気分になるなどばかげている。彼女はいつでもジャックの目の届くところにいるわけではないのだ。互いに大人で、それぞれの生活がある。この二週間ほどはほとんどいつも一緒にいたが、これからもずっとそうであるわけじゃない。しかしそれでも、彼女がどこへ行ったのか、どうして彼が出かけてすぐにどこかに行ったのだろうと考えずにはいられなかった。

書斎に入ると、デスクの上に折りたたまれて封蠟がされた紙があるのに気づいた。おもての面にジャックの名前が大きく書かれている。なんだろうと思って人さし指を封蠟の下にくぐらせて破り、紙を広げた。イソベルの優雅な文字でこう書かれていた。

親愛なるジャック
城塞に行っています。あなたが来るのを待っているわ。すぐに来てね。これ以上は書けないけれど、きっと喜んでもらえると思うの。
愛をこめて
イソベル

もう一度、手紙に目を通したジャックは、うっすらと笑みを浮かべ、〝愛をこめて〟という結びの言葉を親指でなでた。こんなことを言ってくれたのは初めてじゃないだろうか？城塞でなにをするつもりなのだろう。〝うれしい驚き〟を楽しく想像しながら、ジャックは手紙をポケットにしまってドアをあとにした。

ハミッシュが目立たぬようにたたずんでいた。最近はいつもそうしているように思える。

「上着をお持ちじましょうか、だんなざま？」

「いや、いい。天気のいい日だ」

「ざようでずね。ごのようなよいお天気の日に、どぢらまで行がれるのでずか？」

「意外だな、ぼくの習慣に急に興味が湧いたのか？」ジャックが訝しげな顔をする。

「だんなざま」ハミッシュの声がこわばる。「あどでミゼズ・ケンジントンにだんなざまの所在を訊かれると思いまじて。もぢろん、おっじゃりたくないのであれば……」

「いや、いや。ぼくのためにそんな気を遣わなくてもいい」ほかのところはまるで執事らしくないハミッシュだが、遺憾の意を伝える技術はいかにも執事らしい。「母に訊かれたら、もうひとりのミセス・ケンジントンに会いに城塞に行ったと伝えてくれ」

「ああ、イソベルお嬢さままでずか」執事の表情が明るくなった。「ぞれはようございまず」

大股で城塞へ向かったジャックは、近づくとさらに足の運びが速くなった。イソベルは先日、今度お弁当を持ってお城に行きたいと言っていた。ジャックの頭に、毛布を広げてピクニックの用意をしている彼女の姿が浮かんだ。毛布の楽しいべつの使い方を思いつき、口もとがゆるむ。

木々のあいだを通る道を抜けると、壁やら柱やらが地面から古い骨のように突きだした遺跡が前方にあらわれた。ジャックは足を止め、おかしいなとあたりを見まわした。毛布もイソベルも、どこにも見当たらない。あたりはひとけもなくわびしいばかりだ。

ジャックは少しゆっくりめに歩いて近づき、土台部分が始まるあたりまで行った。そこで振り返って草地を見わたす。そこは城塞の床部分が崩れているところだ。片隅にがれきが山となり、なにもないところに木材が突きでている。穴の上に梁が横たわっているが、ぼろぼろに崩れたほうの端に、なにやら色みのある布きれがはためいていた。突如、ジャックは不安にわしづかみにされ、急ぎ足で近づいた。

たしかに彼は城塞を調べてみたいとは言ったたし、地下におりてみることまで話していた。

しかしイソベルの書いていた〝喜んでもらえる〟ことというのは、もちろんそんなことではないだろう。まさか、ひとりでそんなこと――。

色のついた布きれが見覚えのあるものに変わり、ジャックの思考は停止した。遺跡の端に引っかかっていたのは、イソベルの淡い赤色の肩掛けだった。

「イソベル！」

とっさにジャックは飛びだした。恐怖で心臓が激しく打ち、ぽっかりと口を開けた穴の縁に駆け寄る。縁から覗きこむと、下のがれきにはイソベルの影も形もなくてほっとした。と思った瞬間、下の地面が動く感じがして、両手をついた穴の縁がぼろりと崩れた。

あわてて身をひるがえしたジャックはどこかにつかまろうと手を伸ばしたが、そこにはつるつるした草と、地衣植物ですべりやすくなった石しかなかった。ばきりと大きな音がして足もとの木材が割れ、ジャックはなすすべもなくすべりおちていった。必死で手を伸ばすと、偶然、木にふれてつかんだが、ぶらさがった拍子に肩に激痛が走った。

わなだ！　わなだったんだ。ささくれだった木をつかんだ手がすべり、ジャックは穴に落ちていった。裏切られたというまぎれもない現実に、身を切られるような思いで。イソベルは、彼の命を奪うためにここへおびきだしたのだ。

29

イソベルは気分も軽く、メグのところから戻った。ジャックはけがもなく屋敷に帰ったらしい。湖から歩いてのぼってくる途中でコールに会い、ジャックの遠乗りを見守っていた彼から、なんの異状もなかったと報告を受けていた。

「イソベルお嬢ざま！」ハミッシュが玄関ホールの端に姿をあらわした。「もうお戻りでずか？」

「ええ。メグからエリザベスおばさまのお薬の追加をもらってきたの」イソベルはボンネット帽と手袋を取りながら、薬のびんを執事にわたした。「食品庫に持っていってくれるかしら？」

「メグ？　いえ、わだじは城塞と思っでおりまじた。城塞跡がらお戻りになられたのでは？」

「城塞跡？」イソベルは笑った。「いいえ、どうしてそう思ったの？」そこで振り返る。

「ジャックはどこ？」

「城塞跡でございまず、お嬢ざま」ハミッシュが困惑顔で主人を見る。「あなたざまに会いにいがれまじたが」

「なんですって？　どうして——ほんとうなの？」

「ええ、まぢがいありまぜん」ハミッシュは顔をしかめた。「だんなざまご本人がぞうおっじゃいまじた。お出がげになるどぎ、どぢらに行がれるのかお尋ねじたんでず。あなたざまが出られるときも教えてぐだざったように。だんなざまは、お母ざまから訊かれたら、城塞まであなたざまに会いにいっだと言えと」

「お供の者をつけた？」イソベルの声がうわずる。

「いいえ、お嬢ざま。あなたざまに会いにいがれるのでずから、必要ないと思いまじて」

恐怖に襲われてイソベルはきびすを返し、肩越しに叫んだ。「コールを呼びにやって。いますぐ！　城塞に来てと伝えて」

執事の返事を待たずにイソベルは飛びだし、走っていった。城塞には空虚な静寂が広がっているだけだった。全速力で走ってきたのと恐怖とで全身を震わせながら、深く息を吸いこんであちらこちらと見まわしてジャックを探す。どこにもいない。背の高い木の影が、すでに長く伸びていた。もうすぐ日が暮れる。ランタンを持ってくればよかった。

崩れた木材に自分の肩掛けが引っかかってなびいているのに気づき、イッベルは息が止まって一瞬動けなくなった。

「ジャック！」しわがれた声しか出ず、勢いよくはためく肩掛けに駆け寄りながら、もう一度声を張りあげる。「ジャック！　ここにいるの？　ジャック！」

穴のそばまで行ったときには涙が流れていた。ぽっかりと口を開けた穴は、前よりも大きくなっている。あきらかに、新たな崩落があったのだ。「ジャック！　どこにいるの？　お願い、お願いだから返事をして！」涙で声が詰まり、こらえきれない嗚咽をもらしながらイソベルはひざをつき、穴の縁ににじり寄ってなかを覗きこんだ。「ジャック！」

「イソベル？」人影が視界に入ってきた。泥と埃にまみれたジャックが、下から見あげている。

「ジャック！」イソベルは涙と笑いが一緒に出てきた。「よかった！　ああ、よかった。ジャック」そのとき手がすべり、前の地面がいきなり崩れて、彼女は前のめりに落ちていった。

「イソベル！」ジャックが両腕を伸ばして飛びだしたが、彼女とまともにぶつかってもろともに倒れた。うっ、とうめいて息が止まり、しばらくふたりとも転がったまま動けず、呼吸しようとあえいでいた。

先に動いたのはイソベルで、ひざをついて起きあがった。「ここでなにをしているの？　どうして城塞に来たの――どうしてそんなににやにやしているのよ？」

「いや、安心して」ジャックは笑って起きあがり、イソベルを抱き寄せた。息ができないほどきつく抱きしめる。「てっきり――ああ、イソベル、てっきり、きみはぼくに死んでほしいんだと思ったよ」

「なんですって！」イソベルは怒りもあらわに勢いよく体を引いた。頬の涙をぬぐって爆発する。「あなたが死んだんじゃないかと心配してここに来たのに――わたしが殺そうとしただなんて！　いったいどう考えたらそんなことになるの？　銃で撃ったのもわたしだと思っているの？」

イソベルはよろめきながら立ちあがり、こぶしを握りしめた。ジャックもあわてて立ち、彼女の腕をつかんだ。「そんな！　まさか。いや、少し前までは悩んでたけど。そんなことをぼくが信じたいわけがないだろう？　でもきみは手紙で、ここで会おうって書いていたじゃないか。それに、来てみたらきみの肩掛けが引っかかっているし。きみが穴に落ちたと思って駆け寄ったんだ。わなだと気づいたときには、ときすでに遅しだった。でも、きみの字だったんだ！　きみに死んでほしいと思われていると思って、この一時間は地獄の苦しみだったんだぞ」

「わたしの字であるはずがないわ。手紙なんか書いていないもの」

ジャックは上着のポケットから折りたたんだ紙を出し、彼女に差しだした。

「ジャック、手が！」イソベルは彼の両手を取り、手のひらを上に返した。「すりむけているわ」

「木の破片を片づけていたからね」ちゃかすように言った。「ハンカチを手に巻こうかとも思ったんだが、ハンカチも汚れていて。ほら、また泣かないで」

「泣いたりしないわ」イソベルは気丈に言って鼻をすすり、頬をぬぐった。「ただ、あんまり……腹が立って」

「わかるよ」ジャックは身をかがめて彼女の額にキスをした。「読んでみて」

イソベルは紙を広げ、崩れた天井のすきまから射しこむ光に当てるように掲げた。目で文字を追うと体が冷たくなったような気がして、床にくずおれた。急にひざの力が抜けて立っていられない。消えいるような声でつぶやく。「ほんとうにわたしの字みたいだわ」

「ああ。帳簿できみの字をよく見ていたから、ぼくもそう思ったんだ」

「わたしが書いたんじゃないわ」そのあとは……とても言えなかった。彼女の字をまねできる人間が、いったいどれだけいるというのだろう。

「きみが書いたんじゃないことはわかっている」ジャックは彼女のそばにしゃがみ、感覚のなくなった彼女の手から紙を取ってポケットにしまった。「屋敷に入って帳簿を見ることができる人間が書いたんだろう」

「そうね。ああ、ジャック！」イソベルは彼の首に抱きつき、胸に顔をうずめた。

「だいじょうぶ。もう終わったんだ」彼がきつく抱きしめる。「もう心配することはない」

「いいえ、あるわ。あなたが無事でいられる確証が持てるまで」

イソベルは彼にしがみついたまま、頭のなかで渦巻く考えとおそれを口にすることができずにいた。あたりがじょじょに暗くなってくる。

突然、遠くで声がした。「イソベル？　どこだ？」

ジャックは身をかたくしたが、イソベルははねるように立ちあがった。「コール！　ここよ！　気をつけて！　崩れたの。でもわたしたちは無事よ」

「けがはないかい？」ずいぶん声が近づいて、すぐにコールの顔が光を背負って穴の縁から覗いた。ふたりの姿を認めた彼は笑顔でランタンを差しだし、あたりを照らした。「幽霊がふたりいるみたいだ。埃で全身が真っ白で」

「見苦しいところを見せてごめんなさい」イソベルは痛烈に言い返し、コールがくすくす笑う。「それで、ここから出してもらえるのかしら？」

「そうしたいけど、ハミッシュに言われてすぐに走ってきたんだ。ロープも持たずにね。だからロープと、きみたちを引きあげるのに必要な男手をひとりふたり連れてくる。そうだ――ちょっと待って」立ちあがった彼はしばらく姿を見せず、折った枝を手にして戻ってきた。細い枝はほとんどむしってあり、一本残した太めの枝にランタンを引っかけて下におろした。「これで少なくとも、ずっと真っ暗ななかで待たなくてもいい」そう言ってコールは立った。「それから、イジー、ぼくがいないあいだに、残りを崩さないようにしろよ」

イソベルは小声でなにやらぶつぶつ言ってから、ジャックに向き直った。ジャックのほうは、コールからもらったランタンを持ってそんなイソベルを眺めていた。

「たしかにマンローは、きみを妹のように思っているんだとわかってきたよ」ジャックはにこりと笑ってイソベルの手を取った。「きみに見せたいものがある。しばらくなかをうろついていたんだ」

「見てまわっていたの?」イソベルは驚いた様子で彼のあとにつづいた。

「餓え死にするのをじっと待っていても意味がないと思ってね。また弾を撃ちこまれるのを待っててもしかたがないし。ほかに出口が見つかればと思ったんだ。そうしたら、ちょっと見つけたんだよ。足もとで木材やら石やらが崩れたとき、たぶん奥の壁にも穴が空いたんだろう」

ジャックがランタンを掲げると、部分的にこわれた壁が照らしだされた。そのうしろに、下へと伸びる粗い石の階段が見えていた。

「また隠し階段なの?」

「きみのご先祖さまは、よほど隠し階段に惚れこんでいたようだね。まあ、これが隠れていたかどうかはわからないけど。判断できるだけの壁が残っていないからね。この階段は木材で半分隠れていたんだが、木をどけたら下が見えるようになった。この下にはさらに地下があるらしい」

「地下牢かしら?」イソベルは目を見張った。「もしかしたら、地下道はここにつながっていると考えているの？」

「ほかのどの場所とも同じくらいつながっている可能性があるって、きみも言っていただろう？　調べてみたかったんだが、下は真っ暗だからね」

「いまはランタンがあるわ」

　ジャックは承知したと言わんばかりににんまり笑い、階段をおりはじめた。でこぼこした石の塊をただずらして並べただけのような階段で、ふつうの半分ほどしか高さがなく、その先は細長い部屋のような空間につながっていた。かつて壁に沿って一列に並べられていたらしき樽は、いくつかがまだそのまま残っている。その部屋の奥に、背の低い木の扉が見えた。

　ジャックは扉のなかほどについているさびた鉄の輪を引いてみた。最初はびくともしなかったが、しばらくのち、大きくきしんで数インチほどひらいた。扉まわりの壁と天井に注意しながら、ジャックは人がなんとか通れるくらいまで古い扉を引っ張った。

　つまずきかけたが体勢を立て直すと、三段の階段をおりて、低くなった床に立った。そこは天井が半円筒形になった大きめの部屋で、少しばかりの木やら鉄やら革やらが散らばり、車輪の割れた手押し車が壁に立てかけられているほかは、なにもなかった。

「ふむ」ジャックが部屋を見まわす。「地下道も、ほかの扉もないな」

「どうかしら」イソベルは反対側の壁の目の高さに走っている、装飾の入った石の部分を指さした。ランタンを持ってそこに行き、明かりを近づけてみる。石の部分には数インチごとにバラの模様が彫られていた。

「バラの紋章だ。暖炉にあったのと同じ」ふたりは壁に沿って歩き、バラの模様をひとつひとつ確かめていった。殺されそうになったことや、天井が崩れたことは、もはや頭から消えていた。

「ジャック」イソベルが、バラ模様のひとつの中心にある円筒形の穴を指さした。

ジャックが巻き鍵を取りだし、穴に挿しこんでまわした。カチッという音につづいて重い音がしたと思うと、壁の一部がわずかに一インチほどひらいた。その割れ目に手をかけ、ふたりがかりで力いっぱいこじ開けると、湿った埃っぽい空気が流れでてきた。ジャックがランタンを掲げ、内側を照らしだす。その部屋は、質素だが品のあるしつらえがしてあった。つづれ織りの壁掛けが何枚か飾られ、壁には鏡までかかって、人が使っていた気配の残る居心地のよさそうな部屋だった。

しかしその心地よさも、部屋の中央に横たわる人骨のせいでかき消された。うつ伏せに倒れたその人骨は片方の腕を伸ばし、もう片方の手は腰の鞘にかかっていた。ローズ家のタータンに身を包み、刀帯も着けているが中身はない。そして背中には、刃の薄い長めの短剣《ダーク》が突きささっていた。

イソベルは息をのんだ。「ああ、なんてこと、サー・マルコムだわ」

30

「ほんとうに？」ジャックが尋ねた。

「あの短剣を見て。柄にローズ家の紋章が入っているわ。マルコムは肖像画のなかであれを身につけていたのよ、あなたも見たでしょう？　それに向こうの壁にたてかけてある、あの諸刃の剣《クレイモア》も、絵のなかで彼が持っていたものよ。体の大きさもちょうど同じくらいだし、タータンをまとっているわ。あきらかに、この場所のことも入り方も知っていたのよ。指にはまっている指輪をエリザベスおばさまのところに持っていって、見せてみましょう。でも、きっと彼よ」

「じゃあ、彼はベイラナンを出ていなかったのか」

「ええ。イングランド兵に見つかって、城塞のなかまでついてこられたんでしょう」

「そうだな。あるいはたんなる強盗か」ジャックはベッドのそばに空っぽで転がっている、ふたの開いた箱を指さした。「彼は刺された。賊は箱から金を取って逃げた――指輪はおいていったのが不可解だが」

「持っているのを見られたら、彼を殺した証拠になるからじゃないかしら」イソベルは指摘した。

「ああ、おそらくそうだね。まあ……アンドリューとグレゴリーは、お宝が盗まれていたとわかってがっかりするだろうが」

「でしょうね」イソベルは部屋に足を踏みいれたが、聖域を犯しているような気分になった。

「ここでイングランド兵から身を隠していたのだと思うわ」抽斗のついた整理だんすまで歩いていくと、洗面器と水差しがおいてあった。そのそばには、女性が髪につけるようなしゃれた櫛がふたつおいてある。「なんて哀しいことかしら。おそらくここが、ふたりの〝場所〟——祖母に宛てた手紙に書かれていたところなんでしょう」

「それじゃあ、彼女もこの部屋の存在を知っていたってことかい？　巻き鍵の秘密も？　きみのおばさんの言うとおりだな。息子や娘に一度も話していなかったなんて、ローズ家の人たちというのはまったく口がかたいよ」ジャックはひと息入れた。「でも夫に会いにきてこんな遺体を見つけたとしたら、そのままにはしておかないと思うんだが」

「祖母がここを離れたあとに起きたのかも」イソベルは眉をひそめた。「でも、それからあとに祖父がまったく姿をあらわさなくなったら、なにか手がかりを——少なくとも、祖父になにかあったのかと、ここまでやってくるでしょうに」

「おじいさまのほうしか鍵を持っていなくて、おばあさまはひとりでは入れなかったのかもしれない。いや、だが――同じ大きさの鍵ならなんでもいいのかな。ぼくらはそれで入れたんだから」

「祖父はだれにもこの部屋のことを話していなかったんじゃないかしら。安全を確保するにはそれがいちばんだもの。この櫛はコーデリアおばあさまへの贈り物だったけれど、わたすは機会がなかったんでしょう」イソベルはため息をついた。「もう永遠にわからないけれどね」

「地下道はここにつながっていると思ってたんだが、ほかに扉はないね」

「隠れているのかもしれないわ。この扉の内側を見て。閉まるとまったく壁のように見えるわ」

「からくり好きなんだね、きみのご先祖さまは」ジャックは思案げに部屋を見まわした。

そのとき、遠くで叫んでいる男性の声が聞こえた。

「コールだわ！」イソベルはすぐさま扉に向かった。「わたしたちになにかあったのかと思われるわね。行きましょう」

「ああ。またべつの日に戻ってきて、地下道を調べてみよう」マルコムの遺体から彼の巻き鍵と指輪を取ると、ふたりは部屋をあとにした。

「まあ！」エリザベスは息をのんだ。ジャックの差しだした手のひらには、白骨死体からはずした指輪が乗っていた。エリザベスは口に手を当て、みるみる涙を浮かべた。「お父さまの指輪だわ！」

「ということは、わかるのね？　サー・マルコムの指輪だと？」

「ええ、ええ、もちろんよ。どこで見つけたの？」

「わたしたち、彼を見つけたのよ、おばさま」イソベルはおばの肩を抱き、椅子へと連れていって座らせた。

「見つけた？　そんな、だって――あっ！　父の遺体を見つけたということ？」

イソベルはうなずいた。ジャックがエリザベスのかたわらにひざをつき、彼女の手を取った。「お気の毒です、エリザベスおばさま。でもぼくたちは、城塞の地下室に隠された部屋を偶然見つけたんです。お父上の遺体はそこにありました、これとともに」ジャックは巻き鍵を差しだした。

「ああ」エリザベスは彼の手から巻き鍵をつまみあげた。「これは父の懐中時計の鍵だわ。父は殺されたのね？　どうして涙が出てくるのかしら。死んだにちがいないとわかっていたのに。だって生きていたら、帰ってくるはずですものね。でもつらいわ、この長い年月、ずっと父はそこで横たわっていたというのに、わたしたちはここでなにも知らずにいたなんて」エリザベスは指輪を手にして親指でなでた。「これは父の母方の家でも最高峰の品だったの。父がお母さまからいただいたのよ。これはアンドリューにあげるべきね。あの子はどこ？」

「アンドリューは乗馬に出かけたとハミッシュが言っていたわ」イソベルが答えた。「あの子に会ったら、おばさまが話をしたがっていたと伝えるわね」そう言って立ちあがる。「ちょっと失礼するわ。話を……コールと話をしなければならないの」

ジャックがどういうことだと言いたげな顔を向けたが、イソベルは目を合わせずにさっとドアを出た。しかし、言ったとおりコールに会いにいくことはなく、書斎に行って金庫を開け、硬貨の入った小袋を取りだした。それをポケットにたくしこむと、厩に行ってベンチに腰かけ、弟の馬が庭に駆けこんでくるのを待った。

「やあ、イソベル姉さん」アンドリューの眉が驚きにつりあがった。「こんなところでなにをしてるのさ？」

「あなたに会いにきたの」

アンドリューは馬をおりて馬丁に手綱をわたし、姉と一緒に庭のほうへ歩いた。「なに？どうして泥のなかを転げまわったみたいになってるの？」

「城塞の地下室に落ちたからかしら」

「なんだって！」アンドリューはぼう然として姉を見つめた。イソベルは弟の腕をつかみ、厩と屋敷から遠ざかるように木のほうへ引っ張っていった。

「ええ、そうなの。びっくりするわよね。あなたのわなに、わたしもはまったんですもの。そんなことは思いもしなかったのかしら、それとも、どうでもよかったのかしら？　あなたのことは赤ちゃんのころから知っているのに、突然、よくわからなくなってしまったわ」

「いったいなんの話だよ？」アンドリューは落ち着きなく身じろぎし、ほんのわずかイソベルに残っていた信じられないという思いは、あえなく霧消した。「ぼくがなにをしたって？」

「わかっているはずよ。あなたはジャックに手紙を書いた。そして彼を城塞跡におびきだした」

「そんなことはしていない」

「わたしにうそは通用しないわ、アンドリュー。顔にぜんぶ出ているわよ。わたしはずっと、あなたは正直で善良すぎてうそなどつけないと思っていたけれど、長いこと自分をごまかしてきただけだったのね」

「なんてひどいことを言うんだ！」

「あなたこそ、ひどいことをしたんでしょう！」イソベルは鋭く返した。「わからないとでも思ったの？　わたしの字をあんなにうまくまねできる人は、あなた以外にいないわ」

「ちょっとしたいたずらだったんだよ、冗談さ」

「いたずら！　人をわなにかけるのが？　ほかのときはどうだったの？　やっぱりただのいたずらだったの？　岩を落としたのも冗談なの？　彼を撃ったのも？」

「なんだって！　頭がおかしく《マッド》なったの？　そんなことはしていないよ」アンドリューは憤慨して姉の顔をまともに見た。

「ええ、怒《マッド》りましたとも！　これは冗談ではすまないのよ。いたずらにもならない。あなたはもう子どもじゃないのよ。ジャックは命を落としていたかもしれないって、わからないの？」

「姉さんが気にかけるのはそれだけなのか！」アンドリューの顔が真っ赤になった。「あいつはぼくの財産を奪ったんだ。しかも家に帰ってきてみたら、姉さんまで奪われていた！　姉さんはあいつにたぶらかされたんだろう。あいつと結婚せざるを得なかったことはわかるさ。それを責めたりはしないよ」

「あら、それはどうも」イソベルの声は皮肉っぽい響きに満ち満ちていた。

「でも、どうしてあいつがけがをしたときにつきっきりで看護したのさ？　あんなにかいがいしく世話を焼いて、元気にさせて。わからないの？　あいつが死ねば、なにもかももとどおりになったのに」

イソベルはものすごい勢いで前に飛びだしていた。彼女の手が音をたてて弟の頬に当たる。

「出ていきなさい！」

アンドリューはあんぐりと口を開け、頬に赤い手形をつけて、姉を見つめた。

「この家から出ていってちょうだい！　いますぐに」

「ぼくの家から？」アンドリューは信じられないというように尋ねた。「ぼくの家なのに、追いだそうっていうの？」

「あなたの家ではないわ。あなたがベイラナンを愛していたことなど一度もないじゃないの。大学に入ってからは、まったくここで暮らしていない。戻ってくるにしても、お金を使い果たしてしまったときだけ。あなたはベイラナンを失ったわけじゃないの。奪われたわけでもない。自分から手放したのよ。愚かで、無責任で、維持するだけの力がなかったから。さあ、もう出ていって！」

「出ていくって、どこへ？」アンドリューがぼう然と尋ねる。

「知らないわ。エディンバラでも、ロンドンでも。わたしには関係ないことよ。でも、今日、出ていってちょうだい。いますぐに。無駄遣いしなければ、信託財産からのお金は入ってくるでしょう」

「でも、あれだけじゃ生活できないよ」

「生活するにはじゅうぶんだわ。ただ、あなたが望むような暮らしはできないというだけ。あなたがジャックを殺そうとしたことに、彼が気づかないとでも思うの？　あの手紙は、わたしの字を知っているくらい近しい間柄の人間にしか書けないでしょう？　屋敷からわたしの肩掛けを持ちだして、あそこにおくことのできる人間しか――」

「ぼくはそんな――」

「やめて！　もう……やめて」イソベルは片手をあげて制した。「ジャックがあなたをどうするか、わたしにはわからないわ。知りたくもないの。あなたは弟よ。だから、あなたが牢屋に入れられたり、流罪《るざい》になったりするのは、とても見ていられないの。ほら」彼女は弟の手に硬貨の入った小袋を押しつけた。「金庫にあるだけのお金を持ってきたわ。これで街には戻れるでしょう。さあ行って。もうあなたの顔は見ていられない。とにかく行って」

イソベルは背を向け、涙で頬をぬらして逃げるように屋敷に戻った。


アンドリューが急にいなくなったことをジャックは不審に思ったのかどうか、彼はなにも言わなかった。そしてイソベルのほうは、その話題を極力、避けた。エリザベスでさえ、とくに騒ぐこともなかった。それよりも城塞跡でふたりが発見したもののほうに、ずっと興味を示していたのだ。ふたりが見つけた人骨は父親のものにまちがいないというのでジャックはできるかぎりの敬意を払い、マルコムは敷地内にある教会のそばに埋葬された。

それから数日、ジャックとコールは地下道を調べるにあたって安全を期するため、城塞跡の地下二階の補強に精を出すことになった。大昔の謎を解き明かすのだという思いが、互いに気に食わなかったふたりの仲を取りもったらしい。ふたりとも午後はたいてい城塞跡で過ごし、イソベルいわく、せっせと土をほじくり返していた。

アンドリューの問題と、彼がジャックの命を狙ったという事実が、イソベルとジャックのあいだにわだかまっていた。ふたりとも進んでその話をしようとはしなかったが、その話題にふれないということがふたりに重くのしかかり、いつになくぎこちない雰囲気が漂っていた。しかしそういうものは夜になるとすべて消え、必死と言えるほどの激しさでふたりは抱きあった。けれども朝になると、また気まずさが戻ってくるのだ。

どうにも落ち着かないイソベルは、また昔の書類の片づけでもしようとしたが、なかなか身が入らなかった。どうしてもやましい思いにさいなまれてしまう。自分がもっと早く不安に対処していたら、ジャックが城塞におびきだされることもなかっただろう。心配に思っていることを彼に話しておけばよかったのだ。黙っていたことを責めてはいないのかと、ほんとうは彼に尋ねたかった。けれど、なにひとつ訊く勇気を持てない自分が、イソベルは自分でもふがいなくてつらかった。もし彼に話したら——もしこのことを話題にしてしまったら、いったいどうなるのか、不安でたまらない。

この数週間、いくら彼が自分というものを見せてくれたとはいえ、つらいことや哀しいことは教えてくれようとしなかった。彼は自分から人とぶつかったり、事を荒だてるような人ではない。イソベルがしたこと——いや、しなかったこと——のせいで愛想を尽かされたら、どうすればいいのだろう。彼女と面倒なことになるくらいなら、ともに過ごす夜さえなくなってもかまわないと思われたら？

もうこんな生活はたくさんだと、ジャックは思うかもしれない。彼女と契約したといってもベイラナンにとどまっている必要はないし、ロンドンのほうがはるかに平穏に——しかも安全に——暮らせると考えるだろう。そんなことになったら、イソベルは自分がどうなるのかまったくわからなかった。心に決めていたのに、けっしてするまいと思っていたことをしてしまった——夫を愛してしまったのだ。そしていま、その過ちの代償に耐えられるのかどうか、わからなくなっている。

「よし」コールは補強材に最後の釘を打ち、うしろにさがってできばえを確かめた。「これでおしまいだ」

「これでだいじょうぶかな?」大梁を肩で押さえ、コールが釘を打つあいだ支えていたジャックは、眉にたまった汗をぬぐった。

「ああ、まあ、じゅうぶんだろう。この補強材で屋根が崩落しないかどうかは、またべつの問題だが」ジャックに鋭い視線を向けられてコールは笑い、肩をすくめた。「これが精いっぱいだ。じゅうぶん強度はあると思うよ。でも、ぼくはスコットランド人だからね。最悪のことばかり考える」

ジャックは目をくるりとまわした。不思議なことだが、マンローに好感を持ちはじめていた。一緒にいればいるほど、イソベルの言っていたことはほんとうだったとわかってきた。ふたりは親族のようなものなのだ。いまではマンローが自分を殺そうとしたとは思っていない。二度も助けられたのだから。

ジャックを殺そうとしたのがイソベルの弟だったことは、まずまちがいない。姉の筆跡をまねできる人物として真っ先に思い浮かんだのがアンドリューだったし、屋敷から姿を消したことも疑念を決定づけた。

最初はとんでもなく腹が立ち、彼を捜しだしてはっきり白黒つけようと思った。しかし、ひと晩おいて考えると、こういう厄介な状況はへたにさわらないほうがいいと考え直した。彼はイソベルの弟だ。なにをしても、彼女を傷つけることになってしまう。

イソベルもわかっているのだ。どこか哀しげな雰囲気をまとっている彼女をジャックはどうにもできず、夜にベッドであたためてやることしかできなかった。弟が出ていったことを彼女が尋ねることはなかった――いや、アンドリューのこと自体、まったく話さなくなった――つまりそれは、急にアンドリューがいなくなったことがなにを意味するのか、イソベルはわかっているということだ。しかしアンドリューが犯人だったと知ることと、彼女の弟にその償いをさせることとは、まったくべつの問題だった。アンドリューを罰すれば、イソベルは苦しむ。彼はふたりの生活から消えたのだから、イソベルのために、それでよしとしよう。

「で、今度は扉を探すというわけか？」コールが尋ね、ジャックはわれに返った。ジャックが振り向くと、コールは壁を思案げに眺めまわしていた。「ほんとうに、ここに出入口があると思うか？」

「ほぼまちがいないと思う。ここのどこかに小さな穴があるとか、石と石のあいだを埋めた漆喰《しっくい》に細い線があるとか」

コールがぶらぶらと壁に近寄った。「帰る前に、ちょっと見てまわってみようかな」

ジャックはくっと笑った。「そうしたいのはやまやまだが、イソベルなしでこっそり地下道を見に行ったりしたら、どやしつけられるぞ」

「たしかに、そのとおりだ」コールはため息をついた。

「だが、屋敷に戻って、彼女にも一緒にやろうと言えないこともない」ジャックはまくりあげていた袖をおろし、上着をつかんだ。「お茶の時間まで、まだだいぶあるしな」

コールはにんまりと笑った。「ああ。あんたが戻っているあいだに、ひとつふたつやっておきたいところが上にある」身をかがめて道具を拾い、ジャックのあとから部屋を出た。

ジャックは片づけをするコールを残し、縄ばしごをあがって地上に出た。できるだけ身をかがめて全身の埃をはらい、上着をはおると、屋敷のほうに向いた。驚いたことに、ロバート・ローズが石壁の残骸に腰かけていた。ジャックが近づいていくと、ロバートは立ちあがってぎこちなくうなずいた。

「ミスター・ローズ」

「ミスター・ケンジントン」ロバートが咳払いをする。「ちょっと……微妙な問題のことでやってきたんだが。いや、ほかでもない一族の問題で」

「なるほど」ジャックの好奇心がむくむくと湧いた。

「一族の決定にそむくことをするつもりではないんだが、今回の場合、こうするのがわたしの役目だと思ってね」

「それで？」なかなか話を進めないロバートに、ジャックは言った。

「じつは——わたしは彼の所在を知っているのだよ。そこに案内しようと思って来たんだ」

「アンドリューの？」ジャックは驚いて尋ねた。「彼はまだここに？」

「ああ。そういうことだ。彼はわたしに助けを求めてやってきたんだよ、ほら、イソベルに追いだされて」

「イソベルに追いだされた？」

「そうだ」ロバートは眉をひそめた。「彼のしたことを、きみも知っているのだろう？」

「ええ、もちろんです。ただ、ぼくはそんな……」ロバートに言われたことを考えてほんわかとあたたかな気持ちになったことを、ジャックはひとまず忘れることにした。そのことはあとでゆっくり考えればいい。「いや、それはいまはどうでもいいことです。あなたはどうしてぼくのところへ？」

年かさの男は目をしばたたいた。「どうして？　いや、だって——きみは彼を見つけたくないのかね？　殺されそうになったんだろう？」

「アンドリューを打ちすえるところを想像するのは楽しいですが、そんなことをする意味はまったくありません。どんなことをしようと、イソベルを哀しませることになる。どこへなりと行ってしまえと、伝えてください。あとを追いはしませんよ。つかまえてどこかへ突きだすことも、人を殺そうとしたとロンドンでふれまわることもありません。ぼくとイソベルの前から消えてくれれば、それでいい」ジャックはきびすを返し、あっけに取られているロバートを残して屋敷に戻ろうとした。

「待ちなさい！」

ジャックは振り返った。ロバートはジャックの前に駆け寄って止まり、ハンカチを引っ張りだして上唇に浮いた汗を押さえた。「彼が消えることはないぞ。わたしはそれを言いに来たんだ。わたしは彼に国を離れろと言った。アメリカでも、インドでも、そこで新しい人生を見つけろと。だが彼は聞きいれなかった。そのための費用も出してやると言ったのに。どこへも行こうとしないんだ。彼は――」ロバートは大きく息を吸った。「ぜったいにきみを殺すと言い張っている」

「なんですって？」ジャックは目を丸くした。「彼が犯人だということが、これからみなに知れわたるのに？」

「だから、彼はまともに考えられなくなっているんだよ。きみが死ねば、問題はすべて解決するという思いに凝り固まっている。だからこそ、彼と血縁関係にありながらも、わたしが忠告しにきたんだ。良心にかけて、彼に人を殺めさせるわけにはいかない。いま彼は洞窟にひそんで計画を練っている。そこにきみを連れていこう。ふたりで説得すれば、道理をわからせることができるかもしれない。だめなら……」ロバートは背を伸ばした。「だめだったら、治安判事のところへ連れていくまでだ」

「くそっ！」ジャックは残念そうに屋敷のほうを見た。「しかたないのか」

「さあ、急ごう」ロバートは決然と、屋敷とは逆の方向へ足を踏みだした。

「待ってくれ。コールに言っておかないと」

「コール？　なぜ？」ロバートは渋い顔をした。「これは家族の問題だ。部外者に立ちいられたくない。それに、ぐずぐずしてはいられないんだ。アンドリューがいつまであそこにいるかわからない」ロバートはジャックの腕をつかんだ。ひどく緊迫した彼の様子にジャックは折れ、連れられるまま崖のほうへ向かった。

彼はロバートのあとについて、もっとも高い場所をぐるりとゆるやかにめぐる道を通り、海におりていった。岩と海にはさまれたせまい浜辺を足早に進み、数分歩くと、ロバートは右に曲がって大岩をまわりこんだ。そこには崖にぽっかりと口を開けた洞窟があった。入口ではジャックはかがまなければならなかったが、入ってしまうとまっすぐに立ったままで歩ける。なかは薄暗く、明かりは洞窟の入口から入ってくる光だけだったが、ロバートは入口を入ったところにあったランタンを取って火をつけた。

「ここにはしょっちゅう人が来るんですか？」ジャックが尋ねた。

ロバートは振り返って唇に人さし指を当て、洞窟の奥のほうを指さした。ジャックはぬれた地面を歩いてロバートについていく。上り坂になったあと平らになり、長くせまい道を抜けると、半円筒形の広い場所に出た。地面からたくさんの柱が伸び、天井からは水が滴っているようで、ランタンからの円い光がぼんやりと不気味にあたりを照らしている。ロバートがランタンを下におき、ジャックに止まるよう無言で合図してから、ひとりで先へ進んで右手の穴へ入っていった。

ジャックはその場に残り、興味津々であたりを見まわした。どうやらここは中央部にある部屋なのか、ロバートが入っていった小さめの穴のほかにも地下道が二本伸びている。今度イソベルと一緒に来て、探検してみなくては。いま自分たちがやってきたほうを振り返ってじっと見ていたら、半長靴のこすれる音が聞こえて振り向いた。

戻ってきたロバートが、ランタンをはさんで数フィート離れたところに立っていた。手にした拳銃で、まっすぐジャックの心臓に狙いを定めて。

31

イソベルは居間の窓辺に立っていた。いまだ城塞跡に残る一枚の石壁の上のほうが、遠くの木立ちの上方に見えている。今朝はやはり、ジャックやコールと一緒に城塞に行けばよかった。屋敷に残っていても、なにも手につかない。

エリザベスとミリセントは、イソベルが屋根裏からおろしてきた収納箱のひとつを引っかきまわしていた。おばは父親の遺体が見つかって以来、父親とその死に関係のありそうなものを片っ端から調べている。いまのところなにも見つかってはいないが、おばはあきらめず、いまはイソベルの父親の箱にかかりきりだった。イソベルも作業に加わろうとしたのだが、すぐにやる気をなくしてしまった。

「まあ！　この箱！」おばのうれしそうな声があがってイソベルが振り向くと、おばは収納箱から長方形の木箱を取りだしているところだった。

「それ、覚えているわ」イソベルはおばのところへ歩いていってそばに座った。「お父さまのデスクにおいてあったものよね。とてもきれいだった」

濃色のマホガニーでつくられた箱のふたには、淡い色の木を組みあわせてつくられたバラの花がはめこまれていた。エリザベスが開けてみたが、なかは空っぽで、またふたを閉じた。おばは花の模様をなでながら、やわらかい声でなつかしそうに言った。「これはわたしの母のものだったの。ジョンもわたしも、子どものころはこれが大好きで。でも母はけっしてさわらせてくれなかった。結婚のお祝いの品だったんですって。母の姉から贈られたものだったと思うけれど」

「おばあさまとサー・マルコムは、とても愛しあっていらしたのね」イソベルは言った。

「彼がおばあさまに宛てて書いた手紙を見れば、短かかったけれど、それがよくわかるわ」

「そうね。ふたりがどうやって一緒になったのかは覚えていないんだけど。わたしは幼くて、そんなことは考えたこともなかったわ。でも、母が父のことを深く思っていたことはまちがいないわ。父と父の死のことを、母はけっして口にしなかったから。つらすぎて話せなかったのよ。暖炉の前に座って、ただじっと前を見つめながら、結婚指輪を何度も何度もまわしていた母の姿を覚えているわ」

「なんてすてきな細工でしょう」ミリセントが身を乗りだして箱をほめるので、エリザベスは彼女に箱をわたした。「まあ！」ミリセントはびっくりして目を丸くした。「見た目よりずいぶん重たいのね」組みあわされた木をなでる。「ジャックの父親が持っていたものを思いだすわ。それにも木の細工がはめこまれていて——天使の羽根の模様だったかしら。もちろん、これほど上等なものではなくて安物だったけれど。でも、なかなか凝ったものだったのよ。二重底になっていたの」

「そうなんですか?」イソベルは興味をそそられて身を乗りだした。「どんなつくりになっていたのかしら?」

「よく覚えていないのだけれど」ミリセントはイソベルに箱をわたした。「サットンの小箱も見かけより重かったのよ。だから思いだしたの。外からは見えない、余分に仕切られた場所があるのよ」

「これもそうかしら?」エリザベスの瞳が輝いた。「だから母はさわらせてくれなかったのかもしれないわ」

「これにも仕掛けがあると思う?」ミリセントが興味津々といった顔で尋ね、小首をかしげて考えた。「どうすれば開くのかしら? サットンはからくりをぜったいに教えてくれなかったけれど、ジャックが開けてみせたの。あの子は頭がよくて。小さなピンを使って、ばねをはずしていたように思うわ。ちょっと待って……そうだわ! 一部が持ちあがったのよ。そこを横に押すと、べつのところがポンッと飛びだして。それから、なにかを横にずらしていたわ」

「これを開けられるかどうか、ジャックに見てもらいましょう」イソベルは、はめこまれたバラ模様を人さし指でなでた。「もしここに秘密の抽斗があるのなら、おばあさまはあの手紙を聖書に縫いこむのではなく、ここにしまったでしょうけれどね」

と、そこで指が止まった。バラの花びらの端に、わずかながら引っかかりを感じたのだ。祖母の顔を近づけて爪の先で探ってみると、その一片が少しだけゆるんでいるように思えた。祖母の部屋を調べていたときにジャックがしていたことを思いだし、イソベルは髪からピンを抜いて慎重にすきまに挿しこんだ。そして少し手首をひねると、花びらがポンッと飛びだした。

エリザベスが息をのみ、ミリセントは声をあげた。「あら、まあ！」

イソベルはそれから箱を押したり、引いたり、ねじったり、ひっくり返したり……するとついに、バラの花の中心が、先ほど花びらが飛びだしてできたすきまにするりと入った。その拍子にピンもはずれてはねあがり、箱の底のほうでなにかかちりと音がした。強く引いてみたところ、底の部分がすべるように出てきて、おりたたんだ紙片が見えた。

「イソベル！」エリザベスがあえぐように言った。「なにかしら！」

「わからないわ」イソベルは紙片を手に取った。その下、ベルベットで裏打ちされた抽斗の底には、懐中時計の巻き鍵もあった。顔をあげておばを見ると、おばはぼう然と見つめていた。

「地下室で見つかった鍵と同じだわ！」ミリセントが大声をあげる。

「まったく同じではないけれど、きっとこれも同じように使えるはずだわ」

「ということは、母は隠し階段の鍵を持っていたということね。どうしてなにも言ってくれなかったのかしら」

イソベルはいやな予感がして、かぶりを振るだけだった。「それに、どうしてこれを使って地下の扉を開けなかったのかしら？」

「そんなふうにすれば地下に入れるということを、知らなかったのかもしれないわ」エリザベスが言った。「階段があることしか知らなかったのかも」

イソベルは長い紙きれを広げた。祖母のコーデリアの聖書から見つけたものよりは格式ばった書きつけに思える。文字の列はまっすぐだし、ゆっくりと丁寧に書かれたもののようだ。

「日付は〈カロデンの戦い〉からわずか数日しか経っていないわね」イソベルの目が紙片の下のほうに泳ぎ、ななめに書かれた署名を読み取った。「それに、署名はファーガス・ローズとなっているわ」

「だれ？」ミリセントが怪訝な顔で尋ねる。

「ロバートのお父さまよ。サー・マルコムの弟にあたるわ」エリザベスが説明した。「なんて書いてあるのかしら、イソベル」

イソベルは信じられないといった顔で紙を凝視していた。もう一度おばに名を呼ばれ、ようやく答えた。「これは告白文だわ」ごくりとつばを飲み、声に出して読みはじめる。「〝わたし、ファーガス・アラン・ローズは、本日ベイラナンのレアードである兄マルコム・デニス・ローズの命を奪った――〟」

「なんですって！」エリザベスが口を手で覆い、こぼれんばかりに目を見ひらいた。「おじが、父を手にかけた？」

「それだけではないわ」イソベルは驚愕してエリザベスを見つめた。「まだつづきがあるの……〝マルコムの妻であるコーデリア・フレミング・ローズによってそそのかされ、手を借りた。これは義理の姉の了解のもとになされたことである。コーデリア・ローズとともに考えたうえで、あのふしだらな女との密会に向かう兄のあとをつけ、わたしの剣によって兄の命を奪った〟」

イソベルは紙をひざの上に取り落とし、まともに考えることもできず、おばを見やった。

「ふしだらな女？」ミリセントが眉根を絞った。「それはだれのことかしら？」

「わからないわ。〝あのふしだらな女との密会〟とあるから、サー・マルコムの奥方ではあり得ないわね。おそらくサー・マルコムには――」イソベルは申し訳なさそうにおばを見た。

「愛人がいたのね」その事実が重くのしかかり、口を閉ざす。「あの手紙は妻にあてたものではなかったんだわ！　ほかの女性に向かって〝ふたりの場所〟で会おうと呼びかけたもの。あきらかに、あの地下の隠し部屋のことね」

「でも、どうして母がそれを持っていたのかしら？」

「わからないわ。でも、手紙を見つけて、密会を阻止したかなにかでしょうね」

「だから父を殺したのね」エリザベスが強い口調で言った。「だから、父がほかの女性と密会することがわかったんだわ」

「嫉妬に駆られて夫を殺したのね」ミリセントも言う。

「ファーガスおじさまにも嫉妬があったと思うわ。彼は昔から辛らつで意地の悪い人だった。イソベル、彼はあなたのお父さまがベイラナンとそれに付随するものすべてを相続することも、快く思っていなかったわ。長男にしか相続権がないことについて、少し話をしていたのを聞いたことがあるの。わたしの父に対しても同じように感じていたはずよ」エリザベスはため息をついた。「哀しいことだけれど、彼が父を殺したと聞いても驚くことではないわ」

「おばさま、なんて言ったらいいか」イソベルはエリザベスの手を握った。

「あなたはなにも申し訳なく思う必要はないの」エリザベスの顔色は悪かったが、もう失神しそうな様子はなかった。「母が父のことを話したがらなかったのも当然ね。母は父を憎んでいたんだわ」

「そして、愛してもいた」ミリセントが哀しげに言った。「そのふたつは表裏一体だもの」

「ロバートはなんて言うかしら」エリザベスは頭を振った。「二の句も継げないでしょうね。名誉と責務と家名を重んじる彼が、自分の父親がじつの兄を手にかけたと知ったら」

「ひょっとして、すでに知っているなんてことはないかしら」イソベルが考えこむ。

「ずっと知っていたというの？　まさか、父親から聞いているはずはないと思うけれど」

「わからないわ。でも、彼の父親がこんな告白文を残した理由もわからないの。だれも知らないことだったのに。逃げおおせることができたはずなのに。こんなものを書いて、おばあさまにわたすなんて」

「おかしいわよね。彼女に弱みを握らせるようなものだわ」とミリセント。

「そうね、でも、おばあさまがそれを公にすれば、おばあさまの関与も明るみに出るわ」イソベルが言った。

「そこが肝心なところだったのかも」エリザベスは少し間をおいて考えをまとめた。「母とファーガスおじさまは折りあいがよくなかった。互いに相手をがまんしあっている状況だったけれど、丁重には接していたわ。わたしは――わたしは母のことを愛していた。母もわたしとジョンを愛してくれたし、わたしたちに冷たかったりつらくあたったりしていなかったことは、わかってね。でも母はたしかに気安い人ではなかったわ。勝ち気で……きつい性格だった。でも頭はよかったの。それ以上にうまい言い方が見つからないけれど、抜け目はなかったわね。ファーガスおじさまもそんな母に似ていたわ。少なくとも抜け目がないという点では。ふたりが信用しあっていたとは思えないの。この件については協力していただけでしょうね。いつ裏切られるかもしれないと思っていたことでしょう」

「この告白文は、ふたりが互いに牽制するためのものだったのかしら？」イソベルが意見を言った。「それならわかるわ。サー・マルコムを手にかけたと相手を訴えれば、自分も破滅することになるんですもの」

「でも、どうしてあなたのお母さまは署名しなかったのかしら、エリザベス?」ミリセントが尋ねた。

「さあ。ファーガスおじさまなら署名しろと詰め寄りそうなものだけれど」

「おばあさまが署名したものもあったのかもしれないわ」イソベルが言った。「おばあさまがファーガスおじさまの首根っこを押さえておくのと同じで、ファーガスおじさまもおばあさまの首根っこを押さえておくために」

「完全な引き分けということね」

「だから、すでにロバートはこのことを知っていたと思ったの?」

「いいえ。さっき言ったときには、そんなつもりではなかったわ。ただ――屋根裏部屋を片づけていたときのロバートおじさまの様子を思いだしたの。彼は屋根裏にあるものを、お父さまのものだけでなくほかの箱もすべて持っていきたがっていたのよ。手伝いにいらして一緒に作業したことまであったのよ。ずっと屋根裏にいて、箱を開けて、なかを覗いて、またべつのものを調べて。あのときは、どうでもいいものまで持ち帰らないようにしたいからだと思っていたけれど、これを探していたのかもしれないわね」イソベルは告白文を振った。

「母の部屋でも、とてもへんだったわよね?」エリザベスが眉をひそめた。

「ええ、片づけを手伝うと言って。ものすごい意気込みだったわ」

「覚えているわ。母のことを敬愛していたなんて言っていたわね。そんなのはうそだとわかっていたけれど、建前で言っているだけだろうと思っていたの」

「彼がコーデリアおばあさまの部屋を引っかきまわしたのかしら?」

「なんですって? いつ? いったいなんの話をしているの?」エリザベスが不安げな顔になる。「そんな記憶はないのだけれど」

「いえ、おばさまには話していないのよ。ごめんなさい。でも、言う必要もないことだと思ったから。なくなったものもないようだったし。でも結婚式のあとでおばあさまの部屋に入ったとき、だれかがあちこちさわったような形跡があったの。それでジャックと一緒におばあさまの部屋を調べたら、サー・マルコムのあの手紙を見つけたというわけ」

「つまり、結婚式でここに来ているあいだに、ロバートはこっそり入って部屋を見てまわったということ?」

「わからないけれど、あり得る話よ。時間はじゅうぶんにあったし、ほかの人はみな納屋にいたんですもの。だれにも気づかれずに探るのは簡単だったでしょう。それに、その前に……」イソベルは背を伸ばして少し早口になった。「ある晩、だれかが屋敷に侵入しようとしたことがあったとジャックは言っているの。彼があとを追ったのだけれど、外に出たときにはもう姿が見えなかった。彼はコールだと思ったそうだけど、もちろんそんなことがあり得ないのはわかっているわ。でもわたしは、ジャックがみんなを――ほら、放逐に反対している人たちのことよ——彼らを疑って、調べだすんじゃないかと心配していたの」

「あっ!」エリザベスの顔が明るくなった。「幽霊たちが島に出た夜のことね? 覚えているわ」

「そう、あのときよ」イソベルは弾かれたように立ちあがり、おばの手に告白文の紙を押しつけた。「このことをジャックに話さなくちゃ」

「それがいいわ」ミリセントはうれしそうにうなずいた。「ジャックならまちがいなく、どうすればいいかわかるでしょう」

イソベルはほっとして階段を駆けおり、ボンネット帽も手袋もつけずに玄関を出た。城塞までの道のりをいっきに駆け抜ける。先週、ジャックへの不安で張り裂けそうになりながら、この同じ道を走ったことがよみがえった。そのときのことを考えると、おなかの底から冷えていくような気がした。ちょうど城塞に着いたとき、コールがのぼって外へ出てきた。

「イソベル!」コールはびっくりしたようだ。「ジャックはどこだい?」

「ここにいると思って来たのだけど。どういうこと?」

「いや、彼はきみを迎えに行ったから。ここの補強作業が終わって、次は地下道の出入口を探そうって言ってたのさ」コールはにやりと笑った。「おもしろそうだろ?」

「ええ、でも、それはまたあとで。いま〝彼はきみを迎えにいった〟と言ったわね?」

「そうだよ、きみを迎えにいったはずなんだけど、ここでだれかと話していたみたいだったな。なんだろうと思って聞いていたんだが。アンドリューの名前が出ていたみたいだ。だからてっきり——あ、いや、ジャックがアンドリューをつかまえようとするなんて、きみは聞きたくないだろうけど。だからぼくは頭を出して、上の様子を確かめたんだよ。そうしたら、彼はきみの親戚と——グレゴリーじゃなくて、軍人のおじさんのほうと——一緒に歩いていくのが見えた」

「ロバートおじさまと？」イソベルは目を見ひらいた。

「ああ。どうしてそんな顔をしてるんだ？」

「ふたりはアンドリューの話をしていたのね？」

「たぶん。いったいなんだい、イジー？　ミスター・ローズがいれば、彼らもけんかにはならないさ」

「どうかしら」イソベルは一歩さがった。全身の内側から警鐘が鳴りひびいているような気がする。「ふたりはどこへ行ったの？　あなたは見た？」

「あっちのほうに行ったよ」コールが指さす。「洞窟のほうだったかな。イソベル、いったいどうしたんだ？　なにをそんなに心配している？」

「わからないわ！　わけがわからないの。でも、こんなめぐりあわせがあるなんて——ロバートおじさまのお父さまがサー・マルコムの命を奪ったのよ」

「ファーガスのことかい？　サー・マルコムの弟の？」コールは口をぽかんと開けて目を見

張った。

「そうよ――ああ、いまは説明しているひまはないわ。でもなんとなく――いやな予感がするの、コール。ロバートおじさまがジャックに害をなそうとする理由なんて思い浮かばないのに――」

「ここで話していても埒が明かない。行こう。洞窟のことなら知り尽くしている。裏道から行けば、半分の時間で海に行ける」コールは身をひるがえして崖のほうに駆けだし、イソベルもすぐあとにつづいた。

「あんただったのか？」ジャックは驚愕の表情でロバートを見た。「ぼくを殺そうとしていたのは？　手紙もあんたが書いたのか？　銃で撃ったのも？」

「ああ、いや、手紙はあの愚か者のアンドリューがわたしの代わりに書いたのだ。おまえにいたずらを仕掛けると言ったら、楽しそうに乗ってきたよ――そのいたずらがどういう結果になるのか、わからないふりをしてとぼけていたが、おまえが死ねばいいと思っていたことは暗黙の了解だった。しかも脳みその足りないあいつは、事がすぐに露見することにも気づいていなかった。だがそのほかのことは――計画を立てたのも、準備をしたのも、崩落事故を起こしたのも――すべてわたしがやった。昔から射撃は得意だったのでね」

「なんてことだ」

「疑いもしていなかっただろう?」ロバートはしたり顔で口もとをゆるめた。「おまえら南のやつら、ロンドンのきざ男どもは、自分はなんでもわかっていると思いこんでいる。スコットランドの年寄りにしてやられるなど、夢にも思っておらんのだろう?」

「あんたが人殺しだということに、感心しろと言っているのか?」

「わたしは兵士だ!」ロバートは鋭く返した。「兵士は、自分の故郷を守るためなら、いかなることもやってのけるのだ」

「故郷を守る?」こんな頭のおかしな男とまともに会話をするつもりなどジャックにはなかったが、大げさなことを言う男には好きなようにしゃべらせておくのがいちばんだろう。気のすむまで話をさせてやれば、べつのことに注意を向けさせることができるかもしれない——あるいは、こちらが有利になるようなことをなにか、なんでもいいから思いつけるかもしれない。「まるでぼくが侵略したような言い方だな」

「まさにそのとおりではないか! おまえはベイラナンを侵略したのだ。なにもかも変えてしまった。ローズ家の土地を奪い、あまつさえ、ずうずうしくもわたしのいとこの娘と結婚するなど!」

「あんたの一族の仲間入りをしたから、ぼくを殺したいのか?」

「ちがう、このばか者め」ロバートは強調するかのようにジャックのほうへ銃を振り、一瞬ジャックはもうおしまいだと思った。が、ロバートは発砲まではしなかった。「イソベルを自由にしてやるためだ」

「イソベルが自由になりたいと言ったのか？」

「あの娘は、自分ではなにもわかっておらんのだ。ほかの女たちと同じように、おまえの見てくれに目がくらんで。最初は腹が立ったが、次第にわたしも気づいたのだ――彼女はやらなければならないことをしたのだと。真のローズ家の人間であれば、ベイラナンを守るべきなのだ。彼女は愚かな娘ではあるが、弟とちがって自分のすべきことはわきまえている。わたしの計画はおじゃんになったわけではない。まだ修正はきく。おまえが死ねば、彼女が地所を相続する。それからわたしの息子と結婚すればいいのだ」

「グレゴリーはその計画に賛成なのか？」

「グレゴリー？」ロバートはくくと笑った。「あいつがこの計画を知っているだと？　あいつはアンドリューに輪をかけた役立たずだ。少なくともアンドリューはおまえに敵意を抱いている。グレゴリーのやつは、おまえの出現で自分の可能性が奪われたということにすら気づいていない」

「彼はイソベルと結婚したがっているのか？　彼女のことをそういう目で見ていると感じたことは、まったくないんだが」

ロバートは、話にならんというように言った。「あいつはわたしの息子だ。わたしの言うとおりにするさ」

いのか？」

「ぼくを排除しても、イソベルがグレゴリーとの結婚を承知しないかもしれないとは思わな
「そのようなことにはならない」

「ミスター・ローズ、早計と言わざるを得ないようだが」ジャックはおだやかに言いながら一歩近づき、手のひらを上に向けて両手を広げて身を乗りだした。

「わたしをばかにするのか」ロバートの顔が赤らむ。

「いいや、まさか。だが、アンドリューは自分がうまく言いくるめられて手紙を書かされたと、わかっていると思うよ。だからそのうち、だれかれかまわず、それを吹聴するようになるだろう。それに、この洞窟にあんたとぼくがいて、ぼくはけがを負って死んでいるという状況をどう説明するのか、いささかむずかしいんじゃないか」

「わたしとおまえが一緒にいるのを、だれが知っているというのだ？」

「たとえばコール・マンローだ。城塞でさっきまで一緒に作業をしていただろう？　きっとぼくらの話し声を聞いていたはずだ」ほんとうは、話し声が聞こえるほどマンローが近くにいたとは思っていなかったし、ましてやジャックの相手がだれだったかなどわかるはずもないだろうが、もっともらしい話をするのは昔からお手のものだった。

ジャックの言葉に、ロバートは一瞬あきらかに動揺したようだが、すぐに立ち直った。

「そんなことはどうでもいい。わたしよりマンローの言葉を信じる人間などいない。やつで

さえ、わたしがおまえを殺したとは夢にも思わないだろう。やつもアンドリューがやったと思うさ。ほかのやつらも、全員がな。アンドリューが突然あらわれて、止める間もなくおまえを撃ったということにしよう」

「アンドリューがそれで黙っていると思うのか？　彼は町へ逃げたかもしれないが、やがてつかまる。逃げた経路をごまかす細工までするようなやつではないし」

「そんな必要はない」ロバートは微笑んだ。「哀しいことだが、わたしはおまえを殺そうとするアンドリューを止めなければならない立場にある。彼と彼の銃が、海岸の岩場で見つかることになるだろう」

「自分のいとこの息子を殺すつもりなのか？　自分の計画のために？」

「そんなつもりはなかったが、おまえは腹が立つほどついているからな。アンドリューの手を借りなければならなくなったのだ。彼はまったくもって弱い人間だ。口を閉ざして秘密を守りきることもできんだろう。逃げてくれて助かったよ。罪を認めたも同然だ。しかも好都合なことに、彼はわたしのところに逃げてきた。さっき、アンドリューが突然ここにあらわれると言ったが、それはうそではない。うしろの洞窟内にいる。いまは動けない状態だがね」

「ここに？」ロバートの背後に目をやったジャックは、心臓が止まるかと思った。

なんとイソベルが地下道を這うようにおりてきて、コール・マンローとともにこちらに近づいていたのだ。

「アンドリューがここにいるとはどういうことだ?」ジャックは大声で言い、大きく前に一歩を踏みだした。

「止まれ!」ロバートが叫び、ふたたびジャックに向かって銃を振った。「それ以上来るな。でなければ撃つぞ」

「いまさらなにを言っている? どうせ撃つつもりなんだろうが。それに――」ジャックは悪魔の微笑みを見せた。「木の葉のように震えているじゃないか。ぼくを殺す勇気なぞないくせに」

「あるとも」ロバートは怒鳴り、銃を持つ腕をもう片方の手で支えた。「すでに一度、おまえを撃っているのだ」

「遠くからね」さげすむようにジャックは返した。「百フィート先から狙ったり、岩を落としたりするほうが簡単だ」吐きだすように言いながら、ジャックはロバートにじりじりと近づいた。「だが、至近距離で、相手の目を見ながらでは、どうかな? そんなふうに人を殺すほどの勇気はないんじゃないか?」ジャックはランタンを越えた。「さあ、やれよ。撃ってみろ」

ロバートは銃をあげ、狙いをつけた。

「ジャック、だめ!」イソベルが飛びだした。

驚いたロバートが、とっさに振り返る。その瞬間にジャックが飛びついて彼を地面に倒し、銃は弾きとばされて手の届かないところまで転がった。

「おっと、こりゃあ」コールが言う間にも、イソベルはジャックに駆け寄る。「イングランド人を助けるのにはちょっとばかり飽きてきたぞ」

ジャックは笑いながら立ちあがり、イソベルに両腕をまわして力いっぱい抱きしめた。

「きみじゃないよ、マンロー。ぼくを助けてくれたのはイソベルだ。いつだってね」

32

「あの若くてやさしいアンドリューを殺すつもりだったというの？」ジャックの母親はぼう然として言った。ジャックとイソベルは少し前に洞窟から戻り、ミリセントとエリザベスに話をしたところだった。女性はふたりとも驚きを隠せないようだ。

「ぼくを殺そうとしたと言ったときは驚かなかったくせに」ジャックは冷ややかに言った。

「まあ、ジャック！　そういう意味じゃないのはわかっているでしょう」

「お母さまに意地悪をしないで」イソベルが言った。彼女はソファでジャックと並んで座っていたが、洞窟を出てから一度も彼の手を放していなかった。「お気持ちはよくわかりますわ、ミセス・ケンジントン。そうなんです、ロバートおじさまはアンドリューをあそこに連れてきていました。縛りあげて、猿ぐつわまではめて。あの子にも話はすべて聞こえていたので、ご想像どおり、とてもおびえていましたわ」

「かわいそうなロビー」エリザベスがつぶやいた。「すっかりおかしくなってしまっていたのね。それなのに、わたしのほうがおかしくなりつつあると言われていたなんて。これから彼はどうなるの？」

「わからないわ」イソベルは正直に言った。「コールが彼とアンドリューをキンクランノッホのグレゴリーのところに連れていったけれど。もう大混乱よ」

「ベイラナンでは、とうぶん騒動はこりごりといったところだね」ジャックが言った。「どうやらグレゴリーはなにも知らなかったようだ。父親の悪事で苦しまなくちゃならないなんて、理不尽だな。いちばんいいのは、ロバートをここから遠いところにやることだ。ロバート自身がアンドリューにやるぞと言っていたことが、そのままあてはまるんじゃないだろうか――植民地のどこかに送るというのが」

「おとなしく行くかしら？」ミリセントが尋ねた。

「選択の余地はないと思うよ」ジャックは厳しい顔で答えた。

「それに、ここに押しいろうとしたのも彼だったの？」ミリセントが怪訝な顔をする。「わからないわ。あなたのおばあさまのお部屋を調べることと、ジャックに危害を加えることが、どう結びつくのかしら」

「どちらもジャックがベイラナンにやってきたから起こったこと、というだけだと思います」イソベルが言った。「ロバートおじさまがあとからわたしに話してくださったのですけど。わたしがなにか勘づくのではないかと思ったようです。ジャックがここにやってきたことで屋根裏の片づけを始めて、おじさまに彼のお父さまのものをおわたししたの。そのなかに、わたしたちが予想したとおり、コーデリアおばあさまの罪の告白文があったんですって。それと一緒に、彼のお父さまのファーガスがロバートおじさまにあてた手紙もあって、そのなかでファーガスは告白文を二通とも処分しろと書いてあったそうなの。だからロバートおじさまはあれほど熱心に屋根裏を探したのね。でも見つからなくて、今度は屋敷に忍びこもうとしたら、ジャックにじゃまをされたというわけ。それで、結婚式の宴のときならおばあさまの部屋を調べる時間もたくさんあったのだけれど、当然、告白文は見つからなかった。そのころから、ジャックのことも相続のことも思いつめるようになっていったらしいの」

「彼は昔から、根拠もないのにあなたがグレゴリーと結婚すると思っていたものね」エリザベスが言った。

「ええ、そしてジャックがいなくなれば、地所はグレゴリーのものになるという考えで凝り固まって、突き進むことになったのね。ジャックに一族の汚点を暴かれるかもしれない、汚点を明るみに出さないためには彼を殺すしかない、と思いこんで」

しばらく部屋は沈黙に包まれ、だれもが思いに沈んだ。そのあとエリザベスが口をひらいた。「お宝がどうなったか、だれか知っているの？　お宝はあったのかしら？　母やファーガスおじさまが横取りしたの？」

「ミスター・ローズは、そんなものはなかったと言い張っているが」ジャックが話した。「彼の父親が残した手紙では、サー・マルコムを殺したあとに箱を開けたが、なかは空だったと書いてあったそうだ。そのことについては、かなり苦々しく思っていたらしい。サー・マルコムの奥方と手を組んだとき、その軍資金が報酬代わりになる予定だったそうだ。ファーガスのほうが金を手に入れ、奥方のほうは、幼い息子がもちろんサー・マルコムの嫡《ちゃく》子《し》なのだから地所を手に入れ、さらに不実な夫を罰してやったという満足感も得られるわけだ」

「相手の女性がだれかは書いてあったの？」

「いや、ひとことも。と、ロバートは言っていたね。ファーガスがちがうことを書いていたのだとしても、もうぼくらには知るすべがない。手紙と告白文は、読んだあとに燃やしてしまったそうだから」

午後のお茶を飲みながら、彼らは午後の出来事についてあらためて話した。その後、まだ落ち着いてはいなかったが、イソベルとジャックは外に散歩に出た。ふたりの足は自然と城塞に向かった。

「きみは、ぼくの母とずいぶんうまくやっているね」ジャックはイソベルの肩を抱き、自分のほうに引き寄せた。

「あなたのお母さまですもの。敬意を持って接しなければね。それにうちの家族だって、欠点がないとは言えないもの」

ジャックは口もとをゆるめた。「それはそうだな」

「あなたのお母さまはエリザベスおばさまともうまくいっているわ。最近、おばさまは前よりずっと調子がいいように思わない？」

「楽しそうで、ゆったりしているよ。それはいいことなんだが――」

「わかっているわ。昔のように戻るとは思っていないの。でも、前より落ち着いてくれてうれしいわ」

城塞跡に着いたふたりは足を止め、午後も遅めのかたむいた日射しを浴びる遺跡を見つめた。

「この下に、ほかにもなにかあるのかしら」イソベルが思いをめぐらせる。「べつの扉や、地下道のほかの出入口が？」

ジャックは彼女を見た。「これから調べればいいじゃないか、そうだろう？」

「コールはどうするの？　待っていてあげないと、すごく怒るわよ」

ジャックの目が躍った。「彼には黙っておけばいい」

イソベルが吹きだす。「悪い人」

「そうとも」

ふたりは縄ばしごをおり、ジャックとコールがおいてきたランタンに火をつけて、見つけた部屋に行った。要領を知っているいまでは、部屋に入って奥の壁の小さな鍵穴を見つけるにも長くはかからなかった。ジャックの巻き鍵を挿しこんでひねると壁の一部がひらき、さびついた蝶番をきしませながら、ジャックは扉を引きあけた。

そこに伸びている地下道はせまく天井も低かったが、ベイラナンで見つけた地下道とよく似ていることはあきらかだった。ふたりは手をつなぎ、揺れるランタンの明かりのなかを少しずつ進んだ。もう一本の地下道と同じように、やはりがれきで埋まってとぎれていた。

「ほんとうはつながっていたんだろうな」ジャックはランタンを掲げ、崩れ具合を調べた。

「悪事の証拠をなくすために、あのふたりがやったんじゃないかしら?」イソベルは声をひそめて言った。「コーデリアおばあさまとファーガス大おじさまは、あそこに遺体を――自分の夫であり、自分の兄である人の遺体を、まだ冷たくもなっていないのに放置したのよ」

「そして、見つからないように地下道をこわした。たぶんそうだろうね」ジャックはイソベルの肩に腕をまわし、彼女の髪にキスをした。「きみたちローズ家の人たちはこわいね。それに嫉妬深い。それは覚えておかなきゃいけないな」

「ジャック!」

彼はくくっと笑い、まわれ右をして先に戻りはじめた。「一か八かの勝負と同じだ」

「あなたはいつもそれなんだから」イソベルが怒った。「今日はロバートおじさまに撃てなんて言って、信じられなかったわ。心臓が止まりそうだったのよ」

「引き金を引くだけの度胸はなさそうだったからね」ジャックは肩をすくめた。「あのとききみの姿が見えて、もし彼が驚きのあまり逆上して乱射でもしたらまずいと思ったんだ。きみに当たりかねない」

「あなたが撃たれる可能性のほうがずっと高かったわ！　彼の銃はあなたの心臓を狙っていたのよ」

「手が震えていたから、勇気を振り絞って撃ったとしても当たらなかったさ。けがをしたとしても、そこまでだ」

「なにがそこまでなの！」

「弾だって入ってなかったかもしれないだろう？　それに、コールなら彼を押さえこめると思っていたし」ジャックは笑顔で彼女を見おろしながら、一緒に扉をぐって戻った。「ぼくがけがをしたら、またきみが看護して元気にしてくれればいい。ぼくは自分がついてると信じている。いままでもずっとそうだった」彼は手を伸ばしてイソベルの髪をなでた。「だから、こうしてきみのもとへ戻ってこられたんだろう？」

「ジャック、約束して」イソベルは彼の襟を両手でつかみ、すがるように見あげた。「もう二度と、あんな無茶なことはしないって。あなたにもしものことがあったら――」声が詰まり、目には急に涙があふれた。

「ほらほら」ジャックはやさしく言い、こぶしで彼女の頰をぬぐった。「泣かないで」

「もう――」しゃくりあげて声がとぎれる。「これ以上、契約をつづけることはできないわ」

閉じた目から涙が流れ、イソベルは彼の胸に寄りかかって額をつけた。

「契約？」ジャックが身をこわばらせる。「ぼくたちの結婚のこと？」

「ええ。そうよ！」イソベルは顔をあげた。そこには、必死でなにかをこらえているかのような表情が浮かんでいた。「それぞれ自分の好きなように生活すればいいと言ったわ。あなたをここには縛りつけない、ロンドンに行ったまま帰ってこなくてもかまわないと。でも、だめなの。わたしにはあなたの手を放すことができない。そんなことをしたら、心臓がこわれてしまうもの！」

イソベルはジャックのシャツに顔をうずめてしゃくりあげた。ジャックはほっと力を抜いて、彼女に腕をまわした。その口もとはゆるく弧を描いてほころんでいる。「しいっ、泣かないで」彼女の頭に頬を寄せ、あやすように抱きかかえる。しばらくして彼は口をひらいた。「ロンドンはぜったいにだめなのかい？　ぼくはきみにロンドンを見せたいのに。ほら、きみだってぼくにベイラナンを見せてくれただろう？　真冬に行ってみたらどうかな。一月になると、ここはとんでもなく寒いだろうから」

イソベルは体を引き、大きな目を見ひらいて彼を見つめた。「なにを言っているの？　どういうこと？」頬の涙をぬぐう。

「だからね、大切なイソベル、ぼくはきみと一緒でなければどこにも行かないと言っているんだよ」ジャックは彼女の両肩をつかみ、瞳の奥まで見入った。「このあいだ、きみにだまされてここに誘いだされたんだと思ったとき、そんなことはどうでもいいことだと気づいたんだ。きみに愛されていないのなら、ぼくは死んだも同然なんだって」ジャックは身をかがめてやさしく唇を合わせた。「愛している、イソベル」

「ああ、ジャック！」イソベルは彼の首に抱きついた。泣きながら笑っていた。「愛しているわ。もうずっと前からあなたが好きだったのに、伝える勇気がなかったの」また体を引き、きらきらと輝く瞳で彼を見つめる。「ああ、こんなこと、いっぺんに受けとめきれないわ」

「だいじょうぶ、時間はたっぷりあるよ。きみはぼくの妻だ。そしてベイラナンは、ぼくの家だ。そして、きみと一緒でなければ、ぼくはどこにも行かない」

イソベルはにっこり笑って、彼の腕に飛びこんだ。「その契約のほうが、ずっとずっと、すてきだわ」

訳者あとがき

スコットランドを舞台にしたキャンディス・キャンプの新作『ウエディングの夜は永遠に』をお届けします。

近年、なにかと話題になっているスコットランド。テレビではスコッチ・ウイスキーと国際結婚を題材にしたドラマが放送されたり、かの有名な『ハリー・ポッター』シリーズでは撮影現場として有名になった場所が数多くあったり——いま、スコットランドが熱いです。昨年の九月には、グレートブリテン連合王国から独立するかどうかが住民投票で問われるという、歴史的な出来事もありました。投票の結果、僅差で独立にはいたりませんでしたが、これだけ独立賛成派がいるのだと驚いた記憶があります。日本ではひとくくりに〝イギリス〟として見られることが多いですが、イングランドとスコットランドには数百年にわたる複雑な歴史と根深い確執があり、おそらく現地では〝別々の国〟くらいの意識でいる人たちも多いのでしょう。日本における都道府県や地方といった概念では測りきれない間柄のようです。

キャンディス・キャンプにとって、スコットランドはそれほどなじみのある場所ではなかったらしく、謝辞のなかで、スコットランドを舞台にお話を書こうと思ったことはなかったと言っています。ところが実際にスコットランドを旅するうち、その風土と歴史に強く惹きつけられていったのでしょう。本書が執筆されることになり、感銘を受けたと思われるスコットランドのあれこれが作品にふんだんに盛りこまれました。そのなかでも本書の内容に関わる歴史的背景ついて、少しふれておきましょう。

　冒頭の一七四六年四月は、イングランド政府軍とスコットランド反乱軍の最終決戦〈カロデンの戦い〉があったときです。スコットランド軍を率いていたのは、愛らしい風貌から〝ボニー・プリンス・チャーリー〟と呼ばれて絶大な人気を誇っていたスチュワート家のチャールズ・エドワード・スチュワート王子です。彼は、イングランド王ジェームズ三世とスコットランド王ジェームズ八世を兼ねたとされるジェームズ・フランシス・エドワード・スチュワートの息子にあたります。本書の冒頭部分に出てくる王子とは、このチャールズ王子のことです。父王であるジェームズの名を取って、彼らの支持者はジャコバイトと呼ばれましたが、その支持者の多くがスコットランドのハイランダーたちでした。

　当時、宗教的にイングランドではプロテスタント、スコットランドではカトリックの勢力が強く、イングランド側はカトリックの王に支配されることを避けようと、プロテスタントの国王をたてていました。それに対抗するようにスコットランドでは、スコットランド起源のスチュワート家出身であり、かつ熱心なカトリック教徒でもあったチャールズ王子が大きく支持されたのです（文中、ローズ家はカトリックではないとされている）。つまり、父王ジェームズと息子のチャールズは、イングランド側からは正式な国王とは認められておらず、自分たちの血筋により王位を請求した者、という位置づけです。このことからジェームズは老僭王、チャールズは若僭王と呼ばれます。スチュワート家はフランスとのつながりが深く、当時のフランス国王が後ろ盾についていました。そういうわけで、ヒロインの祖父であるサー・マルコムは、フランスまで支援を要請しにいったのです。

しかし〈カロデンの戦い〉でスコットランド軍は大敗を喫し、以降、ジャコバイトの勢力は歴史から姿を消していきます。このときチャールズ王子は愛らしい風貌を利用して女装し、フランスに逃げたそうですが、本書の冒頭ではまだスコットランドの地を逃げまわっていることになっていますね。

この〈カロデンの戦い〉でイングランド政府軍側の司令官だったのは、カンバーランド公ウィリアム・オーガスタスという公爵ですが、この人物がまた残忍で、傷ついて動けなくなったスコットランド兵や捕虜たちの首をはねて息の根を止め、彼らがシンボルとして帽子につけていた白バラを血に染めたと伝えられています。負傷兵だけでなく、逃げたジャコバイト兵の捜索も苛烈極まりないものだったそうで、ヒロインのイソベルの会話からもそのことがうかがい知れます。イソベルたちが生きているのは〈カロデンの戦い〉から約六十年後の設定で、敗戦の傷跡がまだまだ残る時代だったでしょう。由緒あるイソベルの一族が〝バラ〟を意味する〝ローズ〟家なのも、この白バラの史実を活かしたものと思われます。

そしてもうひとつ、お話のなかで取りあげられている重要な歴史的出来事が、悪名高き〝ハイランド放逐《クリアランス》〟です。クリアランスには〝一掃する、清掃する〟という意味があり、ハイランド放逐は十九世紀半ばにおこなわれた、スコットランドの高地地方での追放運動のことを指します。

ハイランド地方の貴族や地主の地所では、古くから小作人が住み、わずかな地代を払って農耕生活を送っていました。しかし、地主たちの力が衰え、破産の憂き目を見る地主まで増えてくると、人間を住まわせておくよりも羊を飼ったほうがより多くの収益があがると考え、その整理のためにやってきた代理人などの手によって、昔から住んでいた小作人は強制的に立ち退かされ、代わりに羊を放牧するようになっていったのです。家を追われた小作人たちは生活の場と糧を失い、ほかの土地や植民地に移るしかなく、悲惨な末路をたどる者も多かったそうです。

ヒロインのイソベルは、周囲でおこなわれているこのような放逐に胸を痛めながら、由緒あるローズ家の地所〈ベイラナン〉を切り盛りし、おばとともに暮らしている三十歳の令嬢です。当主である二十五歳の弟アンドリューは、ロンドンで金を使うだけの放蕩三昧。そんな弟がある日とうとう賭けに負けて家屋敷を失い、新たな所有者となったジャック・ケンジントンがベイラナンにやってきます。彼はすぐに家屋敷を売ってお金に替えるつもりでしたが、まさかそこに美貌の令嬢とおばが住んでいるとは思っていませんでした。賭け事で身を立てている無情な賭博師が、なぜかイソベル相手となると冷血漢に徹しきれず……。さあ、はたして彼は、イソベルとおばのエリザベス、そして多くの召使いや小作人たちを〝放逐〟するのでしょうか？

キャンディス・キャンプの真骨頂とも言える、ユーモアまじりのあたたかい作風が、今回も冴えわたっています。魅力的な脇役たちも勢ぞろい。イソベルの祖父にあたるサー・マルコムがフランスから持ち帰ったかもしれない〝お宝〟の謎も絡んで、物語は生き生きと展開します。彼女の作品を読むと、いつも〝読書の愉しみ〟という言葉が頭に浮かびます。読者の皆さんも、本書でぜひ幸せな気持ちになっていただけたらと思います。

このスコットランドのシリーズは三部作となる予定で、次のお話では、本書でイソベルをおおいに支えたメグがヒロインとのこと。とても楽しみです。

二〇一五年二月

ザ・ミステリ・コレクション

ウエディングの夜《よる》は永遠《えいえん》に

著者　キャンディス・キャンプ

訳者　山田香里《やまだかおり》

発行所　株式会社 二見書房
東京都千代田区三崎町2-18-11
電話 03(3515)2311［営業］
03(3515)2313［編集］
振替 00170-4-2639

印刷　株式会社 堀内印刷所
製本　株式会社 村上製本所

落丁·乱丁本はお取り替えいたします。
定価は、カバーに表示してあります。

ISBN978-4-576-15034-5
http://www.futami.co.jp/

唇はスキャンダル

キャンディス・キャンプ
大野晶子〔訳〕〔聖ドゥワインウェン・シリーズ〕

教会区牧師の妹シーアは、ある晩、置き去りにされた赤ちゃんを発見する。おしめのブローチに心当たりがあった彼女は放蕩貴族モアクーム卿のもとへ急ぐが……!?

瞳はセンチメンタル

キャンディス・キャンプ
大野晶子〔訳〕〔聖ドゥワインウェン・シリーズ〕

とあるきっかけで知り合ったミステリアスな未亡人と〝冷血卿〟と噂される伯爵。第一印象こそよくはなかったもののいつしかお互いに気になる存在に……シリーズ第二弾！

視線はエモーショナル

キャンディス・キャンプ
大野晶子〔訳〕〔聖ドゥワインウェン・シリーズ〕

伯爵家に劣らない名家に、婚約を破棄されたジェネヴィーヴ。そこに救いの手を差し伸べ、結婚を申し込んだ男性は!?　大好評〈聖ドゥワインウェン〉シリーズ最終話

英国レディの恋の作法

キャンディス・キャンプ
山田香里〔訳〕〔ウィローメア・シリーズ〕

一八二四年、ロンドン。両親を亡くし、祖父を訪ねてアメリカからやってきたマリーは泥棒に襲われるもある紳士に助けられる。お礼を申し出るマリーに彼が求めたのは彼女の唇で…

英国紳士のキスの魔法

キャンディス・キャンプ
山田香里〔訳〕〔ウィローメア・シリーズ〕

若くして未亡人となったイヴは友人に頼まれ、ある姉妹の付き添い婦人を務めることになるが、雇い主である伯爵の弟に惹かれてしまい……!?　好評シリーズ第二弾！

英国レディの恋のため息

キャンディス・キャンプ
山田香里〔訳〕〔ウィローメア・シリーズ〕

ステュークスベリー伯爵と幼なじみの公爵令嬢ヴィヴィアン。水と油のように正反対の性格で、昔から反発するばかりのふたりだが、じつは互いに気になる存在で…!?